Manual para Damas (mal) comportadas

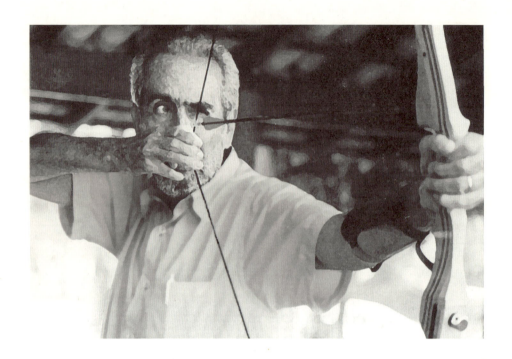

O Arqueiro

GERALDO JORDÃO PEREIRA (1938-2008) começou sua carreira aos 17 anos, quando foi trabalhar com seu pai, o célebre editor José Olympio, publicando obras marcantes como *O menino do dedo verde*, de Maurice Druon, e *Minha vida*, de Charles Chaplin.

Em 1976, fundou a Editora Salamandra com o propósito de formar uma nova geração de leitores e acabou criando um dos catálogos infantis mais premiados do Brasil. Em 1992, fugindo de sua linha editorial, lançou *Muitas vidas, muitos mestres*, de Brian Weiss, livro que deu origem à Editora Sextante.

Fã de histórias de suspense, Geraldo descobriu *O Código Da Vinci* antes mesmo de ele ser lançado nos Estados Unidos. A aposta em ficção, que não era o foco da Sextante, foi certeira: o título se transformou em um dos maiores fenômenos editoriais de todos os tempos.

Mas não foi só aos livros que se dedicou. Com seu desejo de ajudar o próximo, Geraldo desenvolveu diversos projetos sociais que se tornaram sua grande paixão.

Com a missão de publicar histórias empolgantes, tornar os livros cada vez mais acessíveis e despertar o amor pela leitura, a Editora Arqueiro é uma homenagem a esta figura extraordinária, capaz de enxergar mais além, mirar nas coisas verdadeiramente importantes e não perder o idealismo e a esperança diante dos desafios e contratempos da vida.

Título original: *A Lady's Guide to Scandal*

Copyright © 2023 por Irwin Editorial Ltd
Copyright da tradução © 2025 por Editora Arqueiro Ltda.

Todos os direitos reservados. Nenhuma parte deste livro pode ser utilizada ou reproduzida sob quaisquer meios existentes sem autorização por escrito dos editores.

coordenação editorial: Taís Monteiro
produção editorial: Ana Sarah Maciel
preparo de originais: Andréa Vidal
revisão: Carolina Rodrigues e Rachel Rimas
diagramação e adaptação de capa: Ana Paula Daudt Brandão
capa: lookatcia.com, Penguin Random House Grupo Editorial
impressão e acabamento: Bartira Gráfica

CIP-BRASIL. CATALOGAÇÃO NA PUBLICAÇÃO
SINDICATO NACIONAL DOS EDITORES DE LIVROS, RJ

I72m

    Irwin, Sophie
        Manual para damas (mal)comportadas / Sophie Irwin ; tradução Livia de Almeida. - 1. ed. - São Paulo : Arqueiro, 2025.
        320 p. ; 23 cm.

    Tradução de: A lady's guide to scandal
    Sequência de: Manual para damas em busca de um marido (rico)
    ISBN 978-65-5565-719-7

    1. Romance inglês. I. Almeida, Livia de. II. Título.

24-93773   CDD: 823
                        CDU: 82-31(410.1)

Gabriela Faray Ferreira Lopes - Bibliotecária - CRB-7/6643

Todos os direitos reservados, no Brasil, por
Editora Arqueiro Ltda.
Rua Artur de Azevedo, 1.767 – Conj. 177 – Pinheiros
05404-014 – São Paulo – SP
Tel.: (11) 2894-4987
E-mail: atendimento@editoraarqueiro.com.br
www.editoraarqueiro.com.br

Para Freya
(o componente alcoólico de nossos coquetéis)

"Obrigada a ser prudente na juventude, aprendera a ser romântica ao ficar mais velha – uma sequência natural de um começo pouco natural."

– *Persuasão*, Jane Austen

Capítulo 1

Harefield Hall, 1819

– Vamos lá, Eliza! Você não consegue derramar nem uma lágrima? – sussurrou a Sra. Balfour para a filha. – É o que se espera de uma viúva!

Eliza assentiu, porém seus olhos estavam mais secos do que nunca. Embora tivesse interpretado os papéis de filha obediente e de esposa prestimosa por muito tempo, o choro por encomenda ainda estava fora de seu alcance.

– Lembre que talvez ainda tenhamos que entrar numa briga hoje – cochichou a Sra. Balfour, lançando um olhar firme para o outro lado da biblioteca, onde estavam os parentes do falecido conde de Somerset.

Nove meses depois do cortejo fúnebre, todos tinham voltado a se reunir em Harefield Hall para a leitura do testamento. E, pelos olhares glaciais que as duas receberam, aparentemente a Sra. Balfour não era a única que estava se preparando para uma batalha.

– O pacto nupcial de Eliza estabelecia a quantia de 500 libras por ano – sussurrou o Sr. Balfour para tranquilizar a esposa. – Somerset não tem motivo para contestá-lo. É uma parte insignificante de sua fortuna.

O homem disse aquilo com certa amargura, pois nem ele nem a Sra. Balfour tinham aceitado completamente a drástica mudança de situação de Eliza. Dez anos antes, o casamento da tímida Srta. Eliza Balfour, de 17 anos, com o austero conde de Somerset, 25 anos mais velho do que ela, tinha sido o evento da temporada. Na época, os Balfours foram regiamente beneficiados. Um ano depois da união, o filho mais velho deles se casou com uma herdeira e o segundo garantiu o posto de capitão no décimo regimento de infantaria. A Casa Balfour, por sua vez, ganhou novos carpetes de veludo cotelê.

O que ninguém esperava era que o conde, que gozava de boa saúde, sucumbisse tão depressa a uma infecção nos pulmões desenvolvida na primavera anterior. Viúva aos 27 anos e sem um filho para herdar o título, a situação de Eliza não era das melhores. Quinhentas libras por ano... Era possível viver com muito menos – como muita gente conseguia –, mas Eliza concordava com o pai nesse aspecto. Dez anos de casamento com um homem que demonstrava mais afeto por seus cavalos do que por sua esposa. Dez anos de quase total isolamento entre as paredes frias e pouco acolhedoras de Harefield Hall. Dez anos sonhando com a vida que poderia ter levado se as circunstâncias fossem um pouco diferentes... Considerando tudo aquilo de que Eliza tinha sido obrigada a abrir mão – a pessoa de *quem* ela fora obrigada a abrir mão –, 500 libras anuais eram uma ninharia.

– Se ao menos ela tivesse conseguido dar um filho ao conde... – lamentou o Sr. Balfour, talvez pela quinta vez.

– Ela *tentou*! – retrucou a Sra. Balfour.

Eliza mordeu a língua com força. Sua prima, a Srta. Margaret Balfour, apertou a mão dela por debaixo da mesa. O relógio marcou meio-dia e meia. Já fazia meia hora que estavam esperando pelo novo conde para iniciar a leitura do testamento. Toda aquela demora fez Eliza sentir um frio na barriga. Com certeza – *com toda a certeza* – ele chegaria em breve.

– Que falta de consideração! – resmungou a Sra. Balfour, com o rosto ainda congelado numa expressão serena e sorridente. – Não bastando estar nove meses atrasado, decidiu se atrasar hoje também. Não é uma falta de respeito, Eliza?

– É, mamãe – respondeu Eliza, de forma automática.

Era sempre mais fácil concordar, embora a demora atípica na leitura do testamento fosse culpa do velho conde, e não do novo. Foi o velho conde quem estipulou que o testamento só poderia ser lido quando todas as partes interessadas estivessem presentes. O novo conde de Somerset, sobrinho do marido de Eliza e herdeiro presuntivo, era antes conhecido como Capitão Courtenay. O jovem ocupava um posto na Companhia Holandesa das Índias Ocidentais quando seu tio faleceu, em abril do ano anterior. Em 1818, a navegação enfrentava condições particularmente desafiadoras, o que justificava o atraso em seu retorno. Era torturante, mas compreensível.

Todas as pessoas presentes na biblioteca aguardavam aquele momento havia muitos meses, por isso o atraso já começava a pesar: a ilustre Sra. Courtenay (cunhada do velho conde, mãe do novo) olhava fixamente para a porta; sua filha, lady Selwyn, tamborilava com impaciência na mesa; enquanto isso, lorde Selwyn procurava se acalmar brindando a todos com histórias que destacavam sua superioridade.

– E então eu disse a ele: Byron, meu caro, você *precisa* escrever esse livro!

Ao lado de lorde Selwyn, no centro da sala, o Sr. Walcot, advogado de Somerset, remexia em alguns documentos com um sorrisinho doloroso. Todos estavam apreensivos, mas, certamente, ninguém mais do que Eliza. A cada tique-taque do relógio de parede, a jovem viúva sentia que seu nervosismo atingia níveis perigosos. Depois de dez anos – dez longos anos! – ela finalmente o veria de novo. Era surreal.

Talvez ele não aparecesse. Uma vida inteira de decepções ensinara a Eliza a virtude de estar sempre preparada para o pior: talvez ele tivesse confundido a data; talvez sua carruagem tivesse sofrido um terrível acidente; talvez ele tivesse decidido retornar às Índias Ocidentais para não ser obrigado a vê-la novamente. Aquele atraso não era característico dele, que sempre foi tão pontual. Bom, o cavalheiro que Eliza havia conhecido no passado costumava ser pontual. Talvez ele tivesse mudado.

Quando, por fim, o relógio marcou uma hora da tarde, a porta se abriu.

– O honorável conde de Somerset – anunciou Perkins, o mordomo.

– Minhas sinceras desculpas pelo atraso! – disse o novo lorde Somerset, ao entrar na biblioteca. – A chuva deixou as estradas em péssimas condições.

A reação de Eliza foi instantânea. O coração acelerou, a respiração tornou-se ofegante. Com um nó no estômago, levantou-se – não por educação, mas porque a força do reconhecimento que atravessou seu corpo a obrigou. Tantos meses imaginando como seria aquele momento e ela ainda não estava preparada para enfrentá-lo.

– Oliver, querido!

Com olhos reluzentes, a Sra. Courtenay correu para abraçar o filho, seguida de lady Selwyn.

Somerset abraçou a mãe e a irmã, uma de cada vez. A Sra. Balfour estalou a língua, demonstrando sua desaprovação a tamanho desrespeito à etiqueta – sua filha deveria ter sido a primeira a ser cumprimentada –, mas Eliza não deu a menor importância ao fato. Em muitos aspectos, ele parecia o mesmo. Era bem alto, tinha cabelos bem claros e olhos do mesmo tom acinzentado do resto da família. Demonstrava o temperamento confiante e sereno de sempre. Como consequência de uma década dedicada à carreira naval, porém, seus ombros estavam bem mais largos do que na juventude e sua pele branca havia sido bronzeada pelo sol. Aquelas mudanças caíam muito bem nele.

Somerset soltou as mãos da irmã e voltou-se na direção de Eliza. De repente, a jovem viúva deu-se conta de que os anos não tinham sido tão bondosos com ela. De estatura baixa, cabelos castanhos e olhos extraordinariamente grandes e escuros, Eliza sempre se assemelhara a um animalzinho assustado. Porém, naquele momento – vestida de preto, de luto e abatida pela incerteza dos últimos meses –, ela temia estar parecendo um camundongo.

– Lady Somerset – disse o novo conde, curvando-se diante dela.

Sua voz também ainda era a mesma.

– Meu senhor – cumprimentou Eliza.

Ela sentiu as mãos trêmulas e as prendeu entre as saias enquanto fazia uma mesura hesitante, preparando-se para encará-lo. O que será que veria nos olhos dele? Raiva, talvez? Recriminação? Não ousava esperar que houvesse algum sinal de carinho. Ela não merecia.

Os dois se levantaram ao mesmo tempo e, finalmente, depois de um longo momento, seus olhares se encontraram. E nos olhos dele... ela não viu nada.

– Sinto muito por sua perda – disse Somerset.

Suas palavras eram educadas, neutras. A expressão em seu rosto só poderia ser descrita como a de alguém gentil.

– O-obrigada – respondeu Eliza. – Espero que sua viagem tenha sido agradável.

As gentilezas saltavam da boca de Eliza sem que ela precisasse pensar. Isso era bom, porque, naquele momento, se via incapaz de raciocinar.

– Satisfatória, considerando o mau tempo – respondeu ele.

Nem em seus gestos nem em seu tom de voz havia qualquer evidência de que ele sentisse a mesma agitação que afetava Eliza. Na verdade, não parecia nada impactado por aquele encontro. Era como se os dois nunca tivessem se visto na vida.

Como se ele jamais tivesse pedido a mão dela em casamento.

– Sim… – Eliza ouviu a própria voz como se estivesse muito longe dali. – A chuva… tem sido muito cruel.

– De fato – concordou ele, dando um sorriso.

Mas não era um sorriso que ela já tivesse visto antes. Era educado. Formal. Forçado.

– Que bom rever você, meu caro. De verdade!

Selwyn deu um passo adiante, estendendo a mão para o capitão. Somerset o cumprimentou com um sorriso, que repentinamente se tornou caloroso. Depois, foi para o centro da sala, afastando-se dos Balfours e deixando Eliza para trás, olhando para ele.

Então ia ser assim? Depois de todos aqueles anos de separação, que Eliza havia passado se perguntando qual seria o paradeiro dele, se estava feliz; de todo o tempo em que ela reviveu cada lembrança do que os dois haviam compartilhado; de todas as horas que ela gastou lamentando cada um dos eventos que conspiraram para separá-los. Ia ser assim o reencontro, resumido a uma rápida troca de frases monossilábicas e clichês?

Eliza estremeceu. O frio de janeiro havia deixado o ar mais fresco a manhã toda, mas a ordem para deixar as lareiras apagadas até o anoitecer dada por seu falecido marido havia sobrevivido à partida dele. Eliza se sentia gelada por dentro. Apesar de passar uma década inteira literalmente separado dela por um oceano, Oliver – *Somerset* – nunca havia lhe parecido tão distante quanto naquele momento.

– Vamos começar? – sugeriu Selwyn.

Mesmo antes de Selwyn se casar com a sobrinha do falecido conde, ele e Somerset já eram grandes amigos, pois suas terras eram coladas uma à outra. Mas pela mesma razão o relacionamento dos dois também enfrentou altos e baixos. Na realidade, a última reunião de negócios entre eles antes da morte do velho conde terminara em uma briga feia o bastante para ser ouvida pela casa toda. No entanto, considerando seu semblante ansioso, Selwyn ainda tinha a esperança de receber uma grande parte da herança.

Assentindo, o Sr. Walcot começou a espalhar os documentos diante de si, enquanto os Balfours, os Selwyns e os Courtenays, sentados em seus respectivos lados da sala, observavam tudo com olhos vorazes e famintos. A cena daria um quadro dramático – uma pintura a óleo com muita cor, talvez. Eliza mexeu os dedos como se buscasse um pincel imaginário.

– Este é o testamento de Julius Edward Courtenay, décimo conde de Somerset...

A atenção de Eliza minguou quando o Sr. Walcot começou a listar os muitos motivos pelos quais o novo conde estava prestes a se tornar um homem incalculavelmente rico. A Sra. Courtenay parecia prestes a chorar de alegria, enquanto lady Selwyn reprimia um sorriso com certa dificuldade. Somerset, por outro lado, estava carrancudo. Teria ele ficado assustado, talvez até mesmo surpreso, com o tamanho do tesouro? Certamente não deveria. Apesar da austeridade do falecido conde, Harefield Hall era um verdadeiro santuário da prosperidade familiar: das paredes cobertas de chifres, peles e troféus de caça aos requintados jogos de chá de porcelana; do desfile de elmos persas e espadas indianas dispostos ao longo da grande escadaria até as paisagens pintadas a óleo representando plantações de cana-de-açúcar que pertenceram ao clã no passado, Harefield ostentava sua riqueza com orgulho. E, depois de algumas sentenças curtas, o novo conde de Somerset seria o dono de tudo aquilo, tornando-se um dos homens mais ricos e cobiçados da Inglaterra. A partir daquele momento, todas as damas solteiras do país cairiam a seus pés.

Enquanto isso, Eliza... Bem, ela poderia permanecer em Harefield e bancar a anfitriã do novo conde até que ele se casasse; se mudar para a Casa da Viúva, nos limites da propriedade; ou voltar para a casa de sua família. Nenhuma daquelas opções era empolgante. Voltar a Balfour para viver sob o olhar atento dos pais mais uma vez seria terrível. Mas como ela poderia permanecer ali, tão próxima de um homem que obviamente não sentia mais nada por ela, enquanto ela havia passado uma década inteira ansiando por sua presença? Seria outro tipo de tortura.

– Para Eliza Eunice Courtenay, a honorável condessa de Somerset...

Eliza não recobrou a atenção nem mesmo ao ouvir seu nome. Contudo, a maneira como o Sr. Balfour se recostou na cadeira, com os bigodes relaxados, confirmou que tudo o que o Sr. Walcot havia relatado seguia o pacto nupcial. Seu futuro estava garantido. Na cabeça de Eliza, porém, os anos seguintes seriam cinzentos e desinteressantes.

– Além disso, em respeito à sua lealdade e obediência...

Que deprimente ser descrita naqueles termos, como se fosse um cão fiel! Entretanto, sua mãe ficou visivelmente animada, com os olhos reluzindo de ganância, esperançosa de que o velho conde tivesse legado a Eliza algo mais – uma joia cara de sua coleção, talvez.

– ... sob a condição de que ela não traga nenhuma desonra ao nome Somerset...

Era típico de seu falecido marido anexar uma cláusula de moralidade a qualquer pequena herança que ele considerasse apropriada. Mesquinho até o fim!

– ... todas as minhas propriedades em Chepstow, Chawley e Highbridge, para seu uso absoluto.

Aquilo chamou subitamente a atenção de Eliza. *O que* o Sr. Walcot havia acabado de dizer?

De um instante para o outro, o ambiente, até então silencioso, tornou-se muito barulhento.

– Poderia repetir o que acabou de dizer, Sr. Walcot? Devo ter escutado mal! – sentenciou Selwyn, com a voz retumbante, dando um passo à frente.

– Sim, por favor, Sr. Walcot. Não tenho certeza de que isso esteja correto! – A voz da Sra. Courtenay soou aguda e penetrante quando ela se levantou da cadeira.

O Sr. Balfour também ficou de pé, estendendo a mão diante de si como se exigisse fazer ele mesmo a leitura do documento.

– Para Eliza Eunice Courtenay – repetiu o Sr. Walcot, obediente –, em respeito à sua lealdade e obediência... sob a condição de que ela não traga nenhuma desonra ao nome Somerset... eu deixo todas as minhas proprie-dades em Chepstow, Chawley e Highbridge, para seu uso absoluto.

– Que absurdo! – Selwyn não conseguia aceitar a realidade. – Julius me disse que pretendia deixar essas terras para Tarquin, nosso filho mais novo.

– Foi o que ele me disse também! – insistiu lady Selwyn. – Ele me *prometeu.*

– O que deveria caber a lady Somerset foi definido no pacto nupcial, não? – acrescentou a Sra. Courtenay. – Não havia nenhuma menção a isso!

– As terras de Somerset não estão todas vinculadas ao título? – per-guntou Margaret, intrigada, antes de ser silenciada de forma espalhafatosa pela Sra. Balfour.

– Se esse é o desejo do falecido conde, se está no testamento, então não pode haver questionamento – insistiu o Sr. Balfour, dirigindo-se aos demais presentes na sala.

Pareciam ter se esquecido completamente de que Eliza também estava ali.

– As propriedades de Chepstow, Chawley e Highbridge foram herdadas pelo conde por meio da linhagem materna, portanto, eram dele para fazer o que bem entendesse – disse o Sr. Walcot, com calma.

– Que absurdo! – bradou Selwyn, mais uma vez. – Não pode ser o documento correto!

– Garanto ao senhor que é – afirmou o Sr. Walcot.

– E eu estou dizendo que é o documento errado! – insistiu Selwyn, exaltado e agora sem nenhuma pretensão de soar simpático. – Eu vi o documento antes, e ele designava Tarquin como seu herdeiro!

– De fato – concordou o Sr. Walcot. – Mas o falecido conde me instruiu a corrigir esta linha quinze dias antes de sua morte.

O rosto de Selwyn passou de avermelhado a branco.

– A briga – sussurrou lady Selwyn.

– Discutimos por conta de um empréstimo… Era apenas uma questão de negócios – suspirou Selwyn. – Ele não podia… Ele não teria…

Ah, então tinha sido *aquele* o motivo da discussão: Selwyn havia pedido um empréstimo. Eliza poderia tê-lo advertido quanto a tamanha tolice. Ele devia estar desesperado, pois decerto sabia que o falecido conde, incuravelmente frugal e orgulhoso em excesso, considerava o auge da impertinência qualquer apelo a seu bolso.

– Garanto-lhe que o falecido conde foi bem claro em relação a esse assunto… e a todos os outros – afirmou o Sr. Walcot, tranquilamente. – As terras vão para lady Somerset.

Selwyn voltou-se para Eliza.

– Que palavras venenosas você andou sussurrando no ouvido dele? – disparou o homem.

– Como o senhor *ousa*…? – A Sra. Balfour estava indignada.

– Selwyn! – A voz de Somerset soou fria e reprovadora.

Selwyn deu um passo para trás, afastando-se de Eliza.

– Peço desculpas… Não tive a intenção… Foi um lapso de comportamento lamentável…

Lady Selwyn não se intimidou.

– E quanto à cláusula de moralidade? Meu tio deu alguma explicação? Alguma indicação do tipo de comportamento a que estava se referindo?

– Não vejo a relevância disso – disse a Sra. Balfour. – A reputação de minha filha é irrepreensível.

– Se meu tio achou apropriado incluir essa cláusula no testamento, deve ser algo bastante relevante, Sra. Balfour – disse lady Selwyn, incisiva.

– Não queremos parecer desrespeitosos – interrompeu a Sra. Courtenay. – Lady Somerset sabe que gostamos muito dela.

Lady Somerset *certamente* não sabia disso.

– A única especificação que o falecido conde fez foi que a interpretação da cláusula ficará a critério do décimo primeiro conde de Somerset e de mais ninguém – explicou Walcot.

Selwyn, lady Selwyn e a Sra. Courtenay abriram a boca para discutir, mas Somerset interrompeu.

– Se esse era o desejo de meu tio, não vejo problemas – disse o novo conde, com a voz firme.

– Claro, claro… – retrucou Selwyn, recuperando o tom cordial. – Mas, meu caro, acho que caberia a nós discutir que tipo de comportamento constituiria…

– Discordo – disse Somerset, tranquilo e confiante, sem parecer minimamente incomodado com os olhares de sua família. – E, a menos que lady Somerset tenha mudado muito desde a última vez que estive em solo britânico, ela é incapaz de se comportar de forma minimamente repreensível.

Eliza baixou os olhos, corando. Embora a convicção de Somerset fosse admirável, no passado ele havia lamentado o contrário.

– Exatamente – concordou a Sra. Balfour, satisfeita.

– Entretanto, dada a natureza incomum dessa cláusula – prosseguiu Somerset –, acho que isso não deve sair daqui. Afinal, nenhum de nós gostaria de dar margem a falatórios.

Houve acenos de concordância em toda a sala – os Balfours estavam entusiasmados, e os Selwyns, relutantes. A Sra. Courtenay parecia prestes a chorar novamente.

Houve uma longa pausa.

– Quanto as propriedades rendem anualmente? – perguntou Selwyn.

O Sr. Walcot fez uma breve consulta a suas anotações.

– Em média – disse ele –, rendem um pouco mais de nove mil libras por ano. Contando com o que foi acordado no pacto nupcial, soma uma renda anual de dez mil libras.

Dez mil libras por ano.

Dez *mil* libras. Todo ano.

Ela estava rica.

Ela estava *muito* rica.

Mais rica do que lady Oxford ou lady Pelham, as célebres herdeiras, os diamantes de suas respectivas temporadas. Mais rica do que muitos lordes de Whitehall. Seria mesmo verdade? O marido nunca dera qualquer indicação de que Eliza fosse algo além de uma eterna decepção para ele. Ela era inferior à primeira esposa do falecido em todos os sentidos e igualmente incapaz de lhe dar um filho. E, de repente, o despeito – seu descontentamento com o comportamento de Selwyn – o levara a mostrar a Eliza uma generosidade que ela nunca havia encontrado na vida até então. Dez mil libras por ano. Ele havia transformado Eliza numa mulher muito rica.

Ela sentiu que o fio que a conectava com a normalidade tinha acabado de ser rompido e que ela estava girando cada vez mais para longe. Não teria sido capaz de repetir nada do que foi dito durante o restante da leitura. Apenas atestou sua conclusão quando todos começaram a se levantar e ela, mecanicamente, fez o mesmo. A frase "dez mil libras por ano" ecoava em sua mente, impedindo-a de pensar em qualquer outra coisa.

– Dez mil libras! – sussurrou Margaret em seu ouvido, animadíssima, enquanto todos saíam da biblioteca. – Você entende o que isso significa?

Eliza mexeu a cabeça, sem saber exatamente se assentia ou negava.

– Isso muda *tudo*, Eliza!

Capítulo 2

Na tarde seguinte, Eliza estava parada nos degraus da entrada de Harefield, preparando-se para se despedir de seus convidados. Permaneceria na casa apenas Margaret, que trabalhava como dama de companhia de Eliza desde a morte do conde e continuaria no posto por mais quinze dias. Eliza mal podia esperar que Harefield fosse só delas novamente. Ouviu os pais se aproximarem antes mesmo de vê-los: o Sr. Balfour rosnava ordens para os lacaios e a Sra. Balfour repreendia as criadas. Quando os dois passaram pelas portas de carvalho, ela respirou fundo.

– Você consegue! – sussurrou Margaret em seu ouvido.

Nas horas que se seguiram à leitura do testamento, havia ficado claro que o Sr. Balfour esperava administrar a nova fortuna da filha. Aquela seria a última chance de Eliza afastar tal ideia.

– Veremos você em algumas semanas – disse a Sra. Balfour.

– Não demore! As condições das estradas só vão piorar – instruiu o Sr. Balfour.

– Eu andei pensando... – começou a dizer Eliza, hesitante.

– Até lá, todas as suas questões financeiras estarão resolvidas – disse a Sra. Balfour. – Não é, meu marido?

– Sim, já falei com o Sr. Walcot.

Como o gesto de despedida mais sincero que o Sr. Balfour seria capaz de fazer, ele deu um aceno de cabeça ríspido para Eliza e desapareceu escada abaixo, deixando-a com a mãe – o mais ameaçador dos oponentes.

– Andei pensando que talvez... – ensaiou Eliza.

– Achamos melhor você nomear o filho de Hector como seu herdeiro – disse a Sra. Balfour, com firmeza.

Hector era o irmão mais novo de Eliza.

– Não sei se...

– Acho que Rupert seria o maior beneficiado. – A voz da Sra. Balfour engoliu a de Eliza.

De todos os pestinhas insolentes dos filhos de seu irmão, Rupert era o pior.

– Eu acho que preferiria...

– O Sr. Balfour pode organizar os documentos assim que você voltar para casa. – A Sra. Balfour afagou o rosto de Eliza como se estivesse encerrando a conversa.

Não são seus bens!, Eliza poderia ter dito à mãe se fosse mais corajosa. *A fortuna não é sua para gastar, distribuir ou tirar de mim!*

– Está bem, mamãe – concordou Eliza, com um suspiro derrotado.

– Está decidido, então. Adeus! Nós nos veremos em breve. E lembre-se, querida: você ainda é uma condessa. Não permita que os Selwyns passem por cima de você.

A ironia do conselho da Sra. Balfour não passou despercebida a Eliza – nem a Margaret, que mal conseguiu conter a gargalhada. Depois daquela instrução final, a Sra. Balfour foi embora.

– Sei que ela é sua mãe e minha tia – comentou Margaret, enquanto ela e Eliza observavam a Sra. Balfour subir na carruagem –, mas se eu a visse tentando se equilibrar na beira de um penhasco... talvez prestes a cair no mar... hesitaria por um momento. Não a empurraria, mas sem dúvida hesitaria.

Ao contrário de Eliza, Margaret costumava dizer exatamente o que estava pensando e no momento em que as palavras lhe ocorriam. Sua família acreditava que era por isso que ela nunca tinha se casado.

Eliza agradecia pelo fato de a Sra. Balfour não conseguir mais escutá-las quando uma tosse discreta fez as duas se virarem. Somerset havia aparecido na entrada e, considerando sua expressão bem-humorada, provavelmente tinha ouvido o comentário nada respeitoso da prima. Eliza corou por Margaret.

– Ah! – disse Margaret, sem demonstrar grande preocupação.

– Vou fingir que não ouvi nada – respondeu Somerset, achando graça.

Quando era mais jovem, ele costumava ter um relacionamento amigável com Margaret e ainda parecia não se importar com seus comentários ácidos.

– Como se você fosse capaz disso... – disse Margaret.

Somerset abriu um sorriso que destoava de seu habitual comportamento introspectivo, assim como o sol brilhava entre pesadas nuvens de chuva. Eliza perdeu o fôlego. Então, o homem se virou para ela e o calor desapareceu com a mesma rapidez com que havia surgido.

– Seu pai me disse que pretende voltar para Balfour, milady – disse ele.

Embora sustentasse o contato visual com ela, Eliza sentia que seu olhar a atravessava.

Olhe para mim!, Eliza queria gritar para Somerset. *Estou aqui, olhe para mim!*

– Sim – respondeu ela, num tom de voz muito baixo. – Pretendo fazer isso.

Damas não gritavam, por maior que fosse a provocação que se apresentasse a elas.

Somerset assentiu, sem que sua expressão revelasse qualquer emoção. Será que estava aliviado? Talvez.

– Se é o que milady deseja – disse ele.

Não era. Não era o que ela desejava. Mas que escolha teria?

– É claro que milady pode escolher qualquer uma das carruagens para viajar – prosseguiu ele. – E, se desejar, pode levar um dos empregados da casa...

– O senhor é muito gentil – disse Eliza.

– Não é nada de mais – respondeu ele, e parecia sincero.

Haveria algo mais torturante do que aquela apatia?

– De qualquer maneira, sou muito grata – insistiu Eliza.

Houve uma pausa.

– Não precisa me agradecer – murmurou Somerset. – Não é nada mais do que minha obrigação como chefe da família.

Na realidade, aquela observação era mais torturante do que a apatia. *Obrigação. Família.* As palavras queimavam.

– Adeus, querida lady Somerset! – cantarolou lady Selwyn, fingindo doçura ao cruzar a porta. – Não temos nem como agradecer por sua hospitalidade.

– Adeus, milady!

Atriz menos habilidosa do que a filha, a Sra. Courtenay não sorriu.

– Comporte-se! – recomendou Selwyn, sacudindo o dedo na direção de Eliza. – Afinal, não gostaríamos de tirar essa fortuna de você.

– Selwyn! – Somerset repreendeu-o com veemência.

– Lady Somerset sabe que estou apenas brincando!

– Claro que sabe – concordou lady Selwyn. Ela olhou para Somerset e para Eliza, e sua expressão endureceu. – Somerset, pode me dar o braço para eu subir na carruagem?

– O braço de seu marido não serve, Augusta? – sugeriu Somerset com gentileza. – Tenho alguns assuntos para discutir com lady Somerset.

Lady Selwyn lançou um olhar fulminante para Eliza, como se aquilo fosse culpa dela, mas recuou com relutância para junto do marido e da mãe.

– Estarei na cidade pelos próximos quinze dias – disse Somerset a Eliza. – Se precisar de ajuda com alguma coisa, não hesite em me mandar uma mensagem.

Eliza assentiu.

– Tenha um bom dia, lady Somerset. – Ele inclinou a cabeça na direção da mão dela para se despedir.

– Lorde Somerset – saudou Eliza.

Havia algo terrivelmente irônico no fato de os dois terem passado a adotar o mesmo sobrenome. Era uma cruel peça do destino que eles poderiam ter compartilhado se a mãe de Eliza não estivesse tão ansiosa para garantir um título para a filha – e se Eliza não fosse tão fácil de convencer.

Quando Somerset ergueu a cabeça, seus olhares se encontraram. Então a máscara de neutralidade caiu. Talvez ele tivesse baixado a guarda por estar prestes a ir embora; talvez tivesse se surpreendido por encontrar, de súbito, o rosto dela tão próximo do seu. A expressão educada de Somerset tornou-se ardorosa, até mesmo aflita, e sua mão enluvada apertou a dela, descontroladamente. Eliza sentiu, enfim, que tinha sido vista.

Não apenas olhada de relance, como se fosse uma desconhecida sem a menor importância, nem encarada como uma obrigação inconveniente a ser cumprida. Tinha sido *vista*: ela como Eliza, ele como Oliver, duas pessoas que um dia se conheceram profundamente. E, embora o momento não tenha durado mais de dois segundos – o tempo de três batimentos cardíacos acelerados –, foi como se alguém tivesse enfiado a mão no peito de Eliza e apertado seu coração.

– Somerset! Venha logo, meu caro!

E o momento passou. Somerset soltou a mão de Eliza como se ela o queimasse.

– Adeus, Srta. Balfour! – despediu-se, apressado. – Eu preferia que as circunstâncias tivessem sido mais felizes, mas foi bom revê-las.

Ele desceu rapidamente os degraus da entrada da casa e entrou na carruagem.

– Eu também achei bom – sussurrou Eliza para o vazio que ele deixou.

Como sempre, ela se manifestava um pouco tarde demais.

– Vamos entrar? – perguntou Margaret, com a voz baixa e os olhos atentos ao rosto da prima.

Eliza assentiu.

As duas seguiram para a sala no primeiro andar. Com cortinas carcomidas e tapetes de brocado desbotados, era o cômodo menos grandioso de todos, mas o favorito de Eliza, pois na parede havia uma paisagem marinha pintada por seu avô, artista de talento superior e algum renome. A pintura, que retratava um pequeno barco navegando o oceano frio e insondável, havia sido levada para Harefield pela condessa anterior e representava um conforto diário para Eliza. Era uma lembrança duradoura das tardes agradáveis que havia passado com o avô. Aprendera então a pintar, na simplicidade da infância, antes que descessem a bainha de suas saias e lhe prendessem o cabelo, quando Eliza ainda acreditava ingenuamente que podia trilhar o caminho das artes.

– Gostaria de um pouco de chá, milady? – perguntou Perkins.

– Ah, acho que precisamos de algo *bem* mais forte do que chá – declarou Margaret, arrancando a touca de renda e deixando à mostra os cabelos ruivos, e descalçando os sapatos de cetim. – Uma dose de conhaque, por favor!

Perkins nem piscou diante daquele pedido tão pouco condizente com uma dama. Retornou prontamente com uma bandeja e o melhor conhaque do estoque do falecido conde.

– Obrigada! – disse Eliza, e Perkins lhe serviu a dose "adequada a uma dama".

Ela ia sentir falta dele quando partisse para Balfour.

– Esplêndido! – concordou Margaret.

Porém, assim que Perkins saiu da sala, pegou a garrafa de cristal e encheu generosamente as duas taças.

Acima de tudo, Eliza sentiria falta de Margaret. Os últimos nove meses, período em que havia ficado confinada entre os muros de Harefield cumprindo a fase mais rígida do luto, talvez parecessem intermináveis se a prima não tivesse sido enviada para lhe fazer companhia. Ter sua amiga mais querida – tão próxima depois de tantos anos de separação – havia sido uma alegria inesperada. Mas agora…

– Devemos brindar a nosso iminente retorno ao seio amoroso de nossas famílias? – perguntou Eliza, aceitando a taça.

– Certamente não – reagiu Margaret. – Acho uma péssima ideia.

– Eu sei – disse Eliza, pois a prima já deixara sua opinião bem clara. – Mas não posso ficar aqui, Margaret. Ele foi educadíssimo, mas acho que eu teria preferido a hostilidade a esse sentimento de insignificância.

Eliza não precisava explicar quem era *ele*.

– Já se passaram dez anos – disse Margaret. – Com certeza, você não está mais…

Eliza tomou um gole de conhaque. A bebida queimou sua garganta.

– Sei que é tolice – respondeu Eliza. – Mas quando o vi novamente…

Ela se lembrou da eletricidade que percorreu seu corpo e sua alma no momento em que ele entrou na biblioteca.

– Foi como ser atingida por um raio – explicou Eliza, corando ao se ouvir falar em voz alta de um sentimento tão exagerado.

– Que desagradável! – observou Margaret. – De repente fiquei feliz por nunca ter me apaixonado. Ele parecia o mesmo daqueles tempos?

– Melhor ainda… – respondeu Eliza, melancólica. – Desnecessariamente bonito, na verdade. Ele não poderia ter voltado mais feio?

– Tem certeza de que ele é bonito, e não apenas bem alto? – perguntou Margaret. – Já notei que, às vezes, as duas coisas se confundem.

– Tenho certeza. – Eliza tomou outro gole do conhaque.

– A Casa da Viúva fica meio distante de Harefield – disse Margaret. – Seria fácil evitá-lo. Você acha mesmo que não seria capaz de suportar?

Eliza balançou a cabeça.

– Como viver assim? Desejando compartilhar minha vida com ele, enquanto o vejo seguir em frente, se casar e ter filhos com outra mulher? Não, não consigo.

Eliza estremeceu ao considerar, mais uma vez, que sua alternativa àquele cenário envolvia Balfour e a companhia da mãe.

– Mas só de pensar em voltar a ser atormentada pelos meus pais… eu… tenho vontade de sumir. Não me restam forças para suportar tanto – lamentou.

– Você foi tão infeliz assim nos últimos anos? – perguntou Margaret, baixinho.

Eliza não respondeu. Tinha evitado contar detalhes de seu casamento para Margaret nas cartas semanais e nas visitas esporádicas, para não ser considerada dramática ou mimada. E, honestamente, embora o falecido conde não tivesse sido o marido de sua escolha e ela não apreciasse a vida como condessa de Somerset, aqueles anos não foram totalmente desprovidos de satisfação. Obviamente, em mcio a uma vida dedicada a tentar agradar um homem cuja inclinação natural era desaprovar tudo e todos, Eliza precisou encontrar pequenos prazeres, alegrias silenciosas. Até o momento em que começou a pensar se não estaria se tornando tão pequena e silenciosa que poderia ser guardada na cristaleira e deixada ali até que fosse necessário enfeitar a mesa novamente.

– Não adianta – disse Eliza, depois de uma pausa. – Voltarei para Balfour. Não tenho escolha.

Ela se sentia uma figura patética e desamparada. Esperava que Margaret dissesse algo reconfortante e fizesse carinho em sua cabeça.

– Acho que você está fazendo uma tempestade em copo d'água – disparou Margaret, acidamente.

Sem dúvida, não eram as palavras que Eliza tinha em mente.

– Como é?

– Você esqueceu que agora é uma das mulheres mais ricas da Inglaterra?

Margaret endireitou-se na cadeira e apontou para Eliza, que observou com medo os movimentos da prima. Ela estava se aproximando perigosamente de um vaso Ming caríssimo.

– Não, não me esqueci – disse Eliza. – Mas não sei se faz muita diferença, Margaret. Estou tão encurralada quanto antes.

– Se você pretende agir de maneira tão derrotista, em suas mãos essa fortuna é um desperdício – argumentou Margaret, balançando a cabeça.

– E para onde é que você quer que eu vá? – perguntou Eliza.

Achou que Margaret a compreendesse.

– Para qualquer lugar! – retrucou Margaret. – Agora você certamente pode se dar ao luxo de ter a própria casa. Nunca considerou essa possibilidade?

Na verdade, Eliza não havia considerado. A Sra. Balfour costumava dizer que as únicas mulheres que tinham a própria casa sem ser casadas eram as muito excêntricas, as muito idosas ou ambas. Eliza não era nem uma coisa nem outra.

– Margaret, isso é sério!

– Mas eu estou falando sério – respondeu Margaret.

– E o que eu *faria* da vida? – perguntou Eliza.

– Só o que você quisesse, Eliza! – exclamou Margaret. – Você se tornou realmente tão derrotista que *não quer* mais nada?

– Não quero nada? – repetiu ela, chocada com o tom incisivo de Margaret. – Como assim, *não quero* nada? Margaret, eu quero... o infinito.

– Mesmo? – perguntou Margaret, soando tão ambígua que Eliza começou a perder a paciência.

– *Mesmo* – insistiu ela. – Quero usar vestidos que eu mesma escolher... Estou cansada de andar tão desmazelada. E quero pintar o dia inteiro se for da minha vontade. E *quero* gastar meu dinheiro de forma bem frívola se me der na telha!

Eliza parecia incapaz de conter a enxurrada de palavras que saíam de sua boca.

– Quero acender a lareira durante o dia e ir aonde tiver vontade e, acima de tudo... – Respirou fundo e continuou: – Acima de tudo, Margaret, queria ter me casado com o homem que amo, e não com aquele a que o dever me obrigou. Mas não me casei. E nada vai mudar esse fato. Por isso, perdoe-me se, depois de uma vida inteira tendo todos os meus desejos negados, pareço um tanto derrotista.

Eliza esfregou os olhos, zangada. A Sra. Balfour tinha, enfim, conseguido fazê-la chorar. Mas era tarde demais para lágrimas terem alguma utilidade.

– Muito bem – disse Margaret, depois de um breve silêncio. – Talvez você não possa fazer *tudo* o que deseja, mas em sua casa poderia tentar...

– Nunca permitiriam – interrompeu Eliza. – Sou uma viúva em seu primeiro ano de luto. As regras...

– E-li-za – pronunciou Margaret, estendendo cada sílaba como forma de protesto. – Você não é mais a tímida Srta. Balfour. Você é uma *condessa*. É dona de mais de quatro mil hectares de terra. É mais rica do que toda a nossa família junta. Já não está na hora de quebrar as regras?

Mais uma vez, Eliza se pegou olhando fixamente para Margaret. Nada do que ela dissera estava errado, mas o modo como ela havia enumerado os fatos para dar a entender que Eliza tinha algum poder... Aquilo não parecia verdade.

– É sua chance de, finalmente, ter a própria vida – insistiu Margaret. – Não suporto ver você desperdiçá-la... Ah, o que eu não daria para ter uma oportunidade como essa!

Margaret inclinou o corpo para a frente, entrelaçando as mãos firmemente diante de si. Por um momento, Eliza desejou que aquela fortuna tivesse sido dada à prima, e não a ela. Margaret, mais corajosa e mais inteligente – e, certamente, mais franca do que Eliza –, aproveitaria ao máximo a oportunidade. A prima também merecia mais da vida do que ser enviada pela família para cuidar de seus vários filhos, sendo negligenciada e destituída de importância – praticamente aprisionada –, tratada como "a última irmã sem marido". Talvez ninguém dissesse aquilo em voz alta, mas Eliza sabia que a família considerava Margaret um caso perdido, uma solteirona.

O peso de toda aquela injustiça começou a queimar no peito de Eliza, ardendo mais do que o conhaque. No testamento, por ordem do falecido marido, ela havia sido declarada "obediente e leal". "Incapaz de se comportar de forma minimamente repreensível", como Somerset dissera a todos naquela sala. Ela sempre tinha sido vista dessa forma. Foi em grande parte por isso que o velho conde a escolheu como esposa, ao encarar a timidez de Eliza como uma prova de sua maleabilidade. E, durante todos os anos de casados, ela nunca dera a ele nenhum motivo para mudar de ideia. Mas talvez Margaret tivesse razão. Talvez aquela fosse sua chance. Talvez fosse a chance *das duas*.

– Eu não conseguiria fazer isso por conta própria – disse Eliza, hesitante. – Morar sozinha não seria nada adequado.

– Ah, a sociedade está repleta de solteironas e viúvas que você poderia convidar para serem sua dama de companhia – disse Margaret, descartando o argumento de uma vez. – Qualquer mulher respeitável serviria. *Eu* faria isso, mas Lavinia está esperando outro filho.

– Lavinia é uma megera – salientou Eliza.

– Mas é uma megera bastante fértil – disse Margaret, fazendo uma ressalva. – Assim que a criança nascer, ela vai me chamar, e minha mãe vai insistir para que eu vá e... será o fim de tudo. Você terá que fazer isso sem mim.

Sem Margaret, a determinação de Eliza cairia por terra em uma semana.

– Para quando está previsto o nascimento da criança? – perguntou Eliza.

– Para meados de abril, se tudo correr bem – disse Margaret, olhando para Eliza, contemplativa. – No entanto… Lavinia não vai precisar de mim até lá.

– E se eu escrevesse para sua mãe e implorasse para ter sua companhia por mais três meses? – indagou Eliza.

– Só até a criança nascer – acrescentou Margaret, com um sorriso se formando nos lábios. – Mais três meses não é um pedido tão fora de propósito.

Um silêncio pairou entre as duas.

– Teríamos que ser muito, *muito* cuidadosas – disse Eliza.

Um sorriso de verdade se abriu no rosto de Margaret.

– Estou falando sério, Margaret – frisou Eliza. – Se os Selwyns farejarem a menor inadequação, vão começar a reivindicar a execução da cláusula moral. Precisamos pensar em um bom motivo para não irmos a Balfour… um motivo que seja aceito por todos.

– Para onde devemos ir? – perguntou Margaret. – Londres?

– Londres… – repetiu Eliza, com melancolia.

Mal havia passado pela metrópole desde sua primeira (e última) temporada. Imaginou como seria se ela e Margaret morassem lá e fossem livres para ver toda forma de arte e quantos museus quisessem. Em maio, haveria a abertura da Exposição de Verão da Academia Real, algo que Eliza não via desde os 17 anos… mas não.

– Enquanto eu estiver de luto, não pode ser Londres – disse Eliza. – Cairíamos em desgraça no mesmo instante.

– Outra cidade, então – sugeriu Margaret. – Uma cidade com entretenimento suficiente para nos ocupar, mesmo que você não possa comparecer a nenhum evento público. Que tal Bath?

Bath. Eliza pensou na sugestão.

– Sim – disse ela, finalmente. – Acredito que lá encontraríamos entretenimento de natureza discreta. Eu poderia dizer que recebi uma prescrição médica para ir a uma estação de águas. Ninguém precisa saber que se trata de uma mentira.

– Vou visitar bibliotecas, assistir a concertos, conhecer pessoas novas e interessantes – disse Margaret, com a voz sonhadora.

– Sim, certamente – disse Eliza. – E eu vou… Eu vou…

A voz de Eliza vacilou, a dúvida se insinuou. Em sua mente, surgiu de repente a expressão de desaprovação da Sra. Balfour, e ela murchou sob o olhar furioso da personagem em sua imaginação. Sua mãe ficaria muito desapontada. Seu pai também. Eliza mordeu o lábio e ergueu os olhos para o quadro do avô, pendurado na parede – aquele pequeno e corajoso barco que despendia um esforço enorme apenas para se manter na superfície. Margaret emitiu um som gentil e encorajador, como alguém faria para acalmar um cavalo assustado, e Eliza respirou fundo, bem fundo.

– Eu vou me transformar… numa dama elegante? – sugeriu Eliza.

– Sim – disse Margaret, sem pestanejar.

– E vou pintar – prosseguiu Eliza, com mais firmeza.

– O dia inteiro, se quiser.

– E… e nunca mais serei obrigada a me casar! – exclamou Eliza, de repente com a garganta seca. – Isso ficou para trás.

Margaret ergueu sua taça bem alto diante da prima.

– Agora sim! Este é um brinde que dá gosto de fazer – disse ela. – A Bath!

Capítulo 3

Em 27 anos de vida, Eliza demonstrara poucas atitudes que pudessem ofender, desagradar ou mesmo surpreender a sociedade. Por isso, havia algo excepcionalmente emocionante naquela fuga de Harefield Hall. Embora tivesse levado duas semanas para planejar; embora cada membro da família Balfour tivesse sido avisado, por carta, de sua decisão; e embora ela e Margaret fossem viajar em uma discreta carruagem de Somerset, a Eliza tudo ainda parecia ilícito, como se as duas estivessem fugindo para Gretna Green, para um casamento às pressas.

– Sua mãe escreveu novamente hoje? – perguntou Margaret, enquanto as duas subiam na carruagem, seguidas por Pardle, a criada de Eliza.

A viagem não era longa – menos de 30 quilômetros –, e a manhã de fevereiro estava iluminada, por isso Eliza havia optado por viajar na caleche, para sentir o calor do sol no rosto. A bagagem tinha seguido na frente, com Perkins e outras duas jovens, os únicos membros da criadagem que Eliza levaria. Por ter privado Harefield de seu mordomo – o que jamais teria feito se Perkins não tivesse lhe pedido pessoalmente –, ela se sentia culpada demais para reivindicar outros criados.

– Com certeza haverá uma carta à nossa espera quando chegarmos lá – disse Eliza.

Como esperado, nenhum integrante do clã Balfour ficara satisfeito com a decisão de Eliza. Contudo, amparada por Margaret e pelo pretexto fictício de uma recomendação médica, ela permaneceu firme. E, depois que nenhuma das cartas da Sra. Balfour – desde as repreensões até as súplicas – se mostrou eficaz, a permissão para Margaret acompanhá-la foi dada, embora com relutância, até o nascimento do filho de Lavínia, quando a prima seria recolhida.

– Já teve alguma notícia de Somerset? – perguntou Margaret.

Sem responder, Eliza fingiu alisar as saias. Com tijolos quentes nos pés e cobertores no colo, elas ficariam confortáveis até a parada para descanso. Mas Eliza estava usando sua roupa mais quente – e deselegante: outro vestido preto, de mangas compridas e fechado até o pescoço, com um grosso manto de lã e um pesado chapéu de viagem que tornava bastante difícil a tentativa de virar a cabeça.

– Você ainda não escreveu para ele? – adivinhou Margaret. – Eliza!

– Vou escrever – prometeu Eliza, na defensiva.

A aprovação do plano por Somerset era tão importante quanto a da Sra. Balfour, é claro, pois somente ele tinha como privar Eliza de sua fortuna. No entanto, embora ela tivesse se sentado para escrever a carta uma dúzia de vezes, em nenhum momento havia conseguido produzir uma única palavra. Como se escreve uma mensagem formal para um cavalheiro com quem se trocou cartas de amor no passado?

– Vou escrever assim que chegarmos – prometeu Eliza.

Ela deu uma última olhada nas dimensões intimidadoras de Harefield. Lembrava-se vividamente de como o tamanho da propriedade havia lhe parecido alarmante quando chegou ali, aos 17 anos. Tremia de nervosismo, temendo ser assassinada dentro da casa. Mas havia sobrevivido, e no momento emergia não como a recatada Srta. Balfour, nem como uma esposa tímida, mas como a independente lady Somerset.

– Podemos ir, Tomley – instruiu ela com a maior firmeza de que era capaz.

Eles partiram em um ritmo rápido e um pouco sacolejante.

O condutor habitual de Eliza havia adoecido, e Tomley, mais jovem, tinha menos cerimônia com as rédeas. Eliza estremeceu quando passaram por cima de um buraco na estrada. Ainda bem que nem ela nem Margaret eram propensas a enjoos de viagem.

– O que você deseja fazer primeiro? – perguntou Eliza a Margaret pouco após o início da viagem, abrindo a pasta com seus desenhos.

Na época, esperava-se que qualquer dama de boa posição fosse prendada, mas, por influência de seu avô – membro respeitado da Academia Real –, Eliza havia recebido uma educação artística extraordinariamente avançada. Contudo, isso não a preparou para desenhar em uma carruagem que sacudia a cada irregularidade da estrada.

– Sem dúvida, teremos sérias restrições por causa de seu estado de luto... Não que eu esteja culpando você, naturalmente.

– Obrigada pela compreensão – disse Eliza com ar distraído.

Deveria pedir a Tomley que diminuísse a velocidade? Aquela seria a primeira viagem significativa que ela faria sem o pai nem o marido para cuidar dos arranjos em relação à casa nova, e ela não sabia muito bem o quanto deveria se envolver. A estrada havia se tornado bastante estreita; com certeza seguir naquela velocidade seria desaconselhável.

– ... mas ainda temos muitas possibilidades em aberto. Os Jardins Sydney e o Pump Room e... cuidado, Tomley!

Bem à frente na estrada, antes de uma curva fechada, havia um enorme fosso. Tomley puxou as rédeas, e os cavalos viraram de modo frenético para a direita, no exato momento em que uma carruagem trepidante apareceu pelo lado de dentro. A colisão foi ao mesmo tempo lenta e acelerada: Tomley segurou os cavalos e o outro condutor tentou conter os dele, mas já era tarde demais. O acidente era inevitável. Houve um terrível atrito nas rodas, e lascas de madeira voaram. Eliza e Margaret agarraram-se desesperadamente uma à outra enquanto a carruagem ricocheteava na direção oposta. Almofadas, cobertores e bolsas voavam pelas laterais da caleche.

O veículo balançou uma ou duas vezes e parecia prestes a capotar... Então, se endireitou com um estrondo retumbante. Os dois veículos finalmente pararam, e houve um silêncio, quebrado apenas pelo barulho comicamente pacífico dos pássaros que cantarolavam nos galhos das árvores.

– Você está bem? – balbuciou Eliza.

– Eu... acho que sim – respondeu Margaret, estendendo a mão para ajeitar o chapéu que havia entortado.

– Pardle? Tomley?

– Sim, milady – sussurrou Pardle, segurando as laterais da caleche com os dedos pálidos.

– Minhas desculpas, milady! Minhas desculpas! – balbuciou Tomley, saltando da caleche para ver os cavalos.

Os animais relinchavam e espumavam pela boca, assustadíssimos. No lado oposto da estrada, o condutor da carruagem tomava as mesmas providências de Tomley.

Eliza passou as mãos pelos braços como se quisesse verificar se permaneciam intactos. Por um milagre, ela e a prima pareciam ter saído ilesas do acidente, embora Margaret estivesse muito pálida, apesar das sardas. Eliza sentiu o corpo começar a tremer violentamente.

O silêncio foi rompido pelo rangido de uma porta que se abria lentamente. Um homem saltou da carruagem. Era alto e tinha pele marrom e cabelos escuros cacheados. Ao contrário do aspecto desgrenhado de Eliza e de Margaret, a única evidência do impacto da colisão nele era o ângulo de seu chapéu, que de provocador passou a ridículo. Ele olhou em volta com uma expressão de leve espanto, observando primeiro seu condutor, depois a caleche e, por fim, Margaret e Eliza.

– Pretendem me atacar? – perguntou ele, mais curioso do que alarmado. – É um assalto?

Eliza o encarou com seriedade. Será que ele havia batido a cabeça durante o acidente?

– N-não… é claro que não! – gaguejou ela.

– Pretendiam me *assassinar*? – perguntou o homem.

– Certamente que não! – retrucou Eliza, indignada. Que raios…?

– Então, por Deus, o que pretendiam fazer? – inquiriu o cavalheiro, franzindo as sobrancelhas. – Eu estava no meio de uma soneca bem tranquila, sabiam?

Eliza ficou boquiaberta. Quem era aquele homem, afinal de contas? O tom de sua pele sugeria origem indiana – incomum em um cenário rural –, e a carruagem particular dava sinais de riqueza. Talvez fosse um comerciante rico a caminho de uma cidade próxima? Mas um comerciante não falaria com ela daquele modo…

– Não tivemos a *intenção* – disse Margaret, indignada.

– Ele estava viajando numa velocidade escandalosa! – disse o condutor do desconhecido depois de acalmar os cavalos, apontando para Tomley com raiva.

– Assim como você – retrucou Tomley.

– Devemos concordar que a culpa é de ambos? – sugeriu Eliza às pressas, antes que os ânimos se exaltassem mais ainda.

– O veredicto parece um tanto prematuro – disse o cavalheiro, com um sorriso que começava a despontar, como se ele estivesse tentado a achar graça naquele incidente. – O júri não deveria ouvir as evidências antes de deliberarmos?

– Estou feliz que esteja achando tudo tão divertido, senhor! – disse Margaret, com aspereza.

– Eu também – concordou o homem. – Senso de humor é mesmo o maior dos tesouros.

Atordoada, Eliza estendeu a mão para ajeitar o chapéu. Aquela não era a viagem serena que havia planejado! Se achasse que lágrimas ajudariam, já teria começado a chorar. Àquela altura, já deveriam estar bem perto de Peasedown, prestes a desfrutar de uma refeição restauradora, e não encalhados no meio do nada, conversando com um cavalheiro desconhecido tão estranho a ponto de parecer um louco varrido.

– Tomley? – chamou ela. – Podemos continuar?

O cocheiro balançou a cabeça.

– A roda esquerda está bem danificada – respondeu ele, examinando-a com um olhar crítico. – Mas não se preocupe, minha senhora! Peasedown fica a apenas 5 quilômetros de distância. Vou pegar um dos cavalos e voltarei o mais rápido possível com alguém para fazer o reparo.

– Vai nos deixar aqui? – perguntou Margaret.

Mesmo que Eliza não estivesse de trajes de luto, ficar sem proteção no meio da estrada estava longe de ser o ideal… Naquelas circunstâncias, parecia inclusive bastante impróprio. Mas que escolha tinham? Eliza olhou para o céu.

Não ia chorar. Ela *não ia* chorar. Mas por que aquele acidente tinha que acontecer justamente naquele dia, quando ela havia decidido recomeçar?

– Longe de mim querer me intrometer… – A voz do cavalheiro interrompeu seu devaneio. Para a irritação de Eliza, ele ainda parecia achar graça da situação. – … mas como minha carruagem parece estar intacta… na verdade, escandalosamente intacta… eu poderia oferecer às senhoras transporte até… Peasebury ou Peaseton… para algum lugar onde possam se abrigar do frio?

Era uma proposta tentadora. E, ao pensar no assunto, Eliza foi tomada por um arrepio – era como se seu corpo concordasse com aquele homem –, mas ela balançou a cabeça, recusando.

– É muita gentileza de sua parte, senhor, mas não posso aceitar.

– Estou sendo mesmo muito gentil – concordou o cavalheiro. – E receio que precise insistir. Imploro que não me considere grosseiro, mas não posso deixá-las aqui na estrada.

– Mas deveria – respondeu Eliza.

– Não posso – repetiu ele. – Isso iria contra o código de honra de cavalheiros que nos obrigam a decorar em Eton. – "Ninguém pode deixar donzelas no caminho para serem devoradas por ursos selvagens…"

Eliza começou a pensar que talvez ele tivesse batido a cabeça.

– Não há ursos selvagens na Inglaterra – observou Margaret.

– Terá que informar isso a Eton – disse o cavalheiro, num tom sério.

– O senhor é um desconhecido – argumentou Eliza. – Não seria apropriado.

– Ora, isso é muito fácil de resolver. Basta uma apresentação – respondeu o cavalheiro, fazendo uma reverência magnífica. – Meu nome é Melville.

Margaret deu um pulo. Tomley emitiu um som audível, como se tivesse engasgado. Ah… Mas é claro!

A família Melville era uma das mais antigas linhagens da aristocracia britânica. Cada nova geração parecia superar a anterior em questão de infâmia. O sétimo conde – Jack Maluco – ficou famoso por perder a fortuna na mesa de jogo. O oitavo conde fugiu de casa ao completar 18 anos e voltou uma década depois, com uma esposa da nobreza indiana. Mantendo a tradição familiar, o nono e mais recente, lorde Melville, tinha seus envolvimentos românticos noticiados todas as semanas pelos pasquins. Por outro lado, ele e sua irmã, lady Caroline, ficaram igualmente conhecidos por seus feitos literários: ela escreveu um romance político, em parte fictício; ele ficou famoso por causa de alguns versos românticos que fascinaram as mulheres da alta sociedade.

Eliza examinou Melville de cima a baixo e resolveu que ele era tão bonito e atraente quanto costumava ser descrito. Só não carregava uma espada de pirata, como ela sempre havia imaginado. Notou também que, embora ele usasse trajes informais, o corte requintado de seu casaco de montaria, o brilho de suas botas de cano alto e a copa alta de seu chapéu de castor esbanjavam sofisticação. Voltou a examinar o rosto dele. Foi nesse momento que se deu conta, ao ver o homem erguer as sobrancelhas, que ela não havia feito nenhum esforço para disfarçar a inspeção óbvia que fazia, tamanho era o seu assombro.

– E então? – perguntou Melville abrindo os braços, como se a estivesse encorajando a analisá-lo. Eliza corou. – Decidiu aceitar minha oferta benevolente e generosa?

– Minha senhora, se me permite a opinião, não acho que seja apropriado – disse Tomley baixinho.

Pardle assentiu com vigor.

Eliza hesitou, completamente perdida. De um lado, decerto seria indesejável associar-se a um conquistador tão notório, alguém que poderia até ser chamado de libertino. De outro, elas não podiam ficar ali em uma via pública, naquele frio, horas a fio até que Tomley retornasse. Ela olhou para Margaret, que deu de ombros discretamente, impotente. Cabia a Eliza decidir.

– Seu finado marido não gostaria... – insistiu Tomley, o que definiu a resposta dela.

– No entanto, meu finado marido não está aqui – respondeu Eliza. – A decisão é minha e... e eu não gostaria de me demorar mais. Tomley, se puder nos ajudar a descer da carruagem, pode seguir com os cavalos e contratar os serviços do carpinteiro que faz reparos nas rodas.

– Permita-me...

O conde ofereceu a mão a Eliza. Num instante, ela, Margaret e Pardle foram colocadas no interior da carruagem, que, felizmente, era bastante confortável.

Pouco depois, Melville as seguiu, entregando a Eliza a pasta de desenhos respingada de lama antes de se acomodar no assento oposto.

A carruagem partiu. Ficaram todos em silêncio, e Eliza e Margaret ficaram observando Melville. Eliza procurou algo interessante para dizer, mas não encontrou nada.

Felizmente, Melville parecia mais do que capaz de se encarregar da conversa.

– Para onde estão viajando hoje? – perguntou ele, educadamente.

– Para Bath – respondeu Margaret, solícita. – Estamos nos mudando para lá até que o luto de minha prima termine.

– Ah, é claro. Minhas sinceras condolências! – disse Melville.

Eliza ainda não sabia como responder àquele tipo de cumprimento. Parecia uma barbaridade mostrar sofrimento quando a dor que ela sentia destoava tanto da expectativa da sociedade. Ao mesmo tempo, não fazer demonstração nenhuma poderia ser considerado inadequado.

– Obrigada – disse Eliza, depois de uma pausa. – E o senhor, para onde está indo?

– Ah, para lá e para cá – respondeu ele. – Hoje, evidente, fui mais para lá do que eu gostaria. Quer dizer, então, que é uma artista, milady?

Eliza não percebeu imediatamente a mudança de assunto, até que seguiu o olhar dele para sua pasta de desenhos.

– Eu não colocaria isso em termos tão elevados – retrucou ela.

– Por que não? – indagou Melville. – É óbvio que tem talento.

– Por que o senhor acha isso? – perguntou Eliza, surpresa.

– A pasta estava aberta – disse Melville. – Não pude deixar de ver. Fez um retrato de…

Ele fez uma pausa, como se esperasse que ela preenchesse as lacunas. Eliza percebeu, num sobressalto de constrangimento, que não havia feito as apresentações necessárias.

– Minhas desculpas! – disse ela, com o rosto vermelho. – Sou lady Somerset, e esta é minha prima, a Srta. Balfour.

Melville inclinou a cabeça e disse:

– Captou muito bem a aparência da Srta. Balfour.

Eliza não sabia o que dizer, por isso decidiu mudar de assunto.

– Admiramos muito sua poesia, meu senhor – comentou ela.

Devia ser a milésima vez que ele ouvia aquilo, mas Eliza não entendia o suficiente de literatura para pensar em um elogio mais profundo.

– Que maravilha ter dito isso! – disse Melville, cortês.

– Estamos ansiosas para ler seu novo trabalho – acrescentou Margaret, com um tom bajulador. – Saberia quando…

Melville tinha publicado *Perséfone* em 1817 e *Psiquê* no ano seguinte. Eram releituras românticas de textos da Antiguidade, e todos aguardavam com ansiedade sua próxima publicação.

– Suas lisonjas parecem ter sido apenas um estratagema para me incentivar a fazer uma revelação – disse Melville. – Receio que minha resposta não lhe agrade: não escrevi nada novo.

– Por que não? – perguntou Eliza, antes que pudesse se conter, impertinência que ela lamentou no mesmo instante, pois Melville ergueu as sobrancelhas.

– A inspiração me escapa – respondeu ele, brevemente.

– Talvez possa se inspirar na aventura de hoje – sugeriu Margaret, com malícia. – Então, descobriremos que seu próximo livro começa com um acidente de carruagem… ou com um acidente de biga, suponho.

Eliza lançou a Margaret um olhar reprovador. Não tinha percebido que Melville queria encerrar aquela conversa? Contudo, ele pareceu mais à vontade com a linha de questionamento de Margaret do que com a de Eliza.

– Ah, uma colisão de bigas pareceria algo banal demais para minhas heroínas. – Ele fez um gracejo. – Talvez, depois do acidente, elas devessem ser resgatadas de uma turba assassina por um guerreiro veterano? Se minha bela dama me perdoar a licença poética…

Ele olhou para Eliza com os lábios curvados e as sobrancelhas erguidas em uma provocação bem-humorada. Eliza o encarou. Estaria flertando com ela? Decerto que não. Independentemente disso, parecia esperar uma resposta, como se achasse que Eliza estava prestes a inventar um comentário divertido ou cheio de recato. Infelizmente, porém…

– Não sou uma bela dama – disse ela.

– Então não é – concordou ele. – Perdoe-me por não ser capaz de saber, graças a esse chapéu… ah… tão magnífico.

Melville apontou para a cabeça de Eliza. Por baixo do chapéu, ela corou, sentindo-se mais desmazelada do que nunca.

Uma batida no teto da carruagem fez com que todos olhassem para cima.

– Parece que estamos entrando em Peaston – avisou Melville.

– Somos muito gratas por sua ajuda – disse Eliza, pronta para se despedir daquele homem.

– Ah, a senhora não vai se livrar de mim assim com tanta facilidade, milady – disse Melville. – Vou escoltá-las até que estejam instaladas, enquanto seu condutor arranja alguém para fazer os reparos na roda.

Eles chegaram à parada final, e Melville fez menção de saltar da carruagem.

– Não, não – disse Eliza, apressada.

Por mais que tivesse apreciado o resgate, continuava achando insensato que fossem vistas por toda a aldeia na companhia de um homem solteiro. Especialmente se tratando de um homem solteiro com a reputação de Melville.

– Não, não vamos mais atrasá-lo. Somos perfeitamente capazes de cuidar de tudo sozinhas.

Melville olhou para Eliza, pensativo.

– Pois bem – disse ele, recostando-se no assento. – Se é assim que a senhora prefere.

Margaret abriu a porta, e um garoto correu para ajudá-las a descer.

– Espero... – acrescentou Eliza, enquanto Margaret e Pardle desciam da carruagem. – Espero que possamos contar com sua... discrição em relação aos eventos de hoje.

As sobrancelhas de Melville se ergueram outra vez.

– Acha que fico fazendo mexericos por aí? – perguntou ele, com delicadeza.

De repente, Eliza teve certeza de que o havia ofendido.

– N-não... é só que... – gaguejou Eliza.

– Garanto à senhora que, se eu aparecer em algum pasquim esta semana, não será por um motivo tão tolo.

O rosto de Eliza corou ao ouvir o tom de voz em que ele disse aquilo, e ela se apressou para aceitar o braço do garoto. Melville fechou a porta assim que ela passou.

– Bom dia – disse ele, da janela. – E boa viagem.

Seu condutor fez os cavalos partirem antes que Eliza pudesse responder.

– Meu Deus! – exclamou ela, atordoada.

– Vou escrever para minha irmã assim que chegarmos a Bath – disse Margaret, alegre. – E você devia escrever para lady Selwyn. Não é ela que se considera uma patronesse das artes? Com toda certeza, vai se roer de tanta inveja.

– Claro que não vou escrever para lady Selwyn! – exclamou Eliza, recompondo-se e virando-se na direção da estalagem. – Não devemos dizer nada a *ninguém*. Lembre-se da condição necessária para que eu mantenha minha fortuna, Margaret, e do caráter escandaloso daquele homem. Minha reputação não é uma moeda que temos condições de ceder.

– De que adianta viver momentos emocionantes se não podemos nos gabar deles? – resmungou Margaret.

O calor da lareira, uma boa refeição e a notícia de que a caleche seria consertada em apenas algumas horas aliviaram muito os nervos abalados de Eliza. Chegaram a Bath apenas com algumas horas de atraso. Como já estava anoitecendo, não conseguiram ver muito da cidade enquanto percorriam as ruas escuras.

Quando Eliza entrou em sua casa nova, em Camden Place, sentiu-se aliviada. Perkins havia escolhido acomodações tão adequadas aos gostos de Eliza que pareciam ter sido construídas e mobiliadas para o uso dela. Sala de jantar, sala de estar, salão, três quartos e aposentos de empregados distribuídos em quatro andares – a casa era confortável, elegante, clara e arejada, o mais distante possível da grandiosidade austera de Harefield.

– Tudo está perfeito, Perkins! – disse Eliza, inalando a delicada fumaça de uma xícara de chá preparada com esmero.

Perkins, que não gostava de grandes demonstrações de afeto, apenas inclinou a cabeça.

– Mais alguma coisa, milady? – perguntou.

– Não, obrigada – disse Eliza. Então, num impulso, acrescentou: – Quer dizer, sim: poderia acender as lareiras? Todas elas?

Eliza estava farta do frio.

Capítulo 4

A alta sociedade já não considerava tão chique visitar Bath, como havia sido no século anterior. Nos últimos anos, a cidade passara a ser mais frequentada por idosos, doentes e burgueses desarrumados do que pelos ricos e elegantes. Para Eliza, entretanto, aquele era o lugar mais esplêndido que ela já tinha visto.

A cidade inteira parecia ter sido projetada tendo em mente a elegância: as grandiosas ruas em formato de lua crescente, assim como as praças belas e amplas, foram todas construídas com a mesma pedra clara que, em dias ensolarados, encantava os olhares com seu brilho. Cercada pelas altas colinas de Claverton, a paisagem campestre ficava próxima o bastante para que o ar permanecesse sempre fresco, e a cidade era generosamente agraciada com jardins, lojas, bibliotecas e dois impressionantes salões de eventos. Era uma cidade que, em suma, apresentava uma gama estonteante de possibilidades para duas mulheres que, pela primeira vez na vida, eram totalmente donas do próprio tempo.

Naquela primeira semana, as duas se entrosaram discretamente na sociedade de Bath. E, embora Eliza tivesse incluído seu nome e o de Margaret nos livros do Salão Inferior e do Novo, fizeram isso mais por cortesia para com os mestres de cerimônias do que pela intenção real de desfrutar dos entretenimentos.

Passados quase dez meses de luto, já havia ficado para trás o período mais rigoroso da reclusão de Eliza – aqueles dias em que ela tinha precisado evitar por completo o contato social. No entanto, a chegada dela à cidade ainda era o suficiente para atrair a atenção. Com tantos olhares sobre si, Eliza precisava permanecer acima de qualquer suspeita: poderia visitar o

Pump Room, examinar as lojas da Rua Milsom, assistir discretamente a um ou dois concertos e até mesmo oferecer alguns jantares para grupos muito seletos. Contudo, até que se passasse um ano e um dia da morte do conde, não poderia participar de grandes festas ou reuniões sociais, nem se exibir num cenário muito público. Dançar, é claro, era estritamente proibido por mais seis meses *depois disso*. O luto era uma coisa muito séria para uma dama da alta sociedade.

Com a respeitabilidade sempre em mente, portanto, Eliza e Margaret se esforçaram para transmitir, ao mesmo tempo, as condições de tristeza e fragilidade de Eliza naquelas primeiras incursões na sociedade de Bath – tanto quanto a boa educação permitisse. A mente rápida e a língua afiada de Margaret se mostraram indispensáveis naquele momento: enquanto a mentira lançava Eliza em pântanos de incerteza, Margaret não tinha problemas em embelezar a verdade até que não pudesse mais ser reconhecida.

– O choque a deixou fraca – disse Margaret baixinho a lady Hurley, a viúva mais glamorosa de Bath, na primeira visita ao Pump Room.

Enquanto isso, toda coberta por um véu, Eliza engolia um copo da famosa – e intragável – água mineral de Bath.

– O médico sugeriu uma "fluralgia" aguda – explicou Margaret aos dois mestres de cerimônias quando fizeram, cada um deles, uma visita oficial para dar as boas-vindas às senhoras em Bath.

– O que é "fluralgia"? – perguntou Eliza a Margaret, quando ficaram a sós.

– Não faço a menor ideia – respondeu Margaret alegremente. – Mas soou bem, não foi?

No terceiro dia, quando o Sr. Walcot – o advogado de Somerset – foi visitá-las, Margaret já havia se tornado tão hábil em explicar as debilidades físicas e emocionais de Eliza que ele pareceu propenso a pensar que a viúva estava à beira da morte.

– Tem certeza de que está bem o suficiente para cuidar de seus negócios, minha senhora? – perguntou ele, alarmado. – Achei que seu pai…

– Ah, já estou me sentindo muito melhor – Eliza se apressou em dizer.

Sem dúvida, o Sr. Balfour estaria em melhor posição para supervisionar as terras dela, pois tinha toda a experiência e o conhecimento de que ela carecia, mas… mas era a primeira vez que Eliza era a única dona de alguma coisa, e ela descobriu que não queria abrir mão de cuidar do que era seu.

– Se puder me fazer a gentileza de me recomendar um administrador de terras e me ajudar com algumas perguntas…

Ela parou, corando.

– Já fui encarregado disso pelo novo lorde Somerset – disse o sr. Walcot, com relutância. – Haverá muito a aprender, minha senhora. Tem certeza de que se sente à altura de tal tarefa?

Eliza deu um sorriso tenso.

– Acredito que sim – respondeu, tentando parecer firme.

– Se tem certeza… – O Sr. Walcot não parecia muito convencido. – O novo conde é alguém de confiança com quem a senhora pode contar se tiver alguma preocupação. Eu me pergunto por que ele não fez menção à sua vinda para a cidade em sua última carta – refletiu o Sr. Walcot. – Eu teria feito esta visita muito antes se soubesse de sua chegada, mas tenho certeza de que sua senhoria tinha seus motivos!

Ela decerto podia confiar em Oliver, que ainda não tinha mencionado nada porque Eliza ainda não havia escrito para ele. Sua resistência a encarar aquela tarefa parecia ter se tornado crônica.

– É possível que ele ainda não tenha recebido minha carta – mentiu. – Nossa visita foi decidida de última hora…

– Devido à "fluralgia" – intercedeu Margaret, prestativa.

A expressão preocupada do Sr. Walcot reapareceu e, durante o resto da visita, Eliza tentou passar uma imagem de que estava bem na medida do possível para tranquilizá-lo ao máximo.

Sob o manto da dor, os primeiros dias de Eliza e Margaret em Bath foram movimentados, caros e empolgantes. As duas fizeram uma exploração completa das lojas da Rua Milsom: experimentaram as essências na *parfumerie*, banquetearam os olhos com os diamantes do joalheiro Basnett e se demoraram nas estantes da Biblioteca Meyler. Ali, ouviram um bando de jovens agitadas implorando pelo novo livro de poesias de lorde Melville a um pobre assistente.

– Li no pasquim que já deveria ter sido publicado! – declarou uma senhora, diante da negação do atendente.

– O que diriam se soubessem que o conhecemos pessoalmente? – sussurrou Margaret no ouvido de Eliza.

– Não! – exclamou Eliza, com firmeza.

Margaret revirou os olhos.

Na vizinhança, encontrava-se o Depósito de Artes do Sr. Fasana, cujas prateleiras estavam repletas de belos materiais: cavaletes, paletas, pincéis da largura de um alfinete até a de um galho de árvore e caixas de aquarelas em tons que Eliza não conseguia nomear. Lá, os vendedores entendiam tanto do assunto que ela chegou a se sentir um pouco atordoada. Queria comprar metade da loja, mas, como isso sem dúvida chamaria atenção, decidiu levar apenas alguns lápis, uma caixa de aquarelas e um volume intitulado *A arte da pintura*, que seu avô também tinha.

– Aqui… aqui também se mistura óleo? – perguntou com timidez no balcão.

Seu avô preparava as próprias cores: um processo trabalhoso que envolvia moer os pigmentos naturais e combiná-los com vários ingredientes para obter a consistência desejada. Mas a tinta a óleo também podia ser comprada diretamente de comerciantes ou de coloristas.

O Sr. Fasana, que havia saído da sala dos fundos para atender aquela nobre cliente, pareceu surpreso com a pergunta. Era comum que uma dama se dedicasse às aquarelas, mas a pintura a óleo raramente era praticada por amadores, por conta do transtorno que causava e da habilidade necessária para ser feita de forma correta.

– Com certeza posso fazer isso, mas talvez um conjunto de tons pastel seja mais apropriado para a senhora.

– Ah, claro – disse Eliza, murchando diante da descrença do Sr. Fasana e dos olhares curiosos dos outros clientes. De fato, os tons pastel funcionariam igualmente bem, não? – Sim, obrigada.

Por último, Eliza e Margaret fizeram uma visita à modista. Estavam acostumadas a visitar costureiras. Exibir-se em uma variedade de vestidos, trocando-os constantemente, era um princípio fundamental da vida de qualquer dama de boa família. Até então, porém, o guarda-roupa de ambas era montado de acordo com as preferências alheias: o de Eliza, pelo marido, que privilegiava o estilo antiquado de sua geração; e o de Margaret, pela mãe, que acreditava que tons pastel infantilizados garantiriam à filha o dom da eterna juventude.

– Há anos que pareço uma torta com excesso de recheio – disse Margaret em voz alta, ao entrar na loja de madame Prevette.

Tal era o estado da *toilette* das duas que madame Prevette estalou a língua para manifestar concordância. Em um piscar de olhos, ela colocou Eliza e Margaret de pé sobre as plataformas na sala dos fundos, apresentando desenhos de moda para elas enquanto suas assistentes se agitavam ao redor, com metros de seda, crepe e bombazina de todas as cores imagináveis, como se as duas fossem o centro de um furacão de elegância.

Passaram as mãos sobre rendas, musselina, algodão, gaze e, sob o olhar atento de madame Prevette, escolheram vestidos para todas as ocasiões possíveis. Naturalmente, até abril, Eliza só poderia se vestir de preto. Contudo, para madame Prevette – que havia fugido para a Inglaterra na esteira da revolução –, aquele era o mais insignificante dos desafios, e ela dedicou muito mais atenção ao estilo e ao corte de cada peça, adicionando estampas, bordados e babados para tornar os trajes interessantes, nos casos em que a cor costumava exercer esse papel.

Margaret, que tinha um parentesco muito distante com o conde por conta do casamento, deixara o luto havia muito tempo. Por isso, tirou medidas para vestidos de dia em azul e verde, vestidos de noite em roxo-escuro e trajes de passeio com corte militar, severo – todos com chapéus, xales e luvas combinando.

– Os primeiros vestidos ficarão prontos em uma semana – prometeu madame Prevette quando as duas, por fim, declararam que estavam prontas.

O prazo era generosamente curto. Eliza sorriu, agradecida. Ao procurar por Margaret, encontrou a prima acariciando com avidez uma espessa zibelina.

– Gosta dessa? – perguntou Eliza.

A conta já estava altíssima.

– É muito cara! – respondeu Margaret, o que não era uma recusa.

Eliza verificou o preço e sentiu as sobrancelhas se erguerem involuntariamente. "Uma despesa indecente", diria seu marido. Mas ele não estava ali. E agora cabia a Eliza decidir quais despesas valiam a pena.

– Vamos levar duas peças – decretou Eliza.

– E dizem que dinheiro não compra felicidade – afirmou Margaret, incapaz de esconder o sorriso largo e encantado ao deixarem a loja, seguidas pelo novo lacaio carregado de caixas.

– É uma teoria que pretendo testar – prometeu Eliza.

Fiel à sua palavra, madame Prevette enviou a primeira caixa com vestidos em uma semana. Assim, na segunda quarta-feira após a chegada a Bath, Eliza e Margaret estavam finalmente prontas para sair pela primeira vez. Iam a um concerto no Salão Novo – evento que elas consideraram adequado, desde que Eliza chegasse de modo discreto, permanecesse em silêncio durante o intervalo e saísse assim que a apresentação terminasse. Na verdade, mesmo que não fosse muito apropriado, Eliza ficaria tentada a comparecer depois de ver no espelho como ela e a prima estavam bonitas com aquelas roupas novas.

Racionalmente, Eliza sabia muito bem que o simples ato de colocar um novo vestido, por mais elegante que fosse, não era capaz de alterar sua aparência de forma tão radical. Porém, ao se ver no vestido de crepe preto enfeitado com bainhas de veludo da mesma cor, sentiu-se transformada: havia deixado para trás uma viúva acabada e envolta numa superabundância de bombazina preta, e passara a ser uma mulher bastante elegante. Graças aos efeitos do vestido, ela reparou também que seu rosto ficara menos magro nas últimas semanas, o cabelo parecia mais cheio e suas olheiras haviam diminuído a ponto de ela ganhar um ar menos assustado e mais entusiasmado. De uma maneira inexplicável, todo o seu ser parecia seguir o exemplo do vestido de qualidade superior, ganhando altura, ficando mais ereto e se iluminando de um jeito que não acontecia em anos.

Talvez fosse superficial ter o poder de comprar vestidos, penteados e fitas, mas Eliza sentiu o coração cheio de ternura ao observar Margaret. A prima, que jamais havia expressado a mínima satisfação com a própria aparência, fitava sua imagem no espelho feliz e ainda incrédula, com olhos arregalados e vulneráveis. Não, não havia nada de superficial em ter aquele poder. O vestido de crepe num tom verde-escuro, de mangas curtas, com os ombros à mostra e enfeitado apenas por uma fita no corpete, fazia um contraste intenso com os cabelos ruivos de Margaret e sua pele branca sardenta, favorecendo sua silhueta alta.

– É quase bom demais para ser verdade – disse Eliza, com um movimento do braço que pretendia abranger os vestidos, a casa e todo o seu novo estilo de vida. – Você também se sente assim?

Margaret bufou, interrompendo o devaneio diante do espelho.

– Talvez eu me sentisse assim não fossem as cartas frequentes de nossas mães – resmungou ela. – *Ou* os Winkworths.

Os Winkworths eram seus vizinhos em Camden Place: a Sra. Winkworth era uma incansável alpinista social; seu marido, o almirante Winkworth, um cavalheiro mal-humorado sem qualidades discerníveis; e a filha, a Srta. Winkworth, a jovem mais silenciosa que Eliza já havia encontrado. Margaret sentiu uma antipatia imediata e intensa por todos eles.

– A Sra. Winkworth é um dos principais nomes da sociedade de Bath. Precisamos nos esforçar um pouco para lidar com ela – argumentou Eliza.

– Detesto fazer esforço! – grunhiu Margaret, sombria.

Envoltas em mantos grossos, as duas partiram, escoltadas apenas pelo lacaio Staves. As colinas de Bath dificultavam o tráfego de cavalos, que, por esse motivo, era raro. Entretanto, como era fácil chegar a pé à maioria dos destinos, não havia problema, a não ser que fosse um dia chuvoso. Nesse caso, era possível recorrer a uma liteira ou a uma carruagem de aluguel. Os Salões Novos, situados na recém-construída cidade alta, eram um grandioso conjunto de edifícios que ostentava um salão de baile com 30 metros de comprimento, uma sala de concerto e um salão de jogos, todos mobiliados de forma extravagante e iluminados por lustres de cristal pendendo do teto alto. Eliza olhou ao redor com interesse quando as duas chegaram, pois tinha ouvido falar que nas paredes havia retratos feitos por Gainsborough e Hoare, mas bastou darem um passo para serem saudadas. Ao se virarem, encontraram toda a família Winkworth avançando em sua direção. Tinham todos uma aparência ovina: a Sra. Winkworth era como uma bela ovelha; a Srta. Winkworth, um delicado cordeirinho; e o almirante Winkworth, um carneiro velho sem nenhum carisma.

– Boa noite, Sra. Winkworth – disse Eliza, escondendo seu desânimo sob o véu do entusiasmo.

– Deveriam ter nos avisado que pretendiam assistir à apresentação desta noite – ralhou a Sra. Winkworth. – Nós as teríamos acompanhado!

Era justamente por esse motivo que Eliza havia deixado de mencionar o assunto.

– Minhas desculpas – disse Eliza.

– Venham! Devem se juntar ao nosso grupo. Estamos nos reunindo no Salão Octogonal – disse a Sra. Winkworth, chamando-as.

Margaret pisou de propósito no pé de Eliza.

– Na verdade, acho que vamos nos sentar… – falou Eliza.

Talvez não fosse sensato ignorar a Sra. Winkworth, mas ela e seu grupo certamente não seriam a primeira opção de amigos para Eliza em Bath.

– Eu queria muito fazer algumas apresentações – disse a Sra. Winkworth, com uma dureza implícita no tom de voz meloso, algo que lembrava tanto a Sra. Balfour que Eliza logo capitulou.

Seguiram-na até o Salão Octogonal, onde foram envolvidas pelo rumor de muitas vozes, pelo farfalhar de muitas saias e pelo brilho de muitas joias. Eliza respirou fundo e reuniu forças. Muitos poderiam pensar que sua experiência como condessa de Somerset, com todas aquelas caçadas organizadas em Harefield Hall, a tinham ensinado a encarar com tranquilidade situações como aquela. Na verdade, porém, ela se sentia tão perdida entre os figurões do alto escalão a quem o velho conde chamava de amigos que, em vez de aumentar, a experiência diminuíra sua confiança social.

– Lady Somerset, Srta. Balfour, permitam-me apresentá-las a alguns dos meus amigos mais queridos.

Enquanto a Sra. Winkworth fazia as apresentações aos membros do grupo – que faziam reverências ou se curvavam diante de Eliza –, ela insinuava com habilidade que ela e a condessa eram bem mais próximas do que na realidade. Talvez desejasse se beneficiar da glória emprestada pelo título de Eliza para elevar a própria posição social. Eliza, por sua vez, apenas se esforçava para se lembrar de cada nome – Sr. Broadwater com os óculos, Sra. Michels com o enorme turbante – e para não ficar retorcendo as mãos de nervosismo.

– E este é o Sr. Berwick, nosso célebre artista…

Eliza voltou-se para o tal cavalheiro com interesse genuíno.

– Ah, Sra. Winkworth, não devia me elogiar tanto… – disse ele, com uma humildade pouco convincente, fazendo uma reverência a Eliza. – A senhora é quase tão má quanto o Sr. Benjamin West… o presidente da Academia Real, sabe, lady Somerset… Para meu constrangimento, ele me enche de elogios em todas as oportunidades.

Depois de ouvir o discurso pretensioso do Sr. Berwick, o interesse de Eliza murchou.

– Gostaria de expressar minha enorme tristeza por sua perda, minha senhora – prosseguiu o Sr. Berwick. – Embora nós, artistas, tenhamos muita compaixão pela dor do outro, ainda não sou capaz de imaginar seus sentimentos.

Eliza não esperava mesmo que ele fosse capaz disso.

– Tem sido uma fase muito difícil – mentiu.

Houve murmúrios de compaixão em todo o grupo.

– Se uma pequena distração for benéfica para a senhora – disse o Sr. Berwick –, eu ficaria honrado se concordasse em posar para um retrato. No momento, madame Catalani está posando para mim, mas retratá-la seria um privilégio ainda maior. Uma tocante elegia à dor de uma viúva...

Ele contemplou um ponto distante qualquer, como se estivesse imaginando a cena.

– Creio que isso não seria apropriado, Sr. Berwick... – interferiu a Sra. Winkworth, irritada.

– Querida lady Somerset, Srta. Balfour, as duas estão divinas!

Lady Hurley chegou bem a tempo de interromper a Sra. Winkworth. Ela apertou o braço de Eliza para dar-lhe as boas-vindas. Era um sinal de intimidade que ela, sendo também uma dama, se sentia à vontade para retribuir, embora as duas só tivessem se encontrado três vezes até aquele momento. A Sra. Winkworth observou a cena com evidente ciúme.

– Seus brincos são lindos! – disse Margaret.

Lady Hurley – que, na ocasião, trajava um vestido de veludo rubi soberbo ornamentado com detalhes em prata – era uma bela viúva de idade indeterminada, humor vibrante e seios verdadeiramente magníficos.

– Ah, estas velharias? Um presente de meu falecido marido. – Com um gracioso aceno de mão, Lady Hurley demonstrou desdém em relação aos diamantes, que eram do tamanho de nozes-moscadas. – Devo dizer que é muito bom ver os salões finalmente tão cheios.

– Concordo plenamente! – exclamou o Sr. Fletcher, com veemência.

No mínimo dez anos mais jovem que lady Hurley, sem dúvida, o belo Sr. Fletcher era seu leal admirador, acompanhando-a com devoção a todos os lugares.

– Bath quase correu o risco de parecer um pouco sem graça, não acha? – disse lady Hurley, sem dirigir a palavra a ninguém em específico.

– Não concordo – disse a Sra. Winkworth, com rispidez. – Como Camden Place fica cheia o ano todo, nunca sentimos falta de companhia. Embora eu imagine que Laura Place pode *parecer* um pouco sem graça, lady Hurley. O Número 4 já foi alugado? Deve ter passado um ano desde que foi ocupado por seus últimos residentes.

Ainda na primeira quinzena desde sua chegada, Eliza já havia testemunhado uma dúzia dessas trocas de farpas nada sutis. O falecido marido de lady Hurley havia adquirido seu título na cidade, e o desdém da Sra. Winkworth por tais raízes comerciais era bem conhecido. Lady Hurley apenas sorriu.

– Ficará feliz em saber que o Número 4 foi alugado esta semana – disse ela. – Conhece lorde Melville? Ele e sua irmã, lady Caroline, alugaram a casa por três meses.

Uma alcachofra parecia ter sido inesperadamente enfiada na garganta da Sra. Winkworth. Os olhos da Sra. Michels se arregalaram, e o Sr. Broadwater, chocado, soltou um suspiro. Eliza e Margaret trocaram olhares incrédulos. Desde a chegada a Bath, os dias tinham sido tão cheios que as duas não tiveram muito tempo de pensar nele. Como os hematomas haviam desaparecido, o acidente na estrada de Bath parecia uma espécie de sonho distante. A aparição de Melville justamente em Bath parecia bastante improvável. E, diante de todas as perguntas feitas a lady Hurley, elas não eram as únicas a se surpreender.

– É mesmo verdade, lady Hurley?

– Quanto tempo eles vão passar em Laura Place?

– Ele é tão encantador quanto dizem?

– Ah, vocês sabem que sou discreta demais para alimentar esse tipo de especulação – afirmou lady Hurley, esbanjando satisfação. – Talvez prefiram perguntar aos dois, pois eu os convidei a se juntar a nós esta noite... Ah, lá estão eles!

Capítulo 5

Lady Hurley não poderia ter planejado um momento mais perfeito nem tão dramático. Todos olharam ao mesmo tempo para a entrada bem na hora em que os Melvilles chegaram: lorde Melville estava de fraque, calças até os joelhos e meias de seda; a seu lado, sua irmã, quase tão alta quanto ele e trajada com requinte, usava um vestido de cetim finíssimo, num tom de azul-celeste que contrastava lindamente com sua pele marrom. Lady Hurley acenou para os dois com a mão cheia de joias e, enquanto eles se aproximavam languidamente, mais cabeças começaram a se virar para observá-los. Pelos murmúrios e sussurros entusiasmados que encheram o salão, os dois haviam sido reconhecidos.

– Ah. Minha. Nossa – murmurou Margaret ao lado de Eliza, separando cada palavra.

– Boa noite, meu senhor, minha senhora – bradou lady Hurley, toda pomposa, para receber os dois. – Estou tão feliz por terem vindo!

– É um prazer – disse lady Caroline, com uma voz baixa e melodiosa. – Conheci madame Catalani em Roma, no ano passado. Estou ansiosa para voltar a ouvi-la.

O poder tríplice de lady Caroline – a reputação literária, o ar sedutor e elegante, a referência a viagens pela Europa – demonstrou ser algo irresistível para Margaret: ansiosa, ela abriu a boca e deu um passo à frente como se estivesse pronta a iniciar uma conversa com a dama. Eliza pousou uma mão cautelosa em seu braço. As duas ainda não haviam sido formalmente apresentadas.

– Posso apresentá-la à minha querida amiga lady Somerset? – perguntou lady Hurley.

Eliza obrigou-se a manter a calma.

Melville certamente se lembrava de seu pedido de discrição no último encontro. Mas, quando ele se virou e os dois se encararam, Eliza lançou-lhe um olhar firme, só para garantir. Melville ergueu as sobrancelhas, com um leve sorriso nos lábios.

– Lady Somerset – disse ele. – Voltamos a nos encontrar.

Essa não.

– Vocês já se conhecem? – perguntou lady Hurley, no mesmo instante. – Como assim? Lady Somerset, achei que não visitasse Londres havia muitos anos.

– Prefere contar a história ou quer que eu conte? – perguntou Melville, com um brilho de malícia no olhar. O coração de Eliza disparou. – É divertidíssima.

– Nós nos conhecemos muito rapidamente, muitos anos atrás, em um... baile – soltou Eliza, antes que Melville pudesse dizer outra coisa.

– Isso não me parece muito divertido – disse lady Caroline.

– Decerto não é a história completa – concordou lady Hurley, agitando o leque, intrigada.

Eliza sentiu-se sob uma luz muito brilhante e tentou desesperadamente pensar em uma resposta que, ao mesmo tempo, satisfizesse a curiosidade geral, mantivesse sua reputação imaculada e não insultasse Melville. Tal resposta mágica não lhe ocorreu, no entanto. Por sorte, naquele exato momento, foram interrompidos pelo mestre de cerimônias, que sinalizou que estava na hora de todos se sentarem.

– Vamos na frente, lady Somerset? – sugeriu Melville, com um floreio de mão.

Após um momento de hesitação, Eliza aceitou.

– Não me considero um homem fácil de esquecer – disse Melville, enquanto os dois se dirigiam para a sala de concertos. – Talvez a senhora esteja tão acostumada a se envolver em acidentes de carruagem que minha lembrança tenha se tornado insignificante?

– E-eu não... não... não – gaguejou Eliza. – É só que... eu particularmente não gostaria que... as circunstâncias do nosso encontro se tornassem de conhecimento público. O senhor me compreende... Por serem tão incomuns, elas facilmente se tornariam motivo de mexericos. L-lembro-me de, naquele dia, ter mencionado a necessidade de discrição!

Aquela última observação foi feita de um modo um tanto defensivo, que fez Melville sorrir.

– É verdade – concordou ele, escoltando-a até as primeiras fileiras, em vez de ir para o local afastado que Eliza havia planejado. – Minha memória é lamentável. Posso cumprimentá-la por sua charmosa toalete para esta noite?

– Ah… claro – disse Eliza, assustada. – Sim… suponho que sim.

– Considero um grande progresso poder ver seu rosto desta vez – disse Melville. – Ele condiz com a senhora.

– Meu rosto… condiz comigo? – repetiu Eliza, lentamente.

– Imprevisível, não? – disse Melville.

Eliza chegou a se perguntar se o lorde estaria flertando com ela antes de descartar por completo essa possibilidade. Os flertes de Melville, em geral, se davam com as damas mais arrojadas e carismáticas da alta sociedade, como lady Oxford e lady Melbourne, se os boatos estivessem certos. E Eliza não era nada parecida com elas.

Enquanto o restante da plateia ocupava os lugares atrás deles, a fileira onde os dois estavam era alvo de olhares curiosos e pescoços virados, embora Melville não parecesse nem um pouco incomodado. Eliza presumiu que ele devia estar acostumado a chamar tanta atenção: os Melvilles, filhos das nobrezas britânica e indiana, eram uma fonte de fascínio nacional desde que nasceram.

Mesmo depois da aparição de madame Catalani, a atenção do público parecia dividida. Olhava-se tanto para a fileira da frente quanto para o palco, até o momento em que a soprano começou a cantar. Então, sua voz tão clara, tão pura, tão carregada de emoção arrebatou todos os presentes.

– Entende italiano? – perguntou Melville para Eliza, sussurrando em seu ouvido.

– Não – admitiu Eliza.

– Nem eu – disse ele. – Sobre o que acha que ela está cantando?

– Não sei – respondeu Eliza, embora não fosse verdade.

Catalani investia tanto significado, tanta tristeza em cada nota que Eliza não precisava entender a letra para compreender que ela falava de um coração partido. Não era possível ouvi-la sem se lembrar de momentos vividos com a mesma melancolia. A mente de Eliza foi levada para pensamentos sobre Somerset antes que ela fosse capaz de afugentá-los.

O intervalo chegou cedo demais para o gosto de Eliza. Ela estava tão distraída com aquela música gloriosa que só se lembrou da intenção de permanecer discretamente em seu assento quando já se encontrava no salão de chá e lady Hurley havia concluído o restante das apresentações. Por sorte, o mistério sobre o primeiro encontro de Eliza e Melville parecia ter sido descartado para dar lugar a uma nova linha de interrogatório.

– Há quanto tempo estão em Bath? – A Sra. Winkworth deu o primeiro tiro.

– Há um dia – disse lady Caroline.

– Um dia e meio! – interrompeu lady Hurley.

– Sim… você não pode se esquecer desse meio dia, Caroline – provocou Melville.

– E essa é sua primeira visita à nossa cidade? – perguntou o Sr. Berwick.

– Ah, não – disse lady Caroline. – Certa vez, na infância, passei um mês inteiro aqui, por um capricho da minha mãe. Ela desejava que eu recebesse uma educação formal.

– Ah, no Seminário de Bath para Moças? – perguntou a Sra. Michels. – Srta. Winkworth, a senhorita não foi educada lá?

– Sim, foi – disse a Sra. Winkworth, respondendo pela filha como se ela fosse uma criança.

– Por que ficou apenas um mês? Não gostou da experiência? – indagou o almirante Winkworth, com o bigode eriçado como se antecipasse uma ofensa.

– Pelo contrário; foi a experiência que não gostou de *mim* – disse lady Caroline, com um eloquente e elegante dar de ombros. – Mas como eu já sabia tudo o que uma mulher deveria saber em francês, minha mãe permitiu que eu fosse embora.

Eliza queria muito perguntar exatamente quais eram as expressões em francês que lady Caroline considerava essenciais, mas se conteve. Qualquer que fosse a resposta, certamente terminaria com a Sra. Winkworth tapando os ouvidos da filha com as mãos.

– E está satisfeita com Bath, nesta segunda visita? – perguntou Margaret, entrando na conversa, ansiosa.

– Tanto quanto possível, considerando apenas um dia – disse lady Caroline, com frieza.

– Um dia e *meio*, Caroline – corrigiu Melville. – Já é a segunda vez que você negligencia essa metade.

– Por quanto tempo planejam ficar? – perguntou Margaret.

– Ah, apenas enquanto nossa presença for bem recebida – disse Melville.

– Cuidado – disse lady Hurley, com um movimento sedutor do leque. – Se for sua única condição, talvez acabe ficando aqui por muito tempo.

– E esse seria um destino tão terrível? – perguntou Melville, se aproximando dela mais do que seria considerado apropriado. – Agora que vi por mim mesmo os diamantes de Bath, não tenho pressa de partir.

Lady Hurley demonstrou imensa felicidade com o galanteio. Ao seu lado, via-se um empombado Sr. Fletcher. Ao lado *dele*, a Sra. Winkworth se abanava com tanta intensidade que parecia prestes a levantar voo. A cena era tão deliciosamente ridícula que Eliza se esforçou para guardar todos os detalhes na memória, a fim de tentar reproduzi-la quando estivesse em casa. Lápis e aquarela: era disso que precisava para expressar todas aquelas nuances.

– Pretende escrever enquanto estiver por aqui, meu senhor? – perguntou a Sra. Michels a Melville.

– Infelizmente, não – respondeu Melville, parecendo inabalável diante do mar de olhares curiosos a seu redor.

Tirou do bolso uma caixa de rapé e ofereceu à pessoa a seu lado, a Srta. Winkworth, que corou como se estivesse diante de uma caixa de joias e se escondeu por detrás dos cabelos.

– Precisa acabar com nossa agonia – suplicou lady Hurley. – Para quando devemos esperar a publicação de seu próximo livro?

– Viemos a Bath para descansar – disse lady Caroline.

– Um descanso merecido, tenho certeza – atalhou o Sr. Berwick. – Pois *eu* ouvi dizer que sua produtividade não conhece limites, meu senhor. Graças a lorde Paulet, que acredito ser um amigo em comum.

– É mesmo? – disse Melville, deixando visível uma pequena ruga na testa.

– Atribuo minha aceitação na Academia Real inteiramente à chancela dele – disse o Sr. Berwick, ansioso. – Fiquei muito grato por ter sido apresentado a ele por meus queridos amigos, o Sr. Turner e o Sr. Hazlitt.

Melville pareceu encarar o chão com certo espanto.

– Cuidado onde pisa, Caro – avisou ele. – Há muitos nomes incríveis no chão.

Diante desse comentário, Eliza não pôde deixar de soltar uma pequena gargalhada. Ao ouvi-la, Melville deu-lhe uma discreta piscadela. Estava mesmo flertando com ela. Afinal, uma piscadela era o ato mais sedutor que um olho poderia realizar. Pois bem. Não poderia ser mais inadequado. Eliza era uma viúva em seu primeiro ano de luto, e Melville conhecia muito bem as regras. Estava claro que ele fazia jus à sua reputação de libertino! Mas aquela indignação não soou convincente nem mesmo na privacidade da mente de Eliza. Fazia tanto tempo que ela não recebia a atenção de um cavalheiro, muito menos de alguém tão cobiçado quanto Melville, que não podia deixar de apreciá-la.

– Creio que devemos voltar aos nossos lugares – disse o Sr. Broadwater, rispidamente.

Ao se acomodar no assento, dessa vez um pouco afastada de Melville, Eliza não conseguiu evitar lançar um olhar de soslaio na direção dele. Não se podia negar que era um homem extremamente *atraente*, dono de uma postura muito elegante. Contudo, ao perceber que o cavalheiro, com um ar divertido, lhe devolvia a atenção, Eliza desviou depressa o olhar.

A apresentação terminou com aplausos e uma grande vibração de todos. Assim que deixou o palco, madame Catalani foi confraternizar com os espectadores, colocando-se imediatamente ao lado de Melville e envolvendo-o em uma conversa animada que exigia o toque frequente de sua mão no braço dele. Eliza e Margaret, no entanto, não podiam se demorar – haviam usufruído ao máximo dos limites do comportamento apropriado e foram direto pegar seus agasalhos.

– Mas que lástima! – declarou Margaret de forma imprópria, enquanto esperavam por seus mantos.

Eliza concordou plenamente. A quinzena delas em Bath estava sendo mais variada e interessante do que suas vidas inteiras até aquele momento, mas a chegada dos Melvilles à cidade... Era como se um vinho já delicioso tivesse se transformado abruptamente num espumante. E, por mais que o flerte de Melville devesse preocupar alguém cuja vida inteira dependia de um comportamento imaculado, ela também transbordava de empolgação.

– Mais tarde conversamos – prometeu Eliza.

Elas atiçariam o fogo, pediriam um bule de chá a Perkins e conversariam sobre *tudo*. No entanto, demoraram tanto para localizarem seus mantos que, quando as duas finalmente saíram do edifício – com o lacaio Staves à frente para chamar uma carruagem –, perceberam que os Melvilles as tinham alcançado. Os irmãos estavam parados na rua de paralelepípedos logo à frente. Lady Caroline mexia no fecho de seu manto e Melville saltitava impaciente.

– Vamos lhes desejar boa-noite – sussurrou Margaret, fazendo menção de ir até os dois.

Antes que Eliza pudesse dizer qualquer coisa, a voz de Melville ressoou.

– Por favor, se apresse, Caroline! – disse ele. – Quero encerrar esta noite tediosa. Nunca na vida suportei companhias tão sem graça. Não consigo compreender como vamos sobreviver aqui.

– Todos eles juntos não dispõem de um só grama de vivacidade – concordou lady Caroline. – Vamos planejar um rápido retorno a Londres.

– Vou torcer e rezar – concordou Melville. – Senhor, salve-nos dos caipiras, das solteironas e das viúvas… São todos muito chatos.

Lady Caroline riu, segurou o braço do irmão, e os dois desapareceram na noite.

– Ah… – disse Margaret, baixinho.

O rosto de Eliza estava pegando fogo. As duas ficaram ali, olhando fixamente para os Melvilles.

– Suponho… – disse Margaret, sem mais nenhum entusiasmo. – Suponho que sejamos monótonas em comparação à companhia a que estão habituados.

– Não somos chatas – disse Eliza, tentando controlar os cantos trêmulos da boca. – E-e não mereceríamos tal desrespeito, mesmo que fôssemos.

Eliza sentiu uma súbita onda de calor e uma enorme irritação, como se estivesse prestes a chorar. Subiu enfurecida na carruagem e juntou as mãos com força, controlando-se da melhor forma possível.

Não era a primeira vez que não a apreciavam. Pelo contrário. Na realidade, depois de uma vida inteira de menosprezos e desdém, Eliza navegava pelo mundo já esperando receber aquele tipo de censura. Não pensou que aquela noite fosse acabar assim, porém. Não pensou que aquelas palavras sairiam da boca de Melville. Seu rosto estava vermelho de constrangimento. Ela não conseguia acreditar que havia se sentido tão lisonjeada por receber a atenção de Melville quando, de fato, ele pensava de forma tão diferente. Como era tola!

Por um acordo mútuo, ao chegar em casa Eliza e Margaret foram direto para seus quartos. Não havia mais nenhum prazer em falar sobre aquela noite, mas o sono também não parecia chegar. Depois que Pardle a ajudou a trocar de roupa, Eliza sentou-se imóvel na cama, repassando repetidamente as palavras de Melville em sua mente: *tediosa, sem graça, chata*. Os insultos doeriam menos se ela tivesse convicção de que eram falsos. Mas... tinha sido chamada de "obediente e leal" no testamento do marido. De "incapaz de se comportar de forma minimamente repreensível", como Somerset avaliara na leitura do documento. E agora, depois de apenas dois encontros, Melville parecia considerá-la igualmente insignificante. Eliza pensava que, ao seguir para Bath em vez de ir para Balfour, havia demonstrado bravura, mas não era bem verdade. Tinha sido a coragem de Margaret, e não a dela, que as conduzira até ali. E, desde sua chegada à cidade, não era verdade que Eliza havia se deixado levar pelas opiniões e vontades dos outros, como tinha acontecido a vida toda?

A atitude mais sensata, quando alguém se sentia particularmente desvalorizado, era tentar se animar com pensamentos e atividades mais felizes. Naquele momento, porém, Eliza foi tentada pela cativante ideia de se fazer sentir muito pior.

Ficou de pé e andou até a escrivaninha que ficava no canto do quarto. Abriu uma gaveta e dela tirou uma pequena caixa de madeira que havia guardado cuidadosamente semanas antes. Colocou a caixa na mesa e sentou-se em uma cadeira.

Deveria ter queimado tudo aquilo muitos anos atrás. Em vez disso, havia contrabandeado o conteúdo para Harefield, aos 17 anos, e, dez anos depois, o levara para Bath. Talvez a coleção ali guardada explicasse, de algum modo, por que as chamas dos sentimentos de Eliza por Somerset ainda ardiam tanto tempo depois. Quando as lembranças corriam o risco de esmaecer, ela abria aquela caixa e se recordava de como os dois tinham sido perdidamente apaixonados.

No topo da papelada no interior da caixa havia um retrato. Não era o melhor trabalho de Eliza, apenas um esboço a lápis do rosto e do peito de Somerset. Tinham sido desenhados de memória, e não pessoalmente. Como consequência, faltavam detalhes e certa precisão. Mesmo assim, percebia-se num relance que a artista adorava o tema. O avô de Eliza sempre havia dito que a neta desenhava tanto com o coração quanto com as mãos, o que ficava claro como o dia nos traços a lápis cuidadosos, no esforço que ela havia investido em captar cada detalhe dos olhos... na expressão do olhar – sim, a expressão era tudo. A delicadeza com que o esboço de Somerset a olhava, como se ela fosse algo infinitamente precioso, era idêntica ao olhar dele no passado, antes...

Eliza colocou o retrato de lado, com cuidado. Embaixo dele, havia algumas cartas, cujo papel estava gasto e amarelado pelo tempo. A tinta se tornava mais esmaecida a cada ano que passava, mas Eliza não precisava ler as palavras. Podia contar toda a história deles apenas pela letra: no início, a caligrafia dele era nítida e precisa nas mensagens que acompanhavam as flores que ele enviara depois de os dois terem se conhecido. O relacionamento tinha se desenrolado do modo mais tradicional possível, e ela guardava os carnês de baile, todos cheios com o nome dele, para provar. Os dois se conheceram em um baile, dançaram em outro, conversaram e flertaram em festas ao ar livre, jogos de cartas e excursões para as corridas. E, em questão de semanas, passaram a escrever um para o outro páginas e mais páginas de confissões sinceras numa caligrafia que era mais rápida, mais próxima, mais urgente – até a última carta da caixa, que terminava com palavras que Eliza acompanhara com o dedo incontáveis vezes. *A profundidade de minha consideração por você é tamanha que sou levado à ação. Amanhã farei uma visita a seu pai.*

Era o último item da caixa. Alguém poderia até se enganar pensando que foi assim que a história terminou. A permissão paterna solicitada e concedida; a pergunta feita e respondida. Casamento. Filhos. Felicidade. Mas não tinha sido assim. E o fato de suas últimas e amargas palavras terem sido ditas em vez de escritas não as tornava menos verdadeiras.

– Precisa dizer a eles que não vai fazer isso, Eliza – insistira ele, com o rosto pálido como a lua no céu. – Precisa dizer a eles que tem um afeto anterior.

– Eu tentei – sussurrara ela, com a voz embargada. – Eles não me ouvem.

– Então faça-os ouvir! – implorara ele. – Não podem obrigá-la a aceitar o pedido dele.

– Não posso desafiá-los! Você precisa entender... – suplicara ela, tentando segurar as mãos de Oliver enquanto ele as afastava – Um casamento como esse poderia proporcionar muito à minha família... Não posso contrariar seus desejos.

– É meu tio, Eliza! Não pode... Você não pode fazer isso comigo!

Ela tinha se esforçado para fazer com que ele compreendesse... Achara que morreria se Oliver não compreendesse... e ele não compreendeu. Tudo o que enxergava nela era uma fraqueza de caráter.

– Você é desprovida de alma, Eliza – dissera ele, por fim. – Não tem personalidade.

Aquelas palavras a machucaram, no passado e naquele dia, porque soavam verdadeiras.

Eliza fechou a caixa de forma abrupta. Aquilo bastava. Não podia continuar a ser assombrada pelas palavras de Somerset, nem permitir que Melville arruinasse a vida que ela e Margaret vinham construindo em Bath.

E, mesmo que não pudesse provar a nenhum dos dois cavalheiros que tinha personalidade, poderia ao menos provar a si mesma.

Ela tirou de uma gaveta uma folha de papel em branco. Talvez o fato de ter evitado escrever para Somerset se devesse a algo mais do que o simples constrangimento provocado por tal correspondência. Talvez ela soubesse que pareceria definitivo escrever para ele de maneira formal, sabendo que ele responderia no mesmo tom, que ela colocaria na caixa uma carta que provava, de modo irrefutável, que o relacionamento amoroso entre eles tinha chegado ao fim. Mas era mesmo o fim, e ela não podia mais ignorar aquela verdade. Estava na hora de parar de permitir que os eventos simplesmente acontecessem e de começar a agir por conta própria.

Eliza escreveu uma breve mensagem desejando que ele estivesse bem, informando-o de sua decisão de permanecer em Bath e implorando por seu perdão pelo atraso na correspondência. Feito isso, dobrou o papel, lacrou-o e escreveu o endereço do destinatário na frente. Enviaria a carta no dia seguinte. Era um pequeno passo, mas parecia um bom começo. Não seria mais desprovida de alma.

Capítulo 6

Eliza não estava acostumada a pensar em si mesma como uma pessoa raivosa. Claro, já havia sentido raiva, mas esse sentimento em geral era passageiro. Na maioria das vezes, não adiantava se zangar por muito tempo. Na maioria das vezes, era preciso seguir em frente. Foi com grande surpresa, portanto, que Eliza acordou na manhã seguinte e descobriu que estava tomada pela fúria. Em algum momento durante o sono, a humilhação, a tristeza e a determinação vacilante da noite anterior se misturaram em uma curiosa alquimia para criar uma ira incandescente que ela jamais experimentara antes. Como Melville ousava dizer alguma coisa sobre ela e sobre Margaret quando nenhuma das duas havia feito nada para merecer tais julgamentos? Como se atrevia a tentar arruinar Bath para ela? Como se atrevia a pensar que era tão superior a elas? Como se atrevia? A empáfia daquele homem era incompreensível.

A indignação colérica era estranhamente energizante. Eliza nem precisaria de duas xícaras fortificantes de café na mesa do desjejum, embora pretendesse desfrutar delas de qualquer forma.

– Devemos ficar em casa hoje? – sugeriu Margaret, taciturna. – Esse vento parece gelado.

Ao que parecia, Eliza e Margaret tinham cumprido jornadas emocionais radicalmente diferentes naquela noite. Era evidente o ar deprimido de Margaret enquanto ela mordiscava, sem entusiasmo, uma torrada.

– Não! – decretou Eliza. – Iremos para a Rua Milsom assim que você terminar seu café.

As duas deixaram Camden Place num trote rápido que fez Margaret resmungar. Foram as primeiras clientes do dia no Depósito de Artes do Sr. Fasana.

– Eu gostaria de comprar tintas a óleo! – declarou Eliza assim que entraram, apavorando o balconista.

E, quando um desconcertado Sr. Fasana apareceu, Eliza aferrou-se à sua fúria – que, de alguma forma estranha, parecia também agir como escudo emocional – e fez uma encomenda completa, que incluía tintas de todas as cores que existiam, do vermelho e da sépia ao azul da Prússia e ao amarelo indiano. O Sr. Fasana prometeu a entrega para mais tarde, naquele mesmo dia.

– É só isso, minha senhora? – perguntou ele.

– Sim – disse Eliza. Mas mudou de ideia: – Não.

E começou a aumentar a encomenda, acrescentando cavaletes e paletas, dezenas de resmas de papel, pincéis de espessuras que variavam entre um alfinete e um dedo, lapiseiras, tecidos preparados, telas e painéis de madeira que o Sr. Fasana concordou em preparar para ela. Ao ver aquilo, Margaret não conseguiu reprimir um comentário.

– Talvez fosse mais fácil ter dito ao Sr. Fasana o que você *não queria* comprar.

As duas seguiram para a Biblioteca Duffield, onde Eliza providenciou uma assinatura da revista *Anais das Belas-Artes* e pegou emprestados todos os textos sobre agricultura que conseguiu encontrar.

– Não pode ser tão difícil aprender essas coisas… – declarou a Margaret, decidida. – Não importa o que o Sr. Walcot diga!

Em seguida, entraram rapidamente na loja de madame Prevette para encomendar dois trajes de montaria (tinham decidido manter um estábulo na cidade, pois tal liberdade valeria a pena, mesmo que algumas pessoas estranhassem), antes de por fim se dirigirem ao Pump Room.

– Amanhã – declarou Eliza, caminhando ainda mais rápido do que na ida – vou pedir ao Sr. Fasana o nome de um professor de desenho, pois quero retomar as aulas. Por que a educação de uma mulher deveria cessar depois do casamento? Você gostaria de ter aulas de francês, Margaret? Sei que sempre desejou, e agora podemos arcar com as despesas.

– Você está se sentindo bem? – perguntou Margaret. – Está com os olhos arregalados.

– Estou muito bem – respondeu Eliza. – Acho apenas que deveríamos começar a perseguir nossos objetivos com um pouco mais de *energia*, Margaret. Deixarei de ser uma pessoa tediosa!

– Ah... – exclamou Margaret. – Agora entendi o que está acontecendo.

– Lady Somerset!

Eliza e Margaret se viraram e se viram, pela segunda vez em dois dias, sendo assediadas pelas mulheres da família Winkworth.

– Bom dia! – exclamou a Sra. Winkworth. – Também estão indo para o Pump Room? Vamos juntas.

– Que maravilha! – murmurou Margaret baixinho, com sarcasmo.

– Gostou do concerto de ontem à noite, minha senhora? – perguntou a Sra. Winkworth a Eliza. – Está se sentindo cansada? Se me permite dizer, parece um pouco fatigada.

Não, não permito, Eliza pensou, irritada.

– Gostamos muito do concerto – respondeu ela. – O que achou, Sra. Winkworth?

– Pois bem – começou a Sra. Winkworth, com grande ênfase. – Não sei se acho totalmente sensato que lady Hurley tenha acolhido os Melvilles. Ela não deve estar ciente da reputação da família... O marido de lady Hurley adquiriu seu título por meio do comércio, a senhora sabe, então não podemos esperar que ela seja versada em tais complexidades.

A Sra. Winkworth valorizava muito sua posição social em comparação com a de lady Hurley. Optara por esquecer que a riqueza do almirante Winkworth também tinha sido acumulada recentemente, graças ao período em que ele havia trabalhado para a Companhia das Índias Orientais.

– Foi um verdadeiro furor quando o falecido conde escolheu uma dama tão exótica como esposa! Nunca vi nada parecido!

A Sra. Winkworth fez uma pausa, como se esperasse que Eliza ou Margaret implorassem para que ela continuasse a falar. Entretanto, as duas permaneceram quietas. Por mais raiva que Eliza sentisse de Melville e lady Caroline, ainda não estava disposta a ouvir coisas tão desagradáveis.

– E, embora eu odeie mexericos – continuou a Sra. Winkworth, em voz baixa –, havia rumores de que o falecido conde teria passado seu tempo na Índia usando roupas de muçulmano, participando de todos os festivais e só Deus sabe o que mais...

– Se a falecida rainha aprovou o casamento, não consigo imaginar por que alguém deveria se opor – interrompeu Eliza.

Os Melvilles eram parentes distantes da rainha Charlotte, pela linha materna de sua majestade. A amizade pública da monarca com a falecida lady Melville tinha contribuído em muito para facilitar o acesso da dama à alta sociedade.

– Que Deus a tenha! – disse a Sra. Winkworth, no mesmo instante. E então, como se não pudesse evitar: – E mais: não acredito que os motivos para visitarem Bath sejam tão inocentes quanto afirmam. Os mexericos de Londres acabarão chegando até nós.

Felizmente, a conversa parou quando chegaram ao Pump Room. Um edifício bonito por dentro e por fora, com duas fileiras de janelas grandes e uma borda de colunas coríntias, o Pump Room era um lugar onde se podia usufruir das famosas águas curativas de Bath, fosse banhando-se nelas no pavimento inferior, fosse bebendo-as no salão superior. A importância do lugar era tanto social quanto médica. Residentes e visitantes se reuniam ao longo do dia para circular pelo salão, a fim de encontrar amigos e descobrir novos e interessantes visitantes.

Em cada uma das visitas de Eliza até então, ela encontrara o local agradavelmente cheio, com murmúrios de tagarelice que se misturavam aos sons dos violinos que tocavam todos os dias a partir de uma da tarde. Naquele dia, porém, o salão estava lotado. E o motivo daquela mudança era bastante aparente: bem no centro, estavam os Melvilles. Naquele dia, lady Caroline usava um vestido matinal de crepe verde, cuja elegante simplicidade fazia todas as outras mulheres parecerem enfeitadas demais, enquanto o tecido justo exibia gloriosamente suas belas formas.

– Parece que andamos vendo bastante lady Caroline, em todos os sentidos – disse a Sra. Winkworth, áspera.

– Acho que ela está maravilhosa – disse a Srta. Winkworth, tão baixinho que Eliza não teria ouvido se não estivesse tão próxima.

Infelizmente para a Srta. Winkworth, sua mãe também a ouviu.

– O vestido é indecente… e você não deve admirá-lo – disse a mulher à filha, com severidade. – Quer que lady Somerset pense que você é uma moça atirada?

A Srta. Winkworth olhou para Eliza com olhos tão grandes e assustados que pareceu ter 8 em vez de 18 anos.

– Não acho que ela seja atirada – disse Eliza, apressadamente. – Além do mais, também gosto do vestido de lady Caroline.

– Bom dia! – Lady Hurley e o Sr. Fletcher apareceram atrás deles, seguidos em instantes pela Sra. Michels e pelo Sr. Broadwater. – Que sol maravilhoso!

– Concordo plenamente! – exclamou o Sr. Fletcher.

No curto período em que Eliza conhecia o cavalheiro, suas opiniões sobre todas as pessoas, situações e conversas aparentemente poderiam ser divididas em três categorias: "Concordo plenamente!", "Será?" e, quando a situação exigia, "Não faço a mínima ideia".

– Vai beber as águas hoje, lady Hurley? – perguntou Eliza.

– Vou, sim. O Sr. Fletcher está prestes a me trazer um copo. Também gostaria de um?

– Ah, sim, se não for muito incômodo, Sr. Fletcher – disse Eliza. – Conseguiria carregar tantos copos?

– Não faço a mínima ideia – respondeu o Sr. Fletcher, mesmo assim partindo cheio de propósito.

– Que jeito de falar! – disse o Sr. Broadwater, em desaprovação. – Na frente das mulheres também…

– Ah, não nos importamos – disse lady Hurley, dando uma olhada ao redor do salão. – Parece que meus novos vizinhos estão causando certa agitação.

– Como pessoas estimadas sempre devem fazer! – concordou o Sr. Berwick, aparecendo à esquerda de lady Hurley e cumprimentando-a com uma mesura.

Seu cabelo, ao contrário do penteado formal que usara no dia anterior, tinha sido modelado em uma espécie de desordem elegante. Não era difícil ver a fonte de tal inspiração.

– Eu mesmo pedirei a lorde Melville que pose para mim assim que possível. Sabia que ele não posa para um retrato desde a infância?

Murmúrios de interesse soaram, e Eliza sentiu uma pontada de inveja. Não porque ela quisesse pintar Melville – depois da noite anterior, ela desejava sinceramente que ele fosse para o inferno –, mas pela facilidade com que o Sr. Berwick declarava aquilo. Até então, ela só havia sido capaz de desenhar e pintar membros da própria família. E, embora existissem mulheres artistas de renome, escândalos e calúnias ainda atingiam qualquer uma que buscasse reconhecimento público. Nem o avô de Eliza, seu mestre e defensor, achava apropriado que as mulheres ingressassem na Academia Real.

– Poderia muito bem retratá-lo, Sr. Berwick – disse lady Hurley. – Mas sou eu quem vai organizar o primeiro evento noturno ao qual comparecerão em Bath. Só posso lamentar estar fora da cidade nesta sexta e no sábado, porque eu os teria recebido até lá.

– Existe tanta urgência? – perguntou Eliza, divertindo-se com o tom inquieto na voz de lady Hurley.

– Ora, não quero perder a oportunidade de novo! – disse lady Hurley. – Lady Keith recebeu madame D'Arblay quando *ela* chegou a Bath; a Sra. Piozzi recebeu os alunos persas em novembro passado… Estou determinada a receber os Melvilles!

A Sra. Winkworth bufou baixinho, talvez para manifestar uma íntima incredulidade por lady Hurley se proclamar uma concorrente no patamar de damas tão distintas. Eliza a ignorou.

– Não está nem um pouco preocupada por ter pessoas tão… hum… elegantes na cidade? – perguntou a Sra. Michels a lady Hurley, enquanto o Sr. Berwick se apressava na direção de Melville.

– Há um forte sentimento de inadequação em torno deles – declarou o Sr. Broadwater.

– Ah, bobagem – disse lady Hurley, com desdém. – É uma bênção ter pessoas tão elegantes em Bath, especialmente duas tão inteligentes.

– A inteligência é louvável, mas o excesso é fatal nas mulheres! – disse o Sr. Broadwater, em tom condenatório.

Com gritos de indignação, lady Hurley e Margaret deram uma réplica espirituosa, enquanto a atenção de Eliza se desviou um pouco da comoção. Seus olhos se voltaram mais uma vez para os Melvilles. Ao observar o conde falar – a plateia jogava a cabeça para trás, demonstrando estar se divertindo –, ela sentiu uma coceira nas pontas dos dedos, como na noite anterior. Será que esboçar Melville perdido, privado de entretenimento e se aproximando de uma morte certa aplacaria sua raiva? Ele, como se estivesse ciente de estar sendo observado, levantou o olhar e encarou Eliza, erguendo o braço em uma saudação.

E Eliza, que nunca havia incorrido num comportamento grosseiro, ignorou Melville e olhou deliberadamente para um ponto distante, como se negasse a existência dele.

Eliza mal conseguiu acreditar na própria ousadia. Seu coração acelerou, as palmas das mãos formigaram. Em 27 anos de vida, nunca ignorara ninguém abertamente. Tinha deixado incontáveis ofensas e insultos sem resposta, engolindo o orgulho repetidas vezes e apresentando um sorriso plácido ao mundo, mas… aquilo não ia mais acontecer. Nunca mais. Aceitou um copo do Sr. Fletcher com um sorriso gentil e tomou um gole de água… com o qual quase se engasgou ao ouvir uma voz baixa, mas muito familiar.

– Acabou de me ignorar abertamente?

Eliza virou-se depressa e encontrou Melville bem à sua frente, com a cabeça inclinada. Ela abriu a boca, aterrorizada.

– Eu… ah… – gaguejou ela, com o rosto ardendo.

– Acabou sim! – declarou ele, curioso e encantado.

Eliza o encarou, em pânico. Não esperara ter que *conversar* com ele. Afinal de contas, não era para isso que uma pessoa ignorava outra? Para não ser obrigada a falar com ela?

– Posso perguntar o motivo? – indagou Melville.

Não parecia ofendido, desconfortável ou irritado, e aquela atitude, em vez de acalmar Eliza, reanimou sua indignação. Ele acreditava mesmo ser tão superior a ela a ponto de não ser afetado de nenhuma forma pelo desprezo dela?

– Vamos lá, minha senhora – encorajou-a Melville, mas Eliza continuava em silêncio. – De que maneira eu a ofendi?

Eliza se empertigou, impulsionada por toda a raiva que havia sentido nos últimos dias.

– O senhor me ofendeu de todas as maneiras possíveis – disse ela, da forma mais desafiadora que ousaria, mantendo a voz baixa.

Embora todos ao redor deles estivessem ocupados conversando, ela não queria correr o risco de ser ouvida.

– Que eficiência de minha parte! – disse Melville, surpreso. – Posso pedir que aprofunde sua declaração?

Depois de se desfazer de toda a cautela, parecia inútil tentar recuperá-la.

– Ouvimos o que disse a lady Caroline ontem à noite, ao sair do concerto – declarou Eliza, virando-se um pouco para afastar Melville do grupo mais próximo de bisbilhoteiros em potencial.

– Vai ter que me lembrar – disse Melville, lentamente.

– "Senhor, salve-nos dos caipiras, das solteironas e das viúvas… São todos muito chatos!" – citou Eliza.

– Ah… – disse ele. – Que infelicidade que tenha ouvido um comentário tão sem consideração, embora tão preciso.

Eliza o encarou, boquiaberta.

– Realmente não sente vergonha? – perguntou.

– Por que deveria sentir? – disse ele, ainda com aquele sorriso irritante. – Afinal, foi a senhora, e não eu, quem cometeu o pecado de bisbilhotar.

Para horror de Eliza, ela percebeu que lágrimas de frustração brotavam em seus olhos, piscando desesperadamente para reprimi-las.

– E estou feliz por ter feito isso, pois agora sei como o senhor realmente pensa – disse ela, mantendo a voz o mais calma possível. – Mesmo que fôssemos tão tediosas quanto o senhor e sua irmã parecem acreditar, ainda assim não mereceríamos tamanha indelicadeza.

A voz de Eliza terminou a frase bem mais vacilante do que no começo, e, diante de uma reação tão nítida, o humor desapareceu da expressão de Melville.

– Estou envergonhado, minha senhora – disse ele, parecendo enfim levá-la a sério. – Estas últimas semanas foram… difíceis para Caroline e para mim… Mas isso não é desculpa. Tem toda a razão, foi muita crueldade. Sinto muito!

O pedido de desculpas pareceu sincero. Eliza levou um momento para apreciá-lo, pois não era todo dia que um cavalheiro admitia um erro, não importava o deslize. Em todos os anos de casamento, o conde nunca se desculpara por nada.

– Obrigada – disse ela por fim, com um aceno de cabeça. Olhando para além de Melville, Eliza percebeu que os dois estavam começando a atrair um público de senhoras impacientes. – Não devo monopolizar sua atenção – disse ela. – Acho que a Sra. Donovan gostaria de falar com o senhor.

– Não me importo – respondeu Melville, com tranquilidade. – Desejo falar com a senhora.

Eliza olhou para ele, receosa, suspeitando que fosse uma piada. Podia até ter aceitado o pedido de desculpas de Melville, porém nunca mais cometeria o erro de levar a sério seus flertes.

– É tão surpreendente assim? – perguntou Melville.

– Ontem o senhor me considerou tediosa – observou ela.

– Minha senhora, precisa realmente perdoar esse episódio se quiser que sejamos amigos – disse ele.

– Amigos? – perguntou Eliza, atônita.

– De fato, é meu maior desejo – disse ele, levando a mão ao coração. – Precisa jantar conosco em Laura Place... a Srta. Balfour também.

– Não posso – disse Eliza.

– Por que não?

– Ainda não estou jantando fora de casa – disse Eliza, apontando para seus trajes de viúva. – Nem chegamos a fazer visitas matinais. Seria... inadequado. Daria o que falar.

– E isso seria de fato uma drástica mudança de circunstância, não é mesmo? – disse Melville, seco.

Eliza o encarou. Realmente se importava tão pouco com as fofocas sobre ele?

– A alta sociedade fala de mim desde que nasci – explicou Melville, como se pudesse ler os pensamentos de Eliza. – Se eu começasse a me preocupar com a opinião dessas pessoas, teria que me internar imediatamente em um convento.

– Em um mosteiro, quer dizer? – perguntou Eliza, em vez de reconhecer as implicações de seu discurso.

– Não, num convento mesmo – disse Melville. – Certamente devo ter o direito de me divertir *um pouco*.

Antes que conseguisse se conter, Eliza soltou uma gargalhada escandalizada.

– Ela ri! – disse Melville, sorrindo, vitorioso.

– Minha senhora, meu senhor, bom dia! Espero não estar interrompendo...

A Sra. Donovan finalmente tinha criado coragem para se aproximar, acompanhada das três filhas. Todas seguravam exemplares de *Perséfone* e estavam muito empenhadas em conseguir um autógrafo.

– De maneira nenhuma! Desculpem-me – disse Eliza, ignorando o olhar sombrio que Melville lhe lançou e saindo para procurar Margaret.

Estava grata por se livrar dele. Era simplesmente impossível prever o que Melville diria no momento seguinte. Embora sem dúvida fosse divertido, Eliza não estava acostumada a ter sua inteligência testada de forma tão completa.

– Você o ignorou? Eliza, você não seria capaz! – espantou-se Margaret ao voltarem para casa.

– Seria e fui! – disse Eliza, sem tentar esconder como tinha ficado satisfeita com tal atitude, mesmo quando apenas Margaret e Pardle, alguns passos atrás, formavam a plateia. – E fiz com que ele me pedisse desculpas. Nunca tinha feito um cavalheiro pedir desculpas antes!

Ao chegarem a Camden Place, Eliza reparou que o cadarço de sua bota estava solto e abaixou-se na hora para amarrá-lo, ainda falando.

– Nem meu pai, nem meu marido, nem meus irmãos...

– Somerset – disse Margaret.

Eliza franziu a testa, terminando de dar o laço.

– Não tenho certeza em relação a Somerset – disse ela, pensativa.

– Não, Eliza, *Somerset* está aqui – repetiu Margaret.

Eliza, ainda abaixada, ergueu a cabeça e seguiu o olhar de Margaret. E, de fato, a alguns metros de distância – algo totalmente incompreensível –, ela viu sair de sua casa o conde de Somerset em pessoa.

Capítulo 7

Eliza levou algum tempo para compreender o que estava vendo.

– O que raios...? – sussurrou para Margaret.

– Levante-se! – insistiu Margaret, mas Eliza não ouviu.

Encontrar Somerset em Bath, saindo de sua casa, era algo tão improvável que ela não conseguia acreditar no que via. Permaneceu abaixada no mesmo lugar, observando.

A essa altura, Somerset já havia saído pelo portão e, depois de dar dois passos, ele as avistou.

– Lady Somerset – disse ele, se aproximando aos poucos, possivelmente surpreso ao encontrar Eliza agachada no chão. – Por que está...?

Aquelas palavras fizeram com que Eliza finalmente entrasse em ação.

Ela se levantou num salto.

– Meu senhor! Não esperávamos...

O movimento dela fora tão abrupto que o sangue correu de uma vez só para sua cabeça e ela cambaleou. Margaret agarrou o braço esquerdo de Eliza para firmá-la e Pardle avançou com as mãos estendidas.

– Lady Somerset! – disse Somerset, aproximando-se depressa. – Está prestes a desmaiar?

O comportamento frio e reservado que o novo conde havia exibido no primeiro encontro dos dois havia desaparecido. Suas sobrancelhas se franziram enquanto ele a examinava, parecendo estar quase... preocupado?

– Estou... muito bem – disse Eliza, tomada pelo constrangimento por sua falta de graça. – Foi apenas a minha bota...

– Talvez devêssemos levá-la para dentro – sugeriu Somerset, dirigindo-se a Margaret, como se Eliza tivesse quase 100 anos.

– Está bem – disse Margaret, trocando um olhar perplexo com Eliza.

– Consegue caminhar, minha senhora? – perguntou Somerset.

– Claro que sim! – respondeu Eliza. Uma senhora não poderia ter um momento de desequilíbrio sem ser considerada totalmente incapaz? – Não há necessidade...

Estava prestes a se declarar perfeitamente capaz de andar sem ajuda quando Somerset passou um braço em volta de sua cintura para firmá-la. Com um sobressalto, Eliza descobriu que receber ajuda talvez não fosse tão ruim assim.

– Minha senhora! – exclamou Perkins, alarmado ao ver Eliza sendo carregada daquela forma ao entrar em casa.

– Talvez possa servir uma bebida revigorante para sua senhoria – disse Somerset, com calma. – Leve-a para a sala de estar agora mesmo.

Pardle desapareceu em direção à cozinha no mesmo instante. Eliza estava dividida entre a perplexidade com o rumo inesperado dos eventos do dia, a indignação com a maneira como Somerset dava ordens aos criados dela e a relutante admiração pela eficiência com que ele organizava as coisas. Por que parecia tão certo de que ela desmaiaria? Bem... ninguém podia negar que ele havia agido de forma decidida.

Somerset não soltou Eliza até subirem as escadas e entrarem na sala de estar – enquanto Perkins segurava a porta aberta – e ela se deixar cair no sofá.

– Bem, agradeço sua ajuda, meu senhor – disse Eliza, um pouco ofegante, decidindo que a melhor coisa a fazer seria ignorar todo aquele reencontro como se nunca tivesse acontecido. – Espero que sua família esteja...

– Talvez seja melhor não falar até que tenha tomado sua bebida – disse Somerset, interrompendo com firmeza a fala gentil de Eliza quando Pardle voltou com um copo em uma bandeja.

Eliza aceitou a bebida, dispensando a criada com um sorriso.

– Estou ótima. – Ela tentou se explicar mais uma vez a Somerset. – Foi apenas o cadarço da minha bota.

– A pobrezinha está tão confusa... – disse Margaret, com uma centelha de malícia nos olhos.

Eliza a olhou furiosa.

– Srta. Balfour, poderia providenciar alguns sais aromáticos, para o caso de lady Somerset voltar a se sentir fraca? – perguntou Somerset.

– Vou tentar – disse Margaret, com astúcia. – Talvez Pardle saiba onde encontrá-los.

Margaret saiu da sala em um ritmo que não inspirava urgência. Eliza, desistindo de entender os procedimentos, bebeu, obediente, e observou Somerset disfarçadamente. Sentado na cadeira oposta, ele permanecia tenso na beirada do assento, como se esperasse que ela desmaiasse a qualquer momento.

– Não esperávamos ver o senhor aqui – disse Eliza, depois de uma longa pausa.

– Nem eu esperava encontrá-la – respondeu Somerset. – Acabei de passar pelo escritório do Sr. Walcot, que me informou de sua presença em Bath… e de seu estado de saúde. Confesso que não fazia ideia de que estava tão doente.

Ah… O comportamento dele estava começando a fazer sentido. Eliza sabia que Margaret havia exagerado na descrição de seus problemas de saúde para o Sr. Walcot. Só Deus sabia de que forma o homem havia descrito a "fluralgia" para Somerset, a ponto de fazer com que ele viesse visitá-la imediatamente, quando em Harefield demonstrava pressa em se afastar dela o mais rápido possível.

– Não é nada sério – disse ela.

– O Sr. Walcot pareceu achar muito sério – insistiu Somerset.

– Foi apenas um mal-entendido – disse Eliza. – Não foi nada grave e estou muito bem agora.

Ela não gostava de ter que mentir para ele, mas também não podia lhe dizer toda a verdade.

– Fico feliz em saber – disse Somerset. – Do jeito que ele falou, eu…

Ele interrompeu a frase.

– Foi apenas fadiga – garantiu Eliza.

Mas Somerset tinha voltado a franzir a testa.

– Então, posso perguntar – disse lentamente – por que não fui informado de sua partida para Bath? A seriedade de seu estado teria explicado o lapso… mas se *não é* nada sério…

Minha nossa!

– Não recebeu minha carta? – perguntou Eliza, com a voz esganiçada que usava sempre que precisava mentir sem se preparar antes. – Eu escrevi… para informá-lo da mudança de planos, mas talvez tenha… me atrasado um pouco.

Somerset ergueu as sobrancelhas com um ar de educada incredulidade.

– E eu posso saber quando essa carta teria sido enviada?

Minha nossa.

– Não tenho certeza – respondeu Eliza. – Havia tanto a fazer...

Somerset a encarou com uma expressão gélida.

– Minha senhora – disse ele, depois de uma longa pausa. – Estou ciente de que meu tio estava decepcionado por ter que me nomear seu herdeiro. Deixou bem claro que eu era um péssimo substituto para o tão esperado filho, e talvez seja por isso que nunca tenha investido em minha educação para cuidar de suas terras. Talvez a senhora compartilhe da mesma opinião. No entanto, não posso cumprir com meu dever como chefe desta família se a senhora se recusar a me respeitar.

– De maneira alguma! – exclamou Eliza, horrorizada. – Não teve nenhuma relação... Eu o respeito, com toda a certeza.

– E, no entanto, precisei ter notícias de seu paradeiro pelo Sr. Walcot, que ficou bastante surpreso ao saber que eu ainda não tinha esse conhecimento – disse Somerset, num tom duro. – Meu constrangimento foi considerável, posso lhe garantir.

Ao ser repreendida, Eliza começou a se sentir como uma criança.

– Deveria ter escrito antes. Fui intoleravelmente rude.

Somerset assentiu, já mais calmo.

– Ainda pretende se mudar para Balfour, depois que estiver restabelecida por completo? – perguntou ele.

– Ainda... não sei – admitiu Eliza.

Já estavam na metade de fevereiro, e Eliza teria, pelo menos, mais oito semanas na companhia de Margaret antes que precisassem dela em outro lugar. Ainda que se sentisse cada vez mais à vontade em Bath, a ideia de ficar sem a prima e ter que encontrar uma nova dama de companhia continuava assustadora demais para ser contemplada.

– Entendo.

Somerset olhou para o chapéu, que ainda estava segurando, e começou a girá-lo devagar entre os dedos. O gesto era familiar. Era algo que ele fazia sempre que estava nervoso, mas tentando se conter. Eliza se lembrava nitidamente de observá-lo girar o chapéu na primeira vez que a visitara, na residência dos Balfour em Londres.

– Eu sei que… – Somerset voltou a falar, olhando para o chapéu – a natureza de nosso relacionamento anterior causa um pouco de constrangimento, nas circunstâncias atuais.

– Talvez não seja uma situação *ideal* – disse Eliza, com a boca seca.

– Decerto não é – concordou Somerset, olhando para cima. – E eu não gostaria de pensar que esse constrangimento a impediria de morar em Harefield se assim o desejasse. As portas estarão sempre abertas, eu prometo.

Era típico dele fazer aquele tipo de promessa. Sempre fora uma pessoa muito honrada.

– Obrigada – disse Eliza, com sinceridade. – Mas estamos felizes aqui em Bath. Foi uma mudança de cenário que nem Balfour nem Harefield poderiam proporcionar.

Somerset assentiu.

– Posso entender… que deve ser difícil ser constantemente lembrada da ausência dele – disse o conde, baixando a voz.

Eliza permaneceu em silêncio. Tinha consciência de um desejo extremamente inadequado de confessar a Somerset como havia pouco amor entre ela e o marido. Um desejo de lhe dizer que, nos anos em que ela e o velho conde estiveram casados, nenhum afeto se desenvolvera entre eles, que o abismo que os separava só se tornava mais glacial a cada mês que passavam sem um filho. Mas seria impróprio. E ele também não ia querer ouvir aquilo.

O som de passos barulhentos na escada anunciou o retorno de Margaret. Quando ela entrou, Somerset se levantou.

– Não há sais aromáticos? – perguntou ele, com um leve sorriso no rosto.

– Ah, como sou esquecida! – exclamou Margaret, alegremente. – Não está se despedindo, não é, Somerset?

– Receio que sim – disse ele. – Por favor, não se levante, lady Somerset.

Depois de cumprir com sua honrosa missão, ele não tinha motivos para prolongar sua visita. Eliza tentou não se sentir decepcionada.

– Volta para Harefield esta noite? – perguntou a ele.

– Não. Tenho outros negócios a tratar com o Sr. Walcot pela manhã – disse Somerset, após uma breve pausa.

Ele girou o chapéu nas mãos mais uma vez e acrescentou:

– Talvez… talvez eu possa voltar a visitá-la amanhã, se for conveniente?

– Seria… – disse Eliza, reprimindo a excitação que crescia dentro dela. – Seria conveniente.

Somerset baixou a cabeça e se despediu.

– Então eu as verei amanhã. Lady Somerset, Srta. Balfour.

As primas esperaram até ouvir a porta da frente se fechar. Depois, Margaret correu até a janela para observar Somerset descendo a rua.

– Ele se foi! – declarou. – O que vocês falaram enquanto eu estava ausente? Tentei ouvir da escada, mas as vozes estavam baixas demais.

– Não falamos nada importante – disse Eliza, sentindo-se atordoada. Tinha mesmo acontecido o que acabara de acontecer? – Ele me garantiu que as portas de Harefield sempre estarão abertas para mim se eu quiser retornar.

– Mas você não quer – verificou Margaret.

– Não quero – concordou Eliza. – Embora esse gesto tenha sido muito gentil da parte dele. Você achou… que ele parecia preocupado quando pensou que eu estava doente?

– Eu diria que sim. Preocupadíssimo – disse Margaret.

– E pareceu aliviado quando ouviu que eu estava bem? – perguntou Eliza.

– Aliviadíssimo – confirmou Margaret, com firmeza.

– E ele pretende voltar amanhã – prosseguiu Eliza, achando que talvez tivesse imaginado coisas.

Talvez ele não a tivesse reduzido *a nada*, afinal de contas. Eliza tapou a boca, como se estivesse tentando não sorrir. *Não cometa o erro de ficar esperançosa agora*, tentou dizer a si mesma. *Ele passou metade da visita repreendendo-a, pelo amor de Deus!*

Mas ele foi gentil, protestou uma vozinha pequena e sonhadora. *E pretende voltar.*

– Acha que… – Eliza se calou.

– Se eu acho que…?

– É apenas que… ele se comportou de uma forma bem mais calorosa no final – disse Eliza. – Talvez seja um sinal de que ele poderia, um dia… me perdoar?

– Perdoar *você*? – disse Margaret, fazendo uma careta. – Por quê?

– Margaret, você sabe por quê.

– Não entendo por que você ainda se sente tão culpada – disse a prima, com firmeza. – Foi uma situação insuportável *para os dois*, mas só você teve que arcar com as consequências... Casou-se com aquele bode velho enquanto ele permanecia livre e desimpedido.

– Ele entrou para a Marinha, Margaret – observou Eliza. – Acho que você não pode dizer que ele estava livre e desimpedido.

– Ai, que tormento... passeando pelo Atlântico num barco cheio de camaradas? – disse Margaret. – Muitas pessoas pagariam por esse tipo de diversão.

O entendimento de Margaret sobre a Marinha era sem dúvida bastante limitado.

– Sempre gostei de Somerset – prosseguiu ela. – Mas, se ele ainda guarda ressentimento sobre esse assunto tantos anos depois, não merece um único pensamento seu.

– Talvez devêssemos organizar um almoço – disse Eliza, levantando-se do sofá para tocar a campainha.

Não queria discutir. Margaret sempre tinha sido a defensora mais ferrenha da prima e Eliza a amava por isso, mas ela não havia testemunhado a reação de Somerset ao saber de seu noivado. Se houvesse, poderia entender melhor por que Eliza ainda sentia tanto remorso.

– Minha senhora. – Perkins apareceu na porta mais uma vez. – Chegou uma entrega do Sr. Fasana. Como é... digamos... bem maior do que a anterior, gostaria de saber onde deseja que eu...

– Ah! – disse Eliza, lembrando-se do grande volume de compras que fizera naquela manhã. – Talvez possa deixar por aqui, por enquanto?

Perkins fez uma pausa delicada.

– O cavalete também?

Eliza olhou ao redor. O salão já ostentava um *pianoforte*, e a adição de um cavalete deixaria o espaço um tanto apertado... e, sem dúvida, encorajaria perguntas de qualquer visitante que entrasse. Visitantes como Somerset, no dia seguinte.

Ele pretendia voltar.

– Talvez devesse ficar na sala de visitas – disse ela, um tanto distraída. – Afinal, recebe luz da face norte.

Perkins assentiu, enérgico. Com sua eficiência característica, não demorou mais de uma hora para reorganizar a sala de visitas no primeiro andar. Removeu duas cadeiras para acomodar o grande cavalete, que colocou atrás da janela, um pouco recuado, para que Eliza pudesse aproveitar a luz natural sem ser observada pelos transeuntes. Limpou as estantes para permitir que todas as pastas de Eliza, cheias e vazias, ficassem bem organizadas. Ainda roubou uma pequena escrivaninha do salão para guardar as tintas.

Para a mente agitada de Eliza, aquilo demonstrou ser a distração perfeita, e enquanto Margaret lia seu livro, encolhida no sofá, ela testou seus novos óleos. No mesmo instante, a sala se encheu com o cheiro forte e ácido das tintas, um odor que transportou Eliza de volta à infância de um modo tão abrupto que ela teve que se esforçar para conter lágrimas repentinas e felizes ao cobrir a tela com uma camada de base em ocre amarelo. Em breve, ela capturaria a luz noturna de Bath com aquele tom rosado e começaria um retrato de Margaret com o carmim, que combinava perfeitamente com seus cachos ruivos. Mas naquele momento, enquanto a luz da tarde se esvaía, usou tachinhas para selar os óleos – que vinham em tiras de borracha amarradas nas pontas, como salsichas – e voltou para o lápis e a aquarela, esboçando de memória as cenas do concerto: a expressão de Melville enquanto flertava com lady Hurley, a irritação do Sr. Fletcher, o olhar de censura da Sra. Winkworth.

Quando Eliza enfim guardou os materiais, o fogo na lareira já havia quase se apagado, sua vista começava a se cansar e ela se sentia calma o suficiente para se deitar.

Enquanto se despia, jurou a si mesma que estaria preparada para o dia seguinte. Não seria encontrada abaixada no chão como uma criança desengonçada. Ficaria calma, controlada e composta, e tudo correria bem.

Capítulo 8

No dia seguinte, Margaret e Eliza não fizeram nenhuma de suas atividades habituais, embora os horários de visita tradicionais – entre meio-dia e três da tarde – lhes permitissem ter tempo de sobra. Para garantir que não perderiam a visita de Somerset no momento em que ele chegasse, as duas se acomodaram pacientemente na sala e ficaram aguardando.

– Sobre o que você pensa em falar? – perguntou Margaret, sentada ao lado da prima.

– Sobre os assuntos de sempre, acho – respondeu Eliza. Pela manhã, havia feito uma lista dos tais assuntos. – Vou pedir notícias da família dele, de Londres, de...

Margaret fez uma careta.

– Do que vocês costumavam falar no passado? – perguntou ela. – Quer dizer, quando ele estava cortejando você.

– Quando nos conhecemos? – indagou Eliza. – Conversávamos sobre livros, os amigos em comum, o avanço da guerra...

– E depois?

E depois... Em algum momento das conversas entrecortadas, nos bailes, nas festas ao ar livre, no teatro, a discrição dele e a timidez dela diminuíram a ponto de ambos descobrirem não apenas que pensavam de maneira parecida, mas que nutriam grande afeto um pelo outro.

– Por que você está tão interessada nesse assunto? – perguntou Eliza em vez de responder.

Permitir-se um devaneio tão nostálgico só serviria para deixá-la mais nervosa.

– Como não tenho amores do passado, só me resta ter interesse pelo seu – disse Margaret, dando de ombros.

– Você nunca se interessou mesmo por ninguém? – Eliza ficou curiosa.

– Decerto houve homens com os quais eu gostava de flertar – respondeu Margaret, refletindo. – Mas não o suficiente para considerar seriamente qualquer um deles. Suponho que minha aspiração era me tornar uma viúva rica, assim como você. Mas como eu poderia ter certeza de que o cavalheiro morreria cedo?

– Só mesmo se arriscando a ganhar uma estadia prolongada na prisão de Newgate – brincou Eliza.

O relógio deu meio-dia. Um rumor veio do térreo. Mais especificamente da porta.

Eliza levantou-se. Tinha se arrumado com muito cuidado, escolhendo um vestido justo de crepe preto, cuja gola alta garantia certo recato. Ela alisou a frente da roupa com a mão.

– Está muito bonita – sussurrou Margaret.

Eliza ouviu a voz murmurante de Perkins e, em seguida, passos na escada. Ela havia instruído firmemente o mordomo a trazer os visitantes assim que chegassem – ou melhor, assim que *ele* chegasse. Respirou fundo. Não havia motivos para nervosismo. Era apenas uma visita matinal. Coisa de rotina.

Perkins abriu a porta.

– Lorde Melville e lady Caroline Melville, minha senhora – anunciou ele.

– Não! – balbuciou Eliza, totalmente desconcertada.

– Boa tarde! – Margaret tentou encobrir a gafe.

– Boa tarde! – saudou Melville ao entrar na sala, com um ar de curiosidade. – Estava esperando outra pessoa?

– N-não… claro que não. Não estamos esperando ninguém! – respondeu Eliza, alto demais.

– Melville, você disse que tínhamos sido convidados – disse lady Caroline, virando-se para o irmão.

– E fomos! – afirmou Melville. – Mas pensando bem… Talvez apenas da boca para fora.

E olhe lá! Eliza havia apenas mencionado a possibilidade, só para constar.

– Devemos ir embora? – perguntou lady Caroline, olhando para Eliza e erguendo uma das sobrancelhas.

Eliza queria muito poder dar uma resposta honesta. Somerset ia chegar a qualquer momento e ela não se sentia preparada para fazer malabarismos com dois grupos de visitas tão discrepantes. Sem falar no que ele poderia pensar, se a encontrasse tomando chá com dois dos maiores sedutores da Inglaterra.

– Não... claro que não! – disse Eliza, passando as mãos na saia. – Por favor, sentem-se. Podemos oferecer-lhes um chá ou um suco?

– É muita gentileza sua – agradeceu lady Caroline, sentando-se graciosamente na cadeira diante de Eliza, enquanto Melville, ignorando o convite, foi até a janela para olhar a rua.

– Encantador! – disse ele.

Eliza olhou impotente para lady Caroline, sem que lhe ocorresse um único pensamento. Com outros visitantes, poderia conversar sobre a natureza decepcionante do céu acinzentado daquele dia, mas saber de antemão que ela a considerava tediosa deixava Eliza sem vontade de puxar assunto.

– Devo um pedido de desculpa à senhora e à Srta. Balfour – disse lady Caroline, enfim, rompendo o silêncio. – Melville me contou que ouviram nossa conversa noutro dia. Como fomos rudes! Não sei se poderiam nos perdoar...

– Não perdoamos – respondeu Margaret prontamente, antes que Eliza pudesse abrir a boca. – Talvez com o tempo.

Eliza conteve um gemido, mas lady Caroline não pareceu ofendida. Em vez disso, examinou Margaret demoradamente, como se estivesse fazendo uma nova avaliação.

– Tem garras afiadas – disse lady Caroline, com ar de aprovação.

– Umas dez, segundo me disseram – respondeu Margaret.

– Mas não mostrou nenhuma delas na noite de quarta-feira.

– Na noite de quarta-feira eu estava comportadíssima.

– Que sofrimento terrível! – disse lady Caroline. – Fico feliz em encontrá-la já recuperada.

As duas sorriram. Ou, pelo menos, Eliza decidiu pensar assim. Talvez fosse mais preciso afirmar que as duas estavam mostrando as presas uma para a outra.

– Posso oferecer-lhes uma bebida ou um aperitivo? – insistiu Eliza, enquanto Perkins entrava na sala.

Sua bandeja, em geral bastante farta, parecia mais minguada do que de costume: nela havia apenas um bule de café, algumas fatias de bolo e frutas. Ao ver aquilo, Eliza lançou a Perkins um olhar de gratidão expressivo, que foi retribuído com um leve movimento da cabeça. Ela sabia que Perkins estaria sempre preparado para lidar com qualquer situação, por isso precisava cuidar para que a visita dos Melvilles fosse a mais rápida possível. Ainda era meio-dia. Não havia motivo para que as duas visitas se sobrepusessem.

– Aceita um pouco de leite, meu senhor? – perguntou Eliza a Melville, já entregando uma xícara a lady Caroline.

– Estou decepcionado – disse ele, examinando uma pintura na parede.

Era uma bela paisagem que ela havia comprado de um artista que estava expondo seu trabalho no Pump Room, na semana anterior.

– Ah, tudo bem... Se preferir chá, eu posso... – começou a dizer Eliza.

– Esperava encontrar as paredes repletas de telas suas – completou Melville, como se Eliza não tivesse dito nada. – Receio que esta pintura não tenha sido feita por suas mãos.

– Não, não... claro que não – disse Eliza, surpresa por Melville ter se lembrado daquele detalhe. – É muito superior a qualquer coisa que eu poderia pintar.

– A senhora desenha? – perguntou lady Caroline, olhando para Eliza por cima da xícara.

– Um pouco.

– Ela também pinta... e muito bem – interrompeu Margaret.

– Aquarelas? – perguntou lady Caroline.

– E um pouco de óleo – admitiu Eliza.

– Impressionante. Não é uma técnica que costuma ser ensinada a mulheres. – Lady Caroline olhou para Eliza e, depois, para Margaret. – As duas são bem mais interessantes do que aparentam à primeira vista.

Eliza não tinha certeza do que aquele comentário significava. Por isso, achou melhor bebericar o chá em vez de responder.

– Não sei bem se isso é um elogio – disparou Margaret.

– Não sei bem se tive a intenção de elogiar – retrucou lady Caroline. – Vocês não deveriam estar se escondendo.

A conversa estava fugindo do controle – e Melville ainda não havia se sentado. Naquele momento, estava inspecionando as estantes de livros.

– Meu senhor, aceita uma fatia de bolo? – perguntou Eliza, já desesperada.

– Pois bem, e onde estão todas essas pinturas? – perguntou ele. – Não vejo sinal delas em parte alguma.

– Ela guarda pilhas delas no segundo andar – revelou Margaret.

Eliza olhou furiosa para a prima.

– Posso vê-las? – perguntou Melville imediatamente.

Eliza balançou a cabeça.

– Espero que perdoe meu recato. Não estou habituada a compartilhar minhas pinturas com quem mal conheço – disse ela.

– Então precisamos nos conhecer melhor – atalhou Melville, enfim se dirigindo ao sofá.

Eliza olhou para o relógio. Ainda estavam no horário. Ia dar tudo certo.

Obviamente, foi naquele exato momento que Eliza ouviu o inconfundível som de cascos de cavalos na rua. Virou a cabeça bruscamente na direção da porta.

– Minha nossa! Qual é o problema, afinal? – perguntou lady Caroline.

– Deve ser Somerset – balbuciou Margaret.

Em pânico, Eliza encarou a prima. Como poderia lidar com aquele encontro diante dos Melvilles? E Somerset? Será que ficaria chocado ou até mesmo demonstraria desaprovação por encontrá-la em companhia tão incomum? Desejava que lady Caroline não estivesse tão bonita em seu elegante vestido londrino – havia grande possibilidade de que ele se apaixonasse por ela assim que a visse.

– Ah, uma visita de família… – disse lady Caroline.

– Ele não é *da família* – refutou Eliza, por instinto.

Lady Caroline ergueu uma sobrancelha, demonstrando curiosidade. Eliza corou mais uma vez, desejando que Margaret não tivesse feito aquele comentário grosseiro.

– Quer dizer… ele se afastou por tanto tempo que não parece… – apressou-se em dizer.

Eliza fez um esforço para tentar distinguir os sons que vinham do térreo, mas não teve sucesso.

– Não se conhecem bem? – perguntou lady Caroline.

– Não é isso – disse Eliza. – Nós nos conhecemos quando ele era o Sr. Courtenay… quando e-ele estava na Inglaterra. – Ela começara a gaguejar. – Mas apenas superficialmente! E foi há muitos anos…

– Estou muito interessada em ouvir mais sobre as viagens de Somerset – interrompeu Margaret com firmeza, antes que o nervosismo de Eliza a fizesse dar detalhes desnecessários. – Sem dúvida, ele terá histórias muito empolgantes para contar.

– Não alimente esperanças – aconselhou Melville a Margaret. – Ouvi dizer que ele é um sujeitinho terrível.

– *Não* é verdade! – exclamou Eliza.

Nesse momento, Lady Caroline ergueu as duas sobrancelhas.

Ouviram, então, o som de uma forte batida no térreo. Nervosa, Eliza olhou imediatamente para a porta.

– Ah, *entendi* – disse lady Caroline, parecendo ter entendido mesmo. – Vamos, Melville! Precisamos ir embora. – Ela se levantou.

– Mas eu ainda não comi bolo,... – argumentou Melville.

– Ah, ainda é cedo... – disse Eliza.

Ela ouviu a voz de Somerset no térreo, misturada à voz de Perkins.

– Lembrei-me de alguns compromissos urgentes – declarou lady Caroline, com firmeza. – Vamos, Melville!

Eliza não sabia dizer se sentia mais gratidão ou constrangimento. Como era constrangedor que pudessem ler seus sentimentos com tanta facilidade... Ao mesmo tempo, quanta gentileza de lady Caroline em desejar ajudá-la.

– O conde de Somerset – anunciou Perkins.

Por um momento, Somerset hesitou na entrada, parecendo surpreso com a lotação do cômodo.

– Bom dia, meu senhor – disse Eliza, com a voz trêmula. Não conseguia evitar. – Gostaria de apresentá-lo a lorde Melville e lady Caroline Melville.

– Bom dia – disse Somerset. Apenas na metade da saudação, ele pareceu associar o nome à pessoa. – Melville? – repetiu.

– Sim. O senhor me conhece? – perguntou Melville, inclinando a cabeça para retribuir a saudação.

– Sua reputação lhe precede – disse Somerset, com desdém.

– Ah, então ela se estende até as Américas? – perguntou Melville. – Como é maravilhoso ser, enfim, reconhecido do outro lado do mundo.

O semblante de Somerset ficou sério. Ele sempre havia desaprovado homens que faziam pouco-caso dos sentimentos das mulheres.

– "Maravilhoso" não é bem a palavra que eu teria escolhido – respondeu o conde, lentamente.

Eliza não sabia dizer se Melville havia percebido a frieza na voz de Somerset. Se foi o caso, não demonstrou o menor incômodo.

– Admiro homens com opiniões fortes sobre o vocabulário – disse ele, em um aparente elogio. – O que o senhor acha de "notável"? Ou "pioneiro"?

A expressão de Somerset endureceu ainda mais.

– Não… já sei! *Extraordinaire* – disse Melville. – Não se importa que eu pegue um termo emprestado do francês, não é?

– Já estávamos nos despedindo – interrompeu lady Caroline.

– Não por minha causa, espero – disse Somerset.

– Não. Precisamos resolver um assunto urgente, embora eu não faça ideia de qual seja – disse Melville, fazendo uma mesura divertida para Eliza. – Lady Somerset. Lorde Somerset. Srta. Balfour.

Os dois saíram. Houve uma longa pausa – bem longa – depois que deixaram o cômodo.

– Não sabia que lorde Melville estava em Bath – disse Somerset, franzindo a testa e olhando na direção da porta, como se os irmãos ainda estivessem lá.

– Ele e lady Caroline chegaram há pouco tempo – respondeu Eliza, apressando-se em explicar. – Sente-se, por favor.

– E a senhora os conhece bem? – perguntou Somerset, sentando-se no sofá.

– Não muito.

– Embora pareçam empenhados em mudar essa situação – acrescentou Margaret, com um sorrisinho satisfeito nos lábios.

– Entendi – respondeu Somerset.

– Está tudo bem em Harefield? – perguntou Eliza, mudando rapidamente de assunto. – Esqueci de perguntar ontem.

Palavras gentis sem dúvida ajudariam a acalmar a tensa atmosfera que pairava na sala.

– Sim, tudo ótimo – disse Somerset, embora sua testa ainda estivesse franzida. – Estamos reformando a ala leste… a umidade estava ficando um pouco…

Ao perceber que aquilo poderia ser considerado insultante pela antiga dona de Harefield, ele se apressou em acrescentar:

– Isso costuma acontecer muito nessas casas antigas!

Mas não foi essa parte da frase que chamou a atenção de Eliza.

– Nós? – perguntou ela, incapaz de se conter.

– É – disse ele. – O administrador está supervisionando, é claro.

– Fico feliz em saber disso – retrucou ela, bastante aliviada.

Claro! Ele não poderia ter se casado, nem mesmo ficado noivo, sem que ela soubesse. Um medo tolo havia passado por sua cabeça.

– Espero que o senhor não se sinta desconfortável com essa atividade toda a seu redor.

– Não achou que... – Somerset começou a dizer algo, mas então mudou bruscamente o rumo da conversa. – Ah, sim, é verdade. Seria um grande incômodo. Ficarei em Bath por quinze dias, para evitar a pior fase da bagunça.

Por um momento, Eliza pensou ter ouvido errado.

– V-vai... ficar... aqui? – gaguejou ela. – Não sabia. Não mencionou isso ontem.

– Quando estive aqui, ainda não sabia da extensão dos reparos – respondeu ele.

– Que inesperado! – disse Margaret com brandura.

Eliza entendeu que a prima também suspeitava de que houvesse alguma dissimulação da parte de Somerset. Mas por que ele mentiria? A não ser que fosse porque... a não ser que fosse...

Mas aquilo certamente era uma ilusão.

– Será mais fácil conduzir os negócios daqui, de qualquer maneira – afirmou ele, sereno. – E eu gostaria de ficar perto de...

Houve uma breve pausa na fala dele, e Eliza prendeu a respiração.

– ... de minha irmã – concluiu Somerset. – Ela mora poucos quilômetros ao sul de Bath.

– Sim, é lógico – disse Eliza. – Bem, com toda a certeza essa notícia muito nos agrada.

Era um eufemismo. A surpresa de Eliza dera espaço a uma sensação de vertigem. Quinze dias! Duas semanas inteiras de sua presença...

– Meu criado vai buscar algumas coisas minhas em Harefield – disse Somerset, agora com a voz mais leve. – Há algo que queira trazer de lá para Bath? Levou tão pouco consigo, embora tenha sido seu lar por tantos anos.

Eliza sentiu uma pontada no peito. Ele era tão gentil!

– Eu não poderia – objetou Eliza.

– Poderia, sim – disse ele. – Na verdade, insisto que fique com mais alguma coisa.

A mente de Eliza lembrou-se rapidamente do quadro pintado pelo avô, pendurado na sala de estar de Harefield. Sem dúvida, a melhor obra de arte da residência, embora não fosse exibida de forma digna. No entanto, descartou a ideia de imediato. Era uma obra muito valiosa, e, embora Somerset talvez ignorasse seu valor, lady Selwyn certamente saberia.

– O que é? – perguntou Somerset. Ele sempre tivera facilidade de ler os pensamentos dela. – Diga.

Mas Eliza não podia correr nenhum risco de ser considerada uma mercenária.

– O bule que fica na sala de estar da ala leste – disse ela, pensando em seu segundo objeto favorito na casa. – Se ninguém…

Um sorriso se abriu no rosto dele, o primeiro daquela tarde.

– Um bule de chá? Não entende que essa é sua oportunidade de pedir os diamantes da família? – disse Somerset, provocando Eliza.

Ela não esperava ouvi-lo falar naquele tom outra vez. Sentiu que estava corando.

– Compreenderia se já tivesse tomado daquele chá – respondeu ela.

– Então talvez seja melhor eu experimentar antes de concordar em trazer o bule – disse ele. E insistiu: – Tem certeza de que não posso convencê-la a pegar nada de maior valor?

Ela balançou a cabeça e o sorriso dele aumentou.

– Como é típico de sua parte pedir algo tão pequeno – comentou Somerset –, querer tão pouco para si…

Eliza poderia dizer que não era altruísmo, que não havia nada que ela desejasse menos do que sentir no pescoço o peso opressor dos diamantes da família. Mas decidiu não dizer nada. Não depois que Somerset olhara para ela daquele jeito – do mesmo modo que costumava olhar antes que tudo desmoronasse.

– Você continua a mesma – disse ele.

Eles se olharam, os sorrisos se abrindo. O peso de tudo o que havia acontecido, de tudo o que eles haviam significado um para o outro, pareceu cair sobre os dois.

– Eu não me incomodo em ficar com os diamantes se ninguém mais os quiser – declarou Margaret, quebrando a magia do momento.

– Pelo visto, também continua a mesma, Srta. Balfour – disse Somerset, balançando a cabeça com um sorriso. – Seu senso de humor está mais vivo do que nunca.

– Há coisas que nem as águas de Bath podem curar – disse Eliza.

Margaret riu, mas Somerset ficou sério de repente.

– E sua saúde, como está? – perguntou a Eliza, com um tom sóbrio, como se ela fosse uma senhora idosa e acamada.

– Estou bem – respondeu Eliza.

– Ela não *parece* estar bem? – perguntou Margaret.

Eliza lançou um olhar furioso para a prima.

– Sim. Na verdade, parece estar muito bem – disse Somerset baixinho, olhando para Eliza. – O vestido é novo?

– É – respondeu Eliza, com a boca seca.

– Combina com você – disse ele. A simplicidade daquele elogio não o tornava menos valioso. – Ainda está tomando as águas?

– Estou. Embora seja mais para ter o pretexto de me encontrar com nossos novos amigos do que por qualquer outro motivo – respondeu Eliza.

– Novos amigos… – repetiu Somerset. – Incluindo os Melvilles?

– De jeito nenhum! – Eliza apressou-se em dizer.

– Sim – afirmou Margaret, ao mesmo tempo.

Somerset franziu a testa outra vez.

– Nós nos encontramos apenas algumas vezes – explicou Eliza –, por isso não sei se os chamaria de…

– Não quero me intrometer – disse Somerset. – Mas recomendo ter cautela no que diz respeito aos Melvilles. As histórias que ouvi…

Ele parecia escolher as palavras com muito cuidado, o que despertou a curiosidade de Eliza.

– São histórias de natureza escandalosa? – indagou ela, sem querer parecer intrometida, mas louca para saber mais detalhes.

O que Somerset teria ouvido sobre Melville em uma temporada tão curta no campo?

– Não são histórias que eu repetiria na frente das damas – disse ele, com firmeza.

– Que tédio! – murmurou Margaret.

E, embora Eliza admirasse a decência de Somerset, ela concordava com a prima naquele ponto.

– Posso dizer apenas que não recomendo essa amizade – disse Somerset. – Uma mulher da sua... Uma mulher da sua posição precisa ser cuidadosa.

A preocupação protetora dele era animadora. Eliza sentiu-se brevemente tentada a encorajá-la, mas achou que seria muito injusto.

– Os Melvilles são divertidos – disse ela. – Esse é o máximo de impropriedade no que diz respeito ao nosso relacionamento com eles.

Eliza pensou que não havia necessidade de mencionar o acidente de carruagem, nem os insultos que ela e Margaret ouviram. De repente, os dois eventos pareciam distantes, até mesmo irrelevantes, diante da alegria que Somerset havia acabado de lhe dar. *Duas semanas inteiras.*

– Se passar mais tempo com eles, tenho certeza de que concordará comigo – acrescentou Eliza.

– Verei por mim mesmo – disse Somerset.

Suas sobrancelhas erguidas, porém, sugeriam que ele duvidava de que mudaria de opinião.

O relógio bateu uma da tarde. Somerset levantou-se para se despedir.

– Tenham um bom dia! – disse. – Pretendem ir ao Pump Room amanhã de manhã?

– Sim, temos intenção de ir – respondeu Eliza, entusiasmada.

– Então verei as duas por lá – disse ele.

Fez uma pequena mesura e saiu.

– Ai, minha nossa! – exclamou Eliza, assim que as duas ouviram a porta da frente se fechar.

Ele ia ficar. Ele ia ficar na cidade e ela o veria de novo. No dia seguinte.

– Ai, *minha nossa!*

– As coisas em Bath estão começando a ficar bem interessantes – disse Margaret, parecendo feliz como um gato que acabou de comer um delicioso petisco.

Capítulo 9

Teria sido um verdadeiro milagre se Eliza tivesse conseguido dormir a noite inteira. Tentou relaxar por muito tempo, mas acabou levando para a cama a pasta com seus desenhos – como vinha se tornando um hábito desde a semana anterior –, esperando que os movimentos do lápis no papel acalmassem sua mente.

Embora ela pretendesse capturar a elegância de Camden Place ou a vista externa do Pump Room, imagens reconfortantes e calorosas, toda vez que tentava, ela se pegava esboçando a sala de estar naquele dia: o sorriso malicioso de Margaret enquanto trocava farpas com lady Caroline; os olhos atentos de Melville em suas estantes; e Somerset... Mais uma vez, Somerset. As mãos dele apertando o chapéu, as rugas em sua testa, sua aparência, o modo como ele a provocava...

Eliza adormeceu ainda segurando o lápis, fazendo Pardle reclamar das manchas de carvão em seus lençóis.

– Deseja a bombazina hoje, minha senhora? – perguntou a criada.

– Acho melhor usar a seda – decidiu Eliza.

Era muito mais elegante do que qualquer outro traje que ela normalmente usaria no Pump Room, é claro, mas, diante daquela ocasião tão especial, parecia simplesmente apropriado.

Sua ânsia em ver Somerset mais uma vez não se comparava a nenhuma outra sensação, e ela precisou se lembrar duas vezes de que não havia necessidade de tanta urgência. Até março, ela poderia vê-lo todos os dias no Pump Room, nos salões, na igreja... Após tantos anos de escassez, aquilo lhe parecia um excesso de riqueza, e as dez horas da manhã pareciam nunca chegar.

Quando o relógio deu 9h45, Eliza e Margaret saíram de casa e seguiram serpenteando pelas ruas de paralelepípedos de Bath com o máximo de pressa aceitável para damas da alta sociedade.

As duas pararam na entrada do Pump Room, dando um bom-dia educado a meia dúzia de conhecidos, e Eliza vasculhou o salão, buscando freneticamente a figura de Somerset. Por fim, ela o encontrou, parado no meio do salão, conversando com a Sra. e a Srta. Winkworth.

– Pobre homem! – observou Margaret.

Eliza concordou plenamente com ela e fez menção de dar um passo à frente, mas a prima segurou seu braço.

– Se fizer isso, seremos obrigadas a conversar com ela também – disse Margaret, balançando a cabeça. – Deixe-o vir até nós.

– Como podem ter sido apresentados uns aos outros tão depressa? – queixou-se Eliza, tentando chamar a atenção de Somerset.

Não era considerado educado simplesmente aproximar-se de uma pessoa e começar a conversar com ela. Era preciso esperar por uma apresentação formal ou solicitar a algum conhecido mútuo que cuidasse disso. Como essa era uma regra que a Sra. Balfour insistia em aplicar aos outros, mas da qual se considerava dispensada, não surpreendia o fato de que a Sra. Winkworth pensasse da mesma forma. Eliza torcia para que Somerset não tivesse se ofendido com a natureza invasiva da mulher.

– Imagino que a Sra. Winkworth só precisou observar o anel de sinete dele para fazer as apresentações – sugeriu Margaret, com os pensamentos indo na mesma direção.

– Talvez eu o convide para caminhar conosco amanhã – sussurrou Eliza para Margaret. – Lady Hurley mencionou que costuma caminhar nos jardins de Sydney depois de ir à igreja aos domingos. Poderíamos passear todos juntos.

Aquela visão tranquila ocupou a mente de Eliza bem no instante em que Somerset ergueu os olhos e finalmente as notou. Desculpou-se com os Winkworths e se aproximou delas. Banhado pela luz dourada do sol, que penetrava pelas grandes janelas do salão, parecia ainda mais alto, mais forte e mais bonito do que no dia anterior.

– Bom dia, lady Somerset, Srta. Balfour – saudou-as cordialmente. Por um breve momento, o olhar de Somerset pousou sobre o vestido de Eliza. Com apreciação, talvez? – Parece muito bem hoje.

– Obrigada! – disse ela. O vestido de seda tinha sido a escolha certa. – Vejo que já conheceu os Winkworths.

– Seus vizinhos, pelo que entendi – disse ele, assentindo. – De acordo com a Sra. Winkworth, aparentemente já tínhamos sido apresentados na ópera, mas eu não me lembro desse encontro. E, como a Srta. Winkworth não poderia ter mais de 8 anos na época, não posso deixar de questionar a veracidade do relato.

Margaret bufou.

– Espero que não tenham sido muito abusadas – disse Eliza.

– Foram encantadoras – respondeu Somerset. – Embora a Sra. Winkworth tenha criticado demoradamente a postura da filha. – Ele fez uma pausa e acrescentou, com delicadeza: – Sabe, tenho a estranha sensação de que a Sra. Winkworth me lembra alguém...

Eliza viu um sorriso provocador tremulando no canto da boca de Somerset e percebeu que os próprios lábios o imitavam, involuntariamente.

– Tive a mesma sensação quando a conheci – disse Eliza, tentando manter a firmeza da voz.

– Tinha certeza disso.

Satisfeitíssima ao ver que a guarda de Somerset baixara ainda mais desde o último encontro dos dois, Eliza mal conseguiu conter um sorriso. A quinzena se estendia à sua frente, e ela imaginou uma centena de encontros como aquele, com Somerset cada vez mais à vontade na presença dela.

– Já se reuniu com o Sr. Walcot hoje? – perguntou ela.

– Já. A essa altura, ele deve estar querendo me ver bem longe – disse Somerset. – Tenho muito o que aprender sobre administração de terras se quiser desempenhar bem meu papel.

Havia muitos cavalheiros que valorizavam a terra apenas pela riqueza e pelos privilégios que proporcionavam. Bem poucos davam grande importância às obrigações que vinham junto. Eliza não estava surpresa por Somerset pertencer à última categoria.

– Sou um homem de sorte, pois o Sr. Walcot tem a paciência de um monge – acrescentou ele, com uma careta autodepreciativa.

Eliza ergueu as sobrancelhas. A experiência dela havia sido um pouco diferente.

– Não tenho dúvidas de que sou uma aluna mais lenta – assegurou a Somerset, com ironia.

Em seu segundo encontro com o Sr. Walcot, isso tinha ficado bem claro para Eliza.

– Seu pai não está mais cuidando de seus negócios? – perguntou Somerset.

– Não, mas devo me encontrar com um administrador de terras na próxima semana – disse Eliza. – Tenho muitas perguntas. Talvez ele me considere particularmente estúpida.

Ao se debruçar, disciplinada, sobre os textos áridos que encontrara, Eliza tinha ficado impressionada com o tanto que havia a aprender.

– Não me venha com essa, Eliza! – disse Margaret. – Você é muito mais inteligente do que, pelo menos, *metade* dos homens que conheço.

– Excluindo minha companhia atual, é claro – acrescentou Eliza, num tom elogioso, indicando Somerset com um aceno de cabeça.

Margaret virou-se para olhar para ele, como se planejasse avaliar sua inteligência ali mesmo.

– Por favor, me poupe de suas conclusões, Srta. Margaret. Tenho certeza de que é improvável que me elogie – disse Somerset, com a voz séria, mas olhos bem humorados. Então ele se virou para Eliza. Concordo que lady Somerset é muito inteligente e tem muito bom senso. No entanto, se eu puder lhe ser útil…

Eliza hesitou. Recusara repetidas vezes a sugestão do Sr. Walcot de que seria mais adequado deixar a supervisão das terras nas mãos do pai, do irmão – ou de qualquer outro homem. Por outro lado, aquela troca de ideias com Somerset – suas cabeças próximas ao examinar os números – tinha certo apelo…

– É muito gentil de sua parte – disse ela. – As terras em Chepstow, em particular, me deixam um tanto confusa.

Somerset franziu o cenho, pensativo.

– Talvez seja melhor consultar meu cunhado em Chepstow, porque as terras fazem fronteira com as dele.

Como Eliza detestava Selwyn e ele, certamente, se ressentiria de qualquer consulta depois do desagradável episódio do testamento, aquela era uma sugestão bastante infeliz.

– É uma ideia maravilhosa! – respondeu Eliza, sem nenhuma sinceridade. – Farei isso da próxima vez que encontrá-lo.

– Poderá fazer isso ainda hoje – disse Somerset. – Ele está acompanhando minha irmã em uma visita a Bath… Veja! Lá estão eles!

Eliza se virou e viu, com enorme pavor, que lorde e lady Selwyn já estavam se aproximando deles.

– Lady Somerset! – trovejou Selwyn. – Que bom ver a senhora!

Os dois trocaram saudações e reverências. Lady Selwyn fez questão de olhar Eliza de cima a baixo.

– Ficamos muito preocupados ao saber de seu estado de saúde, minha senhora – disse ela, com evidente falsidade. – Mas vejo que não tínhamos motivo para isso. Está com uma ótima aparência!

Lady Selwyn fez aquelas palavras soarem como um insulto, e Eliza corou. A seda tinha sido um erro.

– Não sabia que estava visitando Bath – disse Eliza.

– Ah, apenas por um dia – disse lady Selwyn, com um sorriso penetrante. – Assim que descobri que meu irmão pretendia ficar em uma pousada por quinze dias, percebi que era meu dever de irmã vir buscá-lo!

– Minha irmã acredita que o Pelican é uma espécie de purgatório – disse Somerset a Eliza. – Mas estou muito feliz ali. Fica perto do escritório do meu advogado, do meu agente e de todas as minhas terras.

– Assim como em Sancroft! – insistiu lady Selwyn. – E ficaria com a família. Aqui você não conhece ninguém, exceto lady Somerset.

– Está se esquecendo da Srta. Balfour – disse Somerset.

– Ah, que negligência da minha parte… – disse lady Selwyn, pousando os olhos frios em Margaret por um momento, antes de parecer descartar totalmente sua existência. – Você deveria pelo menos nos fazer uma breve visita… As meninas adorariam reencontrá-lo.

À menção das sobrinhas, Somerset amoleceu.

– E eu ouvi dizer… – disse Selwyn, inclinando-se na direção de Somerset como se estivesse prestes a lhe revelar um grande segredo – que o cozinheiro está preparando vitela para o jantar.

E fez um aceno firme com a cabeça. Somerset riu.

– Gosto muito de vitela – disse ele.

Eliza observou a cena, perplexa. Os Selwyns iam levá-lo embora! Somerset tinha acabado de chegar e apenas começado a agir normalmente na presença dela. E agora, no primeiro dia da quinzena prometida, os Selwyns iam tirá-lo dali. A princípio, para uma simples visita, talvez. Contudo, a expressão de satisfação de lady Selwyn dizia a Eliza que, assim que Somerset estivesse em sua casa, ele não conseguiria mais sair.

– Vamos lá, lady Somerset… Também deveria fazer suas súplicas – disse lady Selwyn. – Certamente concorda que Somerset não deveria jantar sozinho num lugar daqueles, não? Seria terrível!

Eliza não podia deixar que aquilo acontecesse. Talvez sua antiga versão se conformasse e aceitasse humildemente seu destino, por mais infeliz que ela se sentisse. Mas a nova Eliza não era assim.

– Na verdade – disse Eliza, num impulso –, eu estava prestes a convidar Somerset para jantar em Camden Place hoje à noite, para apresentá-lo a algumas pessoas.

A contraproposta, feita daquele jeito, era um tanto indelicada. As sobrancelhas de Somerset se franziram de imediato, enquanto o olhar de lady Selwyn se demorou de forma bem óbvia no vestido preto de Eliza, que insistiu.

– Como já completei *dez* meses de luto, minha mãe sugeriu que eu organizasse alguns jantares tranquilos em casa… com cinco ou seis amigos mais próximos. Nada formal.

A mãe de Eliza não havia recomendado nada parecido. Mas, se a Sra. Balfour – a pessoa mais rígida que se podia imaginar – considerava tal situação aceitável, Somerset não poderia fazer qualquer objeção.

– Claro que eu não desejo impedi-lo de visitar Sancroft – acrescentou Eliza. – Mas se lady Selwyn deseja evitar que você jante sozinho…

A expressão de Somerset ficou mais branda.

– Que inesperado! – disse lady Selwyn, num tom suave. – Posso saber quem mais vai participar do jantar?

Eliza olhou para a mulher, abalada.

– Alguns amigos queridos…

Eliza começou a examinar mentalmente a lista das pessoas com quem poderia contar para um jantar ainda naquela noite. Para sua tristeza, se deparou com…

– Os Winkworths, nossos vizinhos. E, é claro, também…

– Os Melvilles – completou Margaret, suavemente.

– O conde e a irmã? – perguntou lady Selwyn.

– Estão em Bath? – Selwyn parecia ter sido atingido por um raio.

– Sim… eles chegaram à cidade recentemente – confirmou Eliza, tentando não parecer alarmada.

As sobrancelhas de Somerset tinham voltado a se juntar. *Que lástima!* Margaret tinha mesmo que mencionar aquela família, que Somerset já parecia detestar? Provavelmente, eram as únicas pessoas de suas relações com quem ele certamente *não* gostaria de jantar!

– Também vamos servir vitela – acrescentou ela, em um ato de desespero.

– Aceito seu convite – disse Somerset. – E assim minha irmã poderá ir embora mais tranquila, já que não vou ficar abandonado nas mesas do Pelican.

Eliza sorriu, aliviada. Os Selwyns e Somerset olharam para ela com ar de expectativa.

– Claro que teríamos estendido o convite a vocês se soubéssemos que estavam de passagem por Bath – disse Eliza, com relutância. – É uma pena que tenham que voltar para Sancroft esta noite.

Não era uma pena.

– Ah, isso pode ser resolvido facilmente – disse lady Selwyn. – Podemos deixar para voltar de manhã… Não teremos dificuldade para encontrar acomodações no Pelican.

– Que sugestão maravilhosa, minha querida! – disse Selwyn. Ele havia roubado o sorriso de Eliza. – A que horas devemos chegar, minha senhora?

– Tudo acontece muito cedo em Bath, então, imagino que não nos sentaremos à mesa depois das 18 horas! – exclamou lady Selwyn.

Eliza não conseguia encontrar uma saída. Seu raciocínio rápido a havia abandonado.

– Às 18h… às 18h30 – disse ela, com a voz fraca. – Que bom que poderão se juntar a nós!

E, depois de fazer uma reverência, ela e Margaret se despediram.

– Por favor, não me considere desagradavelmente prática por perguntar isso… – disse Margaret, enquanto as duas se afastavam – Por que você os convidou para o que parece ser, em outras palavras, um sarau fictício?

– Ora, você estava lá! – respondeu Eliza, ríspida. – Os Selwyns estavam… estavam tentando seduzi-lo com vitela e eu entrei em pânico, Margaret. E aí apenas *escapou…*

Eliza estava começando a perceber o impacto das possíveis consequências daquele convite precipitado.

– Ai, o que foi que eu fiz? – disse ela, parando no último degrau. – Oferecer um jantar, ainda em período de luto! Minha mãe vai querer me matar! Deveríamos cancelar tudo imediatamente. Ah… mas aí Somerset iria para Sancroft e os Selwyns sairiam vitoriosos… Como vamos resolver isso?

– Vai ficar tudo bem – disse Margaret, num tom reconfortante, puxando o braço da prima.

Eliza não reagiu, e Margaret estalou a língua como se estivesse encorajando um cavalo e puxou com mais força. Eliza começou a andar.

– Vai ser na privacidade de nossa casa e metade dos convidados é praticamente da família!

Dizer aquilo era certo exagero, embora Eliza entendesse o ponto de vista de Margaret. Porém…

– *Não temos* outros convidados – lamentou ela.

– Vá procurar pessoalmente os Winkworths e, depois, os Melvilles – disse Margaret. – Eu converso com Perkins. Em breve, nosso jantar não será nem um pouco fictício. – Margaret cutucou Eliza. – Combinado?

– Combinado – respondeu Eliza, grata. – Sim! E eu… eu disse que também vamos servir vitela?

– Disse. – Margaret apertou os lábios com força para não rir. – Até eu achei *aquilo* bastante ousado.

Eram quase onze horas da manhã de um sábado. A chance de que a cozinheira pudesse garantir um corte de vitela era praticamente nula. Eliza soltou outro gemido desolado.

Em Camden Place, ela e Margaret se separaram. Eliza – acompanhada por uma Pardle perplexa – foi primeiro até a residência dos Winkworths, esperando que seu convite pudesse ser feito com rapidez e aceito com facilidade, mas não havia ninguém em casa. Eliza deixou um bilhete implorando pela presença deles no jantar e desculpando-se pelo convite tardio… Se a Sra. Winkworth o recebesse em tempo, Eliza sabia que ela iria. Mas se não recebesse…

Eliza dirigiu-se apressada para Laura Place, onde percebeu que não conseguia, de fato, lembrar em qual lado da residência de lady Hurley moravam os Melvilles. Era o número 4 ou o número 8? Parou quase no meio da rua e pensou até em pedir a Pardle que começasse a bater nas portas. Nesse momento, o som de uma porta se abrindo a fez virar a cabeça. Foi quando ela viu Melville saindo na calçada do número 4, evidentemente falando com alguém atrás dele.

– Melville! – exclamou Eliza, animando-se imediatamente.

Melville levou um susto.

– Meu Deus! – exclamou ele, olhando para Eliza e pondo a mão no coração. – A senhora quer me matar?

– Mil desculpas – disse ela.

– Minha senhora, a que devo esse prazer... um tanto inusitado? – perguntou Melville, passando as mãos pelo sobretudo, como se estivesse espantando a surpresa. – Eu a convidaria para entrar, mas preciso ir até a cidade.

– Posso escoltá-lo? – perguntou Eliza, corando no mesmo instante pela forma desajeitada com que se expressara.

– Escoltar-me? – repetiu Melville, achando graça. – Pretende me proteger dos bandidos?

Então, ele lhe ofereceu o braço, que Eliza, sem responder à pergunta, aceitou. Caminharam juntos, e ela pensou na melhor forma de formular seu convite. De preferência com uma espontaneidade encantadora, em vez de uma lentidão infeliz.

– Tinha esperanças de fazer-lhe outra visita esta tarde – disse ele. – Uma visita que pudesse durar um pouco mais do que a primeira.

Com toda a agitação do dia, Eliza havia se esquecido completamente do encerramento apressado da visita dos Melvilles. Seu rosto começou a arder de vergonha.

– Peço desculpas – disse Eliza. – Não era minha intenção fazer o senhor ser obrigado a interromper a visita.

– Não tem problema – disse Melville. – Caroline me explicou que a senhora está apaixonada por Somerset... Estou curioso. Ele seria o que seu? Um sobrinho?

Eliza ficou desconcertada.

– E-e-eu – gaguejou. – C-como ousa? Decerto não é *meu* sobrinho! E eu não estou apaixonada por ele!

– Não contarei a ninguém se essa for sua preocupação – garantiu Melville.

– Se essa for minha preocupação? – repetiu Eliza. – Meu senhor, parece estar se esforçando para me fazer a mais intrusiva, a mais indelicada... das perguntas. Muitas pessoas considerariam isso uma grande impertinência.

– Espero que não seja – disse ele. – Costumam ser um tédio...

– Talvez devêssemos conversar sobre assuntos mais tradicionais – retrucou Eliza, tentando desesperadamente retomar as rédeas da conversa. – Por exemplo, como hoje está um dia agradável...

– E por quanto tempo devemos falar das condições climáticas – perguntou Melville, lançando um olhar intrigado para o céu – antes de voltar a assuntos mais interessantes? O que a levou a se casar com o tio dele? O título?

Pronto. Estava decidido. Eliza não podia, em seu juízo perfeito, convidar aquele homem para jantar em sua casa. Teria que cancelar toda a sua iniciativa! Talvez pudesse dizer a Somerset que todos os convidados haviam cancelado por motivo de doença... Mas haveria o risco de a mentira ser descoberta de imediato. Em vez disso, *ela* poderia fingir que estava doente... Somerset já achava mesmo que ela não estava bem. Mesmo assim, será que ela poderia confiar que os Winkworths, já tão entrosados com Somerset, não mencionariam aquele convite entregue sem nenhuma antecedência e desmarcado poucas horas antes do evento?

Em todos os desfechos possíveis, Eliza seria humilhada. Ela imaginou a presunção estampada no rosto de lady Selwyn ao ouvir que o jantar havia sido cancelado em cima da hora. Pensou também na reação carrancuda de Somerset diante de um comportamento tão deselegante.

Balançou a cabeça. Não, não podia fazer aquilo. Tinha que tentar tirar o melhor proveito da situação.

– Minha intenção ao visitá-lo hoje – Eliza começou a dizer, obstinada – era convidar o senhor e lady Caroline para um pequeno jantar que vou oferecer.

– Haverá dança? – perguntou Melville.

– Certamente não! – indignou-se Eliza.

Não se podia dançar durante o período de luto.

– Que pena! – respondeu ele. – E quando será o feliz evento?

– Ah... na verdade, hoje à noite – respondeu ela. – Foi uma decisão espontânea. Espero que me perdoe por convidá-lo tão em cima da hora.

Melville olhou para ela de soslaio, como se suspeitasse de que havia muito mais naquela história.

– Mais alguém vai participar do jantar? – perguntou ele, desconfiado.

– Somerset – respondeu Eliza. – E os Selwyns. E, espero, os Winkworths.

– Ah… – disse ele. – Pois bem. Depois de ponderar… e para dar a devida atenção a alguns compromissos já assumidos… infelizmente não poderei comparecer.

– Quais compromissos? – perguntou Eliza.

– Eu me comprometi a passar o mínimo de tempo possível com os Winkworths – disse Melville. – Acho que desprezo todos eles, exceto a Srta. Winkworth, que considero apenas uma jovenzinha chata.

– Não esteve com eles apenas uma vez?

– Foi o suficiente.

– Essa não é uma boa desculpa – protestou Eliza.

– E por que eu precisaria de uma desculpa? – perguntou Melville. – Simplesmente não soa como algo que eu apreciaria. Por que deveríamos comparecer?

Eliza parou abruptamente no meio da rua. Virou-se para Melville, sentindo-se tão frustrada com ele – e com toda aquela situação – que sentia uma vontade enorme de chorar.

– Achei que o senhor quisesse ser meu amigo – disse ela, desesperada. – E o que é a amizade, senão uma gentileza como essa?

Ele lançou um olhar demorado para Eliza.

– Talvez possamos fazer um acordo – sugeriu ele.

Eliza olhou para o céu e, silenciosamente, pediu a Deus que lhe desse paciência.

– Que tipo de acordo? – perguntou por fim, ainda olhando para cima.

– Se formos ao jantar – Melville falou devagar, como se estivesse tentando pensar no que desejava –, você terá que me mostrar suas pinturas.

Eliza estava surpresa.

– Ora, isso pode ser arranjado com muita facilidade – disse ela.

Estava esperando por algo escandaloso.

– É o que venho dizendo esse tempo todo – observou Melville.

– Eu aceito – disse Eliza, ignorando-o. – Por favor, cheguem às 18h30. E saiu correndo.

– *Às 18h30?* – exclamou Melville, com horror evidente na voz.

Eliza não se virou para responder.

Capítulo 10

A noite não foi um desastre de imediato. Na realidade, antes que os convidados chegassem, tudo transcorreu perfeitamente: ao voltar para casa, Eliza encontrou um bilhete de confirmação da Sra. Winkworth e a sala de jantar decorada com flores frescas. Além disso, descobriu que Perkins e a cozinheira tinham conseguido criar um menu delicioso que, milagrosamente, incluía vitela. E assim que se aprontaram para o jantar – Eliza com uma camisa longa de gaze preta italiana, presa no centro com um broche, e Margaret com um vestido de seda berlinense que combinava com a cor de seus olhos –, as duas ficaram tão satisfeitas com o que viram diante do espelho que Eliza começou a nutrir uma débil esperança de que a noite não acabasse tão mal, apesar da natureza impulsiva do plano e de não existir, em toda a Inglaterra, um grupo de pessoas com tão pouca afinidade.

Sua esperança, porém, durou até a chegada dos Winkworths, dez minutos antes da hora. Ao saberem que os Melvilles também estariam presentes naquela noite, seu prazer de terem sido convidados para um jantar com membros da nobreza diminuiu drasticamente.

– A senhora estava ciente disso? – perguntou o almirante Winkworth à esposa.

– Lady Somerset não mencionou nada em seu bilhete – respondeu a Sra. Winkworth.

– Algum problema? – perguntou Eliza.

Ela sabia que os Winkworths não gostavam dos Melvilles, mas esperava que as pretensões sociais da família fossem motivação suficiente para superar qualquer mal-estar.

O almirante Winkworth alisou o bigode com vigor suficiente para varrer o chão.

– Minha senhora, quando eu estava servindo em Calcutá – disse ele –, era bastante comum que os soldados se relacionassem com mulheres nativas. Mas daí a um membro de nossa nobreza *se casar*, misturar seu sangue britânico com o de...

– Lorde Melville e lady Caroline são meus *convidados*! – interrompeu Eliza, agitada. – Devo pedir ao senhor que trate os dois com civilidade.

– Se me permite ser sincero... – começou o almirante Winkworth.

– Não! – Eliza deixou escapar. – Não! Sinto muito, mas prefiro que não faça isso, meu senhor.

O coração de Eliza batia com uma rapidez nauseante. Ela trocou olhares rápidos e apavorados com Margaret.

– Se não se sentem à vontade na companhia deles, então...

Eliza parou. Poderia pedir aos Winkworth que fossem embora? Não. O relógio deu 18h30 quando ela ouviu a porta da frente sendo aberta. Era tarde demais.

– Claro que nos sentimos à vontade! – interveio a Sra. Winkworth, lançando ao marido um olhar de reprimenda. – Claro que sim, não é, meu querido?

– O honorabilíssimo conde de Melville e lady Caroline Melville – anunciou Perkins.

– Boa noite – sussurrou Eliza.

Os Melvilles estavam elegantíssimos, como de costume: lady Caroline usava um vestido de cetim cinza com renda branca atravessando a saia, e seus cabelos estavam enfeitados com pérolas. Melville vestia um casaco preto justo, um colete branco simples e pantalonas. Os cachos de seu cabelo estavam um pouco úmidos por causa da chuva que começava a cair.

– Aqui estamos – disse ele, fazendo uma reverência floreada diante de Eliza. – Pontualidade britânica.

– Parece muito orgulhoso de si mesmo – observou Margaret, com mais calma do que Eliza seria capaz de demonstrar.

– Ah, é mesmo só para inglês ver – assegurou lady Caroline. – Há anos não somos tão pontuais assim.

– Na Marinha, açoitamos aqueles que se atrasam – disse o almirante Winkworth.

Houve um momento de silêncio.

– Isso mostra por que os militares são tão desagradáveis – observou lady Caroline.

Margaret riu, o almirante Winkworth resmungou, a Sra. Winkworth ficou tensa e sua filha permaneceu em silêncio, trêmula de ansiedade. Quando Somerset foi anunciado, logo em seguida, Eliza quase desmaiou de alívio. Ficou até satisfeita em ver os Selwyns.

– Somerset, você já conheceu lorde Melville e lady Caroline – disse Eliza. – Mas lorde e lady Selwyn, acredito que não…

– Não, ainda não nos conhecemos. E eu considero isso uma vergonha – declarou lady Selwyn, toda sorridente –, já que temos tantos amigos em comum, que deveriam ter feito as apresentações anos atrás.

Lady Selwyn podia ser bastante encantadora quando queria. Melville estava caindo naquela conversa, pois retribuíra a reverência dela com uma saudação e um sorriso maroto.

– Que amigos são esses? – perguntou ele, fingindo indignação. – Devemos repreendê-los seriamente por essa falha.

– Southey, por exemplo – mencionou Selwyn, interpretando a pergunta ao pé da letra. – Scott. Sheridan.

– Nossa, Sheridan… – murmurou a Sra. Winkworth, muito impressionada.

– Que está morto, infelizmente – disse Selwyn a ela.

– Acredito que também já conhece a Sra. e a Srta. Winkworth, Somerset – disse Eliza. – Talvez ainda não tenha sido apresentado ao almirante…

– Na verdade, *todos nós* já nos encontramos uma vez com o conde, não é, querido? – disse a Sra. Winkworth, dando um passo à frente.

– Nas corridas, não foi? – assentiu o almirante Winkworth.

– Na ópera, segundo me disseram – corrigiu-o Somerset, com gentileza.

Sua atitude chamou a atenção de Eliza, que baixou a cabeça para esconder um sorriso.

Será que algum dia ela deixaria de ficar tão abalada ao vê-lo? Um minuto antes, sentia-se péssima, com os nervos à flor da pele. Agora, após uma mera troca de olhares, parecia ter voltado aos 17 anos. Estava empolgada como se estivesse prestes a dançar pela primeira vez.

Pouco tempo depois, Perkins apareceu para avisar que o jantar estava pronto, e Eliza, um pouco mais calma, conduziu o grupo até o térreo. Os

Selwyns, em tese os vilões da noite, pareciam ter se tornado sua salvação. Desde que Somerset continuasse sorrindo para ela, Eliza ficaria satisfeita.

Os assentos foram ocupados de acordo com o gênero e a posição de cada convidado: Eliza na cabeceira da mesa, com Melville e Somerset em cada lado dela; lady Selwyn e lady Caroline ao lado deles; o almirante Winkworth e Selwyn, Margaret e a Sra. Winkworth e, por fim, a Srta. Winkworth. O lugar na outra ponta da mesa, naturalmente, estava vazio e, quando todos se sentaram, lady Selwyn lançou um olhar melancólico naquela direção.

– É uma lembrança triste – observou ela, para os presentes na sala. – Gostaria que meu amado tio estivesse conosco esta noite.

Como lady Selwyn parecera muito satisfeita no jantar após o funeral, Eliza achava difícil crer que aquela tristeza fosse genuína, mas o comentário lançou imediatamente uma sombra sobre a mesa.

– Ouvi dizer que era um grande homem – resmungou o almirante Winkworth.

– O melhor de todos – disse Selwyn, bajulador.

Eliza procurou, em vão, uma forma de mudar de assunto.

– Na verdade, não sou eu, mas lady Somerset que merece ser consolada – acrescentou lady Selwyn, antes que Eliza pudesse pensar em alguma coisa. – Era raro ver um casal mais apaixonado do que ela e meu tio.

Aquela mentira foi tão inesperada que deixou Eliza sem palavras. Ao seu lado, Somerset remexeu-se na cadeira, demonstrando desconforto. Preocupada, Eliza olhou para ele de soslaio, mas Somerset evitou seu olhar.

Aproveitando sua vantagem, lady Selwyn estendeu a mão na direção de Eliza.

– Admiro sua coragem – disse ela, com falsa compaixão. – O simples fato de olhar para a cadeira *dele* me dá vontade de chorar. Eu me pergunto como a senhora consegue suportar.

Nesse momento, Eliza recuperou a voz.

– Sua admiração é gratificante, mas desnecessária – disse ela. – Como o último cavalheiro a reivindicar aquele assento… um tal de Sr. Martin, acredito eu… está vivo e com boa saúde, a cadeira não me causa nenhuma dor.

– Na verdade, não há a menor necessidade de chorar por *nenhum* de nossos móveis – concordou Margaret. – A menos que o carvalho da mobília a perturbe, lady Selwyn.

A resposta de Margaret fez desaparecer a presunção no olhar de lady Selwyn. Lady Caroline soltou uma gargalhada. Os olhos da Sra. Winkworth, corriam de um lado a outro da mesa, e Eliza conseguia sentir que ela estava elaborando os mexericos que pretendia espalhar no dia seguinte.

– Acho que vai continuar chovendo – disse Eliza, com uma animação forçada.

A primeira parte da refeição foi servida: sopa branca, cabeça de bacalhau e o tão prometido lombo de vitela, acompanhado de miúdos com toucinho, empadão e legumes salteados na manteiga.

Um trovão retumbou do lado de fora da casa.

– Talvez esteja certa – disse lady Caroline, secamente.

– Só mesmo na Inglaterra a chuva poderia ser considerada um bom tema para uma conversa – disse Selwyn, presunçoso. – Em Paris, os padrões são muito mais elevados, não é, lady Caroline?

– Passou muito tempo em Paris, lady Caroline? – perguntou Margaret, ignorando Selwyn.

– Sim, é minha cidade favorita na Europa – respondeu ela. – Eu era totalmente a favor de irmos para lá esta primavera, mas Melville achou caro demais. Por isso, cá estamos… em Bath.

O tom depreciativo em sua voz conseguiu irritar, ao mesmo tempo, Margaret e a Sra. Winkworth – uma aliança aparentemente improvável.

– Pois nós nos consideramos bastante afortunados – disse Margaret.

– Talvez ainda haja uma chance de virem a mudar de ideia? – sugeriu a Sra. Winkworth.

– Bravo, bravo, Caroline! Você ofendeu metade da mesa de uma só vez – disse Melville. – Devo agir como seu substituto se a Srta. Balfour desafiá-la para um duelo?

– Por favor, não. – Lady Caroline balançou a cabeça. – Você é um péssimo atirador, Melville.

Houve algumas gargalhadas ao redor da mesa. Sentindo-se, enfim, em terreno mais seguro, Eliza perguntou à Sra. Winkworth, que conhecia muito bem os dois mestres de cerimônia, qual seria a programação de concertos para o mês seguinte. Essa virada na conversa caiu bem: a Sra. Winkworth se entusiasmou com a lisonja e Selwyn ficou igualmente encantado em exibir seus conhecimentos musicais, o que estendeu a conversa até que fosse servido o segundo prato.

– Melville, preciso perguntar... – começou Selwyn, solene, enquanto pratos de perdizes e caranguejo temperado eram trazidos para reabastecer a mesa, acompanhados de fricassê de frango e creme de espinafre. – Quando podemos esperar por uma nova publicação?

– Estamos aguardando impacientes por sua próxima criação – acrescentou lady Selwyn.

– Não é o que todo mundo faz? – murmurou lady Caroline para sua taça.

– Dói muito decepcionar uma dama – disse Melville –, mas não estou escrevendo no momento.

– Ora, e por que não? – exclamou Selwyn. – *Toda* a alta sociedade aguarda para ler cada palavra sua.

Melville deu de ombros e tomou um gole de vinho.

– Nunca se sabe quando a musa Inspiração virá nos visitar.

– Estou com ciúmes, Melville. – Somerset manifestou-se pela primeira vez em um bom tempo.

Melville virou-se para ele.

– Fale mais – encorajou-o.

– Deve ser bom ter sempre tão pronta uma explicação para a própria impotência... Nas Forças Armadas, esse tipo de desculpa não funcionava.

– Tem problemas com seu mosquete, não é? – perguntou Melville.

Somerset se engasgou com o vinho.

– E *a senhorita*, está escrevendo algo novo, lady Caroline? – perguntou Eliza, bem alto.

– Estou – respondeu lady Caroline. – Na verdade, é uma continuação de *Kensington*.

– É mesmo? – perguntou Eliza, estarrecida.

Já haviam se passado três anos desde a publicação do polêmico romance de lady Caroline, uma sátira tão incisiva dos lordes e ladies nos círculos políticos que a levou a ser banida do Almack's a partir de então. Eliza achava que a penalidade seria motivo suficiente para impedir que lady Caroline prosseguisse nessa linha de escrita.

– Ainda há muitos figurões da sociedade que escaparam da minha pena – declarou lady Caroline.

– Devemos ficar com medo, lady Caroline? – perguntou a Sra. Winkworth, com malícia. – Se vai escrever tal romance em Bath, planeja nos incluir nele?

– Depende, Sra. Winkworth – respondeu lady Caroline. – A senhora tem a intenção de fazer algo interessante?

A Sra. Winkworth fechou a boca, e Margaret soltou uma gargalhada. Os olhos de lady Selwyn percorreram a mesa, e seu marido balançou a cabeça com ar de desaprovação. O almirante Winkworth, felizmente, parecia ocupado demais com a cabeça do bacalhau para participar da conversa.

– Diga-me, Melville – começou Somerset –, foi apenas a economia que o fez escolher Bath em vez de Paris?

Eliza achava que aquele assunto havia sido encerrado, mas parecia que não.

– A boa companhia contou pontos – disse Melville. – E o… cenário também.

– Sua propriedade não tinha um cenário como esse para oferecer?

– Ah, Alderley Park é grande demais para nós dois. Alugamos a casa para amigos, para que outros possam aproveitá-la melhor.

– Quanta generosidade! – Somerset espetou uma florzinha de brócolis com uma agressividade incomum.

– Obrigado, Somerset. Fico lisonjeado que pense assim.

– Não foi necessariamente um elogio.

Havia uma nova tensão vibrando no ar, uma tensão que Eliza não conseguia compreender direito.

– No entanto, escolhi considerá-lo assim.

– Então, talvez eu tenha usado as palavras erradas.

– Ah, nem todo mundo pode ser um mestre das palavras.

– Acho que agora estamos prontos para a última etapa, Perkins! – disse Eliza em voz alta.

Perkins, o único verdadeiro aliado de Eliza naquela noite, esvaziou a mesa em um instante. Em seguida, colocou nela uma sobremesa simples de frutas em conserva, um bolo pão de ló e um prato de castanhas assadas.

O silêncio reinava na sala de jantar. Todos pareciam um pouco cansados, e Eliza vasculhou a mente à procura de um assunto fácil e neutro sobre o qual pudessem conversar, algo que não fosse terrivelmente chato ou antagônico. Nada lhe ocorreu. Ela não conseguia olhar para Somerset. Certamente, ele devia estar arrependido de ter aceitado seu convite, assim como Eliza estava sinceramente arrependida de tê-lo feito.

Pense em alguma coisa, Eliza implorou a si mesma. *Qualquer coisa.*

No final, o socorro veio de uma direção inesperada.

– A Srta. Selwyn vai bem, milady? – perguntou a Srta. Winkworth, tão baixinho que não teria sido ouvida se a mesa já não estivesse tão silenciosa.

– Vai bem – disse lady Selwyn, tirando os olhos do prato. – A senhorita a conhece?

– As duas frequentaram a escola juntas – vangloriou-se a Sra. Winkworth.

– É mesmo, Srta. Winkworth? – disse Somerset, sorrindo para ela.

Sob o olhar bondoso dele, a Srta. Winkworth pareceu reunir coragem suficiente para falar, mas, ao abrir os lábios, a Sra. Winkworth interveio.

– Sim, de fato. Winnie gostaria muito de reencontrá-la.

– Pode estar com sorte – disse Somerset, olhando diretamente para a Srta. Winkworth, como se fosse ela, e não a mãe, que tivesse falado. – Minha irmã está pensando em alugar alguns aposentos em Bath esta primavera.

– É mesmo? – perguntou a Sra. Winkworth, inclinando-se para a frente.

– Ainda não há nada decidido – disse lady Selwyn. – Mas podemos trazer Annie para ter um pouco de contato com a sociedade daqui, antes de partirmos para a temporada de Londres, em abril.

– É uma belíssima ideia! – declarou a Sra. Winkworth. – Sem dúvida, ela se beneficiaria com a experiência.

– Concordo – disse Somerset. – A primeira temporada de uma pessoa pode ser... avassaladora.

Do outro lado da mesa, seu olhar encontrou brevemente o de Eliza, que se perguntou se Somerset estaria acessando as mesmas lembranças que ela: as danças que haviam compartilhado, as confidências, as conversas sussurradas...

– Já está na hora de apresentar a Srta. Selwyn à sociedade? – perguntou Eliza.

Annie era apenas uma menina quando Eliza a vira pela última vez. Tinha olhos enormes, cabelos revoltos e uma língua tão impertinente que nem mesmo lady Selwyn conseguia contê-la.

– Ela completou 17 anos – disse Selwyn.

– Ah, já é praticamente uma anciã – murmurou Margaret baixinho.

Eliza lhe lançou um olhar de desaprovação, embora se solidarizasse com a garota ausente.

– Nós mesmos fizemos Winnie ter contato com a sociedade em Bath há um ano – disse a Sra. Winkworth –, na esperança de curá-la da timidez antes que ela fosse levada a Londres.

A Srta. Winkworth corou.

– Ninguém se importa com um pouco de timidez quando vem acompanhada de todo o encanto da Srta. Winkworth – disse Somerset.

– É verdade – concordou Eliza, com uma onda de afeição diante daquela gentileza.

– Um pouco de timidez é algo bom – resmungou o almirante Winkworth. – Mas o excesso é inaceitável.

A tez rosada da Srta. Winkworth ficou da cor do açafrão.

– Tem alguém em mente para a Srta. Selwyn? – perguntou a Sra. Winkworth.

Eliza esperava, pelo bem de Annie, que a mãe dela não fosse tão ambiciosa quanto a sua. De qualquer forma, a passagem de menina para mulher não era fácil, como Eliza bem se lembrava: o peso da expectativa, as constantes repreensões, a necessidade de ser mais delicada, mais bonita, *mais* em todos os quesitos... e o sentimento angustiante, doentio, de sentir no fundo da alma que jamais estaria à altura do que os outros queriam para ela.

– Certamente – disse Selwyn. – Ninguém pode permitir que a filha se case com um joão-ninguém.

– Não, claro que não! – disse Margaret, engrossando a voz, em uma clara imitação da arrogância de Selwyn. – Não se pode permitir que as mulheres tomem as próprias decisões.

Eliza reprimiu um gemido de desespero. Margaret precisava mesmo imitá-lo?

– É lógico! – concordou lady Caroline. – O que, por Deus, poderia acontecer?

Seria cedo demais para as damas se retirarem para o chá?

– É claro que lorde e lady Selwyn não desejam que a Srta. Selwyn se case sem que haja afeição – intrometeu-se Somerset, em rápida defesa. – Apenas lhe oferecem orientação.

Eliza baixou os olhos. Orientação era uma palavra suave, mas ela sabia melhor do que ninguém como poderia ser insistente, como poderia ser implacável. Lorde e lady Selwyn talvez não ordenassem que Annie se casasse com um homem escolhido por eles. Não, eles iam apenas pressioná-la e conduzi-la; fariam sermões contra o egoísmo; recomendariam que ela pensasse em seus irmãos, em seus primos, na família. Decretariam que o primeiro amor se desvanece, que a afeição conjugal cresce com a convivência; prometeriam que, em um ano, ela teria um bebê no colo e que, a essa altura, a lembrança do objeto de sua afeição já teria desaparecido na obscuridade... Orientações desse tipo não eram nada suaves. Era impossível resistir a elas. Eram impostas continuamente, sem cessar, até que ceder se tornava a saída mais fácil. Era até mesmo um alívio.

– Ah, sim, orientação é fundamental! – disse a Sra. Winkworth. – Ninguém gostaria que a Srta. Selwyn se casasse com alguém que não estivesse à sua altura.

Eliza sentiu a boca se contorcer em um sorriso amargo. Os olhos de Somerset deslizaram rapidamente para ela e, depois, se desviaram de novo. Ela se perguntou se ele também estava pensando na ironia de estar agora do outro lado da discussão, quando no passado, sem título nem fortuna para recomendá-lo, era ele quem se considerava um pretendente inferior.

– E se os sentimentos dela não estiverem de acordo com sua orientação? – perguntou Margaret.

Lady Selwyn ergueu uma sobrancelha e não respondeu.

– Acho improvável – disse Selwyn.

– Se isso acontecesse – acrescentou Somerset –, Annie deixaria claro o que pensa.

– Todos já experimentaram o pão de ló? – perguntou Eliza, que não aguentava mais ouvir aquilo.

Preferia que voltassem aos temas delicados daquela noite em vez de passar mais um minuto que fosse discutindo o futuro de Annie.

– Sim. Está delicioso – disse Melville, obedecendo ao olhar suplicante de Eliza. – Talvez eu possa oferecer a todos mais uma rodada...

– E, se isso acontecesse – insistiu Margaret, pressionando Somerset –, cederia aos desejos dela, como chefe da família?

Eliza tentou desesperadamente chamar a atenção de Margaret – ela não sabia o que a prima estava tentando fazer, mas Eliza não estava gostando. Se estivesse intencionalmente tentando aludir à história de Eliza, aquela não era a hora certa. De que adiantaria, afinal?

– Com certeza – disse Somerset.

Os lábios de lady Selwyn se contraíram, mas ela permaneceu em silêncio. Era educada demais para discordar do irmão diante de tantas testemunhas.

– E se ela se apaixonasse por um pobretão? – indagou lady Caroline.

– Eu... Nós... – Somerset interrompeu a frase.

Sob os olhares críticos de Margaret e de lady Caroline, seu pescoço começou a ficar vermelho.

– Ela não faria algo assim – afirmou Selwyn.

– Está fora de questão! – concordou a esposa.

– Por que ela nunca pensaria em lhes desobedecer? – sugeriu Margaret.

– *Porque...* – interveio Somerset. – Porque nós conversaríamos e...

Ele voltou a interromper as próprias palavras, incapaz de encontrar uma resposta satisfatória.

– Esquive-se, senhor. Esquive-se – encorajou Melville.

Somerset olhou para ele com raiva.

– Annie conhece o seu dever – interveio Selwyn. – Ela fará o que for necessário.

Eliza fechou os olhos por um momento, desejando ser capaz de fazer o mesmo com os ouvidos.

– Nunca chegaria a esse ponto – retrucou Somerset.

Seu olhar fixou-se em Eliza, defensivo e atormentado, e então voltou para Margaret.

– Se a Srta. Selwyn é como eu me lembro – disse a Srta. Winkworth suavemente, abrindo um sorriso com covinhas na direção de Somerset –, ela tem personalidade suficiente para deixar bem clara sua opinião.

– Sim, exato – concordou Somerset, na hora. Seus olhos se encontraram mais uma vez com os de Eliza. – Falta de personalidade, certamente, não é o problema de Annie.

Foi como se um balde de água gelada tivesse sido jogado de súbito sobre Eliza. Ela respirou fundo, com desespero, chocada, como se todo o ar tivesse lhe escapado. Os nove rostos ao redor da mesa se viraram para ela, mas Eliza não prestou atenção. Continuou olhando para Somerset, abalada até os ossos.

– Minha senhora... – disse Melville, com delicadeza.

Eliza se levantou sem tomar a decisão consciente de fazê-lo, as pernas de sua cadeira fazendo um guincho dramático contra o chão.

– Acho que está na hora de as damas se retirarem para o chá – disse ela.

Mal podia ouvir a própria voz, abafada pelo som das batidas de seu coração.

– Margaret, poderia acompanhar todas até o salão? Irei em seguida. – Ela prendeu a respiração em um leve suspiro. – Vou me reunir com as damas daqui a um minuto.

Capítulo 11

Eliza saiu correndo da sala de jantar e subiu a escada, sem saber muito bem para onde estava indo. Tudo o que sabia era que precisava ficar sozinha. Nem que fosse apenas por um momento, para recuperar o controle sem ser observada. Foi até o quarto, fechou a porta e recostou-se contra a madeira, fechando os olhos e tentando respirar. Nem ali poderia se render por completo: os soluços presos em sua garganta não eram lágrimas silenciosas e típicas de uma mulher, algo que ela poderia se permitir por alguns minutos, para depois enxugar o rosto e reaparecer na sala de jantar como se nada tivesse acontecido. Aquelas lágrimas seriam ruidosas e feias. Deixariam seus olhos inchados, seu rosto avermelhado, e todos perceberiam. Apesar de já ter feito uma cena e de todos terem testemunhado seu sofrimento, Eliza tapou a boca e conteve a dor que guardava dentro de si.

Somerset não a havia perdoado, afinal. Eliza não esperava exatamente que ele fizesse isso, mas se deparar com uma prova tão irrefutável, impressa tão nitidamente naquelas palavras agressivas, naquele olhar de condenação... Era perturbador. Ele não a havia perdoado. Não seria capaz... jamais perdoaria. Qualquer esperança secreta que ela tivesse acalentado sobre aquele reencontro não passava de tolice. Aquele jantar era tolice. Tinha mesmo acreditado que ele poderia voltar a se apaixonar por ela se inventasse motivos suficientes para passarem algum tempo juntos, se conseguisse segurá-lo ali em Bath, longe das línguas venenosas de sua família?

Havia passado o dia inteiro correndo de um lado para o outro, dispendendo horas diante do espelho, arrumando o cabelo, preocupada em agradar a um homem que a desprezava. Um homem que a insultara em sua própria mesa de jantar, à vista de todos os convidados, com palavras que só poderiam ter sido concebidas para feri-la. Eliza pressionou a mão no peito, como se aquilo pudesse aliviar a dor que sentia. Tudo o que ela havia conseguido naquela noite foi reabrir uma ferida que deveria ter cicatrizado muito tempo antes… No entanto, aprendera que poderia suportar aquilo. Ao longo dos anos, ela havia se tornado especialista em suportar aquele tipo de dor.

Eliza respirou fundo para recuperar o equilíbrio. Endireitou os ombros, colocou de lado as lembranças, abriu a porta e caminhou rumo à escada. Estava na hora de voltar e encarar o desafio. Embora quisesse dispensar os convidados e arcar com as consequências desse gesto, precisava se preservar um pouco: passaria mais uma hora bebericando chá e dedicando-se a conversas educadas. Depois, poderia dar por encerrado aquele esforço terrível e humilhante.

Eliza fez menção de entrar na sala de estar, quando viu que a porta do ateliê estava entreaberta. Um rastro de luz escapava pelo corredor. Preocupada com a possibilidade de ter deixado uma vela acesa, escancarou a porta e encontrou Melville parado, examinando uma pilha de aquarelas sobre a mesa.

– Lorde Melville? – chamou Eliza, hesitante.

Qual seria a maneira mais apropriada de tratar alguém que tinha sido obviamente pego fora do lugar onde deveria estar?

– Mil desculpas pela minha invasão – respondeu ele, sem verdadeiramente parecer arrependido. – Disse que eu poderia vê-las.

– Não achei que pretendesse fazer isso ainda hoje – disse Eliza, com a voz abafada.

Teria se preparado se soubesse. Com certeza não o encorajaria a revirar suas peças.

– Deixou o almirante Winkworth, Selwyn e Somerset sozinhos com o vinho do porto?

– Foi preciso – comentou Melville, com a voz no volume habitual.

Eliza pediu que ele fizesse silêncio, olhando para trás, preocupada. Haveria mais do que uma pequena desaprovação se os dois fossem encontrados ali sozinhos – a sala de estar ficava logo adiante. Obediente, Melville baixou a voz e prosseguiu:

– Winkworth estava enumerando as mortes que causou durante o cerco de Seringapatam; Selwyn decidiu listar todos os clássicos que poderiam me inspirar; e Somerset mergulhou em um silêncio depressivo. Eu precisava de um tempo.

Eliza sentiu uma súbita pontada de culpa.

– Sinto muito – disse ela. – Que noite terrível! Eu não deveria ter insistido em sua vinda. Se eu soubesse que Winkworth...

Ela se calou. Sabia de antemão que ao menos a Sra. Winkworth nutria certa aversão por Melville, mas havia simplesmente dado mais importância ao jantar.

– Não voltaremos a dividir a mesa com eles – disse Melville, com gentileza, com as mãos ainda se movendo pelos papéis.

Eliza assentiu.

– Que noite terrível! – repetiu ela.

– Adorei o fricassê – garantiu Melville, com um sorriso peculiar.

– Bem, então posso ficar tranquila – respondeu Eliza, retribuindo o gesto.

Melville aproximou outra pintura da luz da vela.

– Tem muito talento. Sabia disso?

Eliza olhou para ele, desconfiada.

– Está caçoando de mim? – perguntou.

Em se tratando de Melville, nunca dava para saber se ele estava falando sério.

– E por que eu faria isso? – disse ele. – Não sou nenhum especialista, mas estas pinturas são tão boas quanto qualquer uma das que vi na Academia Real. A emoção que a senhora é capaz de transmitir...

Ele passou a examinar uma tela que retratava uma tempestade sinistra pairando sobre Harefield Hall.

– É Harefield? – perguntou ele.

Eliza assentiu em silêncio, um pouco atordoada pela admiração no olhar de Melville.

– Não tinha percebido o quanto a senhora odiava esse lugar – observou ele, em voz baixa. – A forma como o retrata... sempre tão frio, tão desolador... Já pensou em fazer uma exposição?

Surpresa, Eliza soltou uma gargalhada e balançou a cabeça.

– Isso deve ter consumido muitas horas – disse ele. – Quanto esforço...

– É só para mim – ressalvou Eliza. – O que não diminui sua importância.

Melville a encarou por um instante e continuou remexendo os papéis, com cuidado e um olhar de admiração. Fez tantos elogios que Eliza quase esqueceu sua insignificância. Desfez-se qualquer receio que ela tivesse sentido ao encontrá-lo ali, olhando para pinturas que até então apenas Margaret havia visto. Ficou tão impressionada por ser elogiada, tão ansiosa para ouvir mais, que acabou se esquecendo por completo do que ele poderia encontrar entre aqueles desenhos.

– Sou eu? – perguntou Melville, consultando-a de repente.

– Não! – Eliza avançou na direção dele com a mão estendida.

Mas já era tarde demais. Ele segurava a peça perto da luz da vela para estudá-la: lá estava ele, inclinando-se de forma sedutora em direção a lady Hurley, enquanto a Sra. Winkworth e o Sr. Fletcher assistiam a tudo, irritados.

– Sou eu, sim!

– Eu… eu… – gaguejou Eliza. O que poderia dizer? Não havia como negar. – Foi naquela primeira noite no concerto… chamou minha atenção… e eu costumo pintar cenas que ocorreram durante o dia. Espero que não se importe…

– Incrivelmente preciso – disse ele, considerando o desenho. – Embora eu imagine que seja um pouco mais alto do que isso.

O chão foi pouco prestativo, muito inútil e teimoso, pois se recusou a engolir Eliza por inteiro.

– Precisamos voltar para a festa. Nossa ausência já deve ter sido notada – disse ela.

– Sabe, o Sr. Berwick vem tentando me persuadir a posar para um retrato – refletiu Melville, ignorando a última observação.

– Foi o que ouvi dizer.

Eliza pôs a mão na porta, decidida.

– Eu recusei – disse Melville.

Eliza fez um gesto em direção ao corredor.

– Embora tenham me avisado de que pode… ser útil – acrescentou Melville – incluir um retrato meu nas capas dos meus livros.

– Talvez possamos falar sobre isso num outro momento?

– Faria isso se eu lhe pedisse? – perguntou Melville, com a voz ainda baixa e os olhos subitamente grudados nos dela.

– Não entendi…

– Faria o meu retrato? – indagou Melville.

Ele parecia falar a sério. Não era possível…

– Não vi graça nenhuma – disse ela. – Mas quero pedir ao senhor que pare com isso, para que possamos voltar para junto dos demais convidados.

– Não estou brincando – insistiu ele. – A senhora é muito talentosa e captura muito bem os traços… os meus e os dos outros… com personalidade, sem se esforçar para agradar.

Eliza o encarou. Quando menina, tinha imaginado com frequência uma cena como aquela: um jovem e belo nobre tão empolgado com a arte dela a ponto de encomendar uma tela (e, depois, pedir sua mão em casamento). Mas aquelas coisas não aconteciam na vida real. Era um absurdo! Mesmo que ela fosse habilidosa a tal ponto – e não era o caso –, o falatório que seria gerado, a impropriedade de se dispor a tal espetáculo… Eliza passou a mão na testa, a cabeça começava a doer. Era demais. Depois de tudo o que a noite já havia trazido, ela não seria capaz de administrar também aquilo.

– Gostaria muito que fizesse meu retrato – insistiu Melville, diante do silêncio de Eliza.

– Sinto-me lisonjeada, meu senhor, mas precisa procurar um profissional – respondeu ela.

– Pelo que estou vendo, a senhora *é* uma profissional.

– Já não admitiu que está longe de ser um especialista?

– Veja só, eu tentava ser modesto – explicou Melville, com um sorriso torto.

Eliza não respondeu.

– Devo recusar.

– Por quê?

– Existem motivos demais. É inconcebível.

– É mesmo?

Eliza queria que ele esquecesse o assunto. Era muito difícil recusar mais de uma vez algo que ela queria tanto.

– Foi muito gentil de sua parte, meu senhor, mas na verdade não mereço sua estima. Não recebi educação formal, nunca fui testada, nunca demonstrei meu valor. E isso renderia um grande burburinho.

Melville inclinou a cabeça para um lado e depois para o outro.

– É isso o que deseja evitar? – perguntou.

– Eu… – falou Eliza, por fim, desorientada.

Se tudo fosse diferente, se o mundo fosse diferente, já teria concordado. Teria até pedido a Melville para que posasse para ela, assim como o Sr. Berwick havia feito. Mas o simples fato de querer fazer, de ser o tipo de oportunidade com a qual sonhara desde que aprendera a segurar um pincel, não significava que ela podia simplesmente *fazer* aquilo. Era impensável… não era?

– Não quero pressioná-la – disse Melville. – Se não quer, é absolutamente…

– Não! – Eliza o interrompeu. – Eu *quero*… eu poderia…

Ela se calou. Melville aguardou que ela continuasse, com mais paciência do que Eliza teria esperado, enquanto ela tentava organizar os pensamentos. Era impossível pensar com clareza em meio a tantas emoções conflitantes.

– Talvez devêssemos… conversar sobre o assunto – decidiu ela.

– Adoro conversar – concordou Melville, de pronto.

Por fim, aceitando a porta aberta, ele a seguiu e se dirigiu para a escada.

Eliza entrou na sala de estar e encontrou lady Caroline prestes a concluir uma divertida história envolvendo uma freira parisiense, uma luva e um relógio de parede, o que levou Margaret a ter crises de riso. Lady Selwyn e a Sra. Winkworth se viraram para observar Eliza no momento de sua entrada.

– Está se sentindo bem, minha senhora? – perguntou a Sra. Winkworth.

– Muito bem – garantiu Eliza, com firmeza.

– Demorou tanto que começamos a nos preocupar.

– Não havia motivo.

– Será que eu ouvi lorde Melville subindo a escada? – indagou lady Selwyn. – Eu poderia jurar que sim…

– Se está preocupada com o que anda ouvindo – disparou Eliza –, talvez precise consultar um médico.

– Lady Hurley adora o Sr. Gibbes, se precisar de uma recomendação – interveio lady Caroline, bebendo o chá com um olhar malicioso.

– Ah, eu não confiaria no julgamento de lady Hurley – disse a Sra. Winkworth, de repente, inclinando-se para lady Selwyn. – A mulher é uma das excentricidades de Bath. Pode adotar ares de grande importância, mas exala o aroma peculiar da cidade. Meu marido, às vezes, se refere a ela como lady Balbúrdia.

Lady Selwyn deu uma risadinha de apreciação.

– Muito espirituoso – disse Margaret, sem nenhuma emoção.

– Lady Hurley tem sido muito gentil comigo e com Melville – ressalvou lady Caroline, erguendo uma sobrancelha.

Lady Selwyn parou de rir no mesmo instante, e a Sra. Winkworth corou, mas os cavalheiros se juntaram a elas antes que qualquer réplica pudesse ser dada. Eliza os recebeu com um sorriso plácido, embora não conseguisse olhar para Somerset. Sabia que não poderia fazê-lo sem que seu rosto entregasse seu sofrimento.

– Gostaram do *digestif*? – perguntou lady Selwyn.

– Muito – disse Somerset. – O almirante Winkworth e eu descobrimos que servimos em muitos dos mesmos portos.

– Ah, que maravilha – exclamou a Sra. Winkworth, com entusiasmo.

– Também visitei muitos desses portos – acrescentou Melville, sentando-se ao lado de Margaret. – Mas diria que viajei numa "condição diferente".

Margaret riu e Eliza reprimiu um sorriso.

– Que pianoforte magnífico, minha senhora – elogiou a Sra. Winkworth, em voz alta. – A senhora toca?

Eliza olhou para o instrumento em questão e balançou a cabeça.

– Receio que esteja tristemente negligenciado – lamentou.

– Não tem talento musical? – perguntou Melville, servindo-se de uma xícara de chá.

– Não tenho voz nem habilidade – admitiu ela.

– Para desespero de seu marido! – exclamou Selwyn, com uma gargalhada.

Margaret o fuzilou com o olhar.

– Lembra-se, lady Somerset – disse lady Selwyn, com um riso tilintante –, daquela noite em que seu noivado foi anunciado, quando ele pediu que cantasse para todos nós na praça Grosvenor?

– Sim – disse Eliza, severa.

Afinal de contas, era raro que alguém conseguisse superar seu pior pesadelo… Um momento inesquecível.

– Estava tão relutante… – lembrou Selwyn. – E logo entendemos o porquê!

Eliza achou que nunca havia odiado ninguém daquele jeito.

– Selwyn – murmurou Somerset.

– É apenas uma brincadeira, Somerset! – protestou o outro.

– Não estou achando graça.

Uma hora atrás, aquela defesa poderia ter animado Eliza, mas naquele momento só contribuiu para piorar o latejar em sua testa. Somerset havia decidido deixá-la confusa? Ora ele a ignorava, provocava e atacava, ora ele a defendia? Era atordoante!

– Ah, os cavalheiros sempre desejam que suas esposas sejam prendadas – disse a Sra. Winkworth. – Quem se casar com Winnie terá sorte nesse aspecto, pois ela foi abençoada com uma voz lindíssima.

Houve um momento de silêncio, e todos começaram a murmurar educadamente. Então, como se de repente tivesse lhe ocorrido uma ideia muito boa, a Sra. Winkworth acrescentou:

– Ora, Winifred poderia entretê-la com uma canção, lady Somerset!

– Mamãe... – sussurrou a Srta. Winkworth, balançando a cabeça.

– Estou convencida de que um pouco de música seria perfeito – insistiu a Sra. Winkworth.

Aquele tormento não teria fim? Ou naquela noite haveria apenas um fluxo interminável de eventos desagradáveis para Eliza enfrentar, sentindo-se incapaz de evitá-los ou revertê-los?

– Ah, sim! – concordou Selwyn. – Talvez algo animado.

– Mamãe, eu não consigo... – disse a srta. Winkworth.

– Lady Somerset, imploro que some suas súplicas às minhas! – disse a Sra. Winkworth. – Minha filha é modesta demais para se apresentar sem insistência.

– Se a Srta. Winkworth prefere não cantar, não tenho certeza se... – começou a dizer Eliza, com toda a firmeza que pôde.

– Mera timidez – declarou o almirante Winkworth. – Vamos, criança! Não nos faça esperar mais.

– Ah, não a obrigue, meu senhor. – Melville juntou-se à defesa da Srta. Winkworth. – Caso contrário, me sentirei igualmente obrigado a cantar, e estou convencido de que *não* iriam gostar!

Margaret e lady Caroline riram, mas Eliza não conseguiu tirar os olhos da Sra. Winkworth cochichando palavras de repreensão no ouvido da filha. A respiração da Srta. Winkworth parecia estar acelerando de forma alarmante. A dor por trás dos olhos de Eliza aumentou mais ainda.

– Por favor, não... – começou Eliza, enquanto a Sra. Winkworth instigava a filha a se levantar.

Mais uma vez, Eliza desejou ardentemente ser capaz de encerrar a noite naquele exato momento: desrespeitar todas as convenções, romper com todas as regras de hospitalidade, mandar embora os convidados e não se importar com os possíveis desdobramentos de seus maus modos. Gostaria de ter a opção de agir daquele modo.

Exceto... será que não tinha mesmo opção? Seria mal-educado, deselegante, até mesmo chocante, desaconselhável, na verdade, mas... Aquela casa era *dela*. Estavam bebendo o chá que *ela* mandou servir. Participaram do jantar que *ela* dera. Por que ela deveria fingir que as zombarias dos Selwyns não a ofendiam, que os Winkworths não eram pessoas horríveis, que ela queria estar ali, afinal? Não haveria ninguém para repreendê-la por sua deselegância. Era uma mulher adulta, pensava por si mesma, tinha a própria fortuna e não queria ficar sentada ali nem mais um minuto.

Pela segunda vez naquela noite, Eliza se levantou. Seu coração batia rápido, como se ela estivesse prestes a pular de um precipício.

– Estou com dor de cabeça – disse ela, incisiva. – Então, embora eu tenha certeza de que a *performance* da Srta. Winkworth nos proporcionaria um prazer considerável, preciso me retirar.

Eliza poderia ter estremecido com o espanto silencioso que se seguiu àquela declaração se a Srta. Winkworth não tivesse olhado para ela com o ar atordoado de um camundongo inesperadamente liberto de uma armadilha.

– Obrigada pela noite adorável! – disse Eliza.

Lady Caroline pousou a xícara de chá pela metade com um tilintar e também deixou o assento. Atordoado, o restante do grupo se levantou em silêncio para as despedidas.

– Bravo! – sussurrou Melville, curvando-se sobre a mão dela.

Eliza não respondeu. Em vez disso, estendeu a mão para lady Selwyn, que os examinava com mais atenção do que ela gostaria. Somerset foi o último a sair, hesitando próximo à porta, abrindo e fechando a boca como se fosse um peixe.

– Minha senhora… – começou.

– Boa noite, Somerset – disse Eliza.

Não importava o que ele tinha a dizer. Não importava que fosse um pedido de desculpas pela grosseria ou mais palavras de recriminação. Ela não queria ouvir mais nada naquela noite. Não quando estava prestes a desmoronar.

Depois da saída dos convidados, a casa pareceu alegremente silenciosa e tranquila. Eliza sentou-se no sofá e fechou os olhos, em meio a um suspiro. Sem dúvida, chegaria o dia em que ela lamentaria a gafe cometida naquela noite. Contudo, naquele momento não conseguia se arrepender.

– De qualquer forma, foi uma noite memorável – disse Margaret.

Eliza percebeu o movimento no sofá, indicando a chegada da prima.

– O que era meu objetivo principal, é claro – disse Eliza, secamente.

– Ah, então você tinha um objetivo? – retrucou Margaret. – Não foi motivada apenas pela loucura?

– Acho que sim – admitiu Eliza, ainda de olhos fechados. – Todo aquele esforço para manter Somerset na cidade, para ter algum tipo de vitória sobre os Selwyns... E para quê? – Ela fez uma pausa, engoliu em seco e acrescentou, com a voz rouca: – Ele não me perdoou. Eu nunca deveria ter esperado que ele me perdoasse. Eu sabia que era tolice ter esperança, mas...

Ela ouviu um farfalhar quando Margaret mudou de posição e sentiu a mão da prima começar a acariciar seu cabelo.

– Do jeito como ele andou agindo nos últimos tempos, não foi tolice – disse Margaret.

Os olhos de Eliza se encheram de lágrimas, uma onda de vergonha voltando a invadi-la.

– Por que procurar minha companhia se ele me despreza tanto? – Ela engoliu em seco novamente. – Eu nunca teria... Se eu não tivesse pensado...

– Foi uma injustiça – disse Margaret. – E uma grosseria imperdoável diante de *todos*. Não tem desculpa! E sinto muito pelo papel que desempenhei. Eu estava tentando provar um ponto.

Eliza soltou uma risada levemente amarga.

– Acho que teve sucesso.

– Sinto muito! – desculpou-se Margaret, baixinho.

Eliza balançou a cabeça, trêmula.

A dor de cabeça não havia passado, nem mesmo com o silêncio. Em vez disso, parecia assumir o controle de todo o corpo de Eliza, descendo por seu pescoço e seus ombros até encontrar uma pressão latejante em seu peito. *Já passei por isso antes*, lembrou-se. *Desta vez será mais fácil.*

– Pois bem. Ele vai ficar apenas quinze dias por aqui – disse Margaret, pragmática. – Você conseguirá evitá-lo com facilidade e, então, nunca mais precisará vê-lo.

– Ah, não diga isso! – protestou Eliza. – Não é o que eu quero.

– O que você *quer*?

Eliza não sabia dizer. Havia um turbilhão em sua cabeça. Queria evitar Somerset para sempre. Não suportava a ideia de nunca mais voltar a vê-lo. Os dois desejos, de alguma forma incompreensível, eram sinceros.

– Só preciso de um pouco de calma – disse ela. – É tudo excessivo com os Selwyns, os Somersets e os Melvilles...

– O que os Melvilles fizeram? – perguntou Margaret, com um pouco de indignação.

Eliza não tinha energia para falar da oferta de Melville naquela noite. Seus pensamentos estavam tão confusos que ela não sabia dizer se tinha ficado chocada ou extasiada ao recebê-la.

– Nada. É que… nada! – disse ela.

– Eu os admiro muito – declarou Margaret, com firmeza. – Lady Caroline é a mulher mais inteligente… mais divertida… que já conheci.

– Também é linda – acrescentou Eliza.

Margaret inclinou a cabeça, desviando o olhar.

– Eu fico surpresa por ela nunca ter se casado – refletiu Eliza. – Deve ter recebido dezenas de ofertas.

– Isso me deixa feliz – disse Margaret. – É mais frequente que as solteironas sejam desprovidas de posição, destaque ou relevância para a sociedade. É um alívio ver que nem sempre é o caso.

– Você tem posição, destaque e relevância *para mim* – disse Eliza, virando-se para encarar sua amiga mais querida. – Para mim, você é a pessoa mais importante do mundo.

– Não consigo decidir se essa é a coisa mais maravilhosa que já ouvi ou a mais deprimente – respondeu Margaret.

Mas ela apertou o braço de Eliza para amenizar o efeito das palavras.

– Megera! – disse Eliza com carinho. – Poderia ter sido um momento adorável, mas você acabou de arruiná-lo.

– Essa é meu maior talento feminino – rebateu Margaret. – Posso não ser capaz de pintar, cantar ou bordar, mas sou capaz de estragar as coisas.

Eliza riu, com uma sensação de alívio. Podia sempre contar com Margaret para fazê-la rir – e, no último mês, ela tinha feito isso com mais frequência do que em toda a sua vida. Valia a pena lembrar.

E valia a pena lembrar também que, antes de Somerset chegar a Bath – antes que seu mundo se estreitasse novamente até se limitar a apenas um homem –, ela se sentira mais feliz do que nunca. Tinha Margaret. Tinha Camden Place.

Tinha amigos e, até mesmo, a possibilidade – por mais desconcertante que fosse – de receber uma encomenda artística. Perder Somerset não era o golpe mortal do passado.

Ela só queria que não doesse tanto.

Capítulo 12

Os cultos de domingo na abadia de Bath eram sempre tão áridos quanto poeira, mas foi particularmente insuportável aguentar o sermão entediante do reverendo Green na manhã seguinte. Em condições normais, Eliza conseguia se entregar ao torpor e decidir preguiçosamente qual dos vestidos exibidos na congregação era o seu preferido. Naquela manhã, porém, estava impossível se distrair daquele modo. Ela acordara tão inquieta quanto na véspera, com os acontecimentos intensos e dolorosos da noite anterior revirando em sua cabeça. E Somerset não colaborou nem um pouco para diminuir sua agitação ao decidir sentar-se na fileira bem na frente da que ela estava.

Ele poderia tranquilamente ter escolhido outro lugar. Por mais que a abadia estivesse sempre movimentada – era mais um lugar em Bath para ver e ser visto –, havia espaço suficiente. Assim como Eliza e Margaret fizeram, ignorando o aceno da Sra. Winkworth e sentando-se ao lado de lady Hurley e do Sr. Fletcher, recém-chegados de sua visita ao campo.

– ... porque Deus não pode ser tentado pelo mal, nem tenta a homem algum...

Eliza remexeu-se na cadeira, Somerset virou um pouco a cabeça, e ela desviou o olhar. Tinha certeza de que iria começar a chorar ali mesmo se olhasse para ele, e não achava sensato alimentar mais os mexericos de Bath do que a Sra. Winkworth provavelmente já devia andar fazendo. Eliza decidiu não olhar para ele. Mas não conseguia imaginar como bancar aquela atitude, considerando que os ombros dele preenchiam todo o seu campo de visão, com uma largura de dar inveja a um carvalho.

– Gostaria de dar um passeio pelos Jardins de Sydney depois do culto?

– sussurrou lady Hurley no ouvido de Eliza. Ela também havia parado de prestar atenção. – Melville e lady Caroline também vão.

Eliza virou-se e olhou para Melville. Ele e lady Caroline haviam chegado atrasados, fazendo com que várias cabeças se voltassem na direção deles e ela sentisse uma inesperada onda de alívio. Embora estivesse pensando obsessivamente nas palavras de Somerset na noite passada, Eliza também vinha refletindo sobre o que Melville havia lhe dito. E, mesmo que ele tivesse se esquecido – talvez aquela proposta não tivesse sido feita a sério –, ela não podia deixar de acalentar a esperança de que ele voltasse a fazer o pedido.

Os olhos de Melville passaram do reverendo a Eliza – e ele deu uma piscadela. Eliza virou-se apressadamente para a frente.

– Sim, parece ótimo – sussurrou para lady Hurley.

O som de cem pessoas murmurando um último "amém" indicou o fim do culto. Eliza levantou-se com o restante da congregação, desejando que as pessoas à sua frente se movessem rapidamente.

– Minha senhora?

Eliza fingiu não ter ouvido a voz de Somerset, mantendo a cabeça virada para a frente. *Vamos logo!*, ela implorou mentalmente à idosa Sra. Renninson. *Vamos logo!*

– Lady Somerset.

Como Eliza ainda não havia se virado, Somerset tocou de leve em seu braço. Embora ele estivesse usando luvas, e ela, uma peliça grossa, Eliza deu um passo para trás como se tivesse se queimado.

– Não queria assustá-la... – disse ele.

Eliza olhou para Somerset. Sentiu os olhos começarem a arder, a garganta apertar – e desviou o olhar no mesmo instante.

– Bom dia – saudou, olhando para os próprios sapatos. – Gostou do culto?

– Minha senhora – disse Somerset, com calma –, quero me desculpar pela noite de ontem.

Claro que queria. Claro que seu senso de decência não permitiria que ele se omitisse sobre aquela noite. Mas, como Eliza certamente não manteria a compostura durante tal provação, ele teria que esperar.

– Estamos bloqueando a passagem – disse ela, movendo-se pelo corredor atrás de Margaret.

Somerset seguiu logo atrás dela enquanto saíam pelo pátio. Eliza e Margaret foram diretamente para o local onde lady Hurley, o Sr. Fletcher e os Melvilles estavam reunidos.

– Que serviço entediante! – dizia Melville.

– Concordo plenamente! – exclamou o Sr. Fletcher.

Eliza desconfiou que ele tinha dormido o tempo todo.

– O reverendo sempre se excede quando está pregando contra a tentação – disse lady Hurley. – O pobre homem não consegue se controlar.

– E parece que agora ele pretende socializar – observou lady Caroline quando o reverendo emergiu na entrada da igreja e começou a apertar a mão das pessoas.

– Ele gosta de falar com a congregação – explicou lady Hurley.

– E o que ainda resta para falar? – perguntou Melville.

– Não faço a mínima ideia – respondeu o Sr. Fletcher.

Melville deu um tapinha no ombro do Sr. Fletcher.

– Nós nos entendemos perfeitamente, senhor – declarou ele. – Ainda bem que o senhor está aqui.

– Concordo plenamente!

Afora a monotonia do serviço, Eliza achou que Melville parecia mais animado do que nunca, com tanto brilho nos olhos e um sorriso tão largo que o humor de Eliza começou a melhorar.

– Ouvi dizer que vai se juntar a nós nos Jardins de Sydney, minha senhora – disse Melville, virando-se para oferecer o braço a Eliza com um gesto exagerado. – Podemos ir?

– Não achei que estivesse interessado em atividades ao ar livre, meu senhor – comentou Somerset.

– Ah, então se enganou – disse Melville. – Lady Hurley nos disse que são jardins ainda mais belos do que Vauxhall. Estou muito curioso para conhecer o labirinto.

– Eu não consideraria o passeio pelo labirinto uma atividade particularmente apropriada para um domingo – ressalvou Somerset.

– Continua enganado – rebateu Melville, animado. – Pretendo ler em voz alta os *Sermões para as moças*, de Fordyce, enquanto atravessamos o labirinto, o que tornará toda a atividade extremamente agradável.

– Será…? – disse o Sr. Fletcher, ambíguo.

– Gostaria de ouvir um dos sermões, Somerset? – perguntou Melville, batendo de leve no bolso. – Eles realmente clareiam a mente.

– Obrigado, mas não me falta clareza – retrucou Somerset, antes de se voltar para lady Hurley. – É um prazer conhecê-la, madame – disse ele. – Poderia me juntar ao seu grupo?

– Ah, que encantador! – exclamou lady Hurley. – Poderia reivindicar seu braço? O Sr. Fletcher precisou visitar a mãe esta manhã, e eu sofro quando não conto com o braço de um cavalheiro em que me apoiar.

Ela enlaçou o braço de Somerset, dando uma piscadela – o que fez Somerset engolir em seco –, e começou a caminhar em um ritmo decidido. Ele não teve escolha a não ser acompanhá-la.

– Eu também ando bem rápido, lady Caroline – disse Margaret em voz baixa, sacudindo as saias. – Tem certeza de que vai acompanhar?

– Eu lhe garanto, Srta. Balfour – disse lady Caroline –, que serei eu quem ditará o ritmo.

As duas seguiram rapidamente os passos de lady Hurley, deixando Eliza e um sorridente Melville na retaguarda, com Pardle alguns passos atrás deles.

Os Jardins de Sydney ficavam a curta distância da abadia, do outro lado do rio Avon, depois de descer até o final da rua Pulteney. Como os pares que seguiam na frente caminhavam em ritmo acelerado, assim que adentraram os jardins, logo desapareceram nas curvas do caminho sinuoso que se abria, deixando Eliza e Melville para trás. Havia todo tipo de paisagem para admirar: caramanchões sombreados, românticos espelhos d'água e trechos rústicos ao longo dos caminhos sinuosos, mas Eliza dispensou a vista para contemplar Melville.

– Realmente carrega consigo uma cópia dos *Sermões* de Fordyce? – perguntou ela, curiosa.

– Por Deus, não! – exclamou Melville, tirando do casaco um pequeno caderno encadernado em couro. – O dia em que eu ler Fordyce para Caroline será o mesmo dia em que morrerei sob circunstâncias suspeitas.

– E o que teria feito se Somerset tivesse *realmente* lhe pedido para ler um sermão? – quis saber Eliza, sorridente.

– Estou surpreso que ele não tenha feito isso – disse Melville. – O sujeito está determinado a me desafiar em todos os aspectos.

O sorriso de Eliza desapareceu.

– Sinto muito – disse ela. – Não sei por que ele faz isso.

Não era de todo verdade. Tinha chegado a pensar que o comportamento de Somerset podia ser motivado por ciúme. Mas, depois da noite anterior, aquilo parecia improvável.

– Ele está com ciúmes – disse Melville. – Como a senhora está plenamente ciente e, sem dúvida, tirando apropriado partido da situação.

Eliza virou a cabeça bruscamente, estarrecida.

– *Não* estou ciente de coisa alguma – protestou. – E ele não sente ciúmes.

Por mais que ela desejasse que fosse o caso.

– Não há razão para se envergonhar – disse Melville. – Todo mundo já fez coisa muito pior em nome do amor. E eu não me importo nem um pouco em ser usado dessa maneira. Na verdade, imploro para que a senhora me use mais.

Eliza corou até seu rosto ganhar um tom de vermelho intenso. Seus ombros ficaram tensos, alcançando quase a altura das orelhas, mas Melville ainda não havia terminado. Assim como no dia em que se conheceram, ele soltou a mão de Eliza para abrir os braços, como se encorajasse uma inspeção.

– Eu me ofereço em sacrifício! – declarou ele.

Nervosa, Eliza olhou em todas as direções, pelos caminhos ladeados de árvores, para checar se os dois não estavam sendo observados.

– Tem que parar com isso – protestou Eliza. – Está agindo de forma absurda!

Absurda e imprópria, até mesmo para Melville. Eliza não sabia como reagir diante de tal ultraje: se devia rir ou...

– Talvez possamos nos encontrar sozinhos em algum caramanchão romântico – sugeriu Melville –, deixando Somerset sem escolha, a não ser me chamar às falas. Ou a senhora acha que há uma *orangerie* nestes jardins? Sempre gostei de uma *orangerie*...

Eliza começou a *rir*. Era impossível reagir de outra forma.

– Ela ri! – exclamou Melville. – Finalmente.

Ele voltou a lhe oferecer o braço. Ao aceitar, Eliza notou que os punhos da camisa de Melville estavam um pouco manchados de tinta.

– Andou escrevendo cartas hoje cedo? – perguntou Eliza.

– Cartas, não – disse Melville.

Ele pegou um caderninho no bolso e o balançou para ela, guardando-o logo em seguida.

– Voltou a trabalhar?

– Não contei a ninguém – disse ele –, mas sim. *Medeia*. Vingança, paixão, dísticos heroicos etc.

O tom de Melville era irreverente, mas seu rosto demonstrava prazer genuíno.

– Mal posso esperar – disse Eliza, sendo sincera. – Mas achei que o senhor estivesse de férias.

– Eu me canso de descansar – disse Melville. – É terrivelmente desolador.

– Então, esse caderno é para anotar suas ideias?

– Mais ou menos – respondeu Melville. – Para registrar expressões de que eu goste, palavras que deseje usar, bobagens assim.

– Meu avô costumava fazer a mesma coisa – recordou Eliza. – Não usava palavras. Apenas esboçava cenas ou objetos para se lembrar deles mais tarde, com mais facilidade. Ele costumava me dizer que qualquer um que se considerasse artista deveria fazer o mesmo.

– E a senhora seguiu o conselho dele?

– Não sou uma artista.

– Acredito que já discordamos desse ponto mais de uma vez – disse Melville.

E lá estavam eles de novo. Tinham chegado ao assunto que Eliza tanto desejara abordar a manhã toda. Ela ficou em silêncio quando se depararam com o canal, fingindo admirar a elaborada ponte de inspiração oriental que o atravessava com delicadeza, enquanto reunia coragem para fazer as perguntas que estavam em sua cabeça desde a noite anterior.

Tratar daquele tema num espaço público parecia um tanto arriscado, mas, com a densa vegetação ao redor deles, as colinas de Bathampton visíveis à distância e tendo como companhia apenas o som da brisa passando por entre as árvores, seria fácil imaginar que ela e Melville estivessem perdidos em algum lugar no campo, completamente a sós. Eliza lançou outro olhar de soslaio para ele.

– Estava falando sério sobre o retrato? – perguntou.

Ela reagiria com serenidade se não fosse o caso.

– Com total seriedade – respondeu Melville. – Concorda em fazer o retrato?

– A finalidade é incluí-lo na capa de seus livros? – conferiu ela.

– É – disse Melville. – Fui aconselhado a fazê-lo, pois pode ajudar a ampliar meu alcance.

– Sua fama atual seria insuficiente? – perguntou ela. – Existe alguma dama da *alta sociedade* que ainda não leu seus livros?

– Por menos que queiramos pensar nisso, minha senhora, a *alta sociedade* é composta de uma parcela bem reduzida da população da Inglaterra. Eu gostaria que meus poemas fossem lidos em outras partes do mundo.

Eliza absorveu aquela informação em silêncio.

– Percebo que uma motivação tão prática não se encaixa, de forma alguma, em minha descuidada *joie de vivre* – acrescentou Melville.

– Mas, se o retrato é tão importante – argumentou Eliza –, por que encomendá-lo a mim? Tenho pouquíssimo treinamento formal. Se minha única vantagem for a conveniência, o senhor deve saber que também poderia fazer a encomenda ao Sr. Berwick. Ouvir dizer que ele é bastante talentoso!

– Poderia – disse Melville –, mas isso exigiria que eu falasse com ele, minha senhora, e não farei isso. Prefiro ser pintado por uma bela mulher do que por um cavalheiro presunçoso.

– Acho que é exatamente por isso que não devo concordar com esse plano – murmurou Eliza, lisonjeada, afinal, não era todo dia que a chamavam de bela, mas também desanimada, pois se Melville a tivesse escolhido apenas pelo desejo de flertar com ela...

– Eu não lhe pediria se não achasse que é capaz – disse Melville, com a voz repentinamente tão séria que Eliza ficou chocada ao vê-lo sem seu habitual ar de irreverência. E um elogio daqueles, tamanha confiança em sua habilidade, a fazia sentir como se pudesse respirar mais profunda e plenamente do que nunca.

– Quero que se pareça *comigo* – esclareceu Melville –, não com um tolo arrogante em uma biblioteca segurando um globo terrestre. Não acredito que exista alguém capaz de fazer esse trabalho melhor do que a senhora.

Eliza não conseguia imaginar os Balfours ou os Selwyns – sinceramente, nem Somerset – pensando que esse tipo de comportamento convinha a uma condessa em seu primeiro ano de luto. Se descobrissem que ela passaria tantas horas na companhia de um cavalheiro tão infame, a segurança de sua fortuna estaria inquestionavelmente em jogo. Concordar com aquele plano era um ato de insanidade, mas… como recusar o tipo de oportunidade com que sonhara desde criança? Parecia um ato de loucura ainda maior.

– *Vai* pintar meu retrato, lady Somerset? – voltou a perguntar Melville.

Eliza desviou o olhar. Não *deveria*. *Queria*.

– Vou – respondeu ela.

Melville soltou um grito de comemoração.

– Mas tenho algumas condições! – acrescentou ela, apressada. – Insisto em sua discrição!

– Sou *discretíssimo* – garantiu Melville.

– De qualquer maneira, isso deve permanecer em segredo – disse Eliza, achando graça na reação dele e, ao mesmo tempo, impaciente. – Um segredo eterno. Meu nome jamais deverá ser associado ao retrato.

– Combinado! – concordou Melville, alegremente.

– E teremos que pensar em algum pretexto para justificar suas visitas – disse Eliza. – Sua aparição frequente e sem explicação em Camden Place causaria tanto dano quanto a verdade.

– Quando podemos começar?

À frente deles, apareceram Somerset e lady Hurley, reunidos a Margaret e lady Caroline diante do grandioso portão. Haviam completado um circuito.

– Amanhã? – sugeriu Melville.

Eliza o calou.

– Na terça-feira – murmurou ela. – Bem cedo, para não sermos interrompidos. E deve levar lady Caroline junto. Gostaria de ter por perto o máximo de acompanhantes possível.

– Acompanhantes? – repetiu Melville, achando graça. – Lady Somerset, não confia em si mesma quando está perto de mim?

Mais uma vez, as bochechas de Eliza ficaram rosadas.

– Aí está você! – gritou Margaret. – Estávamos prestes a enviar uma equipe de busca.

– Lady Somerset estava chamando minha atenção para algumas laranjeiras particularmente maravilhosas – disse Melville, lançando um sorriso para Eliza.

– Escoltarei lady Somerset e a Srta. Balfour de volta até Camden Place – disse Somerset com autoridade.

– Está cansada, Caro? – perguntou Melville à irmã.

– Nem um pouco – respondeu lady Caroline, no mesmo instante. – Podemos ir até o tal labirinto?

E, depois de uma rápida rodada de despedidas, eles partiram, observados por Eliza e Margaret.

– Venha, Srta. Balfour. Gostaria que me acompanhasse – disse lady Hurley, tomando o braço de Margaret e atravessando os portões.

Dessa vez, Eliza não encontrou uma forma de evitar Somerset. Ela se juntou a ele com relutância, deixando um espaço impessoal entre os ombros de ambos. Ele fez menção de lhe oferecer o braço – e recuou um instante depois, quando começavam a andar, permitindo que as duas senhoras avançassem na calçada. Depois da paz verdejante dos jardins, a rua Pulteney era cinza e barulhenta, mas Eliza olhava para a frente com determinação, como se fosse a vista mais fascinante que ela jamais encontrara.

– Lady Hurley é certamente rápida – disse Somerset, com a voz calma.

Eliza não sabia se ele estava se referindo ao seu ritmo de caminhada ou… a algo mais.

– Ela é maravilhosa, não? – comentou Eliza, incisiva.

Somerset franziu a testa.

– Sei que não é da minha conta – começou ele –, mas, minha senhora, não deveria ser mais cuidadosa com os amigos que faz por aqui? Lady Hurley é… bem. E os Melvilles… não confio neles. Não sei o que realmente os trouxe a Bath, mas não acho que seja um motivo tão inocente quanto querem nos fazer acreditar.

– Não… com certeza tem relação com algum tipo de escândalo – disse Eliza. Todo mundo já não sabia disso? – Talvez um caso amoroso.

– Minha senhora! – exclamou Somerset.

Eliza apertou os lábios. Andar com Melville havia soltado sua língua.

– Sinto muito, meu senhor. Não queria chocá-lo – disse ela.

Somerset soltou uma gargalhada, surpreso.

– Chocar? – repetiu ele, como se estivesse achando graça.

Olhou para ela, balançando a cabeça.

– Você não era uma mulher tão… experiente.

– Naquele tempo eu tinha apenas 17 anos – disse Eliza, baixinho.

O sorriso desapareceu do rosto de Somerset. Não estavam mais falando sobre os Melvilles.

– Minha senhora – recomeçou Somerset, com a voz mais rouca. – Minha senhora, permita-me pedir desculpas.

– Não há necessidade – disse Eliza, com a voz trêmula.

Se pudessem chegar logo a Camden Place…

– Há, sim – insistiu Somerset. – Fui imperdoavelmente rude…

– Na verdade, eu preferiria deixar aquele incidente para trás – interrompeu ela.

O arrependimento de Somerset só poderia ser por sua conduta pouco cavalheiresca. Ter que ouvir e atender tal pedido quando a dor não tinha sido causada pela grosseria, mas sim por sua sinceridade? Aquilo era mais do que Eliza era capaz de suportar.

– Acho melhor falarmos…

– Não concordo…

– Por Deus, poderia me deixar falar? – cobrou Somerset, fazendo uma parada repentina.

Eliza pensou em continuar sem ele, mas também parou. Aparentemente, seria obrigada a ouvi-lo.

– Sinto muito… Foi uma grande indelicadeza – disse Somerset. – *Repito*: eu me comportei de um modo rude e imperdoável.

Eliza não conseguia falar. Limitou-se a concordar com ele, trêmula.

– Por favor, me perdoe… por tudo o que ocorreu ontem à noite – prosseguiu Somerset. – Fui indelicado e desagradável. Qualquer pedido de desculpa seria insuficiente.

Ele tirou o chapéu, indiferente ao ar frio.

– Mas eu sinto muito – continuou. – Se desejar que eu vá embora de Bath ainda hoje, partirei.

Eliza olhou para o céu, na esperança de evitar que uma lágrima fosse derramada.

– Não – disse Eliza. – Não quero que vá embora.

Era verdade. Mesmo quando parecia impossível ficar perto dele, mesmo que Somerset jamais pudesse retribuir seus sentimentos. Ela passara dez anos sem ele e não era capaz de desejar que partisse, nem mesmo no momento.

– Eu estava gostando do nosso reencontro – disse ela, preparando-se para finalmente olhá-lo nos olhos.

Por Deus, por que alguém tinha o direito de ter olhos tão azuis?

Somerset fez uma careta.

– Eu também estava.

Eliza olhou para a frente, para o local onde Margaret e lady Hurley haviam parado. As duas os examinavam com curiosidade.

– Precisamos alcançá-las.

Somerset ofereceu o braço para Eliza e, dessa vez, ela aceitou. O clima entre os dois parecia menos carregado do que antes, mas continuava tenso.

– Eu também preciso me desculpar… por minha irmã – acrescentou ele.

– Existe alguém por quem o senhor *não* precise se desculpar? – perguntou Eliza, fazendo um esforço para sorrir.

– Por Selwyn também – continuou Somerset, obstinado. – Eu pretendia repreendê-los severamente esta manhã, mas os dois saíram tão cedo que não tive chance. Ambos foram muito indelicados. Talvez tenham se sentido mais afetados pela mudança no testamento de meu tio do que eu havia imaginado.

– Eles nunca gostaram muito de mim – disse Eliza. – Eu já me acostumei com isso.

– Gostaria que não tivesse se acostumado – disse Somerset, tão baixinho que Eliza não teve certeza de que ele queria que ela ouvisse. – Gostaria…

Ele interrompeu a frase, e os dois ficaram em silêncio por um momento.

– Espero não ter estragado as coisas – disse ele, com dificuldade.

Eliza respirou fundo e soltou o ar lentamente. O que poderia dizer? As coisas tinham sido *arruinadas* – pelo menos para ela. Mas… ainda o queria em sua vida, mesmo que tivesse que sublimar outros sentimentos. Teria que aprender, de uma vez por todas, a deixar de amá-lo.

– Talvez tenhamos sido tolos em pensar que poderíamos simplesmente passar mais tempo juntos – disse ela – sem que o nosso passado ressurgisse de vez em quando.

Eliza olhou para ele, obrigando-se a manter o contato visual.

– Mas talvez agora possamos retomar nossa amizade.

– Realmente deseja isso? – perguntou ele. – Mesmo depois de…

– Desejo – respondeu ela.

Era melhor do que nada.

– Amigos… – Somerset parecia pensativo.

– Apenas se quiser – acrescentou ela, apressada.

Não cometeria de novo o erro de presumir que entendia os sentimentos dele.

– Acha que amigos em visita a Bath podem se encontrar no Pump Room todas as manhãs? – perguntou Somerset, abruptamente.

– Podem – respondeu Eliza, com cautela.

– Talvez possam assistir a concertos juntos?

Eliza não conseguia decifrar a expressão dele.

– Acho possível.

– E acha que podem cavalgar juntos, quando o tempo permitir?

Um pequeno sorriso estava surgindo no canto de sua boca. Eliza retribuiu, timidamente.

– Acho que sim – disse Eliza.

Era apenas para os ouvidos dela que tal amizade soava tão parecida com a corte? Eliza se esforçou desesperadamente para banir a esperança que tentava, mais uma vez, tomar conta de seu peito.

– Então está bem – respondeu Somerset, curvando-se para se despedir. – Eu gostaria muito de ser seu amigo.

Casa Balfour

14 de fevereiro de 1819

Prezada Eliza,

Embora eu tenha sua última carta em mãos, não responderei a nenhuma de suas perguntas relativas à família — você pode presumir que todos estejam bem de saúde —, pois uma notícia muito desagradável chegou aos meus ouvidos.

Recebi um relato — de lady Georgina, que ouviu de seu primo, que, por sua vez, ouviu de uma tal de Sra. Clemens, de Bath — de que lorde Melville e lady Caroline Melville se estabeleceram na cidade. Isso é verdade? Se for, você bem pode imaginar meu horror! E me pergunto por que deveria receber esse relato de lady Georgina — por meio do primo, etc. — e não de você!

Devo instruí-la a agir com muita prudência quando estiver perto dessas pessoas. As desgraças associadas ao nome delas são numerosas, díspares e, de fato, recentes — há boatos de um caso amoroso duradouro entre Melville e lady Paulet. Lady Paulet, como você deve se lembrar, é aquela pintora cujo trabalho foi tão elogiado pela sociedade no ano passado. Pelo que se sabe, a fúria de Paulet — o patrono mais leal de Melville — ao descobrir a traição teria sido imensa. Diante de um escândalo como esse, acredito que você não dará a lorde Melville nenhum incentivo quanto a qualquer pretensão de amizade.

Você pode esperar mais notícias em breve — há algumas despesas relacionadas à educação de Rupert com as quais concordei, em seu nome. Embora você tenha demonstrado uma chocante falta de interesse em seu herdeiro, ele já tem mais um dente.

Com carinho,
Sua mãe.

Capítulo 13

– Pode tentar ficar parado?

– Estou parado.

– Você está se mexendo...

– Se você considera a *respiração* um movimento...

Eliza lançou um olhar cruel para Melville, tentando imitar a forma implacável como o avô encarava os modelos que lhe davam mais trabalho.

– Está se sentindo bem? – perguntou ele, com um brilho nos olhos, como se soubesse exatamente o que Eliza estava tentando fazer e estivesse decidido a dificultar a vida dela o máximo possível. – Parece pouco à vontade.

Eliza escondeu o sorriso, baixando a cabeça para o papel. Era manhã de quinta-feira, e aquela seria a segunda sessão de Melville como modelo. Recorrendo às lembranças do método do Sr. Balfour para fazer retratos, ela decidira passar as primeiras horas capturando Melville numa variedade de poses para resolver a composição na pintura. Era mais desafiador do que imaginara. Em parte, porque Eliza jamais encontrara alguém que *posasse* com tamanha animação quanto ele, mas principalmente porque estava agitadíssima por se encontrar sozinha com ele. Aquilo não era o que ela tinha em mente na terça-feira, quando Melville e a irmã apareceram logo após o café da manhã, e todos se reuniram no ateliê, onde lady Caroline passou algum tempo examinando as pinturas de Eliza.

– Temos mesmo que participar dessa farsa? – protestara Melville, quando Eliza reiterou a necessidade de darem alguma desculpa para as horas que ele precisaria passar em Camden Place.

– Temos – insistira Eliza. – Não posso ser vista fazendo esse tipo de espetáculo público.

No final, a solução viera de Margaret.

– E se disséssemos a todos que lady Caroline está me ensinando francês? – sugerira ela. – Nesse caso, Melville estaria acompanhando a irmã em suas idas e vindas e visitando você durante as aulas.

Lady Caroline erguera as sobrancelhas.

– E eu fico aqui... sem fazer nada, o tempo todo? Que emocionante!

– Ou poderia realmente me dar aulas – dissera Margaret, com delicadeza. – Eu sempre quis aprender e... acredito que não seja a primeira vez que assume o papel de professora, não é?

Lady Caroline olhara firmemente para Margaret por alguns instantes. Margaret devolvera o olhar com a mesma firmeza.

– De fato – concordara lady Caroline, abrindo um sorriso. – Muito bem.

Eliza havia imaginado que as aulas também aconteceriam no ateliê – ela e Melville sentados em um dos cantos do cômodo, lady Caroline e Margaret sentadas no sofá. Ficaria um pouco apertado, é verdade, mas de um jeito aconchegante e simpático. Naquele dia, porém, lady Caroline havia descartado a ideia.

– Não temos espaço suficiente – dissera ela, fazendo um sinal para Margaret. – Teremos que nos acomodar na sala de estar.

– Mas... e minha acompanhante? – perguntara Eliza.

Na idade dela e como viúva, talvez não fosse tão essencial quanto seria para uma mulher mais jovem manter uma acompanhante, mas, devido às conotações íntimas de uma sessão de retrato, aquilo parecia o mais sensato.

– Vamos espiar a cada meia hora para garantir que nada de impróprio esteja acontecendo! – sugerira Margaret, espirituosa.

Margaret e lady Caroline saíram do ateliê.

E lá estavam eles. Na ausência das duas, tudo ficou muito silencioso, e o rosto de Eliza começou a corar sem motivo algum. *Nada de impróprio está acontecendo*, ela tentava lembrar a si mesma. *Você não está fazendo nada de errado.* Desejou que Melville não olhasse tão diretamente para ela – suas mãos estavam se tornando mais instáveis e suas linhas mais trêmulas do que estiveram nos últimos anos.

Ela se perguntou, por um momento, o que Somerset pensaria se soubesse o que os dois estavam fazendo naquele dia, e logo baniu o pensamento. Ela e Somerset eram *amigos*, nada mais – e nada *mesmo*, pois suas interações nos últimos dias tinham sido... no mínimo hesitantes. Ela também baniu esse pensamento, tentando resgatar a primeira tentativa de desenhar o rosto de Melville, que, no papel, havia sido tristemente mutilado.

– Você deve ter tido um professor de desenho prodigioso – comentou Melville, enquanto Eliza voltava a esboçar o perfil dele.

– Tive mesmo – confirmou ela.

Na verdade, seu professor havia sido um retratista – um tal de Sr. Brabbington, que, na época, trabalhava sob a orientação do avô de Eliza.

– E seu avô participou de sua educação?

– Participou. – Eliza assentiu outra vez.

Em sua infância, toda a família passava o verão na Casa Balfour. Enquanto os primos de Eliza brincavam nos imensos gramados da residência, ela se esgueirava até o ateliê do avô para vê-lo trabalhar. Ele havia tolerado sua presença quando ela era pequena e silenciosa o bastante para não se tornar um incômodo. Então, aos poucos, à medida que passou a reconhecer nela alguma aptidão para as artes, passou a tratá-la quase como uma assistente.

– Sente muita falta dele? – perguntou Melville.

Eliza encontrou o olhar de Melville brevemente, antes de voltar para o papel. Sua pergunta a encorajava a desabafar, mas discutir assuntos tão íntimos enquanto estava *sozinha* com ele não parecia muito apropriado.

– Sinto – disse Eliza.

O Sr. Balfour mais velho faleceu quando Eliza tinha apenas 15 anos. Com isso, ela perdeu seu único aliado na família – além de Margaret –, alguém que pensava nela como algo mais do que uma moeda de troca.

– E de seu falecido marido? – perguntou Melville.

Eliza ergueu os olhos do papel, atordoada. Quanta impertinência!

– O senhor faz muitas perguntas! – disse ela, repreendendo-o em vez de responder.

– E você só desconversa – apontou Melville. – Preferiria que não fizesse isso.

– Por quê?

– Quero conhecê-la melhor – explicou ele. – Está familiarizada com este conceito?

– E suponho que se eu *lhe* fizesse várias perguntas pessoais – rebateu Eliza –, você se sentiria à vontade para responder a todas.

– Sem dúvida – disse Melville. – Pode me perguntar o que quiser.

Eliza soltou um suspiro. Deveria ter imaginado que ele responderia com um desafio.

– Como sei pouquíssimo sobre você, afora os mexericos escandalosos, eu não saberia nem por onde começar – disse Eliza, evasiva.

– Comecemos, então, pelo que dizem os mexericos escandalosos – sugeriu Melville. – Não seja tímida! Prometo responder com sinceridade.

Como Eliza demorou a falar, Melville fez um sinal, como se estivesse conduzindo um cavalo. Eliza foi tomada pelo inconveniente desejo de chocá-lo, de abalar seu incansável bom humor por um único momento. Então, baixou o lápis e estalou as mãos.

– Dizem que os Melvilles são loucos – começou ela.

Aquilo era a pior coisa que Eliza podia conceber.

Melville ponderou.

– É difícil, para mim, dizer se essa fama é verdadeira ou falsa. Não conheci meu avô, então não posso julgar a sanidade mental dele, mas, com toda a certeza, era um homem muito rude. Foi por isso que meu pai viajou para o estrangeiro assim que pôde e não voltou até que o velho estivesse morto. O que mais?

– Dizem que você é um libertino – disparou ela, audaciosa.

Sua mãe desmaiaria se a ouvisse falando daquele modo.

– Passei alguns anos me dedicando profundamente ao estudo das anáguas, devo admitir – disse Melville, pensativo. – Embora eu ache que não tenha feito muito mais do que outros cavalheiros de nosso círculo social.

– É mesmo? – perguntou Eliza, cética.

Não era o que *ela* tinha ouvido.

– A sociedade adora atribuir a mim um charme quase sobrenatural – afirmou Melville. – As pessoas acham que qualquer dama que ouse falar comigo está perdida de amor por minha causa, que qualquer mulher com quem eu dance é minha amante, e que toda jovem solteira que cruze meu caminho precisa de proteção contra mim. Tem sido assim desde que eu era menino.

Ele ainda sorria, mas havia uma ponta de rancor em sua voz, algo que fez Eliza olhar para ele um pouco insegura, perguntando a si mesma se aquele jogo já não teria ido longe demais.

– E o que mais? – perguntou ele.

Ela hesitou.

– Vamos lá, lady Somerset. Estava indo tão bem...

– Dizem que você veio para Bath por causa de um escândalo – prosseguiu ela.

– Foi exatamente isso o que eu quis dizer – retrucou Melville, arqueando uma sobrancelha. – Dizem que vou a todos os lugares por causa de um escândalo.

– Bem, dessa vez estão dizendo que envolve os Paulets – acrescentou ela.

O sorriso finalmente desapareceu do rosto de Melville.

– É o que dizem?

– É o que dizem – respondeu Eliza, triunfante, pegando o lápis para voltar a desenhar.

Estava claro que ele não queria responder *àquilo*.

– Tem alguma coisa a dizer sobre esse assunto, meu senhor?

Melville soltou uma risada repentina.

– Poderia ser um pouco mais graciosa em sua vitória, minha senhora – disse ele. – Mas vou jogar a toalha, pois, no que diz respeito a esse assunto, a discrição me impede de falar.

– Exatamente! – exclamou Eliza, ainda mais triunfante.

Melville ergueu as mãos em uma súplica brincalhona, voltando a rir.

– Fique assim! – instruiu Eliza, correndo com o lápis para captar aquela expressão... mas ela já havia desaparecido do rosto dele.

Ela soltou um suspiro.

– Estou sendo *muito* difícil? – perguntou Melville, mais divertido do que arrependido.

– Não, não – disse Eliza.

Ela não queria ser considerada ingrata. Sinceramente, seria mais simples se ele fosse um modelo mais bem-comportado, mas o desafio era bastante emocionante. Eliza tinha que se mover mais rápido, manter os lápis de prontidão e observá-lo mais de perto. Seu avô dizia que o segredo da arte não era aprender a pintar, mas aprender a *ver*. Ser capaz de pôr suas lições em prática corretamente, depois de todos aqueles anos, fazia Eliza se sentir como se estivesse de volta ao ateliê em Balfour, como se as mãos do avô ainda guiassem as dela.

– Em algum momento chegarei lá – assegurou ela a Melville, com as mãos mais firmes.

– Disso eu não tenho dúvida – disse ele.

Ela corou com a segurança que encontrou na voz dele.

– Isso nem foi um elogio de verdade – brincou Melville.

– Já que não consegue ficar parado, meu senhor – disse Eliza, corando ainda mais e olhando para o papel –, talvez devesse ficar calado.

– Não consigo – respondeu Melville, alegremente. – Acha que vai parar de corar depois de algumas sessões?

Eliza duvidava disso. Não respondeu.

– Espero que não – decidiu Melville.

O som do relógio marcando a hora de encerrar a sessão pegou Eliza de surpresa. Melville franziu a testa como se tomasse aquilo como uma ofensa pessoal.

– Precisamos mesmo terminar tão cedo? – perguntou ele.

– Não quero me atrasar para o Pump Room – disse Eliza, largando o material um pouco aliviada.

– Não! Deus nos livre de deixar Somerset esperando por mais de um segundo – disse Melville, levantando-se, obediente.

Eliza evitou o olhar dele. Somerset tinha aparecido no Pump Room todos os dias daquela semana, aparentemente sem outro motivo que não fosse para falar baixinho com ela por alguns minutos. A cada dia, o acordo provisório dos dois ficava um pouco menos tenso.

– Você não precisa nos acompanhar – lembrou ela a Melville.

– Ah, preciso, sim… Somerset sente tanto a minha falta quando estou ausente!

Eliza não respondeu. Não tinha certeza, mas, conforme o tempo passava, Melville parecia reservar sua ultrajante zombaria para Somerset, como se o propósito de toda a sua vida fosse enfurecê-lo. Era por isso que Eliza teria preferido que ela e Margaret não chegassem ao Pump Room com os Melvilles. Contudo, não havia como evitar.

Somerset já estava lá quando chegaram. Dirigiu-se à porta assim que ela cruzou a soleira, oferecendo-lhe uma taça de água.

– Ah, não precisava, Somerset! – declarou Melville, interceptando a taça e pegando-a para si. – Eu não mereço um gesto tão galante…

Somerset inspirou bem devagar e se virou para Eliza.

– Posso acompanhá-la até a fonte?

Eliza aceitou na hora. Quanto mais afastados ele e Melville ficassem, mais confortável ela ficaria.

– Teve uma manhã agradável? – perguntou Somerset.

– Tive – disse Eliza, com cuidado. – Margaret, é claro, teve mais uma lição de francês.

– Acompanhada por Melville, pelo que vejo – disse Somerset.

– E recebi uma carta da minha mãe – acrescentou Eliza, depressa.

– Como vai a Sra. Balfour? – perguntou Somerset. – Ela parecia... a mesma quando nos encontramos em Harefield.

– Está praticamente igual – concordou Eliza.

– Ela escreve com frequência? – Somerset arriscou um palpite.

– Às vezes, duas cartas por dia – respondeu Eliza, sorrindo quando Somerset soltou uma gargalhada. – Ela e meu pai têm muitas opiniões sobre como eu deveria estar me comportando e cuidando de minhas terras. Apenas uma carta não bastaria.

– Minha família está igualmente preocupada – disse Somerset. – Minha irmã exige um relato tão minucioso de todas as minhas ações que ela poderia muito bem se tornar minha biógrafa.

– E acha que esse texto daria uma leitura interessante? – perguntou Eliza, provocativa.

Somerset balançou a cabeça.

– Não, a menos que o leitor desejasse se informar longamente sobre a rotação de culturas, assunto em que o Sr. Penney e eu estamos mergulhados no momento. Ele é um dos administradores de minhas terras.

– Ah, sim! Será o meu também – disse Eliza. – Vou me encontrar com ele na sexta-feira.

– Sim, ele mencionou isso esta manhã – disse Somerset. E hesitou. – Na verdade, o Sr. Penney se perguntou se eu não deveria participar da reunião com você.

Eliza franziu a testa. O Sr. Walcot tivera lá suas implicâncias em relação ao envolvimento direto de Eliza na administração de suas propriedades, mas ela achou que ele já tivesse aceitado. E agora o Sr. Penney tinha consultado Somerset a respeito das terras dela sem falar com ela antes...

– É apenas para que possamos discutir nossas demarcações – acrescentou Somerset, depressa.

Talvez fosse isso. Ou talvez Eliza estivesse ansiosa demais.

– Se há assuntos que dizem respeito às duas propriedades, então, é claro que precisamos conversar – disse ela.

Depois de Somerset buscar um copo com água para Eliza, os dois completaram o circuito lentamente – ele perguntando pelos sobrinhos, ela pelas sobrinhas –, voltando para o lado de Margaret no momento em que a Sra. Winkworth chegou, com estardalhaço.

– Ah, meu senhor, esperávamos encontrá-lo aqui! – cantarolou a Sra. Winkworth dirigindo-se a Somerset. – Winifred esperava que pudesse levar uma carta para a Srta. Selwyn.

A Sra. Winkworth cutucou a filha, empurrando-a para a frente. Com um vestido simples de musselina, chapéu de palha e um rubor iluminando suas bochechas, a Srta. Winkworth parecia muito atraente. De fato, poderia facilmente ter servido de inspiração para uma das pinturas de pastoras do Sr. Woodforde. Qualquer traço de má vontade que Somerset pudesse demonstrar devido à invasão de sua mãe foi amenizada por aquela visão.

– Eu ficaria feliz em fazê-lo – disse ele, pegando com cuidado a carta oferecida.

– É muita gentileza sua, senhor – disse a Srta. Winkworth, placidamente.

– Ah, meu senhor, agora Winifred ganhou a semana. Ficará extasiada com sua amabilidade o dia inteiro, tenho certeza!

– O dia *inteiro*? – disse Eliza, em voz baixa o bastante para que apenas a Srta. Winkworth pudesse ouvi-la.

– Talvez... talvez apenas pela manhã – sussurrou a Srta. Winkworth em resposta, com um sorriso hesitante.

– Ouviram que o Sr. Lindley vai se apresentar no concerto na semana que vem? – falou a Sra. Winkworth, em teoria para todos no grupo, mas toda a sua pessoa estava voltada apenas para Somerset. – Uma grande conquista para Bath. Somerset, acha que lady Selwyn deve ser convidada? Acho que é exatamente o tipo de evento que ela apreciaria.

– Tenho certeza de que sim – disse Somerset, lançando um rápido olhar para Eliza. – Em sua última carta, ela pediu que eu transmitisse a todos seus votos de felicidades.

– Ela pediu? – A Sra. Winkworth parecia muito satisfeita.

– Também pediu que eu entregasse uma mensagem especificamente a Melville – continuou Somerset.

– É mesmo? – disse Melville. – Poderia compartilhá-la agora ou é de tal natureza que devo ouvi-la em particular?

Somerset cerrou a mandíbula.

– Lady Selwyn soube que o senhor voltou a escrever – disse Somerset – e deseja expressar o quanto ela está satisfeita… e impaciente por notícias, quando houver.

– É verdade, Melville? – perguntou Margaret.

– Lady Somerset não lhe contou? – perguntou Melville.

Margaret virou-se para Eliza, franzindo a testa.

– Não sabia se era segredo! – defendeu-se Eliza.

Como se quisesse exibir uma prova, Melville ergueu os braços para mostrar as manchas de tinta que corrompiam o branco imaculado dos punhos de sua camisa, sem demonstrar nenhum sinal de constrangimento. E, de fato, por que ele deveria estar envergonhado? De alguma forma, em Melville, as manchas apenas aumentavam a elegância. Eliza decidiu prontamente que elas seriam incluídas no retrato.

– Devemos realmente interpretar essas marcas como acidentais? – perguntou Somerset. – Não seria uma afetação destinada a transmitir uma mística artística?

Lady Hurley e o Sr. Fletcher observavam a discussão, assustados. Como era a primeira vez que testemunhavam a troca de farpas entre Somerset e Melville, os dois não tinham um contexto para a súbita agressividade do primeiro.

– De fato acha que eu tenho *mística*, meu senhor? – perguntou Melville. – Que maravilha! Eu estava começando a achar que ninguém havia notado isso.

– Mais uma vez, o senhor enxerga um elogio onde não existe nenhum.

– Isso torna nossa conversa mais agradável, sabia?

– Todos irão ao concerto na semana que vem? Acho que certamente iremos, agora que Lindley vai tocar – interferiu Eliza, antes que Somerset pudesse responder.

Quanto mais Melville parecia feliz, mais irado Somerset ficava.

Houve murmúrios gerais de anuência no grupo.

– Eu vou – disse Somerset. – Posso me oferecer para acompanhá-la?

– Temo que lady Somerset já tenha aceitado se juntar ao nosso grupo – alegou Melville.

Eliza olhou para ele estarrecida, porque era mentira.

– É mesmo? Antes mesmo de ter decidido ir?

– Ah, sempre soube que ela tinha o dom de prever o futuro – respondeu Melville.

– Não a conhece há tanto tempo assim – retrucou Somerset.

– Precisamos ir, Max!

Para alívio de Eliza, lady Caroline interveio, antes que Melville pudesse responder. Aqueles dois estavam começando a lhe dar dor de cabeça.

Foi justamente quando Melville e lady Caroline estavam a ponto de sair do Pump Room que os céus resolveram voltar a escurecer.

– Maldição! – exclamou Margaret, num gesto impróprio para uma dama, olhando para a garoa. – Bem no momento em que dificilmente conseguiremos uma carruagem.

Com tantas pessoas entrando e saindo do salão, não haveria carruagens e liteiras em número suficiente.

– Concordo plenamente – disse o Sr. Fletcher.

– Vamos morrer afogados! – declarou lady Hurley.

– A senhora pretende se deitar de bruços em uma poça? – perguntou lady Caroline, achando graça.

– Acho que o melhor seria nos apressarmos – disse Eliza, olhando para o céu, que continuava a escurecer de forma ameaçadora. – Antes que piore.

– Bravo, lady Somerset, a corajosa – disse Melville. – Pelo menos vai render uma visão romântica.

– Muito espirituoso, meu senhor – disse Somerset, envolvendo-se na capa –, mas lady Somerset está usando um vestido de seda.

Somerset saiu para a rua. Todos observaram seu ato com ar de ceticismo.

– Talvez esta seja a última vez que o veremos – pensou Melville.

Em um instante, porém, Somerset já estava de volta. Vê-lo caminhando na chuva determinado e seguido de perto por uma carruagem, como se a tivesse conjurado, com certeza era algo tocante. Mais uma vez, Eliza não pôde deixar de notar o caimento perfeito da sobrecasaca escura de Somerset. Ele não precisava do enchimento de entretela que alguns cavalheiros utilizavam para dar volume a seus contornos.

– O cavalheiro terá que andar – disse ele –, mas as damas ficarão secas.

– O senhor é um mágico! – declarou lady Hurley.

– Bajuladora! – brincou Somerset, gentilmente.

Lady Hurley riu, aceitando o braço dele.

Margaret e lady Caroline seguiram, e então foi a vez de Eliza. Somerset estendeu a mão e, ao pegá-la, Eliza teve a impressão de que ele apertou seus dedos um pouco. Virou-se para olhá-lo, mas a expressão de Somerset era tranquila, indecifrável. Talvez não passasse de sua imaginação.

– Eu a verei amanhã, minha senhora – murmurou ele, e então fechou a porta da carruagem.

Da rua, Melville ergueu a mão, numa saudação animada.

– Nossa – sussurrou lady Hurley, enquanto a carruagem se afastava. – Se isso continuar, vai dar aos mexeriqueiros de Bath muito o que falar, lady Somerset.

– Não estou entendendo o que quer dizer – disse Eliza, evitando olhar para ela.

– Por um momento, os dois pareciam prestes a duelar – respondeu lady Hurley. – Foi muito… emocionante.

E, embora não estivesse quente dentro da carruagem, ela começou a se abanar.

– Eu não me importaria de ver aquilo de novo – acrescentou lady Hurley.

– Precisa de sais aromáticos, minha senhora? – perguntou lady Caroline, com um sorriso divertido.

– Como o comportamento deles é motivado pela antipatia mútua – disse Eliza –, não sinto nenhum prazer em ver uma cena daquelas.

O que Eliza dizia só era verdade até certo ponto. Afinal, que dama não sentiria certo prazer ao ser disputada daquela maneira, qualquer que fosse o motivo? Mas presenciar aquela competição e impedir-se – por pura força de vontade – de encontrar algum significado nela… Havia algo ligeiramente torturante nisso. Melville era um sedutor, Eliza sabia, e Somerset era… Eliza não sabia o que Somerset era, mas não tentaria interpretar seu comportamento de novo.

Do outro lado da carruagem, lady Hurley a encarou por um momento, como se decidisse se acreditava ou não em Eliza. Então soltou uma gargalhada.

– Se é o que está dizendo… – disse ela.

Capítulo 14

À medida que fevereiro foi se aproximando do fim, as condições climáticas se tornaram severas. Cada dia trazia novas rajadas de chuva gelada e ventos cruéis, enchendo as ruas de Bath de poças e dobrando as árvores em ângulos inconvenientes. No interior de Camden Place, porém, a vida andava calorosa. Para um observador desatento, o padrão dos dias de Eliza permanecia semelhante ao que era antes, pois a maioria das atividades continuava proibida por conta do luto. Os observadores não saberiam, é claro, que duas vezes por semana ela se ocupava da criação de um retrato – trabalho muito pouco apropriado para uma dama –, delineando as formas e as sombras de Melville sobre a tela. Também não saberiam que os passeios habituais eram empolgantes, pois ela havia passado a ser acompanhada por Somerset a quase todos os lugares.

A amizade nunca tinha sido tão prazerosa. Como haviam conversado antes, Somerset e Eliza se reuniram com o administrador de terras. E embora o Sr. Penney tivesse se dirigido a ela com uma condescendência que a deixou com vontade de gritar, Somerset ouviu as opiniões dele com muita atenção, o que Eliza apreciou bastante na ocasião. Era muito agradável enfim contar com alguém para discutir as complexidades das tarefas de proprietário rural: ela não podia fazer isso com sua família, pois certamente tentariam lhe usurpar o controle; Margaret não demonstrava o menor interesse na agricultura e costumava deixar isso bem claro. Somerset, porém, estava na mesma posição de Eliza: ele se esforçava ao máximo para aprender a exercer uma função para a qual não tinha sido preparado desde o nascimento.

– Tem uma boa cabeça para o assunto – disse ele a Eliza, depois que o Sr.

Penney deixou Camden Place. Somerset ficou para tomar mais uma xícara de chá. – A maioria das damas considera tudo isso entediante.

– Não seria, talvez, porque a maioria das damas não tem permissão para experimentar? – sugeriu Eliza, com astúcia.

– Ah, você pode ter razão – respondeu Somerset. – Embora eu ainda ache que seu interesse é louvável. Meu tio teria ficado orgulhoso em vê-la assumindo o comando com tanta seriedade.

– Talvez – disse Eliza.

– Não concorda comigo? – perguntou Somerset.

Eliza hesitou por um momento. Embora, nos últimos dias, tivesse se sentido à vontade o bastante para fazer perguntas sobre a vida de Somerset na Marinha – para onde havia viajado, o que tinha visto, os amigos que havia feito –, nenhum dos dois parecia confiante para abordar o tema envolvendo o velho conde.

– Eu não costumava inspirar orgulho nele – disse ela, com cuidado.

Mesmo no início do casamento – em especial no início –, o falecido conde costumava se mostrar decepcionado com a ignorância dela. Os Balfours, com certeza, eram de uma boa estirpe, mas não pertenciam à aristocracia, e havia muita coisa – muita mesmo – que Eliza não sabia. *Sua menina tola,* o marido costumava dizer quando ela cometia mais um erro, quando, apesar de todo o esforço, ela voltava a fazer algo errado. *Sua menina tola.*

– No testamento – começou Somerset, hesitante –, ele mencionou sua lealdade e…

– Obediência! – vociferou Eliza. – Sim, eu me lembro.

Somerset piscou, perplexo.

– Eu sou… sou grata, obviamente, pelas terras que me foram dadas – disse Eliza, mais calma. – Mas acha que o conde fez isso motivado apenas pelo desejo de me recompensar? Não seria muito próprio dele, sabe? Ele mudou o testamento num momento de raiva, depois de uma briga com Selwyn. Se tivesse vivido mais tempo, teria mudado de ideia.

Provavelmente da próxima vez que Eliza confundisse a baronesa Digby com a baronesa Dudley, um erro que sempre o deixava furioso.

– Ele não era um homem muito afetuoso – admitiu Somerset.

– Ele demonstrava mais afeição por seu cavalo do que por mim – disse Eliza, sentindo um leve nó na garganta.

Houve uma pausa. No sofá, as mãos de Somerset se ergueram, congelaram e então voltaram para o lado do corpo.

– Afinal de contas, Misty *era* um andaluz cinza! – acrescentou Eliza, e Somerset riu baixinho, parecendo entender que ela queria abandonar o assunto por enquanto.

E qual era o problema se, naquele momento e em cada um dos cinco dias seguintes – enquanto buscava água para ela no Pump Room, acompanhava-a em passeios sempre que a chuva diminuía, escoltava-a pelos estábulos de Bath para escolher montarias para ela e Margaret –, Somerset demonstrava ser tão gentil, tão atencioso, tão capaz quanto no passado, quando Eliza se apaixonou por ele? Não seriam aquelas as qualidades que se admira em um amigo?

– Um amigo que você quer beijar, talvez – comentou Margaret, ácida, quando Eliza expressou esse pensamento em voz alta.

Ela estava sentada no vão da janela da sala de estar, observando a rua através do vidro manchado pela chuva.

– Ah, cale-se! – disse Eliza, aproximando-se para ajustar no espelho o aplique em seu cabelo.

Era quarta-feira à noite, e as duas estavam com seus melhores vestidos para ir ao concerto. O traje de Margaret era um vestido de crepe azul sobre uma combinação de cetim branco, complementado por um par de brincos, um colar e pulseiras de safira com pérolas – um conjunto que parecia mais divino no corpo do que na joalheria. Eliza, com então quase onze meses de luto, já começava a incorporar um pouco de branco a seu guarda-roupa. Decidiu usar um vestido de renda preta sobre uma túnica branca.

– Está preparada para o que vai sentir quando ele for embora? – perguntou Margaret. – É esta semana, não?

– Amanhã – respondeu Eliza, mantendo os olhos fixos em sua imagem no espelho. – E sim, estou preparada.

A voz não vacilou. Eliza sabia disso porque havia exigido um esforço enorme. Mesmo assim, Margaret bufou.

– Você está em negação – disse ela. – Em mais de um aspecto, devo acrescentar.

– Por favor, explique – disse Eliza, sem entusiasmo.

– Já pensou no que vai fazer quando eu for embora? – perguntou Margaret. – Por menos que eu goste de pensar nisso, daqui a um mês será abril e

Lavinia estará prestes a se recolher. Você deveria buscar uma nova acompanhante. Em Bath, há muitas mulheres respeitáveis que seriam boas opções.

– Quem, por exemplo? – perguntou Eliza, mal-humorada.

– Que tal a Srta. Stewart? – sugeriu Margaret.

– Ela é… muito espalhafatosa – decidiu Eliza.

– A Sra. Gould, então? Ela é bem engraçada.

– De uma forma muito literal.

– Desde quando você tem um padrão tão alto? – perguntou Margaret. – Admita: elas não são tão ruins assim.

– Elas não são você – disse Eliza.

– Isso não é culpa delas – retrucou Margaret, com um sorriso melancólico.

Eliza achava que era sim.

– Os Melvilles estão aqui – disse Margaret, olhando pela janela.

Eliza assentiu. Vestiu a capa, pegou a bolsa e o leque. Partiram para o concerto, todos em grande estilo. Melville brindou as damas com uma divertida história a respeito de uma carruagem de aluguel que ele, certa vez, dividiu com um ator conhecido e seu macaco de estimação, enquanto Margaret e lady Caroline pegavam no pé dele. Apenas Eliza permanecia em silêncio. Ela não conseguia se desvencilhar tão facilmente daquela conversa com Margaret e continuava sentindo certo mal-estar. Seu atual estado de satisfação tinha sido conquistado a duras penas e alcançado apenas recentemente. Lidar com sua real precariedade não era nada agradável.

Eles chegaram aos Salões Superiores e se desfizeram das capas e das peliças.

– Vestido novo? – perguntou Eliza a lady Caroline, esforçando-se para voltar a participar da conversa ao elogiar o vestido da dama, feito de uma lustrosa renda branca.

A saia fora arrumada num formato de sino, com camadas bem mais cheias do que Eliza já vira antes.

– Sim, *finalmente* – disse lady Caroline, lançando um olhar irritado para Melville.

Melville olhou para o céu.

– Caroline gosta de me caracterizar como um pão-duro – disse ele a Eliza, conforme atravessavam o saguão – só porque, uma vez, ousei questionar se sapatos incrustados com diamantes não seriam um pouquinho…

– *De trop*? – sugeriu Margaret, maliciosamente.

Melville soltou uma gargalhada, deleitando-se com o comentário.

– Não admito que minhas aulas sejam usadas contra mim – declarou lady Caroline, com severidade, batendo com o leque no braço de Margaret.

Pararam à porta. Numa perfeita repetição do que havia acontecido da última vez que Eliza comparecera a um concerto ali, todos no salão se viraram para ver quem entrava – só que dessa vez ela e Margaret estavam acompanhadas dos Melvilles. Depois de vasculhar a multidão, Eliza localizou lady Hurley e o Sr. Fletcher de pé perto do fogo, e Somerset e lady Selwyn ao lado deles. Eliza respirou fundo, trêmula.

– Ah, senhor! – resmungou Margaret, também avistando lady Selwyn.

– Tente ser educada – recomendou Eliza.

– Sou *sempre* educada – disse Margaret, com uma fungada. – A não ser que eu me irrite.

Lady Caroline soltou uma risadinha baixa e, de braços dados, elas entraram no salão com toda a convicção de um glamouroso grupo de bruxas.

– "Dobrem, redobrem, problema e confusão" – recitou Melville baixinho no ouvido de Eliza, que riu.

Ele parecia animadíssimo naquela noite, literalmente esbanjando energia.

– A escrita vai bem? – arriscou Eliza, ao seguirem para seus lugares.

– Mil linhas até agora – respondeu Melville. – Teria escrito mais se estivesse em Alderley. O estoque de Meyler e Duffield dispõe apenas do *Eurípides* de Porson. Não é minha tradução preferida, mas estou satisfeito. Como adivinhou?

– Você... fica mais animado nesses dias – disse ela, meio constrangida por ter notado.

– O ócio não combina comigo – disse Melville. – Apesar do que Somerset possa pensar.

Ele baixou a voz ao se aproximarem da lareira. Eliza respirou fundo ao fazer uma reverência. Decidiu que suportaria a presença de lady Selwyn com graça e firmeza. *Graça e firmeza*, repetiu, como se fosse um mantra.

– A senhora ficou ótima de pega-rabuda! – disse lady Selwyn, com malícia, inspecionando o conjunto preto e branco de Eliza.

– Adivinhou! Meu objetivo era justamente este: parecer essa ave – disparou Eliza, esquecendo no mesmo instante a promessa de agir com graça e firmeza. – Ou uma gaivota.

– Seu vestido também é lindo, lady Selwyn – disse Margaret, com rispidez. – Minha mãe usou um muito parecido com esse na última temporada.

Lady Caroline soltou uma gargalhada que fez lady Selwyn corar.

– Tem um bom olho, Srta. Balfour – disse lady Selwyn. – Não achei certo desperdiçar um vestido novo em um evento tão provinciano.

– Tamanha consciência é admirável – disse lady Caroline, com delicadeza.

– Não sei se um concerto em Bath já contou com uma plateia tão seleta – gorjeou a Sra. Winkworth.

Como havia acontecido no jantar na casa de Eliza, estava claro que a reunião de um grupo tão heterogêneo só poderia levar a uma calamidade. Ao contrário do que se passara naquela noite, porém, Eliza decidiu não se dar o trabalho de evitá-la.

– O concerto desta noite *é* mais concorrido do que qualquer outro de que eu tenha lembrança recente – observou lady Hurley, olhando ao redor.

– Acho que devemos culpar Melville por isso – disse Somerset. – O número de jovens que desejam receber seu autógrafo aumenta a cada dia.

– Meu caro Somerset, posso assumir a culpa pelas damas, mas garanto que os cavalheiros não vieram para cá *por minha causa* – disparou Melville.

Então virou-se para olhar Eliza, que só não corou por pura força de vontade.

– O que quer dizer com isso, Melville? – perguntou lady Selwyn.

– Eu explico, minha senhora – disse Melville. – Bath está se enchendo de cavalheiros desejosos de conquistar a atenção de lady Somerset. Assim que ela sair do período de luto, a cidade será sitiada.

Eliza perdeu a batalha interior e enrubesceu. Melville sorriu como se tivesse conquistado algum tipo de prêmio.

– Se eu fosse mais jovem, talvez – objetou Eliza. – Mas já estou com uma idade avançada.

A declaração foi recebida com gritos de indignação do grupo.

– Será? – discordou o Sr. Fletcher, com veemência.

– Aos meus olhos, a senhora ainda é uma mulher muito jovem – afirmou lady Hurley, com firmeza.

– Achei que seu processo de calcificação já tivesse começado – disse lady Caroline, fingindo olhar para Eliza.

Eliza riu.

– São todos muito gentis – disse ela, muito sincera.

Dez anos de casamento com um marido mais inclinado à censura do que à admiração não deram a Eliza muitos motivos para acreditar no próprio fascínio. Mas, graças a seus amigos, ela já estava começando a ficar um pouco mais segura de si.

– Não é bondade, mas uma profecia – disse Melville. Ele olhou para Somerset. – Na ausência do pai de lady Somerset, o senhor fará as vezes de guardião?

O rosto de Somerset ficou lívido.

– Não preciso de um guardião – interveio Eliza, depressa.

– E eu não poderia desempenhar esse papel nem que quisesse – declarou Somerset. – Este evento marca minha última noite em Bath.

Eliza já sabia, é claro, pois estava contando os dias com crescente apreensão. Porém, de uma forma absurda, ouvir aquilo ainda pareceu um golpe.

– Está de partida? – perguntou Melville, levando a mão ao peito num sinal de protesto. – Mas apenas começamos a nos conhecer!

– Há questões urgentes em Harefield de que preciso tratar – disse Somerset ao grupo, ignorando Melville. – Como meus negócios com o Sr. Walcot foram concluídos…

– Ah, finalmente se formou na Escola de Condes? – interrompeu Melville. – Sabe, fiquei um pouco ofendido por não ter procurado *minha* tutela no assunto, Somerset.

– Ficou mesmo? – perguntou Somerset, num tom de indiferença.

– Mas é claro que sim – respondeu Melville. – Já sou conde há quase cinco anos. Ouso dizer que entendo uma ou duas coisas sobre o posto.

– E por que seria eu tutelado por um cavalheiro que não deve nem saber dizer o tamanho de sua propriedade?

Lady Hurley e o Sr. Fletcher ficaram surpresos com o insulto, e um sorrisinho maldoso despontou no rosto de lady Selwyn.

Melville apenas sorriu.

– Oitenta quilômetros quadrados – respondeu. – Esse é o tamanho da minha propriedade.

– E qual é seu produto principal? – quis saber Somerset.

– Ah, trata-se de um inquérito – comentou Melville. – Que maravilha! Nabos, meu senhor… Minha resposta é esta: nabos.

Somerset olhou para ele furioso, desconfiando que Melville citara o nome do primeiro vegetal que lhe viera à mente.

– Pratica o Sistema de Rotação de Quatro Culturas, imagino eu?

– Claro.

– E o que acha do arado de Tull?

– Nossa, meu bom homem, não tenho nenhum! – disse Melville. – Eu me rendo... Posso lhe oferecer um alqueire de nabo como prêmio?

O grupo todo começou a rir. Somerset, com o rosto vermelho de raiva, parecia estar com vontade de bater em Melville.

A Sra. Winkworth tentou chamar a atenção da baronesa.

– Ainda pensa em trazer sua filha para Bath, lady Selwyn?

– Não. Chegamos à conclusão de que é melhor não fazer isso – respondeu a mulher. – Eu diria que Annie já está confiante *demais* e de fato...

Eliza deu um passinho para trás, tentando não ouvir. Girou o anel na mão direita, depois mexeu na pulseira, que não estava *do jeito certo*. Até que, sob seus dedos ansiosos, o fecho da peça abriu e escorregou de seu pulso até ser pego por Melville pouco antes de se espatifar no chão.

– Ah... Obrigada! – murmurou, aceitando-a de volta.

– Posso ajudar? – perguntou ele, em voz baixa.

Os dois se afastaram um pouco do grupo.

– Posso resolver – disse Eliza. Seria excessivamente íntimo sentir as mãos de Melville em seu pulso. – Talvez possa segurar o meu leque...?

– Por favor – respondeu Melville, tirando o leque da mão dela.

Eliza recolocou a pulseira no pulso. A seu lado, completamente indiferente à demora, Melville encarava o leque, pensativo. Era uma criação em seda e renda, com finíssimas varetas de casco de tartaruga, a aquisição mais cara de Eliza até aquele momento.

– Gostaria que ainda fosse moda os cavalheiros portarem leques. São invenções tão úteis – afirmou ele.

– Acha mesmo? – perguntou Eliza, distraída, enquanto brigava com o fecho da pulseira. *Quase conseguindo.*

– Acho sim. A expressividade que se pode alcançar... Assim! – Ele abriu o leque e começou a abaná-lo próximo ao rosto, de modo a revelar apenas seus olhos, escuros e risonhos. – Perceba: agora estou tímido.

– Estou vendo – disse Eliza, sorrindo por um segundo, antes de voltar a atenção para o fecho da pulseira.

Pronto!

Ela endireitou as costas. Melville passou o leque para a mão esquerda e deixou-o roçar rapidamente no próprio pescoço.

– E agora? – perguntou ele, baixinho.

Eliza fez um esforço de memória. A linguagem dos leques já era um tema antiquado, mas sua preceptora a havia instruído para uma eventualidade...

– O senhor deseja me conhecer – disse ela. – Melville...

Ela se voltou para o salão. O grupo continuava indiferente a eles, mas havia muitos outros olhares na direção dos dois.

– E agora?

Melville virou o leque de cabeça para baixo, de modo a roçar a base em seus lábios: "Beije-me!" Eliza ficou muito vermelha.

– Melville, sei que está fazendo graça – ralhou. – Mas estamos sendo *observados*!

– Estou ciente – murmurou Melville, finalmente fechando o leque e entregando-o a ela. – Somerset também enrubesce... não do mesmo jeito encantador que você, é claro. Mesmo assim, espero deixá-lo roxo esta noite.

Por reflexo, Eliza olhou para a lareira, onde os olhos de Somerset estavam pousados naquela conversa, pesados e carrancudos; e para lady Selwyn, que lançava olhares vorazes para ela e Melville. Sentiu seu rosto esquentar ainda mais.

– Prefiro – disse ela, muito suavemente – que você me deixe de fora de suas brigas. Não gosto de ficar no meio disso.

– Eu não...

Eliza voltou ao grupo antes que Melville pudesse concluir a frase. Encontrou mais rostos voltados para ela: a Sra. Winkworth parecia azeda e lady Hurley estava com as sobrancelhas muito arqueadas. Eliza ergueu o queixo com determinação.

– Sim... – disse, enfim, lady Selwyn, voltando-se para a Sra. Winkworth. – E Somerset nos prometeu o uso da praça Grosvenor para o baile de debutante.

Ela lançou um olhar tímido para o irmão.

– Uma das muitas promessas que ele terá que cumprir em breve!

Somerset virou-se para a irmã.

– Agora não, Augusta... – disse ele, em tom de advertência.

– Meu Deus, que intrigante! – disse Eliza, tentando manter a leveza na voz.

– Meu irmão – disse lady Selwyn em voz alta para todo o grupo – me prometeu que *este* ano finalmente arranjará uma esposa!

– Meu Deus, lorde Somerset! – disse a Sra. Winkworth. – E já tem alguma candidata?

Eliza escutou um chiado estranho nos ouvidos. Sentiu que não conseguiria suportar permanecer ali nem mais um segundo.

– Minha senhora...

King, o mestre de cerimônias, apareceu ao lado de Eliza, que nunca ficou tão feliz em ver alguém.

– Separei um assento num lugar mais reservado para a senhora e um acompanhante – informou ele, num sussurro.

– Ficarei feliz em acompanhá-la, minha senhora – sugeriu Melville, calmamente.

– Somerset, talvez você possa me escoltar... – começou lady Selwyn.

– Pode deixar, Melville – disse Somerset. – *Eu* acompanharei lady Somerset.

Então, ofereceu o braço a Eliza, que o aceitou sem pensar duas vezes. Sua cabeça ainda estava atordoada.

– Peço desculpas em nome de Augusta – disse Somerset, em voz baixa, enquanto os dois seguiam o Sr. King. – Ela pode ser...

Ah, ele estava realmente querendo *falar do assunt*o bem naquele momento?

– Não precisa se desculpar, meu senhor – interrompeu Eliza.

– É claro que preciso...

– Por favor... me avise quando for a hora de celebrar sua felicidade – disse Eliza, com a voz rouca.

O braço de Somerset ficou tenso sob o dela, e ele respirou fundo, como se estivesse prestes a dizer algo, mas, bem nesse momento, o mestre de cerimônias indicou com um floreio os assentos marcados.

Somerset permaneceu em silêncio. Eliza e ele estavam um pouco afastados do restante da plateia, portanto, longe dos olhares indiscretos do público. Contudo, mesmo ainda faltando alguns minutos para o início da apresentação, Eliza não prosseguiu com a conversa.

A música começou. As primeiras peças, executadas alternadamente por uma talentosa soprano e um tenor, eram desconhecidas de Eliza, embora bem executadas. Então foi a vez do Sr. Lindley e de seu quarteto organizarem as partituras e afinarem os instrumentos. Eliza se perguntou se conseguiria aproveitar aquele momento para fugir daquela noite.

Os músicos começaram a tocar. Quando as primeiras notas soaram, Eliza percebeu que reconhecia aquela peça. Não que ela soubesse seu nome ou mesmo seu compositor, pois tinha ouvido apenas uma vez antes: no baile de verão de lady Castlereagh, em 1809, havia dançado com o homem que estava sentado ao lado dela.

Quando os violinos começaram a executar aquela melodia inconfundível, Eliza prendeu a respiração. Prazer e horror disputavam o domínio em seu peito. Prazer porque ouvir aquela peça significava relembrar um dos momentos mais felizes de sua vida. Horror porque ela achava que não suportaria ficar sentada ali, ao lado dele, enquanto a ouvia. Estando próxima o bastante para tocá-lo e, ao mesmo tempo, tão distante.

Eliza fechou os olhos e tentou se controlar. Era apenas música. Era apenas uma lembrança. Ela podia suportar, como havia suportado tudo o mais. Mas, justamente quando pensou que tivera êxito, quando achou que seria capaz de respirar normalmente mais uma vez, Somerset decidiu se pronunciar.

Capítulo 15

– Dançamos ao som desta música, não foi? – perguntou Somerset, tão baixinho que sua voz pareceu se fundir por completo com o som do violino mais grave do grupo.

– Dançamos – sussurrou Eliza, de olhos ainda fechados. – No… no baile de lady Castlereagh.

– Eu me lembro – disse ele. – Você estava usando… um vestido que parecia cintilar de algum modo.

– Era bordado com fios de prata – confirmou Eliza.

Tinha adorado usá-lo.

– Eu não conseguia tirar os olhos de você.

– Nem eu de você.

Era como se, de repente, tivessem entrado num mundo diferente. Ainda olhando para a frente, falavam baixinho, mal mexendo os lábios. Seus sussurros eram pouco mais altos do que pensamentos enquanto compartilhavam lembranças com o tipo de sinceridade possível apenas nos sonhos.

– Deixei lady Jersey falando sozinha – disse Somerset. – Ela nunca perdoou tamanha grosseria.

Apesar de continuar olhando para o palco, Eliza percebeu que havia um sorriso na voz dele. E, de algum modo, aquilo parecia mais íntimo do que se pudesse vê-lo.

Ela esboçou um sorriso.

– Minha mãe já havia prometido todas as minhas danças. Mas você disse que não se importava…

– E não me importava mesmo. Nunca dei tão pouca importância a algo.

– E a música começou… – Ela suspirou.

– E eu segurei sua mão...

– E nós dançamos...

Em sua mente, Eliza via aquela lembrança se desenrolar no lugar dos músicos que estavam à sua frente. Eram dois jovens no auge da paixão, sem fazer ideia de que seus dias juntos estavam contados. Ela ainda se recordava da pressão firme da mão, como se tudo estivesse acontecendo naquele exato momento; do farfalhar de seu vestido no chão; do *crescendo* da música que ouviam – de como tudo parecia inacreditavelmente perfeito. Ah, como tinha acalentado esperanças...

– Nunca gostei muito de dançar – disse ele. – Sou alto demais, desajeitado demais...

– Você sempre dançou muito bem – discordou Eliza.

– A idade alterou sua memória – disse Somerset, com ironia, e ela sentiu a pressão da perna dele contra a sua no assento. – Eu tinha a elegância de uma árvore.

– Eu me lembro de ter rido muito – admitiu Eliza.

– Comigo, espero eu – disse Somerset.

– Como sempre.

– Naquela noite, senti que eu poderia ter dançado com você por toda a eternidade.

– A música terminou depressa demais.

Eliza sentiu um nó na garganta. Sua boca subitamente ficou seca. Desejou que os dois pudessem permanecer ali, naquele momento e apenas naquele momento – na dança, na alegria, na sensação de que dispunham de um tempo infinito...

– E eu perguntei se você queria sair para tomar um pouco de ar – disse ele, com delicadeza.

– E eu aceitei – respondeu ela, com uma voz quase inaudível. – A lua estava tão brilhante.

Eliza ainda conseguia sentir o perfume das peônias dos jardins de lady Castlereagh. Deixavam o ar quase doce demais. Quase. Aquela noite tinha sido feita para a doçura.

– Não consigo me lembrar do que falamos – disse Somerset.

– Acho que talvez tenha sido sobre o tempo. Mas tudo o que eu conseguia pensar era...

– E aí…

Os dois fizeram uma pausa. Eliza levou a mão trêmula aos lábios, perdida em suas recordações. E ouviu, a seu lado, a respiração entrecortada de Somerset.

– Se eu soubesse – declarou ele – o que ia acontecer depois…

Foi exatamente no dia seguinte que tudo desmoronou. Os dois não tiveram sequer um dia para desfrutar das promessas que tinham trocado. Foi apenas uma noite.

– Eu nunca a teria deixado partir – disse Somerset, com a voz baixa e rouca.

Eliza não conseguia mais enxergar os músicos à sua frente, por causa das lágrimas que se formavam em seus olhos. Um pequeno soluço lhe escapou dos lábios.

– Eliza – disse Somerset, tão baixinho que ela considerou apenas ter imaginado.

– Oliver – disse ela, vacilante.

E embora estivessem em público… embora houvesse uma centena de pessoas ao redor dos dois… ela sentiu o movimento do braço dele. E, bem no momento em que ela achou que ele estava prestes a abandonar a cautela e segurar sua mão…

A música parou. Todos começaram a aplaudir. Eliza respirou fundo e… Somerset baixou a mão.

– Todos estão se reunindo para tomar chá – disse ele, com a voz áspera.

Eliza assentiu e tentou se levantar, mas descobriu que não conseguia se mexer. Ao olhar para os rostos sorridentes que se dirigiam ao salão de chá, deu-se conta de que não seria capaz de fingir que estava tudo bem.

– Por favor – começou ela. – P-poderia, por favor, informar a Margaret que voltei para casa? Estou me sentindo um pouco… tonta.

Ela se desvencilhou do braço de Somerset sem esperar pela resposta e correu para a porta.

– Lady Somerset! – Eliza ouviu quando ele a chamou, mas não olhou para trás.

Saiu depressa para os salões, atravessou o saguão e nem parou para pegar a capa antes de sair para o ar fresco. Viu-se imediatamente envolvida pela garoa. Como ainda faltava metade do concerto, encontrou uma infinidade de carruagens disponíveis. Eliza nem sequer esperou que um lacaio providenciasse um veículo.

– Camden Place, por favor! – exclamou Eliza para o primeiro que viu, entrando na carruagem e soltando um intenso suspiro de alívio por estar finalmente sozinha. Mas a porta mal tinha acabado de ser fechada e voltou a ser aberta.

Somerset estava parado ali, segurando a porta na ventania. Estava sem capa, com os cabelos escurecidos por causa da chuva. Seu peito arfava como se ele tivesse corrido até ali.

– Está se sentindo bem? – perguntou ele.

E o que Eliza poderia dizer, além da verdade?

– Não – respondeu ela, com a voz embargada. – Não estou nada bem.

Eles ouviram o som abafado da pergunta do condutor, e Somerset subiu abruptamente na carruagem e bateu a porta. O veículo partiu.

– Se me deixar explicar... – começou Somerset.

Eliza o interrompeu.

– Durante o jantar, você falou comigo de tal forma que eu achei que seria *impossível* considerar qualquer sentimento romântico entre nós.

– Eu extravasei uma raiva da qual estou verdadeiramente arrependido – disse Somerset com intensidade, juntando as mãos. – Devo assegurar que os sentimentos a que me referi naquela noite... aqueles dos quais falei quando nosso relacionamento terminou, tantos anos atrás... não são mais os mesmos.

– Não? – perguntou Eliza.

– Entendo agora que suas ações tinham a ver com excesso de responsabilidade, e não com falta de personalidade – explicou ele.

– Entende...? – perguntou Eliza.

– Entendo – disse Somerset, enfaticamente. – É assim que penso há muito tempo.

Eliza o encarou.

– Mas no jantar...

– Não posso justificar meu comportamento – afirmou Somerset. – Pensei, ao retornar à Inglaterra, que já havia superado... a raiva que senti de você ao partir. Não estava preparado para os sentimentos que viriam à tona ao voltar a encontrá-la.

Ele fez uma careta e deu de ombros, rendido.

– Às vezes, me sentia como se tivesse voltado aos 18 anos.

– Senti a mesma coisa – sussurrou Eliza.

– Então não sou o único a ter esses sentimentos?

– Não – disse Eliza. – Não, de jeito nenhum.

O alívio que percorreu seu corpo parecia suficiente para derrubá-la. Não tinha imaginado... não tinha *esperado*...

– E eu confesso – continuou ele, obstinado – que o motivo de eu me demorar tanto tempo aqui em Bath... além de qualquer obrigação... é... é o fato de eu ainda...

Eliza sabia o que ele estava prestes a dizer, apesar da hesitação. Sabia também que, depois que aquelas palavras fossem ditas, não poderiam ser recolhidas.

– Também continuo amando você – disse ela.

Era a coisa mais corajosa que já havia feito. Somerset recuou como se tivesse levado um tiro no peito.

– Minha senhora – começou ele, ofegante –, o lugar onde nos encontramos me impede de...

Depois de dez anos de espera, Eliza não permitiria que uma questão de honra tão absurda os detivesse. Estendeu a mão trêmula e a pousou no ombro de Somerset, descendo até agarrar a lapela de seu casaco.

– Somerset – disse ela, insinuando o que desejava naquele momento. Então, pediu com mais suavidade. – Oliver.

– *Eliza.*

Ele a beijou. E, embora eles tivessem compartilhado um único momento como aquele, os dois caíram um nos braços do outro como se tivessem feito aquilo mais de mil vezes.

– Senti muito sua falta! – sussurrou ela, quando os dois se afastaram, as testas ainda unidas, a respiração dele ainda roçando os lábios dela. – Quando voltei a vê-lo, me convenci de que você havia esquecido tudo o que se passara entre nós.

Somerset balançou a cabeça, determinado.

– Então sou um ator melhor do que imaginava, pois fui *derrotado*.

Ele voltou a beijá-la. Eliza havia esquecido como era ser beijada daquele jeito. Não por dever, nem por obrigação, mas com uma intensidade tal que seria impensável até parar para respirar.

– Ah, meu Deus, o que vamos fazer? – disse Eliza, quando enfim se desvencilharam.

– Bem… espero que, depois de me beijar assim, você pretenda se casar comigo – disse Somerset, rindo.

– Não podemos ficar noivos antes de completar um ano e um dia – disse Eliza. – A desgraça…

– Pelo menos não antes que você entre na fase do meio luto – concordou Somerset. – Até lá, teremos que manter segredo.

– E quanto a Margaret? – perguntou Eliza, ansiosa.

– E quanto a Margaret? – repetiu Somerset.

– A irmã precisará dela para ajudar com o novo bebê – explicou Eliza. – Mas aí… depois… ela virá morar conosco.

– Você vai precisar de uma acompanhante depois que nos casarmos? – perguntou Somerset, em dúvida.

– Vou *sempre* precisar de Margaret – disse Eliza.

Somerset pegou a mão dela e a beijou.

– Você é muito doce – disse ele. – Claro! Em breve, ela também se tornará parte de minha família.

Isso tranquilizou Eliza apenas por um segundo.

– Sua família me despreza – lamentou ela, cobrindo o rosto e soltando um gemido.

Somerset não podia discordar.

– Eles são protetores – declarou ele, puxando as mãos de Eliza para baixo com suavidade e segurando-as entre as dele. – Acho que vão gostar muito mais de você quando souberem que Tarquin poderá herdar Chepstow.

– Como assim? – disse Eliza.

– Ah, é que… Bem, isso facilitaria muito as coisas com minha irmã – explicou Somerset.

– Mas Chepstow pertence a mim – disse Eliza.

– Sim. Mas, quando nos casarmos, será *nosso* – declarou Somerset.

– Mas… a propriedade foi deixada para *mim* – argumentou Eliza.

Ela não sabia exatamente por que estava insistindo naquele assunto. No fim das contas, aquele era um problema menor diante da oportunidade de enfim se casar com o homem que havia amado a vida toda.

– Foi deixada para mim – repetiu ela, baixinho.

Isso contava alguma coisa?

O olhar de Somerset cintilou, como se ele não conseguisse entender a expressão dela.

– Eliza, esta é nossa segunda chance, não? – perguntou, após alguns segundos de silêncio. – Pode não ter sido isso o que meu tio pretendia, mas não vale a pena fazer esse sacrifício?

O olhar de Somerset era tão terno, tão vulnerável, que ela não tinha certeza se poderia suportá-lo. E, se aquela era a segunda chance dos dois, Eliza desejava mais do que tudo agarrá-la e nunca mais soltá-la. Entretanto, por mais que tentasse se concentrar em Somerset, estava atordoada. Havia tantas coisas para conversar. Tanto sobre sua nova vida que ele ainda não sabia. Eliza nem havia contado a ele sobre o retrato de Melville. Mas como poderia abordar o assunto naquele momento, dentro de uma carruagem, quando o tempo já parecia estar se esgotando?

– Há muitas coisas de que ainda não falamos – disse Eliza, com suavidade.

– Temos tempo – afirmou Somerset, com delicadeza. – Nós nos amamos. Podemos resolver todo o resto.

Ele fazia tudo parecer tão simples. *Era* simples. A ruga de preocupação desapareceu da testa de Eliza.

– Podemos, sim – concordou.

– E, embora no passado as circunstâncias não tenham sido favoráveis para nós, desta vez temos condição de mudá-las. Vamos fazer melhor – afirmou ele.

Eliza apertou a mão dele.

– Vamos fazer melhor – concordou.

A carruagem parou. Houve uma batida no teto.

– Cinco minutos! – gritou Somerset, em resposta. Em seguida, segurou o queixo de Eliza e disse, com intensidade: – Ainda preciso viajar amanhã. Tenho que visitar minhas terras… Receio que as chuvas recentes tenham provocado alagamentos… mas vou escrever. E, em seis semanas, estarei de volta.

– Está bem – sussurrou Eliza, derretendo com o toque de Somerset.

Havia esperado dez anos. Poderia esperar mais seis semanas.

– Em seis semanas, você já terá entrado no meio luto – pontuou ele. – Então pedirei sua mão em casamento.

– Em seis semanas – disse Eliza, erguendo a cabeça e encontrando os olhos dele. – E eu direi sim.

Somerset a abraçou.

– Vai ficar bem sozinha, depois que eu partir? – perguntou, beijando o canto da boca de Eliza.

– Tenho Margaret – disse Eliza. – E lady Hurley e os Melvilles...

Eliza sentiu o queixo dele ficar tenso sob sua mão.

– Não gosto nada do jeito como ele olha para você – disparou Somerset.

– E como é que ele olha para mim? – perguntou Eliza, rindo porque percebeu que Somerset de fato *sentia* ciúme e Melville tinha razão o tempo todo.

– Do mesmo jeito que *eu* olho – admitiu Somerset.

– Escute o que vou dizer – pediu Eliza, puxando as mãos dele. – Melville flerta comigo, não vou negar. Mas ele não leva isso a sério. Deve notar que ele flerta com a mesma facilidade com que respira.

Somerset ergueu as sobrancelhas com um ar de incredulidade cômica.

Eliza franziu a testa, querendo tranquilizá-lo, mas sem saber muito bem o que fazer. As atenções de Melville eram constantes e, para falar a verdade, ela gostava de recebê-las. Como não apreciar tantas lisonjas, especialmente quando vindas de um cavalheiro que as fazia tão bem quanto Melville? Mas aquilo não era real. Ele estava apenas se divertindo.

– Melville tem uma amante há anos – afirmou Eliza –, alguém por quem está verdadeiramente apaixonado. Por isso, acho difícil que ele pudesse voltar tão depressa sua afeição *para mim*. As atenções que dispensa a mim são motivadas, principalmente, pela antipatia que ele sente por você.

– Ele disse isso? – perguntou Somerset, abalado.

– Não. – Eliza riu, sacudindo-o pela lapela. – Os mexericos correm por toda a parte.

Somerset pareceu dividido entre o desejo de achar graça e o de desaprovar a referência a assuntos de que as damas não deveriam ter conhecimento.

– Mesmo que seja verdade, não vejo como isso o torna mais digno de confiança – disse ele.

– Mas você confia em mim? – perguntou Eliza.

– Eu... é claro – garantiu Somerset. – Mas você ainda é tão inocente, e eu...

– Não sou mais aquela garota inexperiente de quem você se lembra – insistiu Eliza. – Sou bem capaz de cuidar de mim mesma, eu juro.

Somerset segurou sua mão e a beijou.

– Fico ansioso pelo dia em que poderei fazer isso por você – disse ele.

Eliza sabia que deveria lhe contar que estava pintando o retrato de Melville, mas houve outra pancada no teto, e ela reprimiu as palavras. Simplesmente não havia tempo suficiente. Uma coisa seria explicar; outra, bem mais demorada, seria tranquilizá-lo. Ela cuidaria disso nas cartas que trocariam.

– Não gostaria de entrar? – perguntou Eliza.

– Não – respondeu Somerset. – Nós dois desaparecemos no intervalo, e boatos vão surgir se eu não aparecer de novo. Além disso...

O olhar gentil dele se demorou sobre Eliza.

– Talvez eu seja um cavalheiro, mas não estou imune às tentações.

Eliza corou.

– Ah, então minha tímida Eliza ainda existe! – exclamou Somerset. – Estou feliz em vê-la.

Ele a beijou uma última vez, com os lábios, as mãos e, por fim, com os olhos demorando-se sobre ela, como se cada parte de seu corpo estivesse igualmente relutante em deixá-la ir.

– Seis semanas – reforçou Somerset.

Eliza não sabia se ele estava dizendo aquilo para ela ou para si mesmo.

– Seis semanas – repetiu Eliza, enquanto descia da carruagem.

O Pelicano

1º de março de 1819

Eliza

Despertei esta manhã já sorridente. A noite passada pareceu mais doce do que qualquer sonho e escrevo esta mensagem apenas para provar a mim mesmo que tudo aconteceu de fato.

Já sinto sua falta mais do que seria capaz de expressar nestas linhas.

O único consolo que encontro para nossa separação é saber que, da próxima vez em que nos encontrarmos, poderei finalmente chamá-la de "minha noiva". Minha lady Somerset.

Escreva-me assim que puder. Não posso prometer responder com lindos poemas — na verdade, sempre fui um correspondente desinteressante —, mas gostaria que pudesse me contar com detalhes e sinceridade como foram seus dias desde que parti. Não há pormenor que eu considere tolo demais, vindo de sua pena.

Por favor, considere-me seu, sempre seu.

Oliver

Capítulo 16

No dia seguinte, Bath amanheceu fria, seca e luminosa. Era o tipo de manhã que tinha um quê de recomeço. Enquanto deixava Camden Place ao lado de Margaret, Eliza se esforçava para não considerar que aquilo era uma espécie de sinal. Ela sorria. Não conseguia *parar* de sorrir desde que um menino vindo do Pelicano lhe entregara o bilhete de Somerset, uma hora antes. Seu coração transbordava tanto de alegria que ela estava convencida de que aquele sentimento se espalhava por toda a rua.

– Talvez a satisfação esteja *beirando* o excesso, Eliza – disse Margaret, encarando-a com bondade.

Eliza riu, dando o braço para a prima e saindo num passo veloz.

Mal tinha conseguido dormir na noite anterior – estava mexida demais pela emoção para ser capaz de fazer qualquer coisa além de desenhar até as primeiras horas do dia, enquanto sua mente revivia sem parar a noite anterior. Mesmo assim, Eliza não se sentia cansada, mas sim disposta e cheia de energia.

Seguiram rumo ao ateliê do Sr. Berwick, perto da rua Monmouth, onde ele havia começado a expor suas novas obras. Tinha entregado o convite a Margaret no intervalo do concerto, na noite anterior. Assim que ela o mencionou naquela manhã, Eliza havia se apressado a vestir o casaco e empurrado a prima porta afora, motivada tanto pelo desejo de sair e se movimentar quanto pela curiosidade. O sol batia em seus rostos quando passaram por Lansdown Road, e Eliza ergueu a cabeça para aproveitar tudo ainda mais, voltando a sorrir. Era um dia *maravilhoso*.

– Seu compromisso não permanecerá em segredo por muito tempo se você continuar assim tão radiante – disse Margaret, rindo.

Com algum desânimo, Eliza mandou a prima calar a boca.

– Não estou comprometida – lembrou ela. – Diria que... tenho o compromisso de ficar comprometida.

– Ah, sim, isso é *muito* diferente – disse Margaret. – Que bom, então, que não insisti para que aceitasse a companhia da Sra. Gould. É muito melhor deixar você nessa condição.

– Estou feliz que pense assim – declarou Eliza. – Pois eu me perguntei se talvez... assim que o filho de sua irmã seja entregue a uma governanta... você não poderia vir morar conosco.

Margaret soltou uma gargalhada.

– Não acho que Somerset ficaria feliz em dividir sua atenção logo no começo do casamento – considerou ela.

– Ele já concordou – respondeu Eliza.

– Sob coação?

– Não – insistiu Eliza. – Ele realmente a estima e sabe como você é importante para mim.

– Veremos – disse Margaret, ambígua. Então, cutucando o cotovelo de Eliza, acrescentou: – Estou encantada por ver você tão feliz, Eliza, mas tem *certeza* de que deseja trocar Bath por Harefield?

Eliza não pôde evitar o tremor que percorreu seu corpo com aquele pensamento. Mas...

– Com ele, Harefield vai parecer um lugar diferente – explicou. – Estou certa disso.

Eles fechariam os aposentos formais, livrariam a casa de seus objetos mais sombrios, acenderiam as lareiras. Além disso, Eliza imaginava os dois passando a maior parte do ano em Londres, em visitas, ou convidando os amigos para longas temporadas na casa...

– Que amigos são esses? – perguntou Margaret, com delicadeza, quando Eliza expressou seus pensamentos em voz alta. – A Sra. Hurley? Melville? Somerset gostaria que essas pessoas o visitassem?

Eliza franziu a testa. Lady Hurley, talvez, pois Somerset amolecera em relação à dama, mas os Melvilles... a ideia era risível. O problema seria, então, como poderia encontrar Melville – e lady Caroline, claro –, caso não pudesse fazer tal convite. Embora tivessem a mesma posição social, não costumavam frequentar o mesmo círculo social. O encontro em Bath tinha sido puro acaso. Ou talvez fosse coisa do destino, para dizer de forma mais poética.

– Acho que chegamos – disse Margaret, olhando ao redor.

Eliza afastou aqueles pensamentos. Somerset expressara tudo corretamente. Eles resolveriam todos os problemas assim que voltassem a ficar juntos.

No passado, os salões do Sr. Berwick no número 2 de Westgate Buildings haviam pertencido ao retratista Thomas Beach. Eram tão magníficos em termos de dimensão e ambientação – o Sr. Berwick contratara um violinista para receber seus convidados – que Eliza foi imediatamente tomada pela inveja. Como gostaria de ter à sua disposição cômodos tão espaçosos, um ateliê com luz perfeita e uma sala ampla para exibir suas peças de forma a valorizá-las ao máximo! Como seria bom sentir-se confiante para exibir-se em vez de se esconder!

– É *mesmo* impressionante – disse Margaret a contragosto, e as duas começavam a circular lentamente pela sala, parando para olhar as paisagens e os retratos.

Eliza esperava confirmar que a soberba do Sr. Berwick era totalmente injustificada, mas não chegava a ser uma surpresa o fato de ele ser talentoso. Afinal, ele expunha com frequência na Academia Real. Ao ficar diante do retrato de três quartos de corpo de uma mulher, toda envolta em tecido, renda e flores, sem dúvida inspirado em Van Dyck, Eliza teve que reconhecer que o Sr. Berwich tinha um dom para empunhar o pincel.

– Bom dia, lady Somerset. – O Sr. Berwick apareceu ansioso por detrás de seu ombro.

Embora ainda fosse cedo, ele já estava vestido em grande estilo, com um alfinete de diamante enfiado em uma gravata com nós elaborados. Eliza notou que ele havia passado a usar os punhos da camisa um pouco manchados de tinta, à moda Melville.

– Estou tão feliz que tenha comparecido! Ah, vejo que está admirando Madame Catalani.

Madame Catalani? Eliza voltou a olhar a pintura. Supôs que poderia ser mesmo ela: o cabelo tinha a cor certa e a modelo usava o mesmo vestido da apresentação no Salão de Reuniões, embora o Sr. Berwick a tivesse representado com um tom de pele mais claro, formas mais esguias do que Eliza se lembrava e, surpreendentemente, um decote bem mais profundo do que ela apresentara na realidade. Não a reconhecera.

– Tem certeza de que estamos olhando para o quadro certo? – perguntou Margaret, com evidente incredulidade na voz.

Por sorte, o ego do Sr. Berwick era grande o bastante para que ele desse atenção àquele comentário.

– Todos elogiaram o retrato da forma mais efusiva – disse o Sr. Berwick. – O Sr. Fletcher concordou plenamente.

Eliza sorriu. Claro que ele teria dito isso.

– Mas *precisam ver* o retrato que expus no ano passado. O *Morning Post* elogiou o uso inovador das cores… Venham comigo.

Margaret bufou discretamente ao seguir o homem.

– Contemplem! – disse o Sr. Berwick, afastando-se e dando um suspiro arrebatado ao observar a pintura.

Era maior do que os outros quadros – o único retrato de corpo inteiro na sala –, um óleo sobre madeira, com o modelo posando no estilo clássico. Certamente tinha sido bem realizado, mas, quanto mais se olhava, mais se notava que parecia um pouco *estranho*. As proporções do corpo do retratado eram peculiares: o tórax muito longo; as pernas, se examinadas de perto, tinham os contornos de um osso da sorte. Eliza deu um passo à frente. De perto, o cenário pastoral do fundo parecia muito errado: uma ovelha maior que um cavalo, um cavalo da mesma altura que uma galinha. Era um curral saído de um pesadelo.

– Alguns chamaram de obra-prima, é claro, mas eu mesmo acho que não está acima do que seria adequado.

E olhe lá! Eliza havia presumido que o tal retrato – que tinha sido visto pelos grandes artistas da época, com importância e valor conferidos a ele – estaria, em termos de qualidade, a muitos quilômetros de distância de seu próprio trabalho. Mas, se ela tivesse mostrado aquela pintura ao avô, ele teria batido nos nós de seus dedos com um pincel e a repreendido.

– Ah, a Sra. Winkworth acabou de chegar… Se me dão licença…

O Sr. Berwick saiu apressado. Margaret deu um passo para se juntar a Eliza, olhando para a frente.

– Imagino que isso deve fazê-la se sentir muito mais confiante – disse Margaret.

– Faz, sim – disse Eliza. – Isso quase me faz pensar…

– Sim?

– Não é importante – disse Eliza, decidindo não expressar aquele pensamento em voz alta.

Além de cultivar a vaidade, para que serviria inscrever o retrato de Melville na Exposição de Verão? Já estava desafiando o destino por simplesmente pintar o retrato, não? E mesmo que sua fortuna não parecesse mais em risco – Somerset dificilmente retiraria a renda da própria noiva –, Eliza ainda teria que lhe explicar o projeto de um jeito que ele compreendesse. Aquilo era mais do que suficiente para lhe causar preocupação, então não havia por que acrescentar uma nova pressão. Decerto, seria a realização de todos os sonhos que ela nutrira desde sua primeira visita à Casa Somerset, aos 10 anos. Poderia constituir, por fim, uma prova de que tinha habilidade, talento. Talvez assim ela pudesse se considerar, enfim, uma artista.

– Vamos embora? – perguntou Margaret. – Tenho que pegar alguns livros na biblioteca.

– Acho que voltarei direto para casa – decidiu Eliza, enquanto voltavam à rua.

Staves logo deixou o lugar onde as aguardava para acompanhá-las.

– Vai escrever para Somerset? – adivinhou Margaret, sorrindo. – Muito bem, vejo você daqui a pouco.

Tomaram direções opostas e, enquanto Eliza percorria as ruas em um ritmo vagaroso, olhava os arredores com renovada admiração. Sabendo que seus dias em Bath estavam contados, sentia-se ainda mais consciente da beleza da cidade, de sua pedra brilhante, de suas colinas sobrepostas, da curva real de suas casas geminadas. Era tudo tão bonito.

Ela estava atravessando o Royal Crescent apenas pelo prazer de olhar para ele quando um barulho escandaloso de rodas a fez se virar. Assustada, viu descer a rua em sua direção, em alta velocidade, um reluzente fáeton de poleiro alto. Nele, resplandecente em um traje de montaria à moda dos hussardos, usando um chapéu de castor alto com plumas onduladas, estava lady Caroline.

Eliza soltou um suspiro genuíno. Todos sabiam que lady Caroline era habilidosa no manejo do chicote, mas era bem diferente ver aquilo ao vivo.

– Lady Caroline! – exclamou Eliza, saudando-a em choque, enquanto a outra fazia os cavalos pararem ao seu lado. O cavalariço saltou para segurar a cabeça dos animais.

– Mandei vir meu fáeton de Alderley – explicou Lady Caroline, com um brilho nos olhos. – Desconsideremos o custo! Gosta dele?

– É *magnífico*! – elogiou Eliza.

– Posso levá-la para dar uma volta? – perguntou lady Caroline, estendendo a mão num convite. – Acabei de conduzir lady Hurley por algumas ruas, mas gostaria que os cavalos esticassem as pernas devidamente.

Eliza hesitou. O fáeton de poleiro alto parecia muito precário: o corpo frágil da carruagem estava pendurado sobre o eixo dianteiro, com o piso a 1,5 metro do chão. Ela também não estava com um traje apropriado – mal estava vestida para caminhar. Na pressa para sair de casa, havia apenas jogado uma peliça robusta sobre o delicado vestido matinal. Além do mais, aquilo que em Londres seria considerado uma excentricidade típica de lady Caroline talvez em Bath fosse considerado algo terrivelmente incomum.

Mas com seu noivado – ou melhor, quase noivado – não deixaria para trás os dias em que precisaria vigiar seu comportamento com mais cuidado?

– Eu adoraria – disse ela, sentindo-se imprudente.

Depois de pedir ao lacaio que voltasse sozinho para Camden Place, Eliza aceitou a ajuda do cavalariço para subir na carruagem.

Eliza já andara num fáeton de poleiro alto antes, convidada por um cavalheiro em sua primeira temporada. Mas ela não sabia se sua memória estava falhando ou se o jovem conduzia o veículo com muito mais cautela do que lady Caroline, pois aquela nova experiência parecia de outra natureza. Exultação era muito pouco para descrever o sentimento. A carruagem, tão diferente de sua plácida prima – a caleche –, não oferecia nenhuma proteção aos passageiros. E, embora não parecesse ventar muito enquanto Eliza caminhava, ali, empoleirada acima das rodas e a pelo menos 16 quilômetros por hora, ela sentia o vento golpear seu rosto. No final da rua, já estava sem fôlego. No momento em que saíram de Bath e entraram nos campos ao redor da cidade, ela agarrou o chapéu com força, temendo que a fita não fosse forte o suficiente para mantê-lo em sua cabeça. Soltava gritos involuntários a cada curva fechada.

Lady Caroline deu uma volta ao redor de Bath, e só quando as duas pareciam estar na viagem de volta foi que ela permitiu que os cavalos diminuíssem o ritmo o suficiente para permitir uma conversa.

– Ah, eu precisava disso! – exclamou lady Caroline, balançando a cabeça como um de seus cavalos. – Minha mente simplesmente não funciona sem esforço físico. Tenho lutado para escrever desde que chegamos aqui.

– Deve ser difícil escrever de novo, depois de tanto tempo – observou Eliza, levantando a cabeça para sentir o calor do sol.

– Ah, não houve demora – disse Lady Caroline. – Estou sempre escrevendo... Nos últimos anos, tenho apenas evitado publicar. Houve tanta confusão depois de *Kensington* que precisei me afastar da sociedade por um tempo.

– *Você...* recuou? – disse Eliza, incapaz de disfarçar a incredulidade.

Nada no comportamento de lady Caroline, tão destemido e glamouroso, dava a Eliza motivos para acreditar que ela se incomodaria com escândalos.

Com um movimento tranquilo do pulso, Lady Caroline fez uma curva complicada no entroncamento.

– Você devia estar fora de Londres na época – disse ela. – Nossos amigos mais próximos não se importaram com o clamor, mas muitas anfitriãs deixaram de me receber. E, embora Caroline Lamb tenha levado dois anos para ser readmitida no Almack's depois de *Glenarvon*, que é um texto bem mais indecoroso, no meu caso levaram muito mais tempo para perdoar. Mas os padrões para Melville e para mim sempre serão diferentes dos ditados para nossos primos, como minha mãe sempre nos alertou.

– Você tem parentesco com os Lambs? – indagou Eliza.

Aquilo não deveria lhe causar surpresa, pois a aristocracia tinha o péssimo hábito de se casar com os próprios parentes.

– E com os Ponsonbys, embora sejam mais distantes – acrescentou Lady Caroline. – Nossas árvores genealógicas estão irremediavelmente emaranhadas.

Eliza observou Lady Caroline de esguelha.

– Com os... Ponsonbys irlandeses também? – perguntou ela, hesitante.

Naquela semana, havia mais um artigo no jornal com insinuações escandalosas sobre a Srta. Sarah Ponsonby e sua companheira, a Srta. Eleanor Butler, apelidadas de "Damas de Llangollen".

– Se estiver se referindo à Srta. Sarah Ponsonby, também somos aparentadas – disse lady Caroline, percebendo com facilidade o que se passava pela cabeça de Eliza. – Embora eu não tenha mexericos para contar a você.

Eliza corou.

– A sequência de *Kensington...* – disse ela, mudando de assunto, pois não queria que lady Caroline a considerasse grosseira. – Pretende publicá-la?

– Se eu puder – respondeu lady Caroline.

– Não se preocupa com as consequências?

– Claro – disse lady Caroline. – É por isso que pretendo buscar refúgio em Paris neste verão. A distância deve me isolar um pouco da condenação.

– Mas então... por que se arriscar?

– Porque eu quero – respondeu lady Caroline, como se tudo fosse assim tão simples. – É a obra que me dá mais orgulho. Imagine se alguém poderia me intimidar a não publicar!

– Não acha melhor... esperar... até um momento mais propício?

Eliza pensou brevemente nos crescentes mexericos sobre Melville e sua ligação com lady Paulet.

– Estou cansada de esperar – disse lady Caroline. – Não farei mais isso.

– É muito corajosa – disse Eliza. – *Eu* não conseguiria...

– Não mesmo? E quanto ao retrato de Melville? – provocou lady Caroline.

Eliza balançou a cabeça.

– Será eternamente anônimo – respondeu ela.

Eliza não tinha nenhuma ilusão: sabia que Somerset provavelmente acharia difícil assimilar que ela havia pintado um retrato de Melville sem que isso fosse de conhecimento geral.

– Mas pensei... Me perguntei...

Eliza olhou de lado para lady Caroline, hesitando por um momento antes de considerar que, enquanto Melville a apoiaria sem pestanejar, a irmã dele decerto lhe daria uma resposta sincera.

– Pensei em inscrever o retrato na Exposição de Verão – disparou ela. – Vi o trabalho que o Sr. Berwick vai apresentar e acho... Bem, não acho que o meu seja muito pior. Mas por que eu deveria fazer tal coisa, mesmo anonimamente? Isso apenas atrairá mais curiosidade, mais espetáculo, e não haverá nenhum ganho, além de estimular a vaidade.

– E por que você acha que o Sr. Berwick inscreve os trabalhos dele? – perguntou lady Caroline.

– Para divulgar seu trabalho, sem dúvida – disse Eliza. – De que outra maneira ele vai ganhar a vida?

– Ele tem uma renda independente de 2 mil libras por ano – revelou lady Caroline. – Ele mesmo me contou.

Eliza digeriu aquela informação por um momento.

– A ambição e o orgulho não são músculos que as mulheres são encorajadas a cultivar – disse lady Caroline. – Mas isso não significa que sejamos incapazes de aprender. Se sua verdadeira questão é a falta de habilidade, saiba que Melville conhece muitos artistas e é plenamente capaz de reconhecer um talento ao encontrá-lo.

– Está se referindo a lady Paulet? – perguntou Eliza, sem conseguir se conter.

Lady Caroline fez uma pausa incriminadora antes de responder.

– Sim, esbarramos com ela muitas vezes – reconheceu lady Caroline.

– Ela é tão maravilhosa quanto dizem? – perguntou Eliza.

Paisagista de grande renome mesmo antes de seu casamento com lorde Paulet – um grande patrono das artes –, lady Paulet recebia louvores regularmente em todos os salões elegantes do West End de Londres.

– Ela é tão talentosa quanto dizem, se é o que está querendo dizer, e caprichosa na mesma medida – disse lady Caroline.

Ela não usou a palavra "caprichosa" como se fosse um elogio.

– E ela é uma beldade, não? – perguntou Eliza, incapaz de se manter calada.

Não sabia muito bem o que ganharia ao saber a extensão da beleza da dama. Estava claro que, para ter enredado um cavalheiro como Melville, lady Paulet devia ser bela. Mas Eliza descobriu que estava faminta pelos detalhes.

– Com certeza não é o tipo de mulher que se pode ignorar com facilidade – respondeu lady Caroline.

Eliza assentiu, tensa. Desejava não ter feito aquela pergunta.

– Correm boatos de que ela e Melville… mantinham um relacionamento próximo – acrescentou ela, olhando de soslaio para lady Caroline.

– Não tinha percebido que esse mexerico em particular já havia chegado a Bath – afirmou lady Caroline, com a voz neutra, o que era quase uma confissão, na visão de Eliza.

– Segundo os boatos, a vinda de vocês a Bath teria sido motivada pela descoberta do caso por lorde Paulet – disse Eliza, resolvendo arriscar e ser direta.

– Não posso discutir os assuntos particulares de meu irmão – disse lady Caroline, áspera. – Mas saiba de uma coisa: todos os envolvidos sofreram muito.

Eliza calou-se, sentindo-se repreendida, e as duas viajaram em silêncio por algum tempo. Admirava o gracioso manuseio das rédeas por lady Caroline.

– Como aprendeu a conduzir tão bem? – perguntou Eliza.

– Minha mãe me ensinou – disse Lady Caroline. – E meu pai ensinou a ela.

– Ah, eu não sabia disso – disse Eliza.

Todos tinham conhecimento de que lady Caroline era bastante hábil com um chicote nas mãos, mas ela não tinha ouvido dizer o mesmo de lady Melville.

– Minha mãe sempre teve o cuidado de se comportar em público como uma perfeita dama da sociedade – explicou lady Caroline.

– Mas ela foi aceita na sociedade, não? – perguntou Eliza, franzindo a testa. – Eu achei que o patrocínio da rainha teria...

– A aceitação não foi conquistada de forma tão simples – explicou lady Caroline. – Houve quem a achasse fascinante, mas, para outros, ela teria que fazer muito mais do que simplesmente trocar o nome "Nur" por "Eleanor". Cada dia era um exercício para provar seu refinamento, sua sensibilidade europeia, seu conhecimento dos costumes ingleses.

Lady Caroline esboçou um sorriso um tanto amargo.

– Enquanto isso, as damas inglesas à sua volta adornavam o corpo com musselina de Bengala, cobriam os ombros com xales de Caxemira e enfeitavam a casa com chita, sem pensar duas vezes.

Eliza não imaginava que tivesse sido assim. Presumira, com certa ingenuidade, que tudo havia sido resolvido pela bênção da rainha, embora pudesse haver uma ou duas pessoas mais desdenhosas.

– E você, não sente pressão semelhante? – perguntou Eliza, lembrando-se da decisão de lady Caroline de assumir as consequências de sua publicação.

– Para mim é um pouco diferente – respondeu ela. – Eu nasci aqui. Fui criada tendo como companheiros de brincadeira filhos e filhas de duques e condes. Minha pele é mais clara. Não é fácil, mas é diferente.

Eliza assentiu sem dizer nada.

– Em Alderley, porém, sempre podíamos ficar à vontade – explicou lady Caroline. – Foi lá que mamãe me ensinou a conduzir.

– Sempre achei que seria maravilhoso saber fazer isso – afirmou Eliza, com uma pontinha de inveja.

– Nunca é tarde para aprender – disse lady Caroline.

Eliza riu.

– E quem aceitaria me ensinar?

– Ora, eu – respondeu lady Caroline, num tom casual. – Vamos começar agora.

– Não pode estar falando sério! – exclamou Eliza.

– Estou falando sério... Você já vem me observando há algum tempo. Venha, pegue as rédeas.

– Lady Caroline, não acho que seja... – Eliza começou a protestar.

– Ora, me chame de Caroline – disse ela com impaciência, largando as rédeas no colo de Eliza.

Alarmada, Eliza agarrou-as e quis devolvê-las, mas Caroline escondeu as mãos atrás das costas. Olhou para Wardlaw, o cavalariço, que estava empoleirado atrás dela – tinha a esperança de que ele pudesse lhe oferecer assistência, mas o homem apenas devolveu o olhar, com um leve ar de quem estava achando graça da situação.

– Não olhe para ele em busca de ajuda, lady Somerset! – instruiu Caroline. – Vamos lá, pensei que quisesse aprender.

– Não tenho a menor ideia do que fazer!

– Não fique com essa cara assustada! – exclamou Caroline. – Muito bem, agora segure assim…

Era muito menos emocionante – e muito mais aterrorizante – ser o condutor, e não o passageiro. Eliza curvou-se sobre as rédeas, com os olhos arregalados pelo nervosismo, sentindo que poderia virar pedra, tamanha a força que estava fazendo.

– Tente não fazer essa cara – orientou Caroline. – Não é nada elegante quando a pessoa parece estar sofrendo.

– Estou tentando não nos matar – balbuciou Eliza, com os dentes cerrados.

– Nesse ritmo, acho bem mais provável que morramos de fome – murmurou Caroline. – O perigo faz parte da diversão!

Ela deixou as rédeas nas mãos de Eliza durante vinte minutos. Quando Bath começou a se erguer ao redor deles mais uma vez, Caroline assumiu o comando para percorrer os últimos quilômetros. Pararam na porta de Camden Place, e Eliza juntou as saias – exausta, mas empolgada pelo que havia acabado de fazer –, porém Caroline pôs a mão em seu braço, detendo-a.

– Lady Somerset – disse ela. – Eliza. Você pode me ignorar se quiser, mas… acho que seria um imenso desperdício ter os meios e a oportunidade e não agir apenas porque tem medo.

O rosto de lady Caroline aparentava uma seriedade muito pouco característica.

– Obrigada – disse Eliza. – Pelo dia de hoje.

– Por favor, mande lembranças à Srta. Margaret – disse Caroline, recolhendo as rédeas. – E informe a ela que amanhã enfrentaremos os verbos no futuro.

Então ela partiu com os cavalos, de novo num ritmo acelerado, deixando Eliza na poeira e com muita coisa em que pensar.

Camden Place

2 de maio de 1819

Oliver,

Os dias sem sua presença são muito longos, mas esperei por muitos anos para me deixar abater em seis semanas. Por mais que demorem a passar, sei que esse interlúdio apenas tornará mais doce o nosso reencontro.

Como eu lhe disse naquela noite — tenho certeza de que não preciso especificar a qual estou me referindo —, ainda temos muito o que conversar. Tanto que me pergunto se não perdemos tempo demais com gentilezas, quando existem territórios tão vastos de nossas vidas que permanecem misteriosos um para o outro.

Acho que não mencionei, por exemplo, que continuo a pintar. Talvez você nem se lembre de que eu costumava fazer isso, mas recebi uma encomenda enquanto estava em Bath — para ser realizada no anonimato, mas, ainda assim, uma encomenda artística. E embora você possa pensar que se trata de uma triste autocomplacência — como você bem sabe, não me faltam renda nem diversão —, e mesmo que a vaidade seja minha única motivação, eu gostaria de concluir a obra. Sim, decidi que a concluirei.

Aguardo sua resposta — seus pensamentos — com uma ansiedade verdadeiramente excessiva e permaneço

Eternamente sua,
Eliza

Capítulo 17

Eliza puxou o assunto com Melville no dia seguinte. Ele e Caroline chegaram na hora combinada – às duas da tarde, para garantir a melhor luz. E, enquanto as damas se enclausuravam na sala de estar (*je te trouve belle* ressoando pela porta aberta), Melville se jogava no sofá, como de costume.

A tela sobre o cavalete estava revestida com uma mistura de ocre amarelo e chumbo branco. Fora isso, estava marcada apenas por um contorno a carvão das formas de Melville e os primeiros ensaios de cor em seu rosto e tronco. Eliza torceu as mãos nas saias. Se ele não achasse a exposição uma boa ideia – se não concordasse, se zombasse dela ou se a considerasse iludida –, ela desistiria. Respirou fundo, sentou-se ao lado de Melville e abriu a boca para falar...

– Então Somerset partiu – disse Melville.

– Ah... partiu – confirmou Eliza. – Há uma coisa que gostaria de tratar...

– Muito galante da parte dele escoltá-la até sua casa depois do concerto – observou Melville. – Ele voltou parecendo extremamente satisfeito consigo.

– É mesmo? – perguntou Eliza, como se aquilo não tivesse nenhuma importância.

– Tive a impressão de que ele poderia ter feito um pedido de casamento – admitiu Melville.

Eliza respirou fundo, sufocando uma negação estridente que revelaria imediatamente seus sentimentos.

– Você é ultrajante! – rebateu ela, calmamente. – Pode ver por si mesmo que não há nada no meu dedo anelar.

Ela sacudiu a mão, e Melville a tomou, fingindo segurá-la contra a luz, examinando-a de um lado a outro, como se um anel de noivado pudesse estar escondido ali.

Eliza se assustou um pouco, pois não era essa sua intenção, e ela não estava usando luvas – nunca usava luvas enquanto pintava –, nem ele. Parecia um gesto de escandalosa intimidade. A pele dele era quente e macia, exceto pelos calos que ela sentiu em seus dedos – por segurar a pena ou andar a cavalo sem luvas, imaginava.

– É verdade – concordou Melville, por fim. – E assim ele fica bem mais bonito.

Ele demorou um pouco para soltar a mão de Eliza. Ela a puxou, sentindo-se um pouco desconcertada.

– Vai escrever para ele durante sua ausência? – perguntou Melville, ainda de um jeito leve e casual.

– Se a ocasião exigir, acho que sim – respondeu Eliza, com cautela. – Cartas de… negócios.

– Achei que seriam cartas de amor.

Eliza respirou fundo e se esforçou para não corar.

– Pois se enganou – disse ela.

– Uma vergonha! Uma boa carta de amor vale seu peso em ouro – declarou Melville.

Eliza poderia muito bem atestar o mesmo, mas aquele não era o momento de se deixar levar pelas lembranças.

– Ouvi dizer que você recebe pilhas de cartas de amor de suas leitoras – provocou Eliza, tentando tirar Somerset do foco da conversa. – É verdade?

– Não são exatamente pilhas… Bem, talvez uma pequena pilha – ressalvou Melville. – Você já escreveu para mim?

– Claro que não! – reagiu Eliza, indignada.

– Pode me dizer. Não vou zombar.

– Ah, com toda a certeza zombaria… mas não escrevi. *Jamais* escreveria – retrucou ela.

– Seu horror é injustificado – protestou Melville. – Algumas das cartas são bem comoventes: uma senhora elaborou uma imagem tão expressiva de nossa vida em comum que eu estava a ponto de concordar, até que Caro mostrou que o bilhete tinha vindo da prisão de Coldbath Fields.

– Não está falando sério… – protestou Eliza.

– Estou, sim! – disse ele, sorridente. – Até hoje sinto um pouco de saudade da querida Mary, pois ela poderia muito bem ter sido o grande amor da minha vida. Mas, quando eu não quis enviar a ela uma mecha do meu cabelo, ela jurou me matar, então deduzi que isso indicava o fim do nosso romance.

– Sábia dedução! – exclamou Eliza, rindo.

– Muito obrigado – disse Melville.

Houve uma discreta batida na porta. Perkins entrou com uma bandeja.

– Que maravilha! – saudou Melville, dando a Eliza um momento para reorganizar as ideias.

– Visitou ontem a exposição do Sr. Berwick? – perguntou ela.

– Visitei. E pensar que você queria que ele pintasse meu retrato... *O que* aquele homem teria feito com minhas pernas!

– Ainda não sabe o que *eu* posso fazer com suas pernas – respondeu Eliza, contendo um sorriso.

– Sei que você é uma artista muito melhor – declarou Melville.

Não havia a menor dúvida na voz dele e, ao ouvir aquilo, Eliza se sentiu corajosa.

– Isso me fez pensar em submeter o quadro à seleção da Exposição de Verão – disse ela, num fôlego só. – Mas só se você aprovar, é claro!

Melville inclinou a cabeça, ponderando.

– Pode ser que isso cause um burburinho – prosseguiu Eliza, depressa –, embora eu possa enviá-lo de forma anônima e manter o segredo.

– É uma ideia incrível! – disse Melville. – Não sei como não pensei nisso antes.

Ele concordou com tanta facilidade – sem questionar nem hesitar – que Eliza começou a ficar nervosa.

– Pode ser um esforço infrutífero – acrescentou ela, sentindo uma estranha necessidade de explicar as coisas. – A seleção pode ser mais rigorosa este ano.

– O que poderia eliminar o Sr. Berwick – disse Melville. – Mas você certamente passaria pelo crivo.

– Se tal façanha for possível em tão pouco tempo – respondeu ela, reflexiva.

O processo de inscrição para a Exposição de Verão em 1819 era idêntico ao do tempo do avô de Eliza: artistas que não eram membros da Academia

Real poderiam submeter seus trabalhos a um comitê de integrantes do Conselho, em um rigoroso processo de seleção com cinco dias de duração, programado para o início de abril. Assim, ela teria menos de quatro semanas para concluir uma tarefa que, em condições normais, levaria quatro meses.

– Por que está tentando me convencer a desistir? – perguntou Melville.

– Acho que você é perfeitamente capaz de enfrentar esses desafios.

Era muito raro que Eliza encontrasse alguém com uma fé tão inabalável em suas habilidades. O apoio de Margaret aproximava-se do fervor religioso, mas era completamente diferente ao vir de Melville. Afinal, a prima a conhecia desde sempre; era sem dúvida seu dever apoiá-la e receber seu apoio. Mas Melville não tinha essa motivação, nem elogiava só por elogiar, como demonstravam suas críticas frequentes ao Sr. Berwick. Sua fé existia apenas por ele considerá-la merecedora... e Eliza sentia que desabrochava em direção à luz que ele oferecia.

– Quer participar? – perguntou Melville, com um sorriso zombeteiro.

– Quero – respondeu Eliza, permitindo-se finalmente sentir a onda de empolgação que só havia aumentado ao longo da tarde. – Quero, sim.

– Então... – Ele abriu os braços, convidativo. – Temos muito a fazer, não é?

E foi naquela ocasião, com a luz clara do dia atravessando a janela, o fogo ardendo na lareira, o som da risada animada de Margaret vindo pelo corredor e um pincel na mão, que eles começaram a trabalhar a sério.

Eliza sempre pintou com rapidez – era uma necessidade quando se vivia sob a ameaça de uma interrupção. Nos dias seguintes, porém, ela acelerou de propósito, sem hesitação, como se a confiança de Melville nela fosse contagiante. Ela posicionou o modelo exatamente como queria – encarando a janela num certo ângulo, para obter a melhor luz e, portanto, as cores mais intensas – e, concentrada e determinada, começou a camada seguinte da pintura. Eliza tomou decisões sobre os tons exatos de sua paleta, voltando duas vezes à loja do Sr. Fasana para consultá-lo sobre novas misturas, optando por usar, sempre que possível, aquelas com base em óleo de linhaça para garantir um tempo de secagem mais rápido.

Trabalhando com um novo prazo, Melville precisou dedicar muito mais tempo a Eliza, tarefa que cumpriu sem reclamar. De fato, uma semana depois de ele concordar com a exposição, Eliza e Margaret quase nunca ficavam sem a companhia dos Melvilles. Encontravam-se frequentemente na biblioteca de Meyler (quando lady Caroline e Melville, em voz alta, desdenhavam dos poetas de que não gostavam), assistiam às mesmas apresentações musicais (Melville sussurrando uma tradução tão absurda e imprecisa da ópera que Eliza precisava tapar a boca com a mão para não cair na gargalhada) e dirigiam juntos o fáeton de lady Caroline (pois as aulas de Eliza continuaram).

Aquilo tudo era o suficiente para fazer Eliza se sentir um pouco culpada.

– Sou grata por me dedicar grande parte do seu tempo – disse Eliza a Melville na quinta-feira seguinte, a paleta equilibrada em uma das mãos e o pincel na outra.

Depois de semanas trabalhando com óleo, a pintura de Eliza havia ganhado mais liberdade – nas curvas desenhadas por seu pincel carregado, ela podia sentir um maior relaxamento em seu corpo, no braço, na forma de segurar o pincel.

– Espero que não esteja afastando você de sua escrita.

– Não se preocupe – disse Melville. – Sempre escrevo de madrugada e fico grato por suas aulas de condução tirarem Caro de casa antes do desjejum, pois fica um silêncio maravilhoso. Que continuem por muito tempo!

– Talvez ela perca a paciência comigo em breve – alertou Eliza.

– Ainda não se tornou um modelo de condução?

– Longe disso – disse ela. – Não acredito que eu possa dirigir tão bem quanto sua irmã, mesmo que passe anos praticando. Ela sempre foi assim tão destemida?

– Caroline? – disse ele. – Em relação aos cavalos, sim. Foi assim que fomos criados. Meus pais eram quase tão loucos por cavalos quanto um pelo outro.

Eliza ficou surpresa – como sempre – com a franqueza e a tranquilidade com que Melville falava de assuntos tão calorosos.

– Eles se casaram por amor, não foi? – perguntou.

Estava familiarizada com a história, claro, mas sabia que não devia confiar em mexericos de quarta ou quinta mão, espalhados antes de ela nascer.

– À primeira vista, se acreditarmos na minha mãe – disse Melville, com os olhos pousando em Eliza, calorosos. – Meu pai visitou Hyderabad em 1785. Ele já conhecia o representante da Companhia por lá, e a aura de lorde fugitivo dava a ele glamour suficiente para ser convidado para a corte.

Mamãe nunca nos contou exatamente como se conheceram. Ela era a filha mais nova do *nawab*, o governador, e nunca deveria ter se aproximado dele. Suspeito que ela tenha contado com a ajuda da minha avó.

– E depois eles se casaram? – perguntou Eliza.

Melville balançou a cabeça.

– Ainda demorou mais dois anos. O pai dela precisou ser convencido, e o Nizam, o governante de Hyderabad, também fez um pedido – disse Melville. – Enquanto isso, eles namoraram em segredo. A princípio, conversavam em persa, que meu pai conhecia um pouco, antes de aprender urdu, e ela, inglês.

– Parece muito romântico – disse Eliza.

– Eles tiveram que enfrentar várias provações – contou Melville. – A família dela se opôs até o fim, e quando meu avô morreu, os dois tiveram que se mudar para a Inglaterra. Encontraram o nome de família em desgraça, uma propriedade à beira da ruína e uma sociedade absolutamente consternada por ter sua primeira condessa indiana. Mas fomos felizes, apesar de tudo.

– Eles eram pais afetuosos? – perguntou Eliza.

Melville sorriu.

– Muito. Diziam a Caroline e a mim, quase todos os dias, como éramos preciosos. Embora tenha sido um choque chegar a Eton e descobrir que essa opinião não era compartilhada por todos.

– Foram indelicados?

Melville deu de ombros.

– É como se poderia esperar. Brigas, xingamentos. "Lorde malhado" era como costumavam me chamar, além de outros *apelidos*.

A leveza em sua voz era forçada. Talvez Eliza não tivesse notado a mudança semanas antes, mas percebia a diferença naquele momento. Ela tirou o pincel da tela para dar toda a sua atenção a Melville.

– Teria sido pior, segundo me disseram, se tivéssemos permanecido na Índia. Os britânicos estão cada vez mais hostis com pessoas como nós. Eu estaria terrivelmente fora de moda.

A voz de Melville estava começando a vacilar. Eliza não se surpreendeu quando ele mudou de assunto.

– E *seus* pais? São felizes?

– Os dois combinam bem, acredito eu – disse Eliza, após ponderar um pouco. – Eles compartilham os mesmos objetivos e crenças, embora eu nunca tenha considerado nenhum deles particularmente romântico.

– E você? É particularmente romântica?

Era outra pergunta muito pessoal, mas, considerando o que Melville acabara de compartilhar, não parecia estranho responder.

– Quando menina, eu era muito romântica – disse ela. – Desejava intensamente me apaixonar de um modo profundo e verdadeiro, independentemente das obrigações, das circunstâncias, dos interesses familiares.

– A realidade não atendeu à sua expectativa?

– Ah, atendeu sim, de todas as formas concebíveis – disse Eliza. – Só não me casei com ele.

Era a primeira vez que falava de seu relacionamento com Somerset, mesmo indiretamente. Como se temesse que ela pudesse se calar a qualquer momento, Melville fez a próxima pergunta bem depressa.

– O que fez você se apaixonar por ele?

– Ah – Eliza sorriu só de pensar –, não sei dizer quando tudo começou exatamente... Deve ter sido assim que nos conhecemos, suponho. Ele me chamou de linda.

– E daí?

– E daí que foi o suficiente para me fazer notá-lo. Enquanto você, meu senhor, talvez esteja acostumado a se afogar em lisonjas, para mim isso é uma novidade. E então, depois que comecei a perceber a presença dele, não consegui parar. Ele sempre foi tão honrado, tão gentil, tão consciente de suas responsabilidades...

– Responsabilidade não é uma palavra que costumo associar ao amor – observou Melville.

– Não sou escritora – disse Eliza, constrangida. – Não sei como dizer isso de uma maneira bonita. Simplesmente havia muito respeito e admiração mútuos. Gostávamos da companhia um do outro...

– Farei o melhor possível com isso – disse Melville, apalpando os bolsos. – A dificuldade vai ser encontrar uma rima para "recíproca". Uma meia rima terá que funcionar nesse caso. Que tal "moeda de troca"? Ah, queria ter uma pena agora...

Eliza jogou um pedacinho de giz nele, e Melville desviou com uma gargalhada. Era o tipo de comportamento que seria impensável meses antes, mas não era possível conviver tanto como os dois conviviam sem ficar mais à vontade na presença um do outro.

Em momentos como aquele, Eliza se sentia estranhamente feliz com a demora exigida pelas circunstâncias para estabelecer o compromisso oficial entre ela e Somerset. Não sentiria falta apenas do trabalho no retrato; sentiria falta também da companhia. Por mais improvável que pudesse parecer, ela estava começando a considerar Melville um de seus amigos mais queridos.

Harefield Hall
9 de março de 1819

Querida Eliza,

Sua carta levou séculos para chegar, e a visão de sua caligrafia, que não mudou nesses dez anos, me fez recuperar uma tranquilidade que eu não havia encontrado na última semana.

A encomenda parece um projeto encantador. Quando me lembro daqueles lindos desenhinhos que você costumava me mostrar — e eu me lembro deles —, posso muito bem acreditar que outra pessoa também tenha ficado encantada. Devo adivinhar o tema da pintura ou vai ser uma surpresa? Talvez seja uma vista de Camden Place ou da abadia? Estou ansioso por ver, seja o que for, mas acima de tudo anseio por revê-la.

Não posso me alongar no momento, pois estou sendo chamado. Espere por outra mensagem minha, mais longa, o mais rápido possível.

Eternamente seu,
Oliver

Capítulo 18

Meados de março trouxeram consigo uma falsa primavera: uma breve temporada de sol que enganou todo mundo na quinzena que durou, melhorando o humor por toda a cidade e voltando a atenção de muitos para a temporada londrina. Pois, embora a maioria dos residentes de Bath permanecesse por lá o ano inteiro, muitos de seus habitantes mais abastados – como lady Hurley e os Winkworths – partiriam para a metrópole apenas no final do mês. Todos pareciam energizados pela aproximação da temporada social, mas ninguém superava lady Hurley. Assim que localizou Eliza e Margaret no Pump Room, partiu para cima das duas, dispensando a troca de gentilezas e convidando-as para uma festa.

– Antes de partir para Londres – explicou ela, com a rapidez de um oficial que entrega um relatório sobre o campo inimigo –, decidi organizar uma reunião na próxima semana, com um pouco de dança, para me despedir de Bath. Insisto veementemente na presença das duas.

Eliza hesitou.

– Imploro que não me diga que seria impróprio! – acrescentou lady Hurley. – Ora, lady Somerset, já devem ter passado onze meses desde o começo do seu período de luto! Se permanecer sentada o tempo todo e não ficar até muito tarde, tenho certeza de que não haverá nada de mais no seu comparecimento a uma festinha em uma residência particular.

– Vamos lá, Eliza! Com certeza a essa altura você já tem permissão para se divertir *um pouco* – insistiu Margaret.

Arre! Não era tão impróprio assim – faltava apenas um mês de luto completo, afinal. Tinha certeza de que Somerset recomendaria que ela se divertisse.

– Teremos o maior prazer em comparecer – respondeu Eliza. – Estou mesmo querendo um novo vestido de noite, e essa é a desculpa perfeita.

– Acabei de chegar de madame Prevette, e ela recebeu uma gaze preta que ficaria divina – disse lady Hurley. – Embora eu não tenha perguntado quanto resta de tecido.

– Então devemos ir até a modista antes que as outras viúvas corram para lá – declarou Eliza, sorrindo ao imaginar um bando de mulheres vestidas de preto em disparada pela rua Milsom.

Lady Hurley mal prestou atenção nas palavras de Eliza, ocupada que estava em procurar os Melvilles.

– Se eu puder ter certeza da presença deles, é provável que seja o evento mais elegante do ano, mas não vejo sinal dos dois. Talvez… – ela lançou um olhar maroto para Eliza – … fosse mais rápido se a senhora fizesse o convite, milady, pois tenho certeza de que o verá antes de mim!

– Não sei o que está querendo insinuar – rebateu Eliza.

Lady Hurley deu uma risadinha.

– Ah, todos nós a vimos cochichando com ele durante o concerto, na semana passada – disse ela. – E cavalgando juntos ontem à tarde! *Muito* agradável.

Ela saiu apressada, sem esperar pela resposta, mas Eliza corou mesmo assim.

No dia anterior, durante uma crise de mau humor – por mais que ela pintasse com cuidado, as orelhas de seu modelo ainda pareciam esquisitas –, Melville tirara o pincel de sua mão e sugerira que um passeio ajudaria a clarear sua mente.

– Agora? – perguntara Eliza, insegura. – Sozinha?

– Eu preferiria que seu cavalariço nos acompanhasse – dissera ele, dirigindo-se à porta para vestir um traje de montaria. – Caso contrário, suspeito que você poderia tentar me seduzir.

E, embora pudesse não ser totalmente sensato passear pelo campo com um cavalheiro solteiro em uma hora tão incomum, mesmo com a presença do cavalariço – em Bath, costumava-se cavalgar antes do café da manhã –, depois de uma hora nas colinas, sem fôlego e rindo, ela não se importava. Agora, porém…

– Não dê atenção a ela – aconselhou Margaret.

Mas, enquanto as duas caminhavam rumo à rua Milsom, Eliza se perguntava se os olhares sobre ela não teriam aumentado desde a semana anterior, se não seriam mais especulativos, se ela poderia ouvir seu nome sussurrado pelos pequenos bandos de damas e cavalheiros que passavam por eles.

Talvez fosse sensato manter Melville a distância, quando estivessem em público. Embora Eliza soubesse que estava praticamente noiva de outro homem, os bisbilhoteiros de Bath não sabiam – e, na verdade, não havia necessidade de ela e Melville passarem tempo juntos fora das sessões de pintura. Seria sensato, mas entediante. *Ah, esqueça!*, declarou Eliza a si mesma enquanto entravam na loja de madame Prevette. Ela não estava disposta a ser infeliz para apaziguar alguns mexeriqueiros imaginários. Que ficassem olhando se quisessem.

A gaze preta era mesmo tão divina quanto lady Hurley mencionara, e madame Prevette prometeu entregar uma criação exclusiva a Eliza a tempo para o evento social.

– Em breve, a senhora vai querer um *guarda-roupa* inteiramente novo, não é? – perguntou madame Prevette, enquanto Margaret considerava os méritos das sedas cor de prímula e verde-pomona. – Para o meio luto?

– Suponho que sim – disse Eliza, um pouco surpresa.

Com tudo o que havia se passado entre ela e Somerset, quase se esquecera de que o fim do luto significaria mais do que a possibilidade de se casar com ele. Significaria, finalmente, a reentrada no mundo das cores: muito em breve, ela seria autorizada a clarear os tons de seus vestidos com o cinza e o lilás do meio luto. – Sim, madame Prevette, certamente precisarei comprar *tudo* novo.

– Talvez eu possa lhe mostrar alguns dos desenhos mais recentes de Paris – sugeriu a modista, desaparecendo brevemente na parte de trás do estabelecimento.

Ao voltar, encontrou Eliza passando a mão sobre um rolo de cetim verde-bronze que acabara de chegar. A cor era tão bonita…

– Talvez queira algo desta cor. Ficaria muito bem na senhora – sugeriu madame Prevette.

– Eu adoraria! – disse Eliza. – Mas nem o meio luto permitiria uma tonalidade tão intensa.

– Nem se fosse para guardar e esperar o dia em que poderá usá-lo?

Madame Prevette era uma vendedora astuta, e Eliza ficou intrigada no mesmo instante. A ideia de ter o vestido dos sonhos pendurado no armário como uma promessa de dias melhores...

– Talvez por cima de uma combinação de cetim – disse madame Prevette, pensando em voz alta. – E com sapatos combinando, para completar o conjunto?

Nossa! Por que não?

– Tem minhas medidas? – perguntou Eliza. – E posso contar com sua discrição?

– Será o nosso segredinho – disse ela.

Eliza e Margaret se despediram dela com um sorriso e correram para casa a fim de encontrar os Melvilles.

– Acho que deveria ter perguntado a você se tinha alguma preferência de estilo – disse Eliza a Melville mais tarde, estudando a tela com ar crítico.

Havia se recusado a permitir que ele visse a obra, por medo de que isso a estragasse de alguma forma, mesmo estando satisfeita com o progresso. Sem tempo suficiente para secar o retrato entre as sessões, Eliza estava pintando *alla prima* – colocando tinta fresca sobre a tela úmida – e, depois de uma quinzena, a maior parte do trabalho já havia ficado para trás.

– Não tenho certeza se tenho um estilo preferido – disse Melville. – Desde que combine a grandeza de Thomas Gainsborough e a serenidade lúdica de Thomas Rowlandson, ficarei muito satisfeito.

– Ah, quer os dois Thomas, não é? – disse Eliza, sorrindo.

– Se puder.

– Receio que não seja nada do que eu tinha em mente.

– Nenhuma serenidade? – conferiu Melville.

– Nenhuma – respondeu ela, séria.

– É uma pena... mas se você conseguir capturar minha pantalona nova, ficarei satisfeito – afirmou Melville. – Imploro que não dê ouvidos a Caroline. Não... pensando bem, eu imploro: dê atenção a Caroline. Ela está no auge da moda, sabe?

A pantalona em questão eram de um tom amarelo-vivo – Caroline as havia chamado, momentos antes, de "mais janota do que seria aceitável" – e parecia ter sido verdadeiramente moldada nas pernas de Melville, de uma maneira que Eliza poderia ter considerado corajosa, se fossem menos bem torneadas.

Ela balançou a cabeça.

– Estou concentrada na pose – disse a ele. – Apenas cabeça e tronco.

– É um elogio ao meu rosto que ele seja o foco do retrato? – perguntou Melville. – Ou seria um insulto a meu corpo que ele tenha sido ignorado?

– Nem uma coisa nem outra – respondeu Eliza, sorridente. – É apenas um reflexo da minha falta de estudo. Meus retratos de corpo inteiro sempre parecem um tanto deslocados. Para ser capaz de realmente transmitir as proporções da forma humana, eu precisaria estudá-la mais... de um modo completo, *em particular*... como fazem na Academia Real. Naturalmente, não permitem que mulheres recebam esse tipo de instrução.

Melville recostou-se no assento, inspecionando-a com um olhar malicioso.

– Não seria esse o tipo de tutoria que o falecido conde poderia ter lhe oferecido? – perguntou.

Eliza não corou ao ouvir a pergunta, o que ela considerou uma prova de sua crescente imunidade às barbaridades proferidas por ele.

– O falecido conde não teria sido nem um pouco receptivo a esse tipo de pedido – respondeu ela. – Se eu tivesse a ousadia de fazê-lo.

– Seu casamento... era desprovido de paixão?

Ele ergueu as sobrancelhas, desafiador – como se quisesse comunicar que sabia muito bem que aquele era um tipo inapropriadíssimo de pergunta e que esperava que ela pusesse um ponto-final naquilo. Mas, na ocasião, Eliza não queria dar a ele o benefício de se sentir cheio de si.

– O falecido conde encarava as obrigações matrimoniais como todas as outras. Ou seja: com regularidade, com responsabilidade... e muita rapidez.

Melville soltou uma gargalhada surpresa. Eliza deu um sorriso maroto, bobo e irresponsável.

– Bem, como seu modelo atual – disse Melville –, se um estilo de conduta mais... ah... natural... for benéfico para sua educação...

Ele levou a mão até a gravata, brincalhão.

– Por favor, deixe suas roupas onde estão – disse Eliza depressa, embora ainda estivesse rindo. – Perkins chegará com um lanche em breve, e essa visão só iria perturbá-lo.

– Eu apenas explicaria a Perkins minhas motivações altruístas – disse Melville, com seriedade. – Há muito tempo sou um defensor das artes... Na verdade, ofereci meus préstimos a atrizes, cantoras de ópera, dançarinas...

Eliza voltou a rir, num tom alto e descontrolado, e pela porta aberta veio o som de Margaret fazendo o mesmo. A aula de francês tinha sido abandonada havia muito tempo. Quando Eliza apareceu na sala de estar para pegar seu *maulstick* naquela manhã, os rostos de Caroline e Margaret estavam cheios de sorrisos maliciosos. Eliza não gostava muito de se perguntar o que elas estariam discutindo, mas, sem dúvida, devia ser aquele tipo particular de humor cheio de farpas que as duas pareciam gostar de exercitar. Desde fevereiro, elas afiavam mutuamente suas tiradas, como se cada uma servisse de faca ou pedra de amolar para a outra.

– Vai comparecer ao evento de lady Hurley? – perguntou Melville. – Estou esperando a ocasião com ansiedade. Jantar, baralho, um pouco de dança...

– Eu invejo você por isso – disse Eliza. – Faz muito tempo que não posso dançar.

– É sua chance! – sugeriu Melville.

Eliza riu.

– Dança? Em luto? – indagou ela. – Eu seria expulsa da cidade com forcados.

– Quem lideraria o ataque? – perguntou-se Melville. – A Sra. Winkworth?

– Ah, isso é quase certo – respondeu Eliza. – Ela já está considerando minhas aulas de condução com grande consternação. E, sem dúvida, anda escrevendo cartas para lady Selwyn para falar sobre meu comportamento.

Essa perspectiva já não a preocupava tanto quanto antes.

– Acha que lady Selwyn contratou um espião?

– Eu ficaria muito surpresa se ela não tivesse feito isso – respondeu Eliza, bufando. – Com certeza ficará atenta a qualquer coisa que possa...

Ela interrompeu o que estava prestes a dizer. Por um momento, havia esquecido que a cláusula de moralidade era um segredo.

– Qualquer coisa que possa manter você e Somerset separados? – sugeriu Melville. – Percebi que ela não gostou nada do reencontro... Mas, se Somerset fugir para as colinas só porque você está com as rédeas na mão, então ele é mais tedioso do que eu desconfiava.

– Ele não é tedioso! – protestou Eliza.

Ainda não havia contado a Somerset sobre as aulas de Caroline – não por medo de sua reação, mas para se certificar de que era habilidosa o suficiente para impressioná-lo.

– Então você precisa se preocupar com o que a Sra. Winkworth escreve?

– Eu não me preocupo – desdenhou Eliza. – O maior interesse de lady Selwyn é minha fortuna.

Melville inclinou a cabeça, intrigado. Que mal haveria em compartilhar mais um segredo com ele?

– Minhas terras eram originalmente destinadas ao segundo filho dos Selwyns – explicou Eliza. – No final das contas, meu marido as deixou para mim, mas, se eu causar alguma desonra ao nome da família, elas serão revertidas para Somerset.

Melville ficou quieto por alguns instantes.

– Uma cláusula de moralidade – pronunciou ele, lentamente.

– Foi o único alento para os Selwyns – prosseguiu Eliza, trabalhando noutra pequena mancha de cor nos punhos do Melville do retrato. – Se as terras fossem revertidas, imagino que acabariam voltando para Tarquin.

– Isso é… diabólico.

Os lábios de Eliza ficaram tensos com o horror na voz de Melville.

– Você os conheceu – disse ela. – Não acha que seriam capazes?

– Achei que eles eram desdenhosos – disse Melville. – E egoístas… mas não tão malignos.

Ele passou a mão pelo cabelo, mais abalado por causa de Eliza do que ela havia esperado.

– Como puderam fazer algo *assim*?

– Ah, estou acostumada com essa ideia há muito tempo – assegurou Eliza. Não tinha a intenção de transtorná-lo. – Ainda não me causou problemas.

– Ainda não – ressalvou Melville. – Está preocupada que isso possa vir a acontecer?

– Eu costumava me preocupar – admitiu Eliza. – Mas não desde que…

Ela interrompeu a fala, mordendo o lábio.

– Desde que…?

Eliza hesitou. Não gostava de mentir descaradamente para alguém que considerava um amigo, mas a ideia de contar tal coisa a Melville a enchia de inquietação em vez de alegria.

– Desde que…? – insistiu Melville, mais sério.

Não havia como evitar.

– Desde que Somerset e eu… decidimos nos casar – declarou ela.

O relógio soou, e só depois do último toque Melville voltou a falar.

– Entendo – disse ele. – Sim, eu entendo.

Seu rosto e sua voz, rígidos e inexpressivos, estavam em curioso desacordo com suas mãos, que pareciam um pouco instáveis. Melville apertou os braços da cadeira, como se quisesse fazer com que elas parassem de tremer.

– Claro... Eu desconfiava, como você sabe.

O estômago de Eliza pareceu dar uma cambalhota.

– Melville... – disse ela, agitada e sem entender muito bem o motivo de sua reação.

– Desejo que você seja muito feliz – disse Melville.

A voz dele ainda parecia diferente.

– Obrigada – respondeu ela.

Por que tudo parecia tão terrivelmente desagradável?

– Muito bem – disse Melville, com uma falsa animação, levantando-se de forma abrupta e ajeitando a gravata. – Receio que eu tenha que resolver alguns negócios: cartas para escrever, poesias para compor etc.

Ele caminhou em direção à porta.

– Melville! – exclamou Eliza, agarrando com força a paleta.

Não queria que ele se fosse... Não daquele jeito...

– Melville?

Mas ele já tinha partido.

Capítulo 19

Melville não compareceu a nenhuma das sessões programadas para a semana seguinte. Mandou mensagens mencionando o trabalho e pedindo a ela que o perdoasse, mas pareciam desculpas esfarrapadas. Eliza debruçou-se sobre o verdadeiro motivo daquele comportamento assim como um cão se dedica a saborear um osso. O retrato nada sofreria – isso estava fora de cogitação. Àquela altura, ela já havia passado tanto tempo observando Melville que talvez o conhecesse melhor do que a si mesma. Sabia o formato exato de seus profundos olhos castanhos, conhecia todas as curvas dos nós de seus dedos, o som de sua risada... Mesmo que não tivessem feito um estudo tão completo, naquela etapa do trabalho, em que era preciso cuidar apenas de detalhes, outros artistas já teriam dispensado completamente a presença do modelo.

Embora não *necessitasse* da presença dele, porém, Eliza sentia sua falta profundamente. A sala parecia maior, mais fria, menos interessante sem Melville. Ninguém dá gargalhadas sozinho, e ela não podia nem se distrair com Margaret, pois os compromissos da prima com Caroline continuavam sendo cumpridos. Toda vez que Eliza ouvia as vozes animadas das duas através do corredor, arrependia-se de ter lidado mal com Melville na última conversa que tivera com ele.

Não sabia ao certo o que havia perturbado Melville: se tinha sido a mentira, o fato de ela ter negado o compromisso a princípio ou... algo mais. A intimidade entre os dois havia alcançado novos patamares desde a partida de Somerset. Eliza, sentindo-se muito mais à vontade na presença de Melville, parou de tentar controlá-lo. E de se controlar. E supôs que, naquelas circunstâncias, avisar a um cavalheiro que seu flerte habitual estava agora impossibilitado era apenas um gesto educado, não era?

Fosse qual fosse o motivo, na semana seguinte ele não foi visto em lugar nenhum. Eliza havia procurado pelos cachos escuros de Melville no Pump Room, tentado localizar sua pantalona amarela na rua Milsom, apurado os ouvidos para ver se capturava a voz dele na biblioteca de Meyler. Sem Somerset e sem Melville, Bath parecia excessivamente tranquila. Somerset pelo menos enviava cartas semanais para minimizar sua ausência. Não que os dois pudessem ser comparados, é claro, pois o primeiro era quase seu noivo, e o outro… não era.

No dia da reunião de lady Hurley, Eliza estava passando por uma séria crise de desânimo – mesmo depois de contemplar diante de si o retrato finalmente concluído. Bem… quase concluído. Embora não conseguisse pensar em mais nada para fazer, depois de ter retocado até a perfeição os botões do colete, raspando e reaplicando a tinta no mínimo quatro ou cinco vezes, ela não conseguia se livrar da sensação de que algo estava errado. Queria tanto saber qual era o problema!

– Precisamos nos arrumar – disse Margaret, batendo com os nós dos dedos na porta aberta, para chamar a atenção de Eliza. – Lady Hurley ficará muito chateada se nos atrasarmos.

Eliza deu uma última olhada na versão de Melville pintada por ela. *Vou fazer com que fique bom*, disse mentalmente ao retrato.

Em Laura Place, logo ficou claro que Eliza e lady Hurley tinham ideias bem diferentes do que seria uma reunião de amigos íntimos. Vinte pessoas já estavam no local apenas para o jantar, e mais tarde outros convidados chegariam para a dança. Ao entrar na fila para cumprimentar a anfitriã, Eliza não conseguia imaginar como todos caberiam ali, embora a casa de lady Hurley fosse bem grande. A mesa de jantar era suficiente para acomodar vinte pessoas, e aquela era a única casa da cidade em que a sala de estar se abria para um pátio no térreo.

– Vai ser um verdadeiro aperto! – observou Caroline, entrando logo atrás delas.

Naquela noite, seria muito difícil encontrar uma dama mais elegante do que Caroline Melville, que estava usando um requintado vestido lilás de seda e gaze.

– Vocês estão muito bonitas! – disse Caroline, elogiando Eliza e Margaret.

– Obrigada – respondeu Eliza.

Estava muito satisfeita com o efeito de seu vestido naquela noite: era feito de seda preta e sobrepunha uma combinação de cetim branco. As mangas curtas eram adornadas por uma rica renda Vandyke e, em vez das joias de azeviche que usara durante todo o ano anterior, Eliza ostentava brincos de diamantes e, no pescoço, trazia um colar de pérolas com três voltas.

– Não pareço mais uma pega-rabuda?

Mas Caroline não respondeu. Estava muito ocupada estudando cuidadosamente o vestido de crepe verde de Margaret. Eliza não podia culpá-la, pois aquele era o traje mais marcante que sua prima já havia usado. Eliza estava feliz ao ver Caroline dar um olhar demorado e ganancioso para o corpete de cetim de Margaret, lindamente ornamentado com contas brancas e gotas *à la militaire*.

– Você está *muito* bonita – repetiu Caroline para Margaret, num tom mais sério do que na primeira vez.

– Você também – respondeu Margaret, corando um pouco.

Eliza tentava espiar por cima do ombro de Caroline para observar Melville, que entregava a capa a um lacaio.

– Nossa, todos vocês estão ótimos! – elogiou lady Hurley, enquanto as pessoas que estavam à frente delas desapareciam na sala. Usava um vestido amarelo transparente que a fazia parecer um voluptuoso girassol. – O jantar será servido em breve. Meu François se superou esta noite. Há geleias, *fondues* e manjares suficientes para alimentar cinco mil convidados!

– Que maravilha – exclamou Melville, sem demonstrar qualquer entusiasmo.

Embora ele e o Sr. Fletcher estivessem muito elegantes – Melville usava um casaco azul e um colete de veludo azul-marinho sutilmente adornado com bordados prateados –, ambos pareciam abatidos. Eliza tentou, sem sucesso, chamar a atenção de Melville.

– Ignore o meu irmão – recomendou Caroline. – Ele e o Sr. Fletcher jantaram juntos ontem e ficaram completamente bêbados. Melville é apenas a sombra de um homem.

– Concordo plenamente – disse o Sr. Fletcher, pressionando o peito com a mão –, mas será?

– Tem toda a razão, senhor – concordou Melville, esfregando a testa. – Acho que merecíamos ser elogiados por estarmos aqui.

Como eram os convidados de maior escalão ali presentes, Eliza e Melville caminharam juntos até a sala de jantar. Pela primeira vez, ela não tinha certeza do que dizer a ele – e talvez também pela primeira vez, ele não parecia inclinado a iniciar a conversa.

– Como tem passado? – perguntou ela.

– Bem, obrigado – respondeu Melville.

– A noite com o Sr. Fletcher foi agradável?

– Com certeza.

– *Medeia* está progredindo bem?

– Está, sim.

Melville nunca tinha falado tão pouco. Talvez ele tivesse se sentido assim ao tentar puxar assunto com ela nas primeiras sessões de pintura. Eliza gostaria de poder retroceder até a semana anterior, raspar uma camada – como se fazia com uma pintura – e retomar a relação cordial que os dois costumavam ter.

Como era de se esperar, assim que o primeiro prato foi servido, Melville virou-se para falar com lady Hurley, sentada à direita dele. Eliza, por sua vez, teve que conversar com um obstinado almirante Winkworth.

Seu humor não melhorou nem um pouco quando ela começou a ouvir as ruidosas exclamações de apreciação entre Melville e lady Hurley, em uma animada conversa sobre seus poetas favoritos. Sob a influência de lady Hurley, o brilho de Melville parecia ter retornado. Eliza bebericou o delicioso champanhe da taça à sua frente e tentou não se sentir muito amargurada.

Depois do segundo prato – a sopa à la Reine e o frango ao estragão, que foi seguido de carpas assadas, ostras empanadas, *blanquet* de peru e empadão, guarnecidos com uma farta variedade de legumes –, Melville, relutante, virou-se para falar com ela. Eliza sentiu-se cambalear.

– Já leu a *Divina Comédia*, de Dante? – perguntou ele.

De repente, parecia muito importante que Melville pudesse considerar Eliza tão letrada quanto lady Hurley.

– Já – mentiu ela, descaradamente.

Margaret havia lido, o que dava no mesmo.

– E o que achou?

A lastimável verdade era que Eliza não sabia nada sobre o livro, exceto pelo título e pelo fato de Margaret considerar a narrativa muito inteligente.

– Achei a narrativa muito inteligente – respondeu ela.

– Mas a tradução mais recente... Eu mesmo achei um pouco confusa... não achou? – perguntou Melville.

Eliza esperava que aquela fosse uma pergunta retórica, mas, pela longa pausa e pela impaciência com que Melville olhava para ela, não era o caso.

– Eu me pergunto se a ideia não *seria* mesmo fazer parecer confusa – argumentou ela, com um ar de sabedoria.

Melville olhou para Eliza.

– Você não leu.

– Não – concordou ela.

Melville soltou uma risada, apesar de ter parecido involuntária.

– Por que mentiu para mim?

– Para que você achasse que *eu* sou muito inteligente – admitiu Eliza, tomando outro gole de champanhe.

– Eu já achava isso – disse Melville. – Agora só acho que é também uma mentirosa.

Eliza olhou atentamente para ele. O que ele estava dizendo... era uma referência a...?

– Eu não menti – respondeu ela, baixando a voz, na esperança de que aquele momento fosse uma oportunidade de resolver as coisas entre os dois.

– Você omitiu – disse Melville, entendendo de imediato o que Eliza queria dizer.

– Por necessidade – sussurrou ela. – E não foi uma decisão tão descabida. Não podemos noivar formalmente até abril. Então estamos apenas... comprometidos a assumir um compromisso.

– Ahhhhh – disse Melville.

Houve uma pausa.

– Isso é estranhamente indefinido – comentou ele.

Por um momento, Melville pareceu tão normal que Eliza se viu inclinando-se ansiosamente na direção dele.

– Sinto muito – balbuciou ela. – Eu não devia ter escondido isso de alguém que considero... que considero um amigo de verdade.

Melville tomou um gole de sua bebida, pensativo.

– E sim, eu leio – acrescentou ela, defensiva, pois, mais uma vez, parecia importante deixar tudo muito claro.

Melville não sorriu, mas semicerrou os olhos, como se estivesse achando graça.

– Não a acusei de nada – disse ele.

– Eu sei que *você* adora ler – retrucou ela, tão aliviada com aquela trégua silenciosa que quase perdeu o fôlego.

Era uma trégua, não era?

– Adoro! – concordou Melville. Ele fez uma pausa e acrescentou, mais no seu estilo habitual: – Eu não conseguiria escrever como escrevo se não fosse por isso.

– Os clássicos – disse Eliza, da forma mais experiente que podia. – Gosta de ler esse tipo de livro? Homero e… o outro.

– Especialmente o outro – respondeu Melville, sorrindo. – Os eruditos desejavam que os livros parecessem assustadores, mas são apenas histórias… Magníficas e extensas, mas apenas histórias.

– Antes de ler sua versão de *Perséfone*, eu não conseguia entender nada – admitiu Eliza. – Meu marido pedia que eu lesse mais clássicos para ver se me tornava mais sábia, mas eu mal conseguia prestar atenção.

Eliza se achava burra demais para entender todos os lugares, palavras e nomes desconhecidos, mas Melville tinha um jeito especial de reescrever os contos, de elaborar o romance, insinuando os aspectos picantes de tal forma que… Bem, ninguém parava para se perguntar se tinha ou não alguma inclinação intelectual, de tanta pressa para se deliciar com o que ele escrevia.

– Há mais beijos em minhas versões, admito – disse Melville, com tranquilidade.

– É mais do que isso – contestou Eliza. – É um verdadeiro dom esse de convidar o leitor a participar, como você faz.

Melville piscou, mexendo na haste de sua taça como se não soubesse muito bem como responder. Como se, apesar de todos os elogios que havia feito a ela, não esperasse receber nenhum em troca.

– Fico feliz – respondeu ele devagar, olhando firmemente para Eliza. – Eu era um menino quando li esses poemas pela primeira vez… um jovem apaixonado pela leitura. – E prosseguiu, como se confessasse alguma coisa:

– Imagino que, mesmo hoje, poderia voltar aos textos mil vezes e ainda encontrar algo novo em que me inspirar.

– E é isso o que pretende fazer? – perguntou Eliza. – Escrever mais mil poemas?

– Eu... Um dia eu...

Os olhos de Melville percorreram com cautela o entorno da mesa: era a primeira vez que Eliza o via preocupado com bisbilhoteiros.

– Era minha intenção – respondeu Melville, em voz baixa –, quando tivesse popularidade suficiente, escrever poesia inspirada em clássicos de um tipo diferente.

Eliza inclinou a cabeça, intrigada.

– Minha mãe era uma grande linguista – disse Melville, falando mais rápido agora. – Urdu, persa, sânscrito... Ela foi educada em todos esses idiomas e lia para nós, todas as noites, os manuscritos que trouxe da Índia. O *Shahnameh*, o *Mahabharata*... São alguns dos épicos mais longos já escritos, tão fascinantes quanto a *Eneida*. Seus guerreiros são tão grandiosos quanto Aquiles ou Ajax.

Os olhos de Eliza pousaram no rosto de Melville, esperando que ele continuasse. De todas as conversas que os dois já tiveram, de todas as confidências trocadas, ela sentia que aquela era a mais pessoal de todas: ali, no jantar, envoltos pelo rumor incongruente das conversas alheias. Eliza não o interromperia por nada no mundo.

– Existem *milhares* de histórias dentro de cada uma – contou, numa voz baixa e reverente. – Se eu conseguisse... – Os olhos de Melville, iluminados e cheios de vida, de repente perderam o brilho. – Se eu conseguisse encontrar um editor disposto – concluiu ele, com um suspiro.

Os dedos de Melville se fecharam ao redor da taça, e Eliza teve que lutar contra o desejo de tocar a mão dele.

– Você vai encontrar. Tenho certeza – garantiu ela.

Se alguém era capaz de fazer isso, esse alguém era Melville.

– Talvez um dia.

Fizeram uma pausa enquanto a mesa era reabastecida, dessa vez com frutas, cremes e gelatinas de todos os tamanhos, formatos e cores. Eliza, impaciente para retomar a conversa, aceitou uma seleção aleatória e voltou a se inclinar na direção de Melville assim que pôde. Seria mais apropriado, naturalmente, voltar-se para o almirante Winkworth. A atitude correta à mesa, como Eliza havia aprendido desde a infância, era alternar os parceiros de conversa a cada prato. Entretanto, nada a convenceria a fazer isso naquela noite.

– Você fala tantas línguas... – disse ela.

Imaginou, maravilhada, como seria poder realizar tamanha proeza. Seu talento "aceitável" para o bordado parecia algo muito desimportante diante daquilo.

– Nem todas muito bem – respondeu Melville, irônico. – Quando nossos pais... Pois bem, as oportunidades de mantermos o nível diminuíram.

Eliza desejava que os dois tivessem tido aquela conversa na privacidade do ateliê, para poder capturar a doce melancolia na expressão de Melville naquele momento.

– Ainda bem que tenho Caroline – continuou ele, reflexivo. – Caso contrário, me sentiria muito sozinho.

Eliza sentiu um aperto no peito. Estava acostumada a pensar na singularidade dos Melvilles como algo positivo. Nunca havia parado para pensar que talvez fosse também algo solitário.

– Você não tem irmãs – disse Melville, permitindo que o lacaio enchesse sua taça e murmurando um agradecimento.

– Tenho Margaret – rebateu Eliza –, mas nenhuma irmã de sangue. Muitas vezes me perguntei se minha mãe não teria sido mais... branda comigo se eu tivesse uma irmã com quem dividir a atenção dela.

– Ela era firme?

Eliza fez uma careta por instinto. Melville riu.

– Sinto muito – disse Eliza, com uma estranha culpa. – Ela é *muito* firme. Tem opiniões tão fortes e ruidosas que sobrepõem por completo as minhas. Basta eu estar por perto.

Embora Eliza não estivesse mentindo, sentiu-se mal ao dizer aquilo a alguém que não era da família.

– Fiz minha mãe parecer uma pessoa terrível – disse Eliza, arrependida. – Mas não é. Houve muitas ocasiões em que ela me reconfortou porque sabia o que fazer e como cuidar de tudo.

Melville esperou, com uma leve indagação no olhar. Eliza voltou-se para o almirante Winkworth, que estava ocupadíssimo chupando alguns ossos de galinha, e, depois, para as pessoas à frente dela – lady Caroline, que podia ouvir o que ela ia dizer, e o Sr. Berwick, que contemplava o nada com um olhar sonhador.

– Nos meus primeiros meses de casamento... – Eliza pronunciou lentamente cada palavra. – Quando eu... quando não consegui dar um filho a ele...

Quando cada mês vinha acompanhado da mesma decepção angustiante e seu marido ficava cada vez mais frio e distante, mais crítico...

– Eu não sabia o que fazer – contou Eliza. – E... ela me ajudou.

Sem ter perguntado nada – Eliza não saberia mesmo quais perguntas fazer, nem como expressar um medo tão terrível –, a Sra. Balfour começou a orientá-la da mesma maneira prática como havia escovado os cabelos da filha no passado. As cartas que chegavam duas vezes por semana tornaram-se uma tábua de salvação, cada qual sugerindo um novo remédio, proveniente de fontes desconhecidas – um médico, um botânico ou um curandeiro, não importava –, que Eliza poderia experimentar. E, de repente, ela se pegava colhendo morangos à meia-noite sob a lua minguante ou coisa parecida.

– Ela me deu algo para fazer. Foi bom, caso contrário eu poderia ter... me perdido – sussurrou Eliza.

Perder-se vagando pelos corredores vazios de Harefield, ruminando sobre a própria inadequação, especulando sobre o que sua família e a do conde poderiam estar dizendo pelas suas costas. Mesmo assim a Sra. Balfour a protegera. A cada Natal que se passava sem que houvesse uma criança, a Sra. Balfour não admitia nenhuma conversa sobre o "fracasso" de Eliza – a simples menção ao assunto despertava o olhar penetrante da Sra. Balfour com uma rapidez alarmante. Quando Eliza experimentou sua maior fase de solidão, foi sua mãe quem a ajudou a manter os pés no chão, mais do que a própria Margaret.

Eliza pigarreou, piscando para evitar as lágrimas. Melville a observava com serenidade, nada desconfortável diante da infelicidade feminina, como costumava acontecer com outros cavalheiros. Mostrou-se receptivo, encarando-a francamente. Às vezes ele tinha um jeito de observar o outro com todo o seu ser, cessando o movimento, a tagarelice e os lampejos de bom humor para concentrar sua mente aguçada na pessoa à sua frente. Naquele momento – assim como da primeira vez –, ela parecia ter encontrado a luz cálida do sol.

– Nunca contei isso a ninguém – disse ela. – Nem para...

Ela não terminou a frase, e Melville teve o tato de não perguntar.

– Lamento ter perdido nossas sessões esta semana – respondeu ele.

– Está tudo bem – respondeu Eliza. – De qualquer forma, o retrato está quase pronto.

Os olhos de Melville se iluminaram, cheios de curiosidade.

– Posso ver?

– Em breve – prometeu Eliza.

O tilintar de uma colher sendo batida em um copo fez com que todos se voltassem para lady Hurley, que havia se levantado para anunciar que a dança se iniciaria em seguida. Os cavalheiros e as damas mais jovens começaram a conversar animadamente enquanto deixavam a mesa para se dirigir ao salão onde sua anfitriã formava os pares. Àquela altura, Eliza se sentia agradavelmente satisfeita, a ponto de ficar quase feliz por não precisar se juntar aos dançarinos. *Quase* feliz.

– Parece que precisam de mim – observou Melville, enquanto lady Hurley acenava para ele, impaciente. Olhou, então, para Eliza: – Poderia me dar licença...?

Houve um momento – um breve momento, de desvario – em que Eliza esteve prestes a exigir que ele ficasse ali, que ignorasse os requisitos de civilidade e permanecesse ao lado dela um pouco mais. Mas ela se controlou antes que palavras apressadas pudessem sair de sua boca. Havia mais damas do que cavalheiros, então Melville provavelmente seria requisitado a noite toda. Seria egoísmo fazer tal pedido – uma exigência tentadora, mas egoísta.

– Claro – disse ela, e Melville logo atendeu ao pedido de lady Hurley, que o colocou para dançar com a Srta. Gould.

Enquanto isso, Eliza soltou um suspiro de desânimo e afundou num sofá acolchoado, e o quarteto de cordas no canto da sala começou uma dança animada.

Ao observar Melville e a Srta. Gould se cumprimentando, Eliza se deu conta de que jamais havia sentido tanto as restrições de sua viuvez quanto naquele momento.

Capítulo 20

– Tanta juventude chega quase a dar inveja, não é? – disse a Sra. Winkworth, sentando-se ao lado de Eliza.

Eliza conseguiu conter um grito de indignação.

Em vez disso, apenas murmurou algo sem muito sentido. Nas últimas semanas, havia conseguido, com algum sucesso, evitar a companhia da Sra. Winkworth. Tinha quase se esquecido de sua habilidade em dar aquele tipo de alfinetada.

– Eu costumava achar que a valsa era uma brincadeira triste – disse a Sra. Winkworth, acompanhando com o olhar a silhueta de sua filha entre as figuras rodopiantes.

A Srta. Winkworth executava os passos com graça. Eliza achou que ela parecia até mais alta quando se encontrava a uma distância segura de sua mãe.

– Mas já que dançam valsa no Almack's, acho importante Winnie praticar! – completou a Sra. Winkworth.

Eliza soltou outro murmúrio vago. Imaginou que havia pouquíssimas chances de a Sra. Winkworth receber convites para frequentar o Almack's. Embora a família viesse de uma linhagem respeitável – a Sra. Winkworth, como ela gostava de lembrar a todos, era neta de uma baronesa –, pouquíssimas pessoas eram admitidas nos sacrossantos salões de festa do lugar.

– Lady Somerset – disse a Sra. Winkworth, com a voz subitamente severa –, preciso de fato agradecer a gentileza com que tratou minha querida Winnie. Ela pensa na senhora como uma tia honorária, sabe?

Se a *querida Winnie* realmente pensasse tal coisa, apesar de haver menos de dez anos de diferença entre as duas, Eliza a consideraria a maior megera de seu círculo de amizades. Mas como ela sabia que aquilo era improvável, reservou sua antipatia para a verdadeira autora da observação.

– E é apenas por causa da afeição que demonstrou por ela que eu me sinto à vontade para lhe fazer um pedido que, de outra forma, talvez a senhora considerasse um tanto invasivo! – prosseguiu a Sra. Winkworth, obstinada.

Aquilo poderia levar horas, se Eliza permitisse.

– O que posso fazer pela senhora? – perguntou Eliza.

– Tenho certeza de que não preciso explicar à senhora, lady Somerset, a importância da primeira temporada de uma jovem.

Eliza assentiu, dando à Sra. Winkworth uma autorização silenciosa para prosseguir.

– Pretendo fazer tudo o que puder para garantir que minha filha tenha uma introdução à sociedade o mais exitosa possível, mas não temos tantos conhecidos em Londres quanto eu gostaria. Se a senhora pudesse fazer a gentileza de me oferecer algumas cartas de apresentação...

Eliza ergueu as sobrancelhas. Os instintos da Sra. Winkworth estavam corretos: ela considerou aquilo de fato um pedido bastante invasivo.

Quando se é novo em uma cidade, é adequado pedir uma carta de apresentação a alguns conhecidos na localidade. Essas pessoas poderiam, então, atestar o bom caráter do recém-chegado e facilitar sua introdução no círculo social. Mas fazer abertamente um pedido daqueles a alguém que não se conhecia tão bem... Eliza tinha todo o direito de dar uma resposta mal-humorada à Sra. Winkworth. Olhou para a pista de dança e para a Srta. Winkworth, tão tímida e inocente. Por mais censurável que considerasse sua mãe, não podia negar que ela apenas queria o melhor para a filha.

– Preciso pensar – respondeu Eliza, já tentando considerar a quem poderia recomendá-las.

Fazia um tempo que não circulava na sociedade, mas acreditava que talvez uma das filhas dos Ashbys estivesse prestes a debutar naquele ano. Além disso, os Ledgertons tinham vários filhos, todos considerados jovens doces e amáveis, em idade para se casar.

A Sra. Winkworth interrompeu os pensamentos de Eliza.

– A senhora tem parentesco com os Ashfords, não é?

Nossa! A Sra. Winkworth estava mirando muito alto.

– É um parentesco *muito* distante, através de dois casamentos – respondeu Eliza. – Mas não sei, Sra. Winkworth… Famílias com títulos tendem a se casar com pessoas do próprio círculo.

Apesar de ter usado o máximo de tato possível, a Sra. Winkworth ficou corada.

– Nem sempre – insistiu ela. – Ora, veja o caso de lady Radcliffe!

– Existem exceções, sem dúvida – admitiu Eliza. – Mas…

– E Winnie terá um belo dote – acrescentou a Sra. Winkworth. – Não gosto de me vangloriar, *eu* não sou tão vulgar assim, mas meu marido fez uma grande quantia em Calcutá, e Winnie ficará com tudo.

Eliza não sabia o que dizer.

– A senhora também é aparentada com os Ardens?

A Sra. Winkworth havia abandonado qualquer esforço para parecer sutil.

– Primos do meu falecido marido – disse Eliza, lentamente. – Mas não está considerando lorde Arden para a Srta. Winkworth, não é?

Arden devia ser quase trinta anos mais velho que a moça, e, embora ele fosse bem conhecido por gostar de damas de pouca idade, a Sra. Winkworth certamente não estaria disposta a sacrificar a filha entregando-a àquele cavalheiro. Contudo, os olhos de sua interlocutora exalavam ganância.

– Se a senhora pudesse oferecer uma carta de apresentação para os Ardens – declarou a Sra. Winkworth –, eu ficaria muito feliz.

Eliza encarou a Sra. Winkworth. Conhecia melhor do que ninguém as maquinações do mercado matrimonial, mas os cálculos da mulher diante dela eram abertamente ambiciosos. Ela sentiu náuseas, talvez por causa da refeição suntuosa que havia acabado de consumir.

Eliza virou-se para a Srta. Winkworth, que ria ao rodopiar na pista de dança com o Sr. Berwick. Sua alegria juvenil não ficaria deslocada num ambiente escolar.

– Sra. Winkworth… – começou a dizer Eliza, consciente de que não teria bebido tanto champanhe se soubesse que teria que debater um assunto tão delicado. Mesmo assim, não seria capaz de segurar a língua nem por mais um minuto: – Entendo que deseje que sua filha faça um bom casamento, mas, se a senhora não vai permitir que a Srta. Winkworth tenha a dignidade de fazer a própria escolha, imploro que considere para ela um cavalheiro mais adequado do que Arden.

Ao ouvir as palavras de Eliza, o rosto da Sra. Winkworth foi ficando cada vez mais corado de indignação.

– Lady Somerset! – balbuciou. – Tenho no coração somente os interesses de minha filha... Como a senhora pode fazer tal insinuação?

– Não estou tentando ofendê-la, Sra. Winkworth – rebateu Eliza. – Tento apenas falar com franqueza, como alguém que sabe o que é ser negociada de tal forma...

– Negociada? – repetiu a Sra. Winkworth. – *Negociada?*

Talvez Eliza tivesse escolhido mal as palavras.

– O que quero dizer é que, decerto, a felicidade da Srta. Winkworth vale mais do que um título, não?

A Sra. Winkworth respirou fundo.

– Lady Somerset – disse ela, com um tom incisivo e decidido –, ao procurá-la para fazer tal pedido, esperava ser tratada com discrição e compreensão. Assim como venho tratando *a senhora* nas últimas semanas.

– Não estou entendendo o que está querendo dizer – reagiu Eliza.

– Tenho ciência de que sua riqueza veio acompanhada de determinadas exigências, minha cara – disparou.

E, com um olhar triunfante transbordando de vingança, a Sra. Winkworth arrematou:

– Exigências que, creio eu, não são condizentes com a constante presença de Melville em Camden Place enquanto a senhora ainda está de luto. No entanto, *até agora* eu lhe concedi o benefício da dúvida.

O coração de Eliza acelerou.

– Lady Selwyn tem a língua mais solta do que eu havia imaginado – disse ela, com mais calma do que imaginava ter. – Está me ameaçando, Sra. Winkworth?

As bochechas da Sra. Winkworth estavam da cor do fogo, mas ela devolveu a Eliza um olhar implacável.

– Vai me oferecer a carta de apresentação que desejo, senhora? – perguntou a Sra. Winkworth, com um olhar ameaçador.

Talvez aquilo tivesse funcionado com Eliza algum tempo antes, mas, naquele momento, não teve nenhum efeito.

– Para os Ardens, não – disse Eliza, com delicadeza, se levantando. – Aproveite a temporada em Londres, madame. Eu lhe desejo muito sucesso.

Eliza gostaria de ter feito mais pela Srta. Winkworth. Pelo menos, tinha tentado.

Ela caminhou pela sala e, por um momento, jogou conversa fora com o Sr. Berwick. Notou que ele estava usando um colete muito parecido com o de Melville. Seguiu, então, na direção das grandes portas francesas que davam para o terraço. Tinham sido abertas para permitir que uma brisa adentrasse a sala. Apesar do frescor da noite de primavera, o aposento ficara quente e abafado depois de danças tão vigorosas.

Eliza deparou-se com os Melvilles parados no vão da porta, em uma discussão bastante acalorada.

– Não estou entendendo o que pode ter mudado tão de repente – sibilava Caroline para o irmão. – De novo toda essa conversa de prudência e economia... Você muda de ideia mais rápido do que muda de pantalonas!

Eliza parou onde estava, pois não desejava bisbilhotar. Estava considerando se deveria andar na direção oposta quando Caroline passou por ela, rumo à sala de jogos.

Ela se aproximou devagar de Melville, que ergueu a cabeça com um ar tenso. Eliza foi dominada pelo desejo de devolver um sorriso ao rosto dele.

– Já falou com o Sr. Berwick hoje? – perguntou Eliza, num tom despreocupado, como se não tivesse ouvido a conversa dos irmãos.

– Ainda não.

Melville tomou um gole de sua bebida, com as mãos um pouco trêmulas.

– Gostei muito do colete que ele está usando esta noite – disse Eliza, inclinando a cabeça na direção do Sr. Berwick.

Enquanto os olhos de Melville seguiam na direção indicada por Eliza, ela teve a satisfação de ver suas sobrancelhas se erguerem depressa e sua expressão tensa ser substituída pela de incredulidade.

– Ora, ora... Ele e meu criado pessoal fizeram um conluio? – disse ele, fingindo indignação.

Eliza riu, mas o momento de descontração durou pouco. O rosto de Melville já havia voltado a demonstrar inquietação.

– Ouviu o que estávamos falando? – perguntou ele, voltando a olhar para sua taça.

Disfarçar tinha sido inútil.

– Prudência e economia não combinam muito com você – respondeu Eliza, preferindo não mentir.

Tinha a intenção de provocá-lo com aquelas palavras, mas Melville não parecia disposto a brincar.

– Talvez eu tenha mudado – disse ele, em seguida. – As pessoas *podem* mudar, sabia?

– É verdade. Mas por que você precisaria mudar?

Se Melville – o brilhante e audacioso Melville – de repente começasse a duvidar de si mesmo, que esperança haveria para o resto deles?

– Estou sem patrono – explicou Melville, abruptamente.

Olhou para Eliza, depois para a taça e mais uma vez para ela.

– Lorde Paulet é um homem muito orgulhoso – disse ele. – E eu achei que tivesse encontrado outro patrono... mas estava enganado.

– Ah. Entendo.

Então *era* mesmo verdade. Eliza já sabia, mas sentiu certo desconforto ao ouvir a confirmação. O que era uma tolice, é claro. O que importava, para ela, que Melville tivesse um caso com lady Paulet?

– Isso é tão desastroso assim? – perguntou Eliza.

– Sem um patrono – disse Melville –, não posso publicar este ano. E, se não puder publicar este ano, não poderei levantar os fundos de que Alderley precisa para o inverno. Nem poderei arcar com luxos como fáetons e Paris.

– Caroline me disse que, caso termine seu romance no próximo verão, ela terá que passar algum tempo fora do país depois do lançamento – lembrou Eliza. – Para evitar aborrecimentos.

– Sim, é verdade – disse Melville, esfregando o queixo. – Mas seria melhor se nós fôssemos para algum lugar menos custoso.

Nós?

– Você pretende ir com ela? – perguntou Eliza.

Aquilo não era nenhuma surpresa, pois os irmãos eram inseparáveis. Mesmo assim, ela ficou aborrecida.

Melville passou a mão pelos cabelos.

– Os boatos a meu respeito estão aumentando em vez de diminuir – disse ele. – A Inglaterra não será um lugar muito agradável para estar se, além de cair no ostracismo, eu perder tudo.

– Não é justo – resmungou Eliza.

Ela pensou em todas as desgraças vividas por Byron antes de ser obrigado a deixar o país: os numerosos casos de amor, os deslizes, os excessos em público... até seu divórcio, que havia sido a gota d'água. Como o único lapso de Melville poderia ser comparado a tudo aquilo?

– Melhor não seguir nessa direção – disse Melville –, pois não é provável que isso vá mudar.

– Eu poderia ser sua patronesse – sugeriu Eliza, num impulso. – Sou rica, como bem sabe.

– Foi o que ouvi dizer – respondeu Melville, com um sorriso um tanto pesaroso. – E, embora seja muito gentil de sua parte, tenho que recusar.

– Por quê? – perguntou Eliza, um pouco indignada. – Posso não entender muito do assunto, mas com certeza poderia aprender.

– Não tenho a menor dúvida de que você desempenharia esse papel com excelência – concordou ele. – Mas não posso aceitar seu dinheiro. Meu orgulho me impede.

– Que lástima! – disse Eliza, com a maior leveza possível.

– Acha injusto?

– Se meu retrato for aceito na exposição – acrescentou Eliza, pensativa –, será uma boa divulgação para o livro, não? E talvez torne mais fácil conseguir um novo patrono.

– Talvez... – Melville não pareceu muito animado com aquela perspectiva. – Mas já parou para pensar nas consequências dessa publicidade, senhora? Podemos inscrever o quadro anonimamente, é claro, mas haverá muito interesse em conhecer a identidade de seu autor.

– Sim, já pensei – respondeu Eliza, baixinho. – Essa era a ideia desde o início.

Os dois ficaram em silêncio por um momento, até que os dançarinos pararam de rodopiar e todos começaram a aplaudir os músicos.

– Estou cansada de ser apenas uma espectadora... – disse Eliza, ainda olhando para os convidados na pista de dança.

Melville respirou fundo e, num segundo, engoliu toda a bebida. Depois, pousou a taça em uma mesa de apoio, decidido.

– Pois bem – disse, estendendo a mão para Eliza. – Vamos mudar essa situação agora mesmo.

– Não seja tolo! – exclamou, afastando a mão dele com o leque e olhando em volta, para verificar se alguém tinha visto a cena.

– Por que não?

– Estou enlutada.

– Não acho que tenha se sentido enlutada um único dia na vida.

– Mas estou usando roupas de luto.

Melville voltou a lhe oferecer a mão. Atrás dele, outros casais se dirigiam à pista, preparando-se para a próxima dança. Seria uma valsa.

– Meu senhor, isso contraria tanto a tradição que poderia até mesmo ser considerado contra a lei – disse Eliza, virando-se ligeiramente, para dar a impressão de que não tinha visto o gesto de Melville.

– E qual é o propósito de uma tradição se não puder ser quebrada? – perguntou ele. – E de que valem as leis se não pudermos descumpri-las?

Eliza riu. Melville ergueu ainda mais a mão estendida a ela. Naqueles olhos escuros e tentadores havia um desafio, mas também confiança: ele não tinha nenhuma dúvida de que ela seria corajosa o suficiente para encará-lo. E, como em um sonho, Eliza colocou sua mão na dele.

Ao contrário da última vez que os dois haviam se tocado daquela maneira, agora as mãos de ambos estavam enluvadas. Mesmo assim, ela conseguia sentir o calor – e a força – do toque dele através do cetim. Após um rápido olhar pela sala para se certificar de que não estavam sendo observados, Melville puxou Eliza e eles passaram pelas portas francesas, saindo para o terraço.

– O que você está…? – começou a perguntar Eliza.

O terraço não estava iluminado. Como o clima de primavera andava um tanto instável, lady Hurley não achou que alguém teria coragem de sair. Havia, porém, luz suficiente vazando das janelas para que Eliza e Melville pudessem ver um ao outro enquanto permaneciam nas sombras, ocultos dos demais convidados presentes no salão.

Lá dentro, os músicos começaram a tocar as primeiras notas de abertura. A música soava com tanta clareza como se ainda estivessem no salão. Melville levou um dedo aos lábios e fez uma reverência. E Eliza, finalmente compreendendo a intenção dele, segurou a saia em uma reverência, um sorriso se abrindo em seu rosto.

Quando os cavalheiros no salão começaram a se mover, Melville fez o mesmo, reduzindo a distância entre os dois a um único passo, até que praticamente não havia nada entre eles. Assim tão próxima, Eliza notou pontinhos dourados nos olhos castanho-escuros dele. Nunca havia percebido aquilo antes.

Quando a música começou de verdade, Melville passou o braço ao redor da cintura de Eliza, puxando-a mais para perto e segurando a mão direita dela com a sua esquerda. Embora ainda não tivessem começado a se mexer, Eliza já estava sem fôlego. Juntos, os dois começaram a girar.

Melville era um ótimo dançarino. É claro. Ela devia ter imaginado. Ele dava a impressão de nem precisar prestar atenção aos passos. Fazia tudo com tanta naturalidade que era como se ele se movimentasse daquela maneira constantemente, apenas se guiando pela música naquela noite.

Eliza mal via os próprios pés na escuridão. Tudo o que podia fazer era se deixar levar pela pressão da mão de Melville em suas costas, certa de que ele a guiaria. E rir, ofegante e exultante, sentindo a vibração do riso dele em seu pescoço. Os dois giravam cada vez mais rápido, ficando mais e mais tontos com a rotação constante. Eliza nunca se sentira tão maravilhosamente irresponsável, impetuosa e leve.

Eliza não saberia dizer exatamente quando os dois pararam de rir. Não saberia dizer quando sua falta de ar deixou de ser causada pelos passos de dança acelerados e passou a ser provocada por… algo mais. Devia ter sido mais ou menos no mesmo momento em que Melville começou a segurá-la com mais força, a puxá-la ainda mais para perto. O mesmo momento em que ele mudou a posição das mãos de modo que, em vez do contato tradicional – palma com palma –, os dedos de ambos se entrelaçaram. E, sem saberem muito bem por quê, aquela dança vertiginosa e imprudente pareceu abruptamente ganhar uma nota de desespero.

Eles não pararam de se mover até que os últimos acordes do violino desapareceram no ar. Mesmo assim, não se afastaram um do outro. Permaneceram onde estavam, totalmente imóveis, com os corpos unidos e os olhares fixos. Eliza não tinha certeza da expressão no rosto de Melville. Depois de passar tanto tempo estudando seu semblante, pensava ter visto todas as nuances das emoções dele. Mas nunca havia visto aquele olhar antes.

Lentamente, sem dizer uma só palavra, eles se afastaram um do outro. Melville fez a Eliza uma reverência final e muito profunda. E, em meio ao silêncio deixado pela música, a respiração dos dois era o único som audível, parecendo pesar por algo mais que um simples esforço.

– Minha senhora…

Eliza não sabia o que Melville ia dizer, mas…

– Precisamos… – disse ela, pigarreando quando sua voz finalmente saiu, um pouco rouca. – Precisamos entrar.

Melville concordou. Os dois se esgueiraram de volta para a sala de estar – Eliza primeiro, Melville em seguida, depois de alguns momentos, para o caso de alguém estar olhando naquela direção. Mas ninguém tinha visto. Ninguém suspeitava. O momento de maior desvario da vida de Eliza havia se passado, e apenas ela e ele sabiam o que tinha acontecido.

Capítulo 21

Eliza terminou o retrato no dia seguinte – na manhã seguinte, na verdade. Assim que acordou de uma noite de sono agitada, levantou-se de um salto, vestiu o roupão e desceu as escadas como se estivesse atrasada para um compromisso. Abriu a porta da sala, atravessou o cômodo, vasculhou os óleos dentro da escrivaninha. Pegou o amarelo, o marrom e o branco e pingou algumas gotas de cada um numa superfície limpa de sua paleta.

Não vestiu o avental, nem dobrou as mangas antes de trabalhar, alheia ao risco de manchar o roupão cinza e a camisola. Quando chegou à tonalidade exata, selecionou o pincel mais fino, com fios de zibelina, e se aproximou da tela. Demorou apenas um segundo – era o toque final que ela nem sabia que faltava: um minúsculo ponto dourado em cada olho.

Pronto!

Eliza recuou exatamente seis passos e fechou os olhos com força por um momento. Queria contemplar o quadro com um novo olhar, como o público de uma exposição faria. A semelhança entre a pintura e o modelo era nítida – ela podia se gabar disso –, e o resultado foi melhor do que Eliza esperava.

Era uma visão de cabeça e ombro. Uma das mãos de Melville repousava levemente sobre seu peito, como se ele estivesse prestes a brincar com o colarinho. Era um gesto que ele costumava fazer quando estava pensativo – e, mesmo com a imobilidade da obra, havia certa sensação de movimento: o rosto de Melville estava um pouco inclinado, e seus olhos fitavam o espectador, como se houvesse uma provocação brincalhona entre ele e Eliza. Era exatamente como ele havia olhado para ela na noite anterior, quando a convidara para dançar.

A pintura transmitia tudo o que ela queria: o humor e a astúcia de Melville, mas também seu calor e sua expressividade. A posição de uma das mãos sobre um caderno e os punhos manchados de tinta sugeriam que, talvez, ele estivesse prestes a compor um poema para o espectador; a curva de seus lábios parecia indicar que ele estava prestes a dizer algo escandaloso. Eliza sentiu a própria boca esboçar uma reação, tão incapaz de resistir à provocação do Melville do retrato quanto fora incapaz de fazê-lo na realidade.

Ela deu um passo na direção da pintura. Sim, agora que tinha visto Melville… tão de perto, podia ter certeza de que a semelhança era *muito* grande. Depois que finalmente apurou o olhar, o retrato inteiro pareceu ter ganhado vida. E, embora não fosse tão atraente quanto Melville estava ao segurar a mão dela naquele pátio, o desenho era tão palpável que Eliza se perguntou se não teria atraído mais pessoas para dividir o espaço com eles. Dava a impressão de que seria capaz.

Ela também havia sido capaz de transmitir na pintura o afeto que sentia pelo modelo, como ocorrera na época em que pintou Margaret. A força da estima que nutria por Melville estava evidente para Eliza, nítida como se fosse uma cor a mais sobre a tela, mesmo que ninguém mais enxergasse. Num retrato que parecia ter uma relação estreita com o tato – os dedos, os lábios, os olhos –, o pincel também dava a impressão de estar acariciando o retratado com carinho, com afeto, com…

E, de repente, como se sempre tivesse sido óbvio, ficou nítido para Eliza que ela havia se apaixonado por Melville.

A revelação foi ao mesmo tempo súbita e lenta. Como acontece quando alguém tenta se lembrar de uma palavra que permanece inacessível à sua mente por dias e, ao ouvi-la, sabe imediatamente que se trata da palavra correta. Ela estava apaixonada por Melville – e era bem possível que aquele sentimento já existisse havia algum tempo.

Desde o começo, sentira-se atraída por ele, é claro, mas muitas outras damas também se sentiam assim. Além disso, atração não era amor, por mais empolgante que fosse. Aquele sentimento devia ter se esgueirado, furtivo e despercebido. Provavelmente, nascera das longas conversas entre eles, da atenção e da curiosidade que ele demonstrava pelos pensamentos, opiniões e habilidades dela, das risadas que os dois haviam compartilhado…

Eliza cambaleou, se afastando do retrato e afundando no sofá. Era impossível! Sem dúvida, era impossível. Ela estava apaixonada por Somerset. Estava noiva de Somerset. *Não podia* estar apaixonada também por Melville. Mas, quando olhou para o retrato, a verdade lhe sorriu, clara como o dia.

– Margaret! – chamou Eliza, com a voz estridente. – Margaret, posso falar com você por um momento?

– Aconteceu alguma coisa? – perguntou Margaret, aparecendo na sala segundos depois, vestida às pressas, com os cabelos ruivos caindo pelos ombros. – Ah, Eliza! – exclamou Margaret. – É maravilhoso! O retrato ficou fabuloso.

Eliza observou com atenção o rosto da prima. Não havia evidência de que ela estivesse tendo as mesmas revelações.

– Gostou? – perguntou Eliza. – Parece… normal para você?

– Normal? – Margaret ficou intrigada. – O retrato se parece com Melville, se é o que está querendo dizer. Parece muito. Deveria se sentir orgulhosa.

Eliza soltou um suspiro. Naquele momento, não havia necessidade de fazer uma confissão. Entretanto…

– Acho que estou apaixonada por Melville! – disparou Eliza, num tom de voz tão alto que fez a prima dar um pulo para trás.

– Meu Deus, Eliza! – queixou-se Margaret.

– Você ouviu o que eu disse?

– Ouvi, porque você gritou bem no meu ouvido – disse ela, esfregando-o.

– Não parece chocada – disse Eliza, em tom de acusação.

– É porque não estou mesmo – afirmou Margaret.

– Como é?

– Ah, Eliza… – disse Margaret, como se a prima fosse uma criança pequena que se recusava a se comportar. – A maneira como vocês dois conversam. A maneira como *flertam*. Você já deveria ter desconfiado.

– Não desconfiei – respondeu Eliza, com a voz fraca. – Juro por Deus. Estava tão focada em Somerset… Sempre amei Somerset… Nunca achei que pudesse haver a menor possibilidade de algo assim acontecer.

Eliza atravessou o cômodo, sentou-se num sofá e recostou-se. Depois, olhou para o retrato, fechou os olhos e apertou o rosto entre as mãos. O que ela havia *feito*? À luz daquela revelação, seu comportamento nas últimas semanas parecia muito suspeito – o flerte, as provocações, a *dança*! Havia traído a confiança de Somerset de todas as maneiras possíveis.

– O que vai fazer? – perguntou Margaret.

– Nada – respondeu Eliza, de imediato.

– Não vai contar para ele?

– Contar? *Contar* para ele? Contar *para ele*?

– Estou sentindo que a resposta é não.

– Margaret, você não parece compreender a gravidade da situação – disse Eliza. – Estou praticamente noiva de Somerset. Amo Somerset. Amo *Oliver*.

Eliza sentiu uma culpa enorme por ter sequer considerado que poderia vir a amar outra pessoa. Quando se comprometera com Oliver, o fizera de todo o coração. Aquilo devia valer alguma coisa.

– Você o ama? – disse Margaret, franzindo a vista.

Eliza respirou fundo. Pensou em Somerset. Pensou nas cartas dele, no que elas a faziam sentir. Como tinha sido voltar a vê-lo em janeiro. Como foi tocá-lo, beijá-lo na carruagem, na noite do concerto. Era como se lhe tivessem devolvido um objeto precioso que ela havia perdido muito tempo atrás, depois de ter renunciado a qualquer possibilidade de recuperá-lo.

– Amo – disse Eliza.

– Mais do que ama Melville? – insistiu Margaret.

– Eu… – Eliza interrompeu o que ia dizer. – Não sei.

Como ela poderia comparar os dois?

De um lado, Somerset, um amor que Eliza havia carregado consigo praticamente a vida toda. Que era correspondido e estava prestes a se tornar seu até o fim de seus dias.

De outro, Melville, um amor com o qual ela havia acabado de esbarrar. Um homem por quem todas as mulheres da Inglaterra pareciam ter uma queda. Que poderia escolher *qualquer dama que desejasse*. E embora *talvez* fosse verdade que Melville sentia algum afeto por Eliza e flertasse com ela, e, às vezes, olhasse para ela como se estivesse encantado com sua mera presença…

– Não importa – disse Eliza. – Estou prometida para Somerset. É com ele que vou me casar.

– Você ainda não está noiva – lembrou Margaret.

– É como se estivéssemos – exclamou Eliza, com convicção. – E eu não vou… não posso… rejeitá-lo pela segunda vez, Margaret. Não posso.

O som de cascos nas pedras da rua fez Eliza olhar para a janela.

– Caroline! – disse Eliza. – Eu me esqueci por completo.

Eliza acabou dormindo até mais tarde naquela manhã. Não tinha nem tomado café da manhã.

Olhou para si mesma como se esperasse encontrar-se milagrosamente vestida com as roupas apropriadas para o compromisso marcado. Mas ainda estava de camisola e roupão.

– Cancele – sugeriu Margaret.

– Não, não! E... não quero – disse Eliza.

Ela só queria que tudo voltasse ao normal, que tudo o que havia acabado de acontecer voltasse para o lugar de onde nunca deveria ter saído.

– Então vou entretê-la – disse Margaret, com tranquilidade. – Enquanto você troca de roupa.

Embora Caroline costumasse ficar impaciente com aquele tipo de atraso, não parecia nem um pouco irritada quando Eliza finalmente saiu da casa vestindo seu traje preto, luvas e um chapéu de veludo.

– Ela ressuscitou! – exclamou Caroline, inclinando-se na direção de Margaret.

– Minhas sinceras desculpas – disse Eliza.

Margaret se afastou da carruagem, e o cavalariço de Caroline a ajudou a subir.

– O que vamos praticar hoje? – perguntou Eliza.

– Encruzilhadas! – respondeu Caroline alegremente, pondo os cavalos em movimento.

Apesar da distração de Eliza, foi uma boa aula, uma das poucas em que ela sentiu que estava conduzindo a carruagem com competência, diferentemente do que ocorrera em ocasiões anteriores, nas quais ela teve vontade de chorar de tanta frustração.

– Muito bem! – elogiou Caroline, após alguns minutos de observação. – Estou convencida de que, em breve, você poderá ter seu próprio fáeton.

– Próprio? – exclamou Eliza, assustada com a ideia. – Acho que não sou audaciosa o bastante para isso.

– Bem, você nem sempre vai poder pegar o meu emprestado – retrucou Caroline. – Não sou gentil *a esse ponto*.

Eliza riu.

– Já vi amplas provas de sua gentileza. Acha realmente que já estou pronta?

– Acho, sim – respondeu Caroline de pronto. – Pode não ser um ás na direção, mas não está muito distante disso. Talvez seja melhor um veículo sem poleiro alto. Acho que você pode tentar encontrar algo um pouco mais discreto… mas de uma cor bem bonita.

– Talvez um violeta ou um rosa? Afinal de contas, sou uma grande dama – sugeriu Eliza.

– Ah, são tantas opções… Sugiro listras!

Eliza riu. Havia sido uma boa decisão sair de casa naquela manhã. Ali nas colinas, ela não precisava pensar nem em Somerset nem em Melville. Havia muito mais exigindo sua atenção.

– Mas talvez não queira comprar um – disse Caroline. – Você usaria muito o veículo em Harefield?

O sorriso de Eliza desapareceu abruptamente.

– Margaret não traiu sua confiança – afirmou Caroline depressa, mas desnecessariamente.

Eliza sabia que Margaret guardava seus segredos tal como um dragão que vigiava um tesouro – e vice-versa. Mas o modo como Caroline disse aquilo era um indício de que ela acreditava que sua temporada em Bath estava chegando ao fim. E não era difícil imaginar o motivo.

Eliza, que estava fazendo o fáeton virar uma esquina, ficou em silêncio. O que poderia dizer?

– Devo lhe desejar felicidades? – insistiu Caroline.

– Esse tipo de desejo seria… um tanto prematuro – respondeu Eliza, enfim.

Caroline pareceu aceitar aquela resposta. Houve um instante de silêncio.

– Pelo menos você não vai precisar mudar de sobrenome.

Eliza não conseguiu conter o riso.

– A senhorita nunca se sentiu tentada? – perguntou Eliza, assim que conseguiu se controlar. – A se casar, quero dizer.

– Tentada? Sim – respondeu Caroline, com um sorriso maroto. – A me casar? Não.

– Mas nunca conheceu um cavalheiro que merecesse sua afeição? – perguntou Eliza, curiosa para obter mais detalhes sobre a vida de Caroline.

– Depois de passar a vida inteira tendo meu nome vinculado ao de meu irmão, não tenho nenhuma pressa de relegá-lo a uma terceira posição.

Diante do olhar de curiosidade de Eliza, Caroline explicou:

– Primeiro como irmã de Melville, depois como esposa do lorde Fulano, pois, se eu me casasse, presumo que, no mínimo, seria com um marquês, e, então, como Caroline.

– Não imaginei que se sentisse incomodada. A senhorita e seu irmão parecem se entender tão bem... – observou Eliza.

– Ah, é uma ferida antiga... Atenção aos cavalos, agora! – exclamou Caroline.

Houve uma breve pausa na conversa enquanto Caroline instruía Eliza a cuidar das rédeas. E as duas seguiram.

– Eu sou a mais velha, sabia? – disse Caroline, abruptamente. – As pessoas esquecem, mas eu sou a mais velha. Fui eu que comecei a escrever primeiro, mas fiquei em segundo lugar em todos os outros aspectos. Melville foi o primeiro a ser publicado. Foi o mais bem-sucedido. Herdou o título. Meu nome sempre aparecerá... em segundo lugar, para sempre como um pós-escrito.

Eliza apenas ouviu o desabafo de Caroline. O que poderia dizer? Não podia contrariá-la, dizendo que não era verdade, pois eram fatos. Também não podia dizer que talvez não fosse assim para sempre, pois não havia perspectiva de mudança.

– O casamento não pode me oferecer nenhuma vantagem que eu já não tenha – prosseguiu Caroline, depois de uma pausa. – Já desfruto de independência, posição social e liberdade. Que motivo teria para me casar?

– Não considera o amor um motivo? – perguntou Eliza.

Caroline olhou para ela de soslaio.

– Eu achei que você soubesse melhor do que ninguém que o casamento raramente tem relação com o amor.

– É verdade – reconheceu Eliza. – Mas esse conhecimento não me impediu de sonhar com um casamento por amor... nem impede que tantos adorem essa ideia.

– Mas por que o amor romântico é tão superestimado? – perguntou Caroline. – É a maior fraude imaginável crer que alguém fará qualquer coisa, perdoará qualquer deslize em nome do amor. Que ainda que o ser amado seja covarde, egoísta, imprudente, que escolha você por último... ainda assim, por pura adoração, a outra parte fará praticamente qualquer coisa, não importa a infelicidade que isso lhe cause, nem quão improvável seja receber o mesmo em troca.

No discurso, Caroline havia perdido sua típica apatia. Sua voz soara veemente, amarga.

– Fala como alguém que sabe o que está dizendo – observou Eliza.

Caroline fez um movimento com a mão, descartando a ideia – a apatia estava de volta.

– Eu me esforço para falar de modo confiante sobre todos os assuntos, só isso – afirmou ela. – Mas falei bonito, não falei?

Tal declaração fez Eliza se perguntar qual cavalheiro havia partido o coração de Caroline.

Capítulo 22

Naquela noite, Eliza não conseguiu dormir. Voltara do passeio com Caroline convencida de que todo o rebuliço a respeito do retrato de Melville não passara de uma alucinação. Contudo, ao subir para contemplar o retrato outra vez, descobriu que seu amor ainda estava ali, tão claro quanto água e tão condenável quanto havia sido uma hora antes. Era tão flagrante – e até mesmo indecente – que Eliza não conseguia nem pensar nele sem que uma onda de calor lhe invadisse o rosto.

Seu corpo estava muito cansado, mas sua mente nunca estivera tão desperta – saltava de Melville para Somerset com tamanha rapidez que Eliza quase se sentiu enjoada. No final das contas, quando nada havia funcionado – nem contar ovelhas, nem ler à luz de velas, nem desenhar –, ela recorreu a um recurso que não usava desde que era pequena. Levantou-se de camisola, atravessou o corredor, foi até o quarto de Margaret, bateu de leve na porta e espiou.

– Eliza? – sussurrou a voz sonolenta de Margaret.

– Não consigo dormir – disse Eliza.

Margaret grunhiu. Eliza interpretou o grunhido como um convite e levantou as cobertas para se deitar ao lado da prima. A cama era grande o suficiente para que as duas nem precisassem se encostar, mas Eliza estendeu a mão e apertou os dedos de Margaret, como faziam quando eram crianças.

– Se você roncar, vou mandar você sair – ameaçou Margaret, ainda sonolenta, embora apertasse a mão de Eliza. – Não me importo se está aborrecida ou não.

Eliza deu uma risadinha. Houve silêncio no quarto por um longo tempo. Por tanto tempo, na realidade, que Eliza acreditou que Margaret havia adormecido. Quando ela falou, foi mais para si mesma do que para Margaret.

– É mesmo possível amar duas pessoas da mesma forma e ao mesmo tempo? – sussurrou Eliza.

Houve um silêncio.

– Não sei – respondeu Margaret, suavemente. – Só amei uma.

Levou um segundo para Eliza se dar conta de todas as implicações daquela declaração.

– Eu achei... – disse Eliza, lentamente – ... que você nunca tivesse sentido *afeição* por ninguém em particular.

– E não tinha – disse Margaret. – Até virmos para cá.

Uma possibilidade terrível veio à mente de Eliza.

– Ah, não é Melville, não é? – perguntou, com seriedade.

– Não, sua boba – respondeu Margaret, sem a impaciência habitual. Parecia vacilante, quase com medo. – Caroline.

Eliza levou algum tempo para compreender o que tinha escutado. Por um momento, pensou que havia entendido errado.

– Caroline... – repetiu Eliza, devagar.

Margaret assentiu, com a cabeça pousada no travesseiro. A mão que Eliza segurava estremeceu ligeiramente.

– Ah...

Ah...

A mente de Eliza começou a juntar mil fragmentos de informação. Uma centena de momentos diferentes em que ela havia reparado, sem, contudo, captar o verdadeiro significado.

– E você...? Esse amor é de natureza romântica?

– É como você disse, Eliza – sussurrou Margaret. – Quando a vejo, eu me sinto como se tivesse sido atingida por um raio.

– E ela sente o mesmo por você?

– Não sei. Há vários momentos em que tenho *muita* certeza de que ela corresponde, em que sinto que nos entendemos perfeitamente, mas...

– Mas?

– Mas ela não toma a iniciativa – concluiu Margaret, infeliz.

– Talvez ela esteja esperando que você faça isso – sugeriu Eliza.

Margaret bufou, incrédula.

– Esperando por quê, se ela é muito mais experiente do que eu? Por que deveria ser eu a primeira a se arriscar?

– Ela é experiente, é verdade – respondeu Eliza. – E, sem dúvida, está muito mais acostumada com a independência do que nós. Mas Caroline navega pelo mundo de uma forma diferente, Margaret. Os dois, na realidade.

Eliza pensou no que Caroline dissera a ela, algumas semanas antes, sobre a grande diferença de parâmetros entre ela e Caroline Lamb – a mesma que era evidente entre Melville e seus contemporâneos mais próximos.

– A sociedade os julga com muito mais severidade – disse Eliza. – Talvez o risco pareça ainda maior para ela.

– Não sei – sussurrou Margaret. – E estou com muito medo de perguntar.

Eliza compreendia o receio de Margaret. Ninguém queria ter que ser obrigado a *perguntar* se seus sentimentos eram correspondidos – e, naquelas circunstâncias, os riscos iam muito além do mero constrangimento. Mas agora que Eliza tinha passado a considerar cada uma das interações de Margaret e Caroline de uma nova perspectiva, se perguntava como não havia percebido antes a tensão fervilhante entre as duas.

– Ela flerta com você – decidiu Eliza. – Com toda a certeza, flerta. Talvez haja uma maneira de descobrirmos se… Eu poderia…

Margaret balançou a cabeça.

– Mesmo que pudéssemos, qual seria o propósito? – murmurou ela. – Ah, Eliza, eu já pensei nisso. Mas jamais poderíamos ficar juntas… não de uma forma adequada.

– Tem certeza? – perguntou Eliza. – Pense nas Damas de Llangollen.

– Acredite, eu pensei nas Damas de Llangollen – disse Margaret.

– Os mexericos sugerem que o relacionamento delas é de natureza romântica – insistiu Eliza. – Mas, enquanto elas derem à sociedade a desculpa da amizade e seguirem as convenções nas aparências, ninguém fará nada para separá-las.

– A não ser falar delas – reforçou Margaret. – E olhar para as duas, especular e rir… Talvez as duas até sejam felizes, mas recebem convites para jantares? Suas famílias ainda falam com elas? São aceitas pela sociedade?

Eliza não respondeu. Que garantia poderia dar a Margaret? Imaginou que deveria haver uma razão para as Damas de Llangollen escolherem viver reclusas – mesmo que houvesse apenas rumores do romance entre elas. E, embora a consequência da confirmação pública de um relacionamento de tal natureza não fosse fatal para as damas como era para os cavalheiros, o ostracismo social não era uma questão insignificante.

– Além disso – disse Margaret –, não sou independente e, em algumas semanas, passarei a viver na casa de minha irmã. Então, Caroline e eu nunca mais nos encontraremos novamente.

Eliza sentiu uma dor no peito ao ouvir aquilo, pois não era típico de Margaret soar tão derrotada. Sem dúvida havia uma solução, um caminho a seguir, algo que desse a Margaret o futuro que ela merecia.

– Acho que você não deve desistir – sussurrou Eliza. – Se tudo fosse mantido em absoluto segredo, talvez...

– Estou cansada – interrompeu Margaret.

E Eliza achou que ela não se referisse apenas àquela noite.

Eliza calou-se por um momento, fechando os olhos para tentar dormir. Mas a revelação de Margaret a deixara ainda mais desperta.

– Você se apaixonou depois de vê-la usando aquele vestido roxo? – sussurrou Eliza.

Margaret bufou.

– Estou ofendida por me achar tão superficial assim.

– Não tenho mais nenhum elemento dessa história! – disse Eliza, se defendendo. Virou-se rapidamente para Margaret, para ver melhor o rosto da prima. – Comece do começo – instruiu. – E não deixe nada de fora.

As duas ficaram acordadas até o nascer do sol, derramando todos os pensamentos – pequenos, grandes e inumeráveis – na escuridão entre elas. Eram confidências tão grandiosas que não poderiam ser confiadas a mais ninguém, trivialidades tão ínfimas que não interessariam a outra pessoa. E mesmo não tendo chegado a nenhuma conclusão nem encontrado nenhuma solução, quando fecharam os olhos, incapazes de lutar contra o sono por mais tempo, estavam certas de uma coisa: não importava o que viria dali em diante, as duas enfrentariam tudo juntas.

– Você disse que nunca mais se casaria por obrigação – lembrou Margaret, já tropeçando nas palavras. – Se estiver fazendo isso com Somerset...

– Eu amo Somerset! – disse Eliza. – O que sinto por Melville... são meus nervos. É uma fantasia passageira.

– Se você está dizendo... – Margaret soou um tanto ambígua.

– É uma fantasia passageira – garantiu Eliza, bocejando. – Eu juro.

Capítulo 23

Não era uma fantasia passageira.

Eliza talvez até tivesse se convencido do próprio argumento se pudesse ter evitado Melville por mais de 24 horas. Porém, como se desejasse compensar sua ausência nos últimos dias, Melville apareceu em Camden Place na manhã seguinte, acompanhado de Caroline. Os dois estavam muito animados e anunciaram a intenção de escoltar Eliza e Margaret em uma visita às cocheiras de Bath, para que Eliza pudesse comprar o próprio fáeton.

Se Eliza tivesse se preparado para a visita, talvez tivesse sido mais fácil agir normalmente na presença de Melville. Contudo, do jeito que estava, não conseguia nem olhar para ele sem ficar corada – na verdade, mesmo durante aquela breve visita, Eliza corou com tanta frequência e intensidade que Melville chegou a perguntar se ela estava sofrendo de insolação.

– É março! – respondeu ela, desconcertada.

– De fato – concordou Melville. – Mas *eu* não fico assim.

Eliza autorizou Margaret a representá-la. A prima era muito melhor no papel de juíza de cavalos, e isso evitaria que ela sucumbisse ao rubor excessivo.

Você está comprometida com Somerset. Você está comprometida com Somerset, Eliza repetia mentalmente, como se fosse um mantra.

Não disse a Melville que o retrato estava pronto, só faltava secar. Mas a expressão de culpa no rosto de Margaret quando ela voltou da visita deixou claro que ela havia mencionado o fato.

Na tarde seguinte, Eliza se preparou para a visita de Melville com uma determinação implacável. Decidiu que não se deixaria abalar pela presença dele.

– Bom dia! – disse Eliza, quando ele entrou no ateliê, tentando encher a voz de alegria e animação. – Está um dia lindo, não é mesmo?

Melville desviou o olhar para a janela. A chuva batia contra a vidraça.

– Ah, sim... está um dia esplêndido – concordou ele. – Onde está?

Ele estava muito animado, quase saltitando. Eliza tentou não achar aquilo encantador. Fracassou miseravelmente.

– Está ali – respondeu Eliza, fazendo um gesto na direção do cavalete, que ela havia envolvido com um pano branco.

– Está morto? – perguntou ele, erguendo as sobrancelhas de forma cômica. – Ou apenas dormindo?

– Apenas escondido – explicou ela.

– E eu aqui achando que o objetivo fosse fazê-lo ser admirado.

– E é – disse Eliza. – Claro! Vou mostrar... vou mostrar a você... agora...

Ela parou por um segundo, recuperou-se e então ergueu o tecido.

Eliza virou-se imediatamente para observar o rosto dele ao ver a tela pela primeira vez – queria ver a reação de Melville antes que ele tivesse tempo de modulá-la. Entretanto, não foi rápida o suficiente. Mesmo naquela fração de segundo, ele conseguiu deixar o rosto inexpressivo, como costumava fazer quando tentava esconder os pensamentos. Era uma mudança muito sutil, e Eliza não a teria notado se não tivesse passado a maior parte do mês estudando o rosto dele nos mínimos detalhes. O que ele estaria tentando esconder?

– Melville... O que foi? Não gostou? – perguntou ela, insegura.

Ele teve um pequeno sobressalto.

– É perfeito! – respondeu ele, rapidamente. – Mais do que... mais do que eu poderia esperar.

Ele olhou para Eliza, para a pintura, e de volta para ela. Eliza sentiu as palmas das mãos começarem a suar. Por que ele estava se comportando de maneira tão atípica? Será que, ao olhar para a pintura, Melville tinha conseguido chegar à mesma conclusão que ela?

– Mas é claro... com um modelo tão bonito, não poderia ser diferente – disparou Melville.

De repente, a atmosfera de constrangimento entre os dois se desanuviou.

– Agora devemos esperar que a secagem seja rápida – disse Eliza –, pois o dia do envio está chegando.

Eliza não conseguiu evitar que um leve tom de ansiedade transparecesse em sua voz. Não havia acréscimos substanciais a fazer em mais de uma semana, e ela havia tomado todas as providências para auxiliar no processo de secagem – desde a cuidadosa seleção das misturas até as medidas para garantir o aquecimento constante do ateliê. Mesmo assim, transportar uma pintura para um lugar tão distante, pouco depois de sua finalização, representava um risco.

– Vou mandar retirá-lo na semana que vem – disse Melville. – E instruirei meu criado a tratá-lo com a maior delicadeza possível.

Os dois combinaram que Melville cuidaria de mandar emoldurar a tela e enviá-la – em nome de um retratista anônimo, para proteger a identidade de Eliza. Qualquer notícia – de aceitação ou rejeição – chegaria até ele.

– Não consigo acreditar que acabou – disse Eliza baixinho, percebendo de repente a profundidade daquele momento. Horrorizada com sua descoberta, ela havia se esquecido por completo de refletir sobre a circunstância. – Obrigada por ter me escolhido para realizá-lo.

Eliza olhou para Melville.

– Achei que era insanidade sua – confessou ela. – Mas estou muito feliz por ter aceitado.

– Também estou muito contente – disse ele, com simplicidade.

Melville estendeu-lhe a mão. Eliza hesitou, perguntando-se, num devaneio, se ele pretendia dançar com ela outra vez. Então segurou-a. Melville levou a mão de Eliza até seus lábios e a beijou, mantendo o olhar fixo nela o tempo todo. Houve um momento – um instante breve e luminoso – em que Eliza quase esqueceu por que não podia amá-lo.

Então se lembrou. Retirou a mão.

– Desejo que tenha um bom dia, meu senhor – disse ela, com a voz trêmula.

Melville fez um breve aceno com a cabeça – quase afobado – e partiu.

Praça Grosvenor
30 de março de 1819

Eliza,

Esta é a mais curta das mensagens — só posso pedir desculpas por tal brevidade.

Cheguei a Londres, onde a temporada acontece com toda a animação e os preparativos para o baile de Annie estão em andamento. Você certamente deve imaginar o furor que Augusta está criando, o que exige muito mais do meu tempo do que eu havia previsto.

Uma palavrinha sobre valas — o Sr. Penney me escreveu sobre os riscos de inundação em Chepstow, e autorizei que nossa vala siga em frente, atravessando a divisa com sua propriedade. Como as terras estão prestes a ser reunidas, tenho certeza de que você não se importará com esse avanço. A ação rápida nessas ocasiões é, afinal, essencial.

Ficarei aqui mais sete dias e depois voltarei para você. Estou contando as horas!

Eternamente seu,
Somerset

Camden Place
2 de abril de 1819

Sr. Penney,

Considerando sua correspondência direta com Somerset, posso apenas presumir que o senhor deve ter perdido meu endereço. Como pode notar, ele se encontra acima. Confio que, no futuro, quaisquer questões relativas às minhas terras serão dirigidas somente a mim.

Atenciosamente,
Lady Somerset

Capítulo 24

O dia 2 de abril marcou o período de um ano e um dia decorridos desde a morte do velho conde. A data foi mais agridoce do que Eliza havia previsto. A qualquer momento, Margaret seria convocada pela família, o que impregnava a chegada de cada carta com uma sensação de perigo. Além disso, dali a uma semana, Somerset voltaria para levar Eliza embora para Harefield. A cada dia, Eliza sentia-se mais atordoada. Desejava que as cartas dele ainda tivessem o tom daquela primeira mensagem. Mas as mensagens cada vez mais curtas e irritantes devido à arrogância de Somerset – será que ele realmente achava que ela não se importaria com suas interferências? – só faziam aumentar sua apreensão diante da proximidade do retorno dele.

Pelo menos Eliza tinha conseguido enfim se livrar do figurino totalmente preto e das restrições mais severas da fase de luto. Madame Prevette havia se superado na criação de seu novo guarda-roupa. Era soberba a habilidade da modista em transformar a sobriedade dos tons de cinza e lavanda nos vestidos mais arrojados imagináveis. A cada dia, Eliza suspirava de alegria ao escolher o que vestir: lá estavam a seda cinzenta, cor de ardósia, com sua meia cauda e a gola rendada; o crepe cinza-claro adornado com fitas pretas para compensar a cor mais clara; um vestido justo de seda lilás para usar à noite; e um traje de montaria escuro cujo corpete era adornado com penas de cisne.

Depois da monotonia de um ano inteiro de roupas pretas, até mesmo aquela paleta discreta parecia a Eliza uma verdadeira explosão de cores. Além disso, depois de meses circulando apenas por três ou quatro locais em Bath, ela finalmente teria acesso a alguma variedade.

Lady Hurley já havia partido para Londres, e todos sentiam muita sua falta; os Winkworths também tinham viajado – deles, porém, ninguém sentia saudade. Contudo, Bath ainda oferecia muitas atrações para o gosto de Eliza. No dia 5 de abril, ela já havia comparecido a uma reunião para jogos de cartas, a um piquenique e ao teatro.

Entretanto, no dia 6 de abril aconteceu algo ainda mais empolgante: a chegada do fáeton de Eliza. Não era violeta nem rosa, como ela e Caroline haviam brincado, mas de um preto reluzente com forro vermelho na estrutura. Eliza ficou tão orgulhosa que achou que fosse explodir.

– Veja só! – exclamou ela para Caroline, que deu uma volta em torno do veículo para examiná-lo.

– Fico feliz que você aprove – disse Caroline, sorrindo.

– Devíamos lhe dar um nome – sugeriu Margaret.

– Como se faz com um barco? – Caroline riu.

– Uma dama tão importante merece um nome – afirmou Eliza.

– Ah, agora o fáeton virou uma dama, é? – perguntou Melville. – Que admirável ascensão social!

– Ela é, no mínimo, uma duquesa – declarou Eliza.

– Devemos levá-la para dar um passeio adequado – disse Caroline.

– Podemos ir até Wells? – sugeriu Margaret, ansiosa. – Ainda não vi o mecanismo do relógio da catedral.

Melville torceu o nariz.

– Pois que seja a catedral! – respondeu Caroline, de pronto.

Eliza baixou os olhos para esconder um sorriso.

– Eu conduzirei meu fáeton e lady Somerset poderá me seguir com o dela. Hoje! – sugeriu Caroline.

O grupo partiu uma hora depois e, enquanto Eliza percorria as ruas de Bath atrás de Caroline, sentiu-se extremamente arrojada. Caroline instruiu Melville a acompanhar Eliza, para o caso de eles se depararem com alguma dificuldade na estrada. Ele, obviamente, manipulava o chicote de forma tão prodigiosa quanto a irmã – e Eliza se resignou a passar o dia corada. Mas, enquanto o fáeton corria como num sonho e Melville recostava-se no assento, usando todas as expressões de admiração possíveis, Eliza não conseguia lamentar aquele arranjo.

Ela entrou na rua Bennett e, depois, virou à direita no Circus, onde teve que segurar os cavalos para abrir caminho cuidadosamente na via movimentada. Ao passarem, foram saudados pelo Sr. Berwick, que pareceu bastante surpreso ao ver Eliza.

– O *quê*? – exclamou Melville, com grande consternação. – O que esse homem está vestindo?

Eliza, que estava atenta à carruagem de aluguel que se aproximava do outro lado da estrada, deu uma olhadela rápida para o Sr. Berwick e notou que ele estava usando pantalonas no mesmo tom de amarelo de que Melville tanto se orgulhava. A indignação dele durou até saírem de Bath.

– Primeiro foi meu cabelo! – queixou-se ele para Eliza. – Depois foi meu colete… e agora foram minhas pantalonas!

– Você não detém o monopólio das pantalonas amarelas – observou Eliza.

– Essa não é a questão, lady Somerset! – disse Melville, respondendo com animação. – O que me preocupa é *onde vai parar* essa imitação criminosa. Dia desses o Sr. Berwick vai aparecer no Pump Room e você vai descobrir que ele roubou minha pele e a vestiu como se fosse um terno!

– Essa é a coisa mais repugnante que já ouvi – reagiu Eliza.

– Concordo – afirmou Melville, enfaticamente. – E meu Deus… já imaginou como ele ficaria medonho?

Eliza caiu na gargalhada. Uma semana depois de sua revelação, ela já sabia que era impossível reprimir seus sentimentos por Melville – não seria capaz de ocultá-los de si mesma, assim como não podia ocultar o sol no céu todos os dias.

Cada momento que os dois passavam juntos servia para que ela entendesse melhor por que se sentia daquela maneira: o quanto gostava do jeito como ele a fazia rir, mesmo quando ela estava chateada. Mesmo quando estava chateada *com ele*, mesmo quando não queria. Adorava o jeito como ele demonstrava uma convicção total e integral na competência dela. Fosse dirigindo, pintando ou em ocasiões sociais, Melville não a tratava com galanteria nem a cercava das atenções que ela estava acostumada a receber de outros cavalheiros, que perguntavam constantemente se ela estava sentindo frio ou calor, se gostaria de tomar uma bebida ou se estava se sentindo cansada. Nem partia do pressuposto de que ela personificava a delicadeza feminina, como tantos cavalheiros pareciam crer ao olhar para ela. E o fato de ela ainda amar Somerset, de continuar determinada a se casar com ele, não mudava absolutamente nada.

Sem deixar o decoro de lado, Melville e Eliza evitaram todas as estradas públicas, que poderiam tornar a viagem mais rápida, mas também teriam permitido a todos, de Bath até Wells, olhar para eles boquiabertos. Assim, levaram mais de duas horas para chegar à cidade onde ficava a catedral, a mais de 30 quilômetros de Bath, atravessando as colinas de Mendip.

Assim que chegaram, deixaram os cavalos descansado em uma pousada enquanto perambulavam pelo lugar. Com certeza era uma bela catedral, e o famoso relógio não desapontou Eliza: acima do mostrador, figuras de cavaleiros montados a cavalo avançavam em círculo quando os sinos batiam as horas – embora Melville confessasse que tinha acalentado a esperança de que eles girassem também no quarto de hora.

Os dois vagaram pela catedral por apenas duas iterações do mecanismo. Depois, fizeram uma refeição excelente antes de o céu, que estava escurecendo rapidamente, avisá-los de que um retorno rápido a Bath seria aconselhável. De fato, uma hora depois de começarem a viagem de volta, a chuva começou a cair.

– Que inferno! – disse Melville. – Está com frio?

– Ainda não – respondeu Eliza, cobrindo-se com a capa. Mas, quando o céu escureceu ainda mais e a chuva aumentou, deixando a pista cada vez mais lamacenta, ela começou a tremer.

– Agora não falta muito – disse Melville, para encorajá-la, envolvendo-a com a própria capa.

Não era o frio que incomodava Eliza, mas a pouca visibilidade: com o céu escuro e a chuva que caía, estava mais difícil distinguir a estrada.

– Talvez você deva assumir as rédeas – disse Eliza, ansiosa, a Melville, quando toparam com um buraco que ela não conseguira antecipar.

– Você tem tudo sob controle. – Melville tentou acalmá-la.

– Você poderia... conversar comigo? – pediu Eliza, com os punhos cerrados.

– Sobre o que você deseja falar?

– Qualquer coisa... Como está *Medeia*?

– Vingativa – respondeu Melville. – Exigente.

Eliza sorriu distraída, tentando manter a carruagem de Caroline à vista. Sua respiração estava um tanto agitada.

– Tenho dúvidas, no entanto... – prosseguiu Melville, em um tom leve, como se Eliza não estivesse quase quicando no assento de tanta ansiedade –, de que *Medeia* possa ver a luz do dia. Paulet, de uma forma muito desagradável, achou por bem bloquear todos os meus caminhos para a publicação.

– E ainda assim você continua a escrever?

Eliza segurou os cavalos para fazer uma curva complicada, então soltou as rédeas para que os animais voltassem a correr, depois de alcançarem a reta. Melville soltou um murmúrio de apreciação antes de responder.

– Foi-se o tempo em que eu teria abandonado o empreendimento, cheio de petulância, se não houvesse a chance de vê-lo impresso. Mas não acho que sua importância diminua pelo fato de ser algo que estou fazendo apenas para mim mesmo.

Aquelas palavras eram familiares. Por um momento, Eliza ficou intrigada, perguntando-se quem Melville poderia estar citando, antes de perceber...

– Fui *eu* quem disse isso.

– Foi mesmo – concordou Melville. – Suponho que possa se considerar uma inspiração para mim: ver o cuidado que você dedica àquelas pinturas em seu ateliê, sem esperança nem expectativa de que sejam vistas, mexeu comigo.

Eliza – obviamente, corada – de repente ficou muito feliz pelo fato de as condições climáticas lhe darem uma desculpa para olhar fixamente para a frente. A chuva parecia estar diminuindo. À medida que os cavalos avançaram pelas estradas mais firmes ao redor de Bath, Eliza conseguiu soltar as rédeas. Chegaram à cidade muito mais tarde do que tinham pretendido.

Eliza levou Melville diretamente à porta da casa onde ele estava hospedado. Não havia nem sinal de Caroline – ela havia se adiantado quilômetros antes e já devia ter ido a Camden Place deixar Margaret.

– Excelente condução! – disse Melville a Eliza, enquanto ela parava os cavalos.

– Obrigada – respondeu ela, virando-se para olhar direitamente para ele pela primeira vez em muitos quilômetros.

Melville já havia abandonado o chapéu no assento ao lado dele há muito tempo. A chuva era tanta que o acessório não lhe oferecia muita proteção. Seus cachos escuros tinham se acomodado acima da testa.

– Você está encharcada! – constatou Melville, também olhando para ela.

– Eu sei – lamentou-se Eliza. – Não sei se meu chapéu vai se recuperar.

– É uma pena – disse Melville –, pois é um conjunto muito encantador. No entanto...

Ele estendeu a mão na direção de Eliza e, num gesto delicado, levantou um cacho úmido de cabelo que havia grudado em seu pescoço. Com alguns movimentos hábeis, prendeu-o de volta em sua trança. Foi o mais simples dos toques, o brevíssimo roçar de sua mão no pescoço dela. Mesmo assim, apesar de a chuva encharcá-la até os ossos, Eliza teve que se esforçar muito para não se incendiar. Ela estremeceu: não sabia se de desejo, de culpa ou de ansiedade.

Por um momento, Melville manteve a mão no pescoço de Eliza, olhando bem fundo nos olhos dela. De um modo quase involuntário, ela sentiu seu corpo se inclinar na direção dele. Seria tão fácil – a coisa mais natural do mundo – se permitir...

– Melville... – disse ela, com muita suavidade.

– Você pode me chamar de Max se quiser – respondeu ele, num tom igualmente suave.

Eliza fechou os olhos com força e se controlou. Não podia. Não podia.

– Minha senhora... – disse Melville.

– Não – disse Eliza, antes que ele pudesse continuar. – Não.

Não importava o que viesse a seguir – uma declaração, uma proposta ou algo que ela ignorava. Não importava como estava desesperada para ouvir, com todos os músculos de seu corpo despertos. Não podia. Não podia permitir que ele dissesse alguma coisa quando ela estava comprometida com outro homem.

– Então não o farei – disse Melville com gentileza, retirando a mão.

– É que... – Eliza sentiu que devia a Melville uma explicação, embora ele não tivesse pedido nada. – É que, quando não se espera algo e não se pode... porque já se tem... e se pensa em todas as razões pelas quais algo é impossível, *mesmo que se queira...*

As palavras de Eliza estavam tão confusas quanto seus pensamentos.

– Sabe o que estou querendo dizer?

– Ninguém sabe – disse Melville, sério. – Talvez nem mesmo *você* saiba o que está dizendo.

Eliza soltou uma gargalhada.

– É, não sei – respondeu ela. E, de repente, sentiu-se à beira das lágrimas. – Não sei.

– Está tudo bem – tranquilizou-a Melville, com ainda mais delicadeza. Pegou a mão dela e deu um beijo na palma enluvada. Mesmo assim, Eliza voltou a estremecer. – Eu lhe desejo uma boa noite.

Melville desceu da carruagem e, com um último movimento do chapéu encharcado, desapareceu em Laura Place.

O fato de Eliza ter chegado em casa sem acidentes deveu-se mais aos lembretes discretos de seu cavalariço, que recomendara vigiar o outro lado da estrada, do que à sua habilidade. Ela lhe entregou as rédeas quando chegaram a Camden Place e desceu da carruagem, parecendo um rato afogado. Pensou que era bom a Sra. Winkworth já ter partido para Londres havia tanto tempo, pois teria um ataque ao vê-la naquele estado.

Eliza correu para dentro de casa, suspirando ao sentir o calor da lareira e percebendo que seus olhos começavam a se encher de lágrimas.

– Margaret? – chamou Eliza. – Margaret?

Margaret apareceu quase imediatamente, descendo as escadas às pressas, com o cabelo ainda pingando.

– Você está bem? – perguntou Eliza. – Qual é o problema?

– Eliza – disse Margaret. – É Somerset. Ele está aqui… na sala de estar.

Capítulo 25

– Somerset? Aqui? Agora? – perguntou Eliza, um pouco atrapalhada.

– Sim – respondeu Margaret às três perguntas de uma só vez. – Aparentemente, chegou hoje à tarde e insistiu em esperar pelo seu retorno.

Eliza olhou para Margaret com desespero. Ela não esperava a chegada dele antes da semana seguinte e não estava preparada para vê-lo. Achava que teria mais tempo.

– Não entre em pânico! – recomendou Margaret, com firmeza. – Ele não é nenhum ogro.

Mas a respiração de Eliza estava ofegante. Não tinha condição de ver Somerset *naquele momento*. Sua cabeça estava confusa a ponto de ela acreditar que havia deixado seus pensamentos com Melville, no fáeton. Precisava de mais tempo. Precisava pensar.

– E se... e se ao vê-lo eu perceber que não o amo mais? – sussurrou Eliza, pressionando a testa com a mão trêmula.

E se Somerset a visse e percebesse exatamente o que Eliza tinha feito?

– Então vamos pensar numa saída – disse Margaret. – Eu prometo.

Eliza hesitou, olhando com desespero para suas saias enlameadas. Margaret lhe deu um leve empurrão na direção da escada.

– Vá agora, antes que perca a coragem – encorajou ela.

E Eliza foi. Poderia ter tentado adiar aquele encontro, mas Margaret estava coberta de razão. Por mais terrível que pudesse ser, se ela não fosse naquele momento, não teria coragem de fazê-lo.

Eliza abriu a porta da sala de estar. Somerset estava parado em frente à lareira, com as mãos cruzadas atrás das costas. Houve um momento, quando ele se virou para encará-la – iluminado pelas chamas e com o rosto nas sombras – em que a semelhança com o antigo conde foi tão forte que Eliza quase engasgou. Então, seus olhos se ajustaram. A semelhança desapareceu. Era apenas Somerset parado ali, com um sorriso tímido no rosto ao olhar para ela.

– Boa noite, minha senhora.

– Somerset – disse ela, timidamente. – Nós... eu não esperava vê-lo até a próxima semana.

– Pensei em fazer uma surpresa – explicou ele. – Mas você não parece muito feliz com isso.

– Eu *estou* feliz. É claro que estou.

Ao dizer tais palavras, Eliza descobriu que era verdade. Enquanto permanecia ali, absorvendo a visão da figura de Somerset, sentia que seu amor por ele estava intacto. E, de repente, o que um minuto antes havia parecido tão grandioso e complicado tornou-se simples.

Não importava o que aquilo significava: ela podia amar dois homens ao mesmo tempo. Seus sentimentos por Melville eram inegáveis, mas aquele era o homem a quem amara de uma forma fiel, duradoura e tola por anos a fio e que retribuíra esse amor durante todo aquele tempo.

E se seu coração não batia tão rápido como acontecia quando ela estava com Melville... e se ela não corava com tanta frequência, nem perdia o fôlego... de que importava? Era com aquele homem que ia se casar.

Somerset estendeu os braços, e Eliza atravessou o cômodo quase correndo para encontrá-lo, rindo de alívio. Ele tomou as mãos dela, mas não a puxou para junto de si, mantendo-a um pouco distante.

– O que aconteceu? – perguntou ele. – Está completamente encharcada.

– Não me importo – respondeu ela, erguendo o rosto, cheia de expectativa.

– Mas eu me importo – disse ele, afastando-a. – Vai acabar adoecendo. Você deveria se apressar e trocar de roupa.

Eliza olhou para ele, hesitante.

– Vou esperar por você aqui – disse Somerset, de modo que sua voz não deixasse espaço para discussão.

Eliza revirou os olhos, mas deixou o cômodo, obediente. A atenção que Oliver devotava a ela era incomparável e, embora fosse um pouco inconveniente no momento, seria uma grosseria sentir desagrado diante daquela preocupação.

Somerset sorriu quando Eliza voltou para a sala, estendendo as próprias mãos.

– Seu cabelo ainda está molhado, meu amor.

– Não vou secá-los agora – disse Eliza. – Não adianta insistir.

Ela voltou a erguer a cabeça. Mais uma vez, Somerset não lhe ofereceu o beijo que ela tanto desejava.

– Onde você estava, com essa chuva? – perguntou ele.

Ela o olhou com hesitação. Em nenhuma de suas cartas havia mencionado as aulas que vinha tendo com Caroline, nem a carruagem fáeton que havia acabado de comprar. Desejava surpreendê-lo.

Eliza havia imaginado conduzir o veículo até ele, vestindo seus melhores trajes, e perguntar-lhe delicadamente se gostaria de dar uma volta com ela.

– Você andou dirigindo uma carruagem com Caroline? – perguntou Somerset. – Ouvi dizer que ela tem lhe dado aulas.

Eliza franziu a testa.

– Quem lhe contou? – perguntou ela.

– A Sra. Winkworth – respondeu Somerset. – A família toda participou do baile de apresentação de Annie.

– Que falta de consideração da parte dela arruinar minha surpresa! – disse Eliza, num tom leve, tentando decifrar a expressão dele. – Queria que você ficasse escandalizado e impressionado com a minha audácia.

– Certamente fiquei escandalizado – respondeu Somerset.

Depois de olhar para o rosto de Eliza por um bom tempo, sentou-se no sofá com um suspiro, puxando-a para que se sentasse ao lado dele.

– Eu não deveria tê-la deixado aqui, sem ninguém para cuidar de você – disse Somerset, passando a mão pelos cabelos dela.

– Sem ninguém para cuidar de mim? – repetiu Eliza, sem saber se ficava ofendida ou se achava graça. – Não sou um cavalo, meu senhor. E eu tenho Margaret.

– Está claro que não sabe o que as outras pessoas andam dizendo – disse Somerset.

– Que pessoas? – quis saber Eliza. – E o que andam dizendo?

– Minha irmã me contou que os mexeriqueiros de Bath estão agitadíssimos com a visão de lady Somerset conduzindo uma carruagem para cima e para baixo pelo campo, participando de reuniões sociais e jogos de cartas, e comprando metade da rua Milsom.

Eliza sentiu-se afrontada pelo tom de censura que havia na voz dele, antes de se obrigar a manter o foco na seriedade que havia em seu rosto. Somerset se preocupava de verdade com ela.

– Talvez eu tenha mesmo exagerado um pouco – admitiu. – Mas sabe como são os bisbilhoteiros. E a fortuna é minha, para gastar como eu quiser. Não gosta das minhas novas cores?

– Gosto muito – afirmou Somerset. – Mas há boatos de que Melville praticamente não saiu de sua casa nas últimas semanas. O que me diz sobre isso?

Eliza mordeu o lábio. Não podia mentir para Somerset. Se ele perguntasse se ela sentia algo por Melville, diria a verdade. Mas ele não havia perguntado.

– Há uma explicação para isso – disse Eliza. – A encomenda sobre a qual escrevi a você… devo confessar que é de Melville. Pintei o retrato dele.

– *O quê?* – Somerset engasgou.

– Pintei o retrato de Melville – repetiu Eliza. – Foi por isso que ele passou tanto tempo na minha companhia. Mas não precisa se preocup…

– Eliza! – exclamou Somerset. – Como pôde fazer isso sem me dizer nada?

– Mas eu disse… – respondeu Eliza, na defensiva. – Contei que havia recebido uma encomenda. Naquele momento, você pareceu ter achado uma boa ideia.

– Foi porque achei que você estava… pintando algumas flores ou o cavalo de alguém! – Somerset estava quase gritando. – Não pensei que fosse *um retrato*! Muito menos de um homem *solteiro*.

Eliza se encolheu. Sabia que Somerset provavelmente não ficaria satisfeito com o retrato, mas não esperava que tivesse um surto de raiva. Ele apertava as mãos de Eliza com força e as soltou.

– Tivemos acompanhantes – explicou Eliza, com a voz fraca. O que era verdade, pelo menos no começo.

– Ah, a Srta. Balfour? – perguntou Somerset, com ironia. – Uma acompanhante formidável, de fato.

– Não fale de minha prima nesse tom, Somerset! – disse Eliza, com uma frieza que não reconhecia como sua.

Uma coisa era ele ter raiva dela, outra era dirigir esse sentimento a Margaret.

Somerset respirou fundo.

– Você tem razão – admitiu ele. – Sinto muito. Eu não deveria culpá-la... nenhuma das duas. Ele é o culpado, sem dúvida.

– Melville? – perguntou Eliza.

– Só Deus sabe o que ele pode ter dito a você para induzi-la a concordar – murmurou Somerset. – As mentiras que ele foi capaz de contar.

Aquele argumento era tão ridículo que Eliza soltou uma gargalhada. Somerset jogou a cabeça para trás, ofendido.

– Sinto muito – desculpou-se Eliza, ainda rindo. – É que isso é tão absurdo! Melville não me induziu a nada nem mentiu; a escolha foi minha. E, mesmo que você não aprove, não me arrependo. E não consigo ver o que há de tão errado nisso.

– Você talvez mude de ideia se souber o que descobri recentemente – disse Somerset, num tom sério.

– O que quer dizer com isso? – perguntou Eliza.

Somerset passou a mão pelos cabelos mais uma vez, ficando cada vez mais despenteado.

– Não sei se devo lhe contar.

Eliza sentiu crescer uma onda de irritação. Aquele tipo de alegação caluniosa tinha assombrado a vida inteira de Melville e era o exato motivo que poderia levá-lo a deixar o país.

– Anda fazendo esse tipo de afirmação desde o dia em que conheceu Melville – retrucou Eliza. – Mas ainda estou esperando para ouvir alguma prova. Achei que mexericos sem fundamento não estavam à sua altura.

– Está me repreendendo por querer protegê-la? – perguntou Somerset, irritado.

– Não preciso de proteção contra Melville – declarou Eliza.

Ela fez uma pausa, respirou fundo e recobrou o controle. Não importava o que os outros diziam, que tipo de mexerico corria. Importava apenas o que eles mesmos pensavam, o que sentiam.

– Não vamos brigar – disse ela, gentilmente. – De que isso importa agora? Comecei o meio luto, você voltou. Podemos ficar noivos, finalmente.

A expressão de Somerset se abrandou.

– É verdade – respondeu ele. – *Finalmente*.

A estranha tensão que pairava no ar desde que ele havia chegado se desfez. Somerset puxou com delicadeza as mãos de Eliza, e ela veio para junto dele até que seus lábios, enfim, se encontraram – e, mais uma vez, aquilo era tão familiar, tão natural, que ela mal podia acreditar que não estivessem fazendo aquilo o tempo todo. Demorou algum tempo até que se separassem, mas, quando o fizeram, Eliza deitou a cabeça no ombro dele e suspirou, contente. O fogo estava muito quente, o ombro estava muito confortável, e de repente ela conseguiu imaginar os dois fazendo a mesma coisa com o passar dos anos.

– Quando vamos nos casar? – perguntou ela. – Em breve, espero. Antes que minha mãe fique sabendo da notícia.

Eliza sentiu o ombro de Somerset ficar tenso de repente. Ergueu a cabeça para olhar para ele.

– Não precisa se preocupar – disse. – Ela não pode mais me obrigar a nada.

– Não é isso – comentou Somerset. – Tenho pensado muito em como devemos administrar nosso noivado.

– É mesmo? – perguntou Eliza, sorrindo.

– E acho que seria melhor você voltar para Balfour – concluiu ele.

Eliza riu, pensando que ele estava brincando. Mas parecia que não.

– Eliza, nosso noivado vai causar certo furor – insistiu ele. – Você sabe disso. Não podemos negar.

– Não, não podemos – concordou Eliza. – Mas por que isso significa que preciso voltar para Balfour?

– Porque a vida que você tem levado nas últimas semanas – disse Somerset, num tom mais equilibrado – já está dando margem a comentários. Por isso, o melhor seria afastá-la dos olhares do público antes de fazer qualquer anúncio.

– Da forma como você diz isso, até parece que estou desfilando pela cidade apenas de anáguas – declarou Eliza. – Garanto que eu me lembraria se tivesse feito algo assim.

– Seja razoável, Eliza – prosseguiu Somerset, com o mesmo tom equilibrado. – Estou tentando protegê-la.

– Não posso voltar para Balfour – disse ela.

– O que é um mês ou dois de quietude, se em troca podemos ter uma vida inteira de felicidade? – indagou Somerset. – Anunciaremos nosso noivado durante o verão e, no outono, poderemos nos casar tranquilamente.

– No outono? – repetiu Eliza.

Ainda estavam em abril.

– É quando a fase de luto estará enfim concluída – explicou Somerset. – Quando você achou que iríamos nos casar?

Eliza não esperava que ele pretendesse respeitar preceitos tão tradicionais. Ora, lady Dormer casou-se no ano seguinte ao da morte do marido. Ainda era considerada uma espécie de piada pela alta sociedade, é verdade, mas...

– E se... – Eliza agarrou as mãos dele. – Oliver, e se nós simplesmente nos casássemos agora? Haverá comentários de qualquer modo, não importa quanto tempo esperemos... E se nos casarmos e arcarmos com as consequências *agora*? Pelo menos estaríamos juntos.

Somerset balançou a cabeça.

– Sabe que não posso fazer isso – disse ele. – Não posso arriscar fazer tanto mal à minha família.

Eliza o encarou. Uma década depois e eles pareciam ter voltado à mesma discussão. Poderiam perfeitamente estar lendo o mesmo roteiro, tendo apenas trocado de papéis, pois agora ela clamava pela coragem de Somerset e ele falava sobre seus deveres familiares.

– E isso é mesmo tão importante? – perguntou ela. – As consequências seriam realmente tão ruins? Não podem nos proibir, não podem mais nos separar... Não têm poder... para fazer nada.

– Não seria apropriado – rebateu Somerset.

– Esqueça o decoro! – exclamou Eliza. – Passei a vida toda seguindo as regras... Não quero mais viver assim.

– Não fale dessa maneira! – retrucou ele. – Isso não combina com você. Você sabe que não podemos "esquecer o decoro". Nossas vidas seriam para sempre assombradas por esse motivo.

– Não posso voltar para Balfour – disse Eliza, puxando insistentemente as mãos que ainda seguravam as dela, para enfatizar sua posição.

Ela aguentaria esperar até o outono, aguentaria adiar seu final feliz por mais alguns meses, mas trocar sua vida em Bath por *Balfour*? Não, isso ela não poderia fazer.

– Pode, sim – afirmou ele, com os olhos fixos nos dela, como se a intensidade por si só fosse convencê-la. – Você precisa.

Eliza olhou para Somerset como se fosse incapaz de compreender as razões dele.

– Você terá uma vida tranquila por alguns meses, enquanto minha irmã garante um bom casamento para Annie – explicou ele. – Então nós nos casaremos sem problemas e nos mudaremos para Harefield.

Ela continuava inconformada.

– Desde que não nos exibamos nem frequentemos muito a sociedade, as reações diminuirão e nossas famílias estarão em segurança – arrematou Somerset.

– Então eu também terei que viver em isolamento depois que nos casarmos? – questionou Eliza, horrorizada.

Ela tirou as mãos das dele.

– Seja razoável, Eliza – pediu Somerset, muito irritado.

– *Estou* sendo razoável – insistiu Eliza. – Mas é tudo muito diferente do que eu havia imaginado.

Somerset olhou para ela, aguardando-a concluir o raciocínio.

– Achei que nos casaríamos no próximo mês. Que teríamos nossa lua de mel em outro país. Que passaríamos a próxima temporada em Londres, admirando as galerias e os museus, vendo nossos amigos…

– Mas eu odeio a cidade – rebateu Somerset, franzindo a testa. – Por que raios escolheríamos passar tempo em Londres quando não somos obrigados a isso? Podemos participar de reuniões locais se quisermos… O que Londres tem que Harefield não pode fornecer?

– Milhares de coisas! – respondeu Eliza, no mesmo instante. – Amigos. Diversão. Bailes. Arte. Pode escolher qualquer uma dessas opções!

Somerset soltou uma gargalhada, incrédulo.

– Você não pode estar falando sério, Eliza. Sei que gosta de desenhar, mas certamente isso não seria motivo para nos separar. Essa é a única forma de ficarmos juntos. Precisa entender isso.

– Não é apenas *gostar* de desenhar – retrucou Eliza. – A arte é parte de mim. Uma parte importante.

– Não costumava ser.

– Se realmente pensa assim, então não estava prestando atenção no que eu dizia.

Somerset esfregou o rosto.

– Seja razoável – repetiu ele.

– Você não está tentando pensar em outra solução.

– Você não costumava ser tão teimosa – disparou Somerset.

– De fato. E você costumava achar que eu não tinha personalidade, está lembrado? O que prefere que eu seja? Não dá para ser as duas coisas ao mesmo tempo.

– Você é impossível!

– Suas condições é que são impossíveis – ressalvou Eliza.

– Não estou tentando torná-la infeliz! – exclamou Somerset. – Para conquistar algumas coisas, é preciso fazer sacrifícios.

– Mas por que sempre sou *eu* quem faz os sacrifícios? – rebateu Eliza, jogando as mãos para cima. – Já fiz sacrifícios demais, Oliver. Não posso mais me sacrificar.

– É o único modo de ficarmos juntos – repetiu Somerset, com muita ênfase. – Precisa entender isso.

Eliza olhou para ele demoradamente.

– Talvez você esteja certo – disse ela, por fim. – Talvez esse seja mesmo o único modo. O problema é que eu não posso fazer isso.

– São apenas seis meses – insistiu Somerset.

– Desta vez são apenas seis meses… e, antes, foram dez anos – lembrou Eliza. – E, antes disso, *uma eternidade*. Já esperei o suficiente para minha vida começar.

– O que está dizendo? – perguntou Somerset, empalidecendo de repente. – Você… não quer mais… se casar comigo?

A voz dele falhou no meio da pergunta.

– Eu me casaria com você num piscar de olhos – respondeu ela, com a voz rouca. – Mas não desse jeito. Não posso voltar atrás.

– Mas você seria minha esposa – prosseguiu Somerset. – Não valeria a pena? Depois de todos os anos que passamos esperando por isso?

Alguns meses atrás, Eliza teria dito "sim" sem nenhuma hesitação. E ela queria muito poder aceitar a oferta dele naquele instante. Contudo, não queria se diminuir de forma alguma – nem anular sua personalidade, nem seus desejos, nem sua vida. Nem mesmo por ele.

Somerset pareceu ler a resposta de Eliza em seu silêncio. Levantou-se e afastou-se dela, encarando o fogo, com as mãos na cabeça.

– Não posso acreditar que você pretende partir meu coração pela segunda vez – disse ele, por fim, voltando a encará-la e balançando a cabeça com amargura. – Não creio que pretende fazer isso de novo.

Eliza queria se encolher no sofá, pressionar a cabeça contra os joelhos e desmoronar. Em vez disso, ela se levantou e olhou para Somerset o mais diretamente que pôde.

– Naquela época, era pelo bem da minha família que eu não podia aceitar seu pedido – disse Eliza, com a maior clareza possível. Era preciso que ele entendesse. – Desta vez, é por mim mesma.

Ao dizer aquelas palavras, Eliza sentia que estava arrancando alguma peça essencial diretamente de seu coração, mas cerrou os dentes e enfrentou a dor. Era a verdade.

– E você espera que eu acredite que isso não tem nada a ver com Melville? – perguntou Somerset, feroz.

Eliza o encarou.

– Seis semanas atrás, você estava pronta para aceitar meu pedido. Foi ele quem a fez mudar de ideia? – perguntou Somerset. – Você o ama?

– Não mudei de ideia por causa dele – respondeu Eliza, com calma. – Precisa acreditar em mim.

Somerset soltou uma risada zombeteira. Não era um som agradável.

– Não acredito que ele a tenha enganado tanto – disse ele. – Se ao menos você *soubesse*…

– Eu sei de tudo – respondeu Eliza. – E ele não é o vilão que você pinta.

Uma leve batida na porta os interrompeu.

– Minha senhora – disse Perkins, os olhos passando de Eliza a Somerset. – Há um visitante lá embaixo. Devo dizer que a senhora está ocupada?

– A esta hora? – retrucou Somerset, irritado. – Mas quem…?

– Lorde Melville, senhor – respondeu Perkins.

– Céus! – Eliza suspirou.

Aquela era a única coisa capaz de piorar ainda mais a situação.

– Era só o que me faltava – rosnou Somerset.

– Diga a ele para ir embora, Perkins – disse Eliza, na mesma hora. – Diga agora mesmo.

– Minha nossa! – A voz de Melville ressoou quando ele surgiu à porta, ao lado de Perkins. Ainda não havia tirado as roupas úmidas e enlameadas.

– Receio ter tomado a liberdade... Ouvi vozes, sabe?

– Tomar liberdades parece ser algo muito natural para você, Melville – disse Somerset.

– Boa noite, senhor – cumprimentou Melville, como se a saudação de Somerset tivesse sido normal. – Pensei ter ouvido seu doce tom de voz. Está tudo bem, lady Somerset?

– Ah, está tudo *muito bem*, Melville – disparou Somerset.

Melville não pareceu ouvi-lo. Em vez disso, cravou os olhos em Eliza, que ficou terrivelmente consciente de seus olhos cheios de lágrimas e da vermelhidão de seu rosto. Ela abriu a boca para mentir e tranquilizar Melville, mas descobriu que não conseguia.

– Talvez possa fazer sua visita em outro horário – disse Somerset, em um tom que teria sido educado se não fosse tão alto. – Lady Somerset e eu estávamos no meio de uma conversa bastante pessoal.

– Talvez seja uma conversa da qual eu deva participar – disse Melville, cerrando o maxilar. – Podemos tomar um chá, Perkins? Acalma os nervos.

– Sim, meu senhor – disse Perkins, retirando-se lentamente, sem fechar a porta ao sair.

– Melville, você parece não ter entendido o que eu disse. Eu estou pedindo educadamente que se retire.

– Na verdade, entendi, sim – afirmou Melville. – Veja bem: eu educadamente recusei. Ficarei até que lady Somerset peça que eu faça o contrário.

Somerset voltou a rir.

– Você está tentando protegê-la? *Você*? – perguntou Somerset.

– Somerset! – protestou Eliza. – Melville não merece tamanha grosseria.

– Você não pensaria assim se soubesse o que acabei de descobrir sobre ele – respondeu Somerset. Então, olhando diretamente para Melville: – E então?

– O que você *quer*, Somerset? – quis saber Melville, com a voz perdendo um pouco do tom divertido e calmo.

– Quer que eu acredite que não sabe a que estou me referindo? – provocou Somerset.

– Tenho certeza de que posso arriscar um palpite – disse Melville – se me perguntar novamente.

– Não brinque comigo, senhor – advertiu Somerset. – Acho que não vai considerar Eliza uma presa tão fácil assim que ela souber a verdade.

A boca de Melville se fechou. Pela primeira vez, ele não tinha uma resposta espirituosa para dar.

– Gostaria que parasse de falar em enigmas, Somerset! – interveio Eliza. – Poderia simplesmente dizer o que deseja que eu saiba?

– Gostaria de explicar tudo ou eu mesmo cuido disso? – perguntou Somerset a Melville, com uma terrível polidez.

– Minha senhora – disse Melville, dando um passo em direção a Eliza e estendendo as mãos, suplicante.

Eliza olhou para ele, esperando pelas próximas palavras de Melville.

– Tenho algo a lhe dizer… Algo que eu já deveria ter lhe contado há muito tempo… Mas precisa saber que isso não muda nada entre nós. Ainda sinto…

Melville lançou um olhar desagradável para Somerset, como se, de repente, estivesse furioso pela presença dele naquela sala.

– Eu vim aqui esta noite para… para dizer como me sinto e colocar *tudo* em pratos limpos – prosseguiu Melville, com uma estranha nota de urgência na voz. – Juro que era essa a minha intenção.

– O que está acontecendo, afinal? – perguntou Eliza, devagar.

Ela presumira que Somerset pretendia informá-la sobre lady Paulet. Mas Melville, que já havia mencionado o caso antes, não estaria tão abalado se aquele fosse o assunto. Eliza nunca o vira tão perturbado.

– Vamos, Melville! – disse Somerset, impaciente.

Melville respirou fundo e engoliu em seco. Pela primeira vez na vida, aparentemente, ele não sabia como agir.

– Ah, já basta! – retorquiu Somerset, impaciente. – Eliza, Melville foi enviado a Bath por minha irmã. Ela o contratou para envolvê-la num escândalo. Para arruiná-la.

Capítulo 26

Quando Eliza tinha 9 anos, seu avô havia ensinado a ela a forma correta de cortar uma pena. E, enquanto ela tentava copiar os movimentos experientes dele, a faca escorregou e cortou a palma de sua mão. Tinha sido uma ferida profunda e o corte era de um vermelho mais vivo do que qualquer outro pigmento que ela já tivesse visto. Embora Eliza tivesse compreendido no mesmo instante o que havia ocorrido e que estava prestes a sentir muita dor, seu coração ainda bateu dez vezes antes que realmente começasse a doer.

A situação estava se repetindo naquele momento, após a declaração de Somerset.

Vai doer, Eliza pensou vagamente, embora naquele momento conseguisse apenas sentir o baque.

– Como? – perguntou ela, muito educadamente.

– Eliza – implorou Melville –, essa não é toda a verdade...

– É lady Somerset para você, Melville – retrucou Somerset.

– Como? – repetiu Eliza, olhando para os dois.

– Quando lorde e lady Selwyn vieram a Bath em fevereiro – prosseguiu Somerset, ainda encarando Melville em vez de olhar para Eliza –, pensaram num plano terrível para incitá-la a adotar um comportamento impróprio o bastante para que eu fosse obrigado a tomar sua fortuna.

Eliza se esforçou para tentar compreender o que ele dizia.

– Acharam provável que você ficasse suscetível a um flerte inadequado e que eu teria uma forte reação a isso, devido à nossa história. Também acharam que Melville estava desesperado o suficiente para ajudá-los.

Ela sentiu as pernas vacilarem. Olhou para Melville.

– Isso é verdade? – perguntou ela. – Você... ofereceu seus serviços a eles?

Melville balançou a cabeça com força.

– Não – disse ele. – Não foi... não foi bem assim. Os dois me visitaram para falar sobre patrocínio e... fechamos um acordo, é verdade... mas eu não sabia da cláusula de moralidade, juro.

Eliza tentava processar cada uma daquelas palavras.

– Tudo o que me disseram era que eu deveria cortejá-la publicamente e desviar suas afeições de Somerset para mim... Não pensei duas vezes, porque não era uma tarefa difícil. Eu teria feito isso de qualquer maneira.

– Quando foi isso? – perguntou Eliza.

Não entendia muito bem por que tal detalhe teria alguma relevância. Apenas precisava saber.

– Na noite do jantar em sua casa – respondeu Melville, relutante. – Os dois me enviaram uma mensagem logo depois... Ainda era cedo. Encontrei Selwyn para tomar um drinque.

– Você estava tão animado naquele domingo... – lembrou-se Eliza, sentindo um aperto terrível no peito. – E... e foi aí que você voltou a escrever. Então... não foi minha influência que causou tal mudança. Foi a influência deles.

– E não poderiam ser as duas coisas? – perguntou Melville, levantando um pouco os braços, como se quisesse tocar Eliza, para então deixá-los tombar junto do corpo.

– Então, daquele momento em diante foi tudo uma farsa... – refletiu Eliza.

– Não, não, eu juro... A princípio, meus motivos podem ter sido outros, mas tudo o que eu disse, tudo o que conversamos, foi porque eu quis. Sempre quis... *o tempo todo.*

– Eu também não pude acreditar, minha senhora – disse Somerset, olhando para Melville com desprezo. – Até que minha irmã me mostrou as cartas trocadas entre eles. Não achei que *ele* pudesse se rebaixar tanto.

Somerset tinha comprovado tudo, então. Não era apenas a palavra de lady Selwyn. Havia provas.

Melville ainda olhava para Eliza.

– Sempre fui eu mesmo – voltou a sussurrar.

– Eu devia saber que não poderia esperar nada diferente de um homem que nunca trabalhou honestamente um dia sequer na vida – continuou Somerset.

– Ah, minha nossa, você serviu na Marinha… *nós sabemos* – disse Melville, quebrando o silêncio e olhando com raiva para Somerset, que devolveu o olhar com fúria semelhante.

– Se quiser um tapinha nas costas, basta pedir. Não precisa ficar repetindo isso para todo mundo o tempo inteiro – concluiu Melville.

Somerset deu um passo à frente, com os punhos cerrados. Melville não recuou.

– Ah, vai me bater? – provocou Melville. – E o que imagina que vai conseguir com isso?

– Imagino que isso me deixaria bem melhor – disse Somerset, com os dentes cerrados.

Os dois se encararam, olho no olho, quase peito contra peito. Eliza os observava como se estivesse a uma distância muito grande dali. Mais uma vez, era como se ela não estivesse presente.

– Todo esse tempo… – Eliza ouviu as próprias palavras. – Você trabalhou para os Selwyns durante todo esse tempo?

Melville desviou o olhar de Somerset para ela.

– Não! – exclamou Melville.

Ele fez menção de ir na direção de Eliza, mas a mão de Somerset impediu. Ele a afastou, mas ficou onde estava.

– *Não*. Encerrei o contrato com eles assim que você me falou sobre a cláusula de moralidade.

Melville olhou para Somerset.

– Lady Selwyn deve ter lhe contado isso também, não é? – disse ele. – Que eu rompi o acordo?

– Não foi o que ela me disse – retrucou Somerset.

– Seu mentiroso! – disse Melville, balançando a cabeça. – Você e ela… os dois estão mentindo.

– Quem mais sabia disso? – perguntou Eliza. – Caroline?

Ela imaginou os dois mancomunados, rindo dela.

– Não – garantiu Melville. – Caroline não sabe de nada.

– E foi por isso que você insistiu tanto para que eu pintasse seu retrato?

– A primeira vez que pedi foi antes de o plano ter sido mencionado – salientou Melville.

– Mas depois…?

Melville hesitou e, ao fazê-lo, traçou uma linha sombria em todas as lembranças douradas de Eliza sobre sua consideração e seu respeito em cada uma das sessões de pintura, que tinham acabado de ser irremediavelmente contaminadas por aquela perspectiva terrível.

Naquele momento, ela se sentiu menor do que nunca. Tinha entendido tudo errado mais uma vez. *Sua menina tola.* Mentalmente, ela ouviu o velho conde sussurrando. *Sua menina tola.*

– Todas as vezes que você se ofereceu para me escoltar – balbuciou Eliza, com um horror cada vez maior. – Todas as vezes que me elogiou, me bajulou ou me desafiou a me comportar de maneira destemida...

– Isso soa muito pior do que de fato foi – disse Melville, implorando por compreensão. – Meus motivos não eram tão repreensíveis. Eu queria mesmo conhecê-la, passar um tempo com você. Eu *realmente* desejava isso.

Eliza balançava a cabeça como se tentasse tirar água do ouvido. Repassava mentalmente cada interação entre os dois: a amizade, o flerte, o repetido encorajamento para que ela desrespeitasse as restrições de seu luto...

As pistas estavam lá o tempo todo. Nada daquilo tinha sido real.

– Como eu fui idiota! – sussurrou ela. – Você nunca se importou comigo.

A dor chegou, enfim, pulsando através dela no ritmo de seu coração. E com ela veio uma raiva mais intensa do que qualquer outra que já tivesse sentido antes.

– Eu *me importo* com você – exclamou Melville, desesperado. – Era só que...

– Assim que eu soube a verdade – Somerset interrompeu Melville –, soube que precisava lhe contar. Foi por isso que voltei mais cedo.

– Ahh, como ousa... – Eliza começou a dizer.

Somerset assentiu, severo, olhando para Melville.

– Não! Como *você* ousa! – Ela apontou para Somerset.

Ele olhou para Eliza, surpreso.

– Como ousa se sentar aqui e me dar um sermão sobre decoro quando é sua irmã que tem se comportado de um jeito tão perverso? Como *ousa*? Se eu contasse às pessoas o que eles andaram planejando, não seria *eu* a ser castigada!

– Não pode contar isso a ninguém! – Somerset apressou-se em dizer. – Eliza, você não pode... a desonra...

– Ah, sim, eu poderia... – ameaçou Eliza. – E isso não seria menos do que todos vocês merecem.

– Eu não sou o vilão dessa história! – disse Somerset. – Lembre-se de que foi ele quem...

– Não importa! – disse Eliza, batendo o pé no chão. – Os *dois* me fizeram de boba!

A cada palavra que ela dizia, sua voz soava mais alta.

– Fale baixo, Eliza – retrucou Somerset. – Os criados...

– Ela tem o direito de gritar, seu idiota! – disse Melville, com raiva.

– Saiam! Os dois! – bradou Eliza.

Somerset e Melville ficaram imóveis, olhando para ela.

– Deixem-me em paz! – disse ela, com a voz repentinamente baixa e entrecortada. – Não suporto mais olhar para a cara de vocês.

O tilintar da louça sobre a bandeja fez com que todos olhassem para a porta, onde Perkins estava parado.

– Cavalheiros – disse ele, com mais autoridade do que Eliza imaginaria ser possível da parte de um homem que carregava uma bandeja de chá –, posso acompanhá-los até a saída?

– Não será necessário, Perkins – respondeu Somerset, partindo na direção do corredor.

Às costas dele, Eliza sentenciou, num tom de voz revestido de uma agressividade inédita:

– Se eu ouvir um único sussurro a respeito dessa cláusula de moralidade sendo usada contra mim, conto a todos o que os Selwyns planejaram fazer. Eu juro que conto!

Somerset virou-se para Eliza por um instante. Não havia calor em seus olhos quando eles se encararam. Por fim, Somerset assentiu e saiu da sala.

– Meu senhor – disse Perkins a Melville, severamente.

Melville não havia se mexido. Continuara imóvel, olhando para Eliza como se ela carregasse o mundo inteiro nas mãos.

– Eu jamais deveria ter concordado com aquilo – disse ele. – Mas eles mentiram para mim... n-não me contaram...

Melville estava gaguejando. Eliza nunca o vira tão desconcertado.

– Você ouviu todas as minhas confidências – rebateu Eliza. – Você me encorajou a desabafar. Você me elogiou, flertou comigo e me alimentou com bobagens sobre o meu valor... tudo para que eu me enforcasse na minha própria corda.

Melville levou a mão à testa.

– Sinto muito – sussurrou. – Não foi minha intenção... eu não disse nenhum absurdo. Precisa acreditar em mim!

– Não acredito – sentenciou Eliza, balançando a cabeça devagar.

Melville fechou os olhos, como se quisesse se proteger.

– Eu não sei como posso... consertar isso – balbuciou ele. – Eu vim aqui para...

– Por favor, vá embora – sussurrou Eliza.

Melville olhou para ela.

– Eu amo você – disse ele.

Para Eliza, aquele foi o golpe final. Uma torrente de lágrimas começou a escorrer por seu rosto. Ela agarrou os próprios cotovelos como se soubesse que soltar o corpo poderia fazê-la desmoronar completamente.

– Não acredito em você! – disse ela, com o queixo trêmulo.

Melville assentiu em silêncio, olhando para o teto como se também estivesse lutando contra as lágrimas.

E partiu em seguida.

Capítulo 27

Depois daquela conversa, ela ficou confinada em Camden Place por uma semana. Sair de casa exigiria assumir um verniz socialmente aceitável e... Eliza tinha uma ferida aberta. Não era algo que pudesse esconder enquanto jogava conversa fora. E assim sua casa se tornou seu porto seguro, como ocorrera desde o momento de sua chegada. Entre suas paredes, Eliza desmoronou como nunca havia acontecido antes.

A perda de Melville e de Somerset na mesma noite, em um único golpe, parecia incomensurável e cruel. Num primeiro momento, Eliza não conseguia dizer qual dor se referia a qual perda. Ela chorou por ambos: pela vida que pensou que teria ao lado de Somerset, pelos meses de alegria que experimentara com Melville, pelo amor verdadeiro que havia sacrificado e pelo amor que nunca tinha sido real.

– Foi tudo uma grande mentira – sussurrou Eliza para Margaret, na primeira noite. – Tudo mentira.

Estavam deitadas na cama de Eliza, e Margaret afagava seus cabelos. Margaret não havia perguntado à prima se queria companhia – na verdade, desde o momento em que a encontrara desabada no chão da sala de estar, não havia saído do lado dela.

– Sinto muito – disse Margaret, enxugando delicadamente as lágrimas do rosto de Eliza com o polegar. – Sinto muito, minha querida.

Eliza segurou a mão de Margaret enquanto adormecia, na vã esperança de que aquele gesto pudesse ampará-la. Quando acordou na manhã seguinte – tão cedo que o céu apenas começava a clarear –, os dedos ainda estavam entrelaçados aos de Margaret. Eliza olhou vagamente para o teto, sem mover um único músculo em todo o corpo.

Eliza se perguntou quem seria ela naquele momento: a pessoa que se tornara havia sido construída sobre uma base falsa? O que isso a tornava?

Não querer se diminuir diante de Somerset parecia um pouco ridículo, pois ela se sentia menor do que de costume. Menor do que a tímida Srta. Balfour por quem ele se apaixonara – menor até do que a débil condessa que ela costumava ser antes de Melville espanar a poeira e fazê-la se sentir brilhante de novo.

Não era de fato uma artista – como poderia saber se tinha algum talento? Talvez fosse tão presunçosa quanto o Sr. Berwick, andando de um lado para o outro sem ter noção de que riam dela às suas costas. Se alguma vez se considerou desejável por ter dois cavalheiros brigando por ela, o que era agora que não tinha nenhum deles?

O teto não tinha respostas para Eliza, mas ela continuou a encará-lo.

– Vamos descer para tomar o café da manhã? – sussurrou Margaret ao acordar, segundos, minutos ou talvez horas depois.

Eliza não saberia dizer.

– Não, obrigada – respondeu.

Pensou em ficar um pouco mais na cama. Talvez pudesse morar naquela cama para sempre.

O teto ficava amarelo, rosa, roxo e azul com a luz natural, conforme o dia se passava. Margaret retornava ao quarto de vez em quando, trazendo para ela chá, bolos de limão ou revistas que pudessem lhe interessar. Eliza fazia o possível para sorver, mordiscar e folhear obedientemente, pois não era culpa de Margaret que as coisas tivessem acontecido de forma tão terrível, e ela não deveria ser obrigada a cuidar de alguém daquela maneira em seus últimos dias de liberdade. Entretanto, Eliza também não era capaz de cuidar de si mesma – ou melhor, provavelmente era capaz, só que *não se importava* mais. Simplesmente não conseguia imaginar como pôr fim àquela dor, e ainda não havia nenhuma parte dela que se sentisse pronta para experimentar algo diferente.

Levou mais dois dias para que Margaret começasse a abandonar a abordagem dócil em relação à depressão de Eliza. No quarto dia, ela tirou a prima da cama à força, enfiou-a em um vestido largo e arrastou-a até a sala de estar.

– Talvez seja mais fácil lidar com o bebê de Lavínia! – comentou Margaret com sarcasmo, tentando fazer a prima rir.

Contudo, Eliza só conseguiu olhar para ela com amargura.

Tanto Melville quanto Somerset tinham estado naquela sala recentemente. Não havia direção para a qual Eliza pudesse olhar sem se lembrar de um deles. Sentiu-se tomada por uma onda de raiva, porque os dois tinham conseguido macular aquele santuário construído por ela e por Margaret. Por fim, a mágoa deu lugar a um brevíssimo ataque de fúria. Naquele dia, Eliza resistiu apenas uma hora no andar de baixo, antes de ser vencida pelo cansaço e ter que se retirar, mais uma vez, para seu quarto. Então, ordenou que as janelas fossem fechadas e o fogo fosse apagado, para que ela pudesse ficar no escuro e tentar encontrar o sono que lhe escapava.

No quinto dia, Eliza conseguiu permanecer no andar de baixo por várias horas – e o orgulho que sentiu por sua proeza foi morbidamente absurdo. A tristeza enfim a transformara na inválida que um dia havia fingido ser – na verdade, houvera um tempo em que Eliza tinha mais vontade de usar preto e de passar uma temporada numa estação de águas, se recuperando. Qualquer uma daquelas decepções a teria derrubado. Mas duas ao mesmo tempo? Com toda a franqueza, aquilo parecia um pouco demais.

A porta se abriu, e Perkins entrou trazendo uma bandeja.

– Talvez possamos acender o fogo, Perkins – disse Margaret.

– Vou mandar Polly subir agora – disse ele, assentindo. Então, depois de uma breve pausa, ele acrescentou: – Há visitas lá embaixo.

– Se for lorde Melville, diga a ele para ir embora – ordenou Eliza.

Melville visitara Camden Place todos os dias naquela semana, e Eliza se recusara a vê-lo todas as vezes.

– Não é lorde Melville, minha senhora, e sim lady Caroline – respondeu Perkins, num tom calmo.

A recusa de Eliza estava na ponta da língua, mas Margaret – sentada à sua frente – não conseguia esconder o desejo em seus olhos. Eliza respirou fundo, com dificuldade.

– Eu não vou ficar – disse ela. – Acompanhe lady Caroline até aqui, Perkins.

– Tem certeza? – perguntou Margaret.

– Tenho – garantiu, embora não soubesse dizer se era verdade.

Nem se deu o trabalho de ajeitar os cabelos.

Quando lady Caroline apareceu na entrada, deslumbrante – como era de se esperar – em um vestido de seda rosa, com corpete de renda branca, Eliza foi atravessada por uma onda de irritação.

– Bom dia, Eliza. Margaret – disse lady Caroline, com firmeza. – Ora, que bela bagunça meu irmão fez!

Não haveria como tentar evitar o assunto.

– Imagino que tenha muitas perguntas a fazer – disse Caroline, olhando para Eliza.

– Não – rebateu Eliza. – Na verdade, não tenho pergunta nenhuma.

Se quisesse explicações, teria aceitado a visita de Melville. Mas não queria. O que ele poderia dizer que seria capaz de alterar a natureza dos fatos? E Caroline? O que ela poderia contar para fazê-la se sentir melhor? Nada.

Eliza se levantou. Descobriu que não conseguia mais olhar para Caroline. Por mais inocente que pudesse ser, ainda lembrava demais o irmão.

– Receio não poder ficar, lady Caroline. Importa-se que eu a deixe com Margaret?

– Claro que não – disse Caroline. – Mas espere um segundo.

Lady Caroline tirou uma carta da bolsa e ofereceu a Eliza, que não aceitou.

– O que é isso? – perguntou ela, cautelosa.

– É um comunicado da comissão organizadora da Exposição de Verão. Seu retrato foi selecionado. Parabéns! – disse Caroline.

Eliza olhou para o papel. Era tão estranho. Menos de uma semana antes, aquela notícia a teria deixado em êxtase. Teria ficado realmente encantada. A reação de Melville também teria sido de entusiasmo: ele teria dito que sabia o tempo todo que ela ia conseguir e que ali estava a prova. Estaria mentindo quanto a isso? Teria seu engano se estendido até mesmo ao participar da celebração de Eliza?

O olhar de Eliza finalmente deixou o papel nas mãos de Caroline. Passara vinte anos desejando aquele reconhecimento e agora… era apenas mais um evento desprovido de alegria, devido às circunstâncias atuais. Eliza obrigou suas pernas a se moverem e, sem dizer uma palavra sequer, caminhou na direção da porta. Fechou-a firmemente ao passar, e então sentiu a visão escurecer. Havia muitos dias não fazia qualquer esforço físico e tinha se levantado depressa demais. Procurou a parede e se apoiou nela por um momento, respirando fundo.

– Você sabia? – Eliza ouviu as palavras de Margaret por trás da porta.

– Claro que não! – exclamou Caroline. – Eu nunca teria concordado com nada parecido. Foi provavelmente por isso que Melville manteve tudo em segredo. Se ela apenas o deixasse explicar...

– O que ainda há para explicar? – perguntou Margaret. – Sabemos de tudo. Melville estava tendo um caso com lady Paulet, Paulet descobriu. Melville estava em apuros financeiros e precisava de um novo patrono. Talvez isso explique a motivação de Melville, mas não justifica seus atos.

A voz indignada de Margaret soava um pouco abafada através da porta fechada, mas ainda era audível do lugar onde Eliza estava encostada. Recuperando-se, ela se ergueu e estava prestes a se dirigir para o andar de cima quando...

– Não foi Melville quem teve um caso com lady Paulet – disse Caroline, em voz baixa. – Fui eu.

Ah.

– Por que, então, todo mundo pensa que ele...? – indagou Margaret.

– Ora, não podíamos contar a verdade, não é? – disparou Caroline, como se Margaret fosse particularmente estúpida. – Parecia melhor deixar Paulet presumir que Melville era o amante, mas não havíamos previsto seu ataque de raiva. Enfrentá-lo exigiria um grande investimento de qualquer editor. Daí o arranjo com os Selwyns...

– Você ainda a ama? – Margaret cortou Caroline. – Lady Paulet, quero dizer?

Aquelas palavras não eram destinadas aos ouvidos de Eliza. Ela se afastou silenciosamente da porta, rumo às escadas, e estava prestes a subir quando viu Polly, uma das criadas, subindo pelo outro lado, indo na direção da sala de estar.

– Polly – sussurrou Eliza –, o que você vai...

– Perkins me mandou acender o fogo, minha senhora – respondeu a criada, um pouco desconcertada por encontrar a patroa parada nas escadas daquele jeito.

– Houve um tempo... – A voz de Caroline atravessou a porta.

E, embora ela tivesse baixado ainda mais o tom, ainda era possível entender parte do que dizia.

– Não é necessário – retrucou Eliza. – Agora não.

Polly deu meia-volta, obediente. Eliza olhou com nervosismo para as escadas, para cima e para baixo, com mais energia do que havia sentido em todos aqueles dias. Qual era a probabilidade de outro criado ser enviado ao salão com bebidas e comidas ou para realizar alguma outra tarefa?

As vozes de lady Caroline e de Margaret estavam baixas e não poderiam ser ouvidas a não ser que alguém ficasse parado bem perto da porta. Eliza confiava que seus criados não se prestavam a bisbilhotar, mas seria o suficiente para não haver nenhum risco de descobrirem o que não deveriam?

Não permitiria tal coisa. Eliza se plantou diante da porta, guardando-a.

– Houve um tempo… – Lady Caroline voltou a falar.

Eliza tentou não ouvir a conversa, mas…

– … em que achei que a amaria pelo resto da vida. Mas isso foi antes de conhecer você.

Eliza ouviu Margaret dar um pequeno soluço e sentiu um aperto agridoce no coração.

– Você também? – sussurrou Margaret, com a voz trêmula.

– É claro que eu também! – disse Caroline, do jeito impaciente que era tão característico dela.

Eliza sorriu.

– Estou *esperando…* – disse Caroline.

Mas Eliza nunca saberia o que ela vinha esperando. Por motivos que escaparam a seus ouvidos – mas que ela podia muito bem presumir –, as palavras de Caroline foram abruptamente interrompidas no meio da frase. No pé da escada, Staves atravessou o corredor e, no exato momento em que Eliza ia tratar de afastá-lo dali, seguiu para a cozinha.

O silêncio na sala de estar durou mais alguns segundos.

– Vou para Paris na semana que vem – disse Caroline, suavemente.

– Paris? – perguntou Margaret.

– Terminei meu romance – respondeu Caroline. – Tenho esperança de publicar este ano. E ir para Paris sempre esteve nos meus planos.

– Sim… é claro – concordou Margaret, embora parecesse ter perdido o fôlego. – Talvez quando você voltar…

– Venha comigo! – pediu Caroline, com ardor. – Você poderá conhecer Paris, praticar adequadamente seu francês… E, se ficarmos entediadas, podemos simplesmente ir para Bruxelas, Frankfurt ou *qualquer outro lugar.*

Eliza tapou a boca, torcendo silenciosamente – mas com toda a força que podia – para que Margaret aceitasse. Para garantir um futuro feliz, algo de que ela não tinha sido capaz.

– Não posso – respondeu Margaret. – Minha família...

– Renunciaria a uma chance de ser feliz comigo por uma família que você não suporta? – perguntou Caroline, incrédula.

Eliza concordou em seu íntimo.

– Nunca me perdoariam – argumentou Margaret. – E eu não teria nada a que recorrer se você e eu...

– Você poderia contar com Eliza, não?

Sim, pensou Eliza energicamente, *ela poderia contar comigo*.

– Não é só isso. Como faríamos...? Como poderíamos...?

De repente, Margaret parecia tão jovem.

Caroline suspirou, e sua voz se suavizou.

– Aos nossos amigos, aqueles em quem confiamos, podemos dizer a verdade. Para os demais seríamos apenas *ótimas* amigas.

– E seríamos aceitas pela sociedade?

– Seríamos discretas, é claro, mas em Paris as pessoas são mais liberais do que em Londres.

– Discretas o bastante para evitar boatos? – questionou Margaret. – De modo que nem os criados soubessem do segredo?

– Confio plenamente na minha criadagem – garantiu Caroline, com um leve tom de reprovação. – Sempre haverá quem não nos receba, se desconfiarem, mas não achei que você se importasse tanto com a opinião alheia.

– E não me importo mesmo – protestou Margaret, baixinho. – É que há tanta coisa a considerar...

– Tenho tanto para lhe mostrar – disse Caroline. – Margaret, *venha comigo*.

Eliza imaginou que Caroline estivesse segurando as mãos de Margaret com um ar suplicante, como ela mesma havia feito com Somerset e como Melville tentara fazer com ela. Fechou os olhos com força para afastar aquelas lembranças.

Diga que sim, Margaret. Diga que sim.

– Não sei – disse Margaret, baixinho. – Eu... preciso pensar. Você pode atrasar sua partida um pouquinho?

Houve uma pausa tão longa que Eliza se perguntou se algum dia seria interrompida.

– Passei muito tempo esperando – disse Caroline. – Ela parecia muito cansada, de repente. – Jurei nunca mais fazer isso.

– Precisa entender minhas preocupações – implorou Margaret. – Diga que você compreende.

– Eu compreendo – disse Caroline. – Mas não posso ficar. Não posso esperar.

– Nem um pouco? Por mim?

– Eu amo você, Margaret – agora havia na voz de Caroline uma intensidade que levava às lágrimas –, mas eu... Desta vez, gostaria de ser escolhida em primeiro lugar.

– Mas...

Uma longa pausa – um beijo?

– Espero que voltemos a nos encontrar – murmurou Caroline.

– Não... não vá!

– Eu preciso.

Ao ouvir o som de passos nas tábuas do assoalho, Eliza deixou seu posto num salto e passou para o andar de cima. Viu Caroline saindo da sala de estar, parando atrás da porta e respirando fundo por um momento. E então ela partiu.

Eliza desceu lentamente, com os pés tão pesados quanto seu coração. No interior da sala de estar, Margaret estava sentada sozinha no sofá. Tinha os olhos secos, mas seu rosto estava muito pálido.

– Você está...? – Eliza começou a dizer, sem saber muito bem o que queria perguntar.

Margaret balançou a cabeça.

– Estou bem – disse ela, bem alto. – Está tudo bem.

– Está certo – respondeu Eliza, sentando-se ao lado dela.

– Eu estou bem.

– Estaria tudo bem mesmo que você não estivesse bem – comentou Eliza, com delicadeza.

– Ela não esperaria por mim – disse Margaret, com a voz abafada.

– Ela não pode ficar aqui se quiser voltar a publicar – explicou Eliza. – Sua vida se tornaria muito difícil.

– Eu sei – disse Margaret, com o queixo trêmulo. – É só que... É só que eu achei que seria mais corajosa.

Nos últimos dias, Eliza podia não ter descoberto quem realmente era: não sabia se tinha acertado ao recusar Somerset, nem se seu amor por Melville tinha sido *real*. Mas, acima de tudo, tinha sido uma boa amiga. *Aquela* cumplicidade ela não havia perdido. Ela se inclinou para abraçar Margaret com força, e a prima, que não chorava desde os 10 anos, desfez-se em lágrimas ruidosas, apoiando o rosto no ombro de Eliza.

– Não quero mais ficar em Bath – disse Margaret para Eliza. – Simplesmente não posso mais ficar aqui.

– Tudo bem – respondeu Eliza, apertando-a com mais força.

– Não posso – repetiu Margaret.

– Está tudo bem.

– Podemos ir para algum outro lugar?

– É claro! – disse Eliza. – Ela teria concordado com qualquer coisa que Margaret pedisse naquele momento. – Vou pensar em alguma coisa.

Os olhos de Eliza pousaram no bilhete que lady Caroline havia deixado sobre a mesa – a resposta da Academia Real.

– Talvez possamos ir... para Londres?

Casa Balfour
Kent
10 de abril de 1819

Eliza,

Lavínia iniciou sua reclusão, por isso talvez a presença de Margaret se torne necessária em breve. Como seu primeiro ano de luto terminou, poderia ter a bondade de informar à sua mãe em que data pretender retornar a Balfour? Já deve ter se fartado das águas — espero que não se torne uma daquelas mulheres doentias, sempre acometidas por enfermidades. É preciso seguir com a vida, Eliza!

Sua mãe

Capítulo 28

Eliza e Margaret viajaram para Londres em uma carruagem de aluguel, acompanhadas apenas de suas criadas. Perkins e o resto dos empregados ficariam em Bath, aguardando o retorno delas – embora Eliza ainda não pudesse imaginar quanto tempo isso levaria. Quando alguém está em fuga, não costuma levar em conta questões práticas, como a viagem de volta.

Ao seguir para Bath com Margaret, o humor de Eliza oscilava entre a ansiedade e a alegria, pois ela estava igualmente amedrontada e empolgada. Dessa vez, havia uma determinação maníaca no modo como ela conduzira, do modo mais rápido possível, a viagem de 150 quilômetros até Londres.

Assistir à abertura da Exposição de Verão dali a duas semanas – e ver com os próprios olhos o retrato pintado por ela sendo apreciado por outras pessoas – era de longe o motivo menos importante para a partida. Bem mais urgente era jogar-se com Margaret em meio às muitas distrações possíveis, para que ambas pudessem aplacar suas respectivas frustrações.

Quando Londres surgiu no horizonte, Eliza ficou definitivamente convencida de que aquela tinha sido uma decisão acertada. Na elegância serena de Bath, não se podia fugir da introspecção, mas na grandiosidade insistente de Londres – irmã mais velha de Bath, mais barulhenta, confusa e exigente – era impossível não se distrair.

A carruagem as levou até a praça Russell, onde foram recebidas com entusiasmo por ninguém menos que lady Hurley.

– Ah, é tão bom ver vocês duas! – cantarolou ela, estendendo as mãos em sinal de boas-vindas. – Hobbe, cuide das malas imediatamente!

Eliza havia escrito para lady Hurley assim que Margaret, ainda em lágrimas, havia concordado com o plano. Como resposta, lady Hurley convidou as duas na mesma hora para ficar na residência que ela havia alugado para a temporada. Decerto ela não era a única pessoa que Eliza conhecia em Londres, nem a mais importante – sua casa, embora espaçosa e luxuosa, ficava na praça Russell, região menos prestigiosa do que as elegantes Grosvenor ou Berkeley. Contudo, lady Hurley era a única pessoa com quem ela desejava se relacionar naquele momento.

– Seria desastroso permitir-se pensar – disse lady Hurley, batendo palmas.

Mesmo sem conhecer nenhum detalhe, ela parecia ter uma ideia bastante precisa do que havia ocorrido.

– Vamos ao teatro – sugeriu alegremente.

E, embora cada osso do corpo de Eliza parecesse pesar como chumbo tamanho o seu cansaço, ela concordou imediatamente: pensar seria, de fato, catastrófico. O camarote de lady Hurley no Theatre Royal era bem localizado tanto para contemplar o palco quanto para observar os outros espectadores na plateia – o que era igualmente importante, pois nem mesmo *A ópera do mendigo* havia conseguido prender a atenção fugidia de Eliza por muito tempo.

– Ontem à noite, vimos o duque de Belmond – confidenciou lady Hurley a Eliza e Margaret, enquanto levava os binóculos de ópera aos olhos e começava a examinar os camarotes diante delas. – Acompanhado de uma senhora que, decerto, *não* era sua esposa, devo dizer.

– Será? – disse o Sr. Fletcher.

Ele, que se hospedava na rua Duke durante a temporada, aparecia de braços dados com lady Hurley em Londres com a mesma frequência que em Bath.

Enquanto o olhar de Eliza vagava pelo interior ornamentado, ela reparou no brilho de um bom número de binóculos voltados na direção de seu camarote.

– Por que estão olhando para nós? – perguntou ela a lady Hurley.

Lady Hurley baixou os binóculos e olhou para Eliza como se ela fosse completamente ignorante.

– Minha querida lady Somerset – disse ela, parecendo se divertir muito. – É uma viúva excepcionalmente jovem e de grande fortuna. Imaginou que poderia participar da temporada *sem* causar nenhuma agitação?

As palavras eram tão parecidas com as ditas por Melville poucas semanas antes que, antes de responder, Eliza precisou apertar a mão contra o peito por um instante para aliviar a dor.

Nas duas semanas que antecederam a abertura da Exposição de Verão, foi provado que lady Hurley e Melville tinham razão nesse ponto. Na última vez que Eliza havia passado a temporada em Londres, ainda como Srta. Balfour, sua presença tinha sido notada unicamente graças à determinação de sua mãe. Dessa vez, porém, ela era a viúva lady Somerset – rica, ainda por cima –, e nem mesmo o meio luto impediria a alta sociedade de reparar nela.

Na manhã seguinte, estavam cercadas de convites e, em breve, lady Hurley as acompanharia em desjejuns festivos, visitas matinais, piqueniques e passeios. À noite, frequentavam o teatro, a ópera e até mesmo alguns bailes. Embora Eliza ainda não pudesse dançar, com certeza podia observar, conversar – e, como de fato aconteceu, podia flertar.

Se Melville não havia lhe dado muitos motivos para que ela acreditasse nos valores de um cavalheiro, com certeza a ensinara a flertar melhor. E, assim que Eliza superou sua incredulidade diante do número de cavalheiros desimpedidos que se pavoneavam em torno dela, a urgente necessidade de ocupar sua mente a motivava a se envolver em tantos flertes quanto pudesse administrar – por vezes, de um jeito um tanto frenético.

– Quase sinto pena dos pobrezinhos! – exclamou lady Hurley, estalando a língua ao ver diversos cavalheiros deixarem com relutância o camarote delas na segunda visita ao teatro, depois que o sino indicava o final do intervalo. – A competição é feroz.

– Não sinto nenhuma pena – retrucou Margaret. – Desde que nasceram, os cavalheiros são excessivamente elogiados, mimados e valorizados pela sociedade.

Margaret estava começando a recuperar parte de sua acidez habitual.

– Vejo que você também tem seus admiradores, Srta. Balfour – observou lady Hurley, com um brilho divertido no olhar.

Era verdade. E, embora Margaret distribuísse desaforos e esnobadas com uma perversa liberalidade, ao menos parecia estar encontrando algum prazer doentio naquela prática.

– Já tem um favorito, lady Somerset? – perguntou lady Hurley, sem se dar ao trabalho de diminuir o tom de voz quando a cortina voltou a se erguer.

Dessa vez iam assistir a *Os dois criados espanhóis*, e Eliza tirou os olhos do palco. Melville tinha apreciado muito a peça quando fora encenada em Bath. Ela balançou a cabeça, em resposta à pergunta de lady Hurley.

Havia o doce Sr. Radley, naturalmente, que compensava com elogios o que lhe faltava em vivacidade. O grisalho e distinto Sr. Pothelswaite, com uma conversa divertida e maneiras agradáveis. E o belo, porém tedioso, Sir Edward Carlton. Mas nenhum deles – por mais divertido, interessante e envolvente que fosse – conseguia inspirar nela sequer uma fração do sentimento que nutria por Melville ou Somerset. E, por mais que tentasse se distrair em Londres, Eliza ainda se pegava pensando nos dois quando estava deitada na cama ou ia à ópera. E pensava especialmente em um deles.

Eliza tinha escolhido encerrar seu relacionamento com Somerset. Tomara aquela decisão sozinha e, ainda que aquela noite terrível não tivesse ocorrido, considerara a decisão acertada. Sempre sentiria falta dele. Lamentaria o que haviam perdido, o que poderiam ter vivido juntos. E, embora fosse nutrir sentimentos por ele para sempre, ela compreendia. Fazia sentido que não pudessem ficar juntos.

Já no caso de Melville… Até o momento em que Somerset lhe revelara a verdade, Eliza o desejava. E continuava desejando, apesar de tudo. Nenhum dos entretenimentos em Londres seria capaz de fazê-la esquecer disso por um momento sequer.

Ela sentiu que teria que se esforçar mais. E, se não serviam as noites de diversão bem-comportadas oferecidas por lady Hurley até então, talvez fosse o caso de experimentarem alguns dos entretenimentos mais audaciosos de Londres.

– Não posso agradecer o suficiente por sua hospitalidade, minha senhora – sussurrou Eliza para lady Hurley.

– Não há o que agradecer, minha pequena – disse lady Hurley, fazendo um gesto com a mão. – Está se divertindo?

– Estou, sim – respondeu Eliza. – Mas tenho pensado… Amanhã poderíamos jantar no Royal Saloon?

Sob a vigilância severa da Sra. Balfour, o Royal Saloon, em Piccadilly, tinha sido um dos muitos lugares que Eliza fora proibida de visitar, mas lady Hurley era uma acompanhante bem diferente.

Na noite seguinte, passaram horas fabulosas jantando em uma das cabines mais públicas do salão, na companhia do Sr. Fletcher e de uma prima extremamente maquiada de lady Hurley. Depois, foram a uma reunião de carteado bastante turbulenta na casa dessa prima, onde Eliza e Margaret foram introduzidas aos jogos antes misteriosos de *loo*, *faro* e *whist*.

No dia seguinte, elas pegaram um barco a vapor para Margate com outro grupo de amigos de lady Hurley; no *outro dia*, passaram uma tarde muito divertida trajando seus vestidos mais simples e perambulando por uma feira de primavera, misturando-se com comerciantes mais respeitáveis e outros menos enquanto contemplavam as atrações.

E se Eliza começava a chamar mais atenção do que era aconselhável; e se Londres começava a fazer comentários sobre como lady Somerset havia se tornado *atirada*; e se a cada dia Eliza recebia cada vez menos convites para as festas da alta sociedade, aquilo parecia um preço satisfatório a pagar – quando estava rindo num jantar, flertando agradavelmente com uma multidão de cavalheiros ou bebendo muito ponche na Opera House, Eliza podia fingir, por alguns momentos abençoados, que não sentia falta de um homem que tinha sido praticamente pago para arruiná-la.

No dia anterior à inauguração da Exposição de Verão, quando Eliza já havia esgotado todas essas possibilidades e outras tantas, e não conseguia pensar em mais nenhum lugar para visitar, nem em outra diversão para experimentar, sugeriu que todos fossem ao *ridotto*, baile de máscaras nos Jardins de Vauxhall.

Diante disso, até lady Hurley fez uma pausa. *Ridottos* públicos desse tipo eram considerados eventos terríveis e vulgares, sendo desprezados pela alta sociedade.

– Talvez não sejam eventos muito elegantes – alertou ela, mas Eliza não se deixou intimidar.

Quanto mais escandalosa a diversão, maior a distração... e quanto maior a distração, menos ela sentiria a dor de ter o coração machucado.

Depois de Eliza convencer sua anfitriã, elas partiram naquela mesma noite, na carruagem de lady Hurley. Eliza sentia-se mais abatida do que animada – afinal, tinham sido semanas cansativas.

– Recebi uma carta de Caroline esta manhã – disse Margaret, de repente.

Eliza sentiu o coração disparar.

– Ah, é mesmo? – perguntou, esforçando-se para parecer despreocupada.

– Eles chegaram a Londres – prosseguiu Margaret. – Ficarão por um dia antes de seguirem para Dover, onde farão a travessia. Melville também vai para Paris.

– Entendo – disse Eliza, como se Margaret tivesse acabado de informá-la de que chapéus vegetais voltaram à moda.

– Ele quer ver você – contou Margaret. – Quer se explicar.

Os olhos de lady Hurley saltaram de Margaret para Eliza e vice-versa.

– Mas eu não quero vê-lo – respondeu Eliza, com agressividade. – Só Deus sabe que mentiras ele terá inventado, tendo tanto tempo para se preparar para tal encontro.

– Você não acha que seria mais fácil falar com ele em vez de tentar se ocupar para não se sentir assim? – perguntou Margaret.

– Não.

– Eliza...

– Não, Margaret – repetiu Eliza. – Não.

O som da música alertou-as de que estavam se aproximando de Vauxhall. Eliza inclinou-se para a janela da carruagem mais pelo desejo de evitar ter aquela conversa com Margaret do que por qualquer outro motivo. No entanto, enquanto contemplava o jardim e seus intrincados passeios iluminados por mil lâmpadas douradas, bem como as centenas de pessoas entrando e saindo de seus pavilhões e quiosques, Eliza sentiu uma emoção genuína aflorar em seu peito. Ela se virou para olhar para Margaret – sua melhor amiga no mundo – e passou um minuto se maravilhando com a sorte que tinha por ter nascido na mesma família que ela.

– Mais uma vez até o fim? – perguntou Eliza.

Margaret sorriu com um brilho nos olhos.

– Certamente – concordou.

– *Concordo plenamente!* – exclamou o Sr. Fletcher, enfático.

Vestiram suas máscaras e envolveram-se em *dominós* – mantos com capuz. Por baixo, as duas usavam vestidos de noite: o de Margaret era feito de uma linda seda azul; o de Eliza era uma magnífica criação de madame Prevette em verde-bronze. Embora ainda fosse muito cedo para Eliza usar aquela cor, a máscara esconderia sua identidade para que não fizesse diferença. Lady Somerset podia até estar de meio luto, mas naquela noite ela seria apenas Eliza.

Desceram da carruagem e se viram imediatamente imersos na música e no clima de alegria, entre vozes altas e gargalhadas ruidosas, com mais sotaques e linguajares do que Eliza estava acostumada a ouvir. Fora dos confins da alta sociedade, havia ali uma combinação de classes sociais e nacionalidades mais variadas do que as de sua convivência. Era uma Londres que ela nunca tinha visto antes. E era magnífica.

Foram primeiro para os camarotes desfrutar de uma ceia simples composta de carnes fatiadas, pães e pudins, acompanhados por taças de clarete. Em seguida, dirigiram-se à rotunda para juntar-se à multidão cintilante e oscilante de dançarinos.

Ali, pela primeira vez, Eliza entendeu por que os *ridottos* públicos eram considerados tão indecentes pela aristocracia. O comportamento das pessoas presentes era bem mais flexível do que ao que ela estava acostumada, em todos os sentidos: piadas obscenas eram gritadas de um dançarino para outro; mãos eram seguradas com mais força e numa altura mais baixa do que seria permitido em um salão de baile da alta sociedade; brigas irrompiam por conta de disputas imaginárias entre os jovens; o ponche era servido livremente e consumido sem moderação.

Talvez aquela fosse mesmo a noite mais animada da vida de Eliza. Segura na companhia de quatro amigos de confiança, ela dançou quadrilhas, cotilhões e diversas danças campestres, rindo enquanto tentavam acompanhar o ritmo da música e trocavam despreocupadamente de parceiros.

Quando a primeira valsa começou, degenerou num caos quase de imediato. Era dançada com mais proximidade e rapidez do que qualquer outra que Eliza já dançara antes. Estava tão ocupada rindo que não prestava atenção ao seu redor – na verdade, nem olhava muito para os parceiros. Pela primeira vez, não se sentiu sobrecarregada por seus pensamentos. A liberdade era tão grande que ela quase ficou tonta, mal se importando com os braços que a seguravam enquanto se jogava na pista de dança. Girou primeiro com um homem de dominó preto, depois com um de dominó vermelho, com um de dominó roxo e, então, nos braços de um parceiro que parecia mais gracioso que os demais. Um parceiro que não apenas uniu a palma de sua mão à de Eliza, mas que habilmente entrelaçou os dedos com os dela.

Eliza olhou nos olhos castanhos-escuros salpicados com minúsculos pontinhos dourados – olhos que ela teria reconhecido em qualquer lugar.

Capítulo 29

Ao fitar os olhos de Melville, o sorriso desapareceu do rosto de Eliza e seu coração começou a bater cada vez mais rápido. Enquanto os dançarinos trocavam de par, ele, trajando um dominó preto simples e uma máscara, agarrou Eliza com força, recusando-se a entregá-la à multidão. Ela seguiu os passos dele de forma automática, instintiva, sua mente girando. O que Melville estava fazendo ali?

O abençoado vácuo mental dos últimos minutos havia acabado. Seus pensamentos a levavam de um sentimento contraditório a outro: estava feliz em vê-lo, mas desejava que ele não tivesse ido; queria ouvir a voz dele, mas não queria conversar. Por fim, quando os derradeiros acordes dos violinos fizeram com que todos se separassem e se cumprimentassem, Melville soltou Eliza, embora as mãos dele relutassem em deixar sua cintura enquanto ela dava dois passos para trás. Se Eliza queria ter alguma chance de pensar com clareza, precisava manter certa distância.

Silenciosamente, Melville estendeu a mão, e Eliza hesitou por um bom tempo antes de tomá-la. Tinha muitas perguntas. Com delicadeza, Melville a guiou por entre os dançarinos e os curiosos, parando apenas quando os dois chegaram ao relativo sossego dos caminhos iluminados por lanternas.

Um casal risonho passou correndo por eles, claramente empenhado em algum tipo de travessura carnal, e Eliza soltou-se de Melville.

– Como sabia que estaríamos aqui? – perguntou Eliza.

– A Srta. Balfour – respondeu ele. – Ela enviou um bilhete a Caroline através de um mensageiro. Então nós viemos.

– Vim até Londres para ficar longe de você – disse ela.

– Eu sei – admitiu Melville. – Mas eu... preciso me explicar. Não posso sair da Inglaterra antes disso.

Melville a puxou para um banco de pedra cercado de árvores, e os dois se sentaram. Começou então a falar rapidamente, sem rodeios, como se pudessem ser interrompidos a qualquer momento.

– Quando os Selwyns se aproximaram de mim, eu estava desesperado. Já havia passado semanas viajando pelo país e tentando convencer algum patrono rico a me apoiar. No dia em que conheci você, eu estava voltando de uma dessas buscas infrutíferas. – Ele tomou fôlego e prosseguiu: – Ninguém queria desafiar Paulet. Achei que minha carreira estivesse encerrada, que minhas aspirações estivessem destroçadas. Pensei que Caro e eu seríamos condenados a pairar à margem da sociedade e que Alderley se degradaria por falta de manutenção.

Eliza tentou endurecer o coração para evitar a compaixão que teimava em se manifestar dentro dela. Ele era escritor. Era de se esperar que soubesse contar bem uma história.

– Quando Selwyn explicou o plano – Melville passou a falar mais devagar. Não era fácil narrar essa parte da história –, não me pareceu algo tão vil. Eu já achava você interessante e ele deu a entender que tudo o que eu tinha a fazer era... continuar o que eu estava fazendo.

Eliza olhou para Melville como se não estivesse compreendendo aonde ele queria chegar.

– Continuar a passar um tempo com você e flertar, sim – explicou ele. – Talvez até tentá-la a burlar um pouco as regras de decoro... mas apenas para interferir em seu relacionamento com Somerset.

Ela finalmente começou a entender.

– Eu não tinha noção do risco que isso representaria para sua fortuna. Selwyn me disse que era apenas para evitar uma aliança entre vocês dois, e fiquei feliz em atrapalhar Somerset. Nunca achei que ele merecesse você.

Aquele era um exemplo de manipulação *típica* dos Selwyns, mas...

– Em momento algum considerou o dano que poderia me causar? – perguntou Eliza. – A reputação de uma dama é um bem muito frágil.

Melville hesitou, e Eliza o observou atentamente.

– Por algum tempo, não – admitiu Melville. – Nunca tive muita influência sobre minha própria notoriedade: ela existe, não importa o que eu faça, e tive que aprender a não me censurar pelo que não posso controlar. Se os mexeriqueiros espalhavam mentiras sobre nós dois... bem, suponho que eu tenha pensado que a culpa fosse deles.

A maneira lenta como ele falava – como se sentisse um enorme desconforto ao pronunciar cada palavra – sugeria um esforço muito grande para ser sincero.

Apesar de tudo, Eliza amoleceu um pouco. Ela já tinha visto por si mesma como Melville havia sido perseguido por boatos e preconceitos desde o momento em que pusera os pés em Bath, muito antes de conhecer os Selwyns.

– Foi só quando você revelou a verdade sobre a cláusula de moralidade que percebi como havia sido manipulado – prosseguiu Melville, com dificuldade. – Rompi o acordo naquele mesmo dia, eu juro.

Melville ergueu os olhos e encarou Eliza com uma expressão clara de infelicidade e desejo.

– E então, na noite em que dançamos, eu percebi...

– Percebeu o quê? – perguntou Eliza, sem fôlego.

– Que a razão para querer ficar com você, para ter ficado tão atordoado com a notícia de seu iminente noivado, não tinha nenhuma relação com os Selwyns. Era porque eu estava me apaixonando por você.

Eliza deixou cair a cabeça entre as mãos. Ouvi-lo dizer aquilo era ao mesmo tempo maravilhoso e doloroso. Ela sentiu a mão de Melville pressionar suavemente suas costas, de um jeito reconfortante. Seria muito mais fácil acreditar nele e se permitir ser abraçada, mas...

– Como posso saber se está dizendo a verdade? – perguntou Eliza, endireitando-se. – Não suporto a ideia de ser enganada de novo. Você mentiu para mim tanto, tantas vezes, tão bem e de um modo tão convincente... e eu tive que questionar tanto desde então...

– Eliza, olhe para mim!

Melville tirou a máscara para que ela pudesse vê-lo direito e segurou as mãos dela.

– Quando se tratava de nós dois, de mim e de você, eu nunca menti. Quando falamos de nossos sonhos, nossas famílias, nossas vidas, eu não estava mentindo. Eu juro!

– Mas Somerset disse que você nunca rompeu o acordo, não até que ele interferisse – questionou Eliza.

– Ele estava mentindo – afirmou Melville.

– Mas…

– Eu amo você – disse Melville, interrompendo Eliza antes que ela pudesse terminar a frase. – Tudo o que preciso saber é: meus sentimentos são correspondidos?

Eliza fez uma pausa e afastou as mãos dele.

– Que direito você tem de perguntar isso? – quis saber. – É *você* quem precisa responder às *minhas* perguntas, Melville.

– Meus sentimentos são correspondidos ou não? – voltou a perguntar Melville, tão audacioso que Eliza ficou ainda mais irritada.

– Não serei intimidada a fazer uma declaração quando você se recusa a me responder – desafiou Eliza, balançando a cabeça. – De que outra forma eu saberia que não estou sendo manipulada de novo? Que não estou ouvindo mentiras outra vez?

– E por que eu mentiria agora? – indagou Melville. – O que eu ganharia com isso?

– O mesmo que tentou ganhar da última vez – retorquiu ela. – Sua situação não mudou, não é mesmo? Ainda precisa de dinheiro ou de um patrono. Pelo que sei, pode muito bem estar querendo se beneficiar de *minha* fortuna.

Eliza não acreditava de fato naquilo. As palavras haviam brotado da raiva e da frustração que ela sentia. Melville recuou, afastando-se dela.

– É o que pensa de mim? – Ele suspirou, assombrado. – Que eu sou um reles caçador de fortunas?

– Pode me culpar por pensar assim? – disse Eliza, sentindo um arrepio no espaço que o corpo dele até então aquecia. – Depois do que você já admitiu ter feito por dinheiro?

– Tem que saber que eu nunca…

– Tenho mesmo? – perguntou Eliza. – Achei que o conhecesse. Por meses, pensei isso, e então descobri que tudo era falso. Como posso ter certeza, Melville? *Prove.*

– Se você não consegue me perdoar, qualquer tentativa seria inútil – rebateu Melville.

– Se você não puder provar, então talvez seja mesmo inútil – retrucou Eliza.

– Você não está se esforçando – disse ele.

– *Você* é que não está se esforçando! – devolveu ela. – A culpa é sua. Foi você quem me desviou tanto do caminho que minha vida corre o risco de ser tão destruída quanto a sua!

Naquele momento, tudo o que Eliza queria era feri-lo do mesmo modo como havia sido ferida. O rosto de Melville se contorceu de dor e de raiva.

– Pois bem… Seria muito mais fácil me culpar, não é? – rebateu ele. – Diga-me: qual parte da sua vida eu estraguei? A parte em que você passou anos ansiando por um homem que não é capaz de *enxergá-la* como você é? Ou a parte em que esperou obedientemente pela permissão da sociedade para ser feliz?

Eliza ficou de pé num salto, com lágrimas brotando dos olhos.

– A parte em que amei você! – exclamou ela, quase engasgando. – *Essa* é a parte da qual eu me arrependo.

Eliza se virou e disparou de volta para a rotunda, com a visão embaçada pelas lágrimas. Atravessando a multidão, procurou ansiosamente por Margaret, mas tentar avistá-la num mar de dançarinos foi tão inútil quanto tentar identificar uma única gota de chuva num oceano. Toda vez que Eliza via uma mulher com um dominó rosa, tinha a altura errada, as formas erradas ou era simplesmente *errada*.

E então, enfim, ela a avistou. Margaret estava no centro de uma dança campestre, girando com as mãos entrelaçadas com uma dama que vestia dominó e máscara vermelhos – Caroline. Eliza as observou por algum tempo, enfeitiçada, parando de chorar. Não eram as únicas damas dançando juntas; havia mais mulheres do que cavalheiros presentes. Na segurança de suas máscaras e seus dominós – livres de qualquer receio de serem vistas –, Margaret e Caroline giravam e riam com total despreocupação. Como costuma acontecer quando se dança com a pessoa amada.

Ela esperou até que a dança terminasse para chamar Margaret. Ao contrário de Eliza, a prima não teve nenhuma dificuldade em reconhecê-la. Saiu do lado de Caroline imediatamente e foi correndo ao encontro dela.

– Melville achou você? – perguntou ela.

– Achou – respondeu Eliza.

– O que… – começou Margaret, mas Eliza a interrompeu.

– Vou para casa – disse ela.

– Vou com você! – respondeu Margaret, no mesmo instante.

– Não – falou Eliza, gentilmente. – Fique. *Dance*. Volte para casa com segurança.

– Tem certeza? – indagou Margaret.

Eliza olhou para trás e viu Caroline rondando nas proximidades com os olhos atentos.

– Tenho.

– Não sei o que estou fazendo – admitiu Margaret, trêmula. – Não sei se isso é *possível*.

– Esta noite, você está apenas dançando – disse Eliza, com o estômago doendo pelo esforço necessário para falar com calma. – Agora, volte para lá!

Eliza virou-se e dirigiu-se para as carruagens. Encontrou um veículo de aluguel desocupado e só se permitiu chorar depois de ter se instalado em segurança dentro da cabine.

Capítulo 30

Eliza entrou devagar na casa de lady Hurley, desatando com dificuldade o nó que prendia a máscara e, enfim, descartando o dominó. Nunca na vida tinha desejado tanto dormir.

– Minha senhora. – Hobbe, o mordomo de lady Hurley, aproximou-se na mesma hora.

– Boa noite – disse Eliza, cansada. – Poderia levar um bule de chá para o meu quarto, por favor?

– Minha senhora, a Sra. Balfour está na sala de estar.

Eliza tinha certeza de que tinha ouvido mal.

– M-minha mãe?

Hobbe assentiu.

– Aqui? Agora?

– Na sala de estar, minha senhora – repetiu ele.

– Quando ela chegou? – perguntou Eliza, com a boca seca.

– Por volta das 19 horas.

Já passava das 23 horas.

– Ah, não! – exclamou Eliza, com a voz fraca.

Mesmo sem saber o que estava por trás da visita da mãe, Eliza tinha certeza de que ela não poderia estar ali por um bom motivo – e o fato de não se encontrar em casa para recebê-la tornava tudo muito pior.

– Eu expliquei que a senhora estava num concerto e que não sabia bem a que horas voltaria para cá... Mas ela insistiu em esperar pelo seu retorno.

– Minha nossa!

Eliza ficou parada por um segundo, imaginando o que fazer para suavizar aquela infeliz série de circunstâncias. Olhou para o vestido *verde-bronze* que estava usando e se perguntou se o som de sua voz havia chegado até os ouvidos da mãe ou se ela teria tempo de subir as escadas e trocar de roupa.

– Eliza! – chamou a Sra. Balfour da sala de estar.

Eliza obedeceu ao chamado, inconscientemente.

Parou na porta, respirou fundo e entrou.

– Mamãe, que surpresa agradável! – disse Eliza, animada.

A Sra. Balfour não se levantou para cumprimentá-la. Estava bem instalada no sofá, bebericando chá. Eliza não compreendia como ela conseguia parecer tão intimidante naquela pose, mas os efeitos eram indiscutíveis.

– Sinto muito por não estarmos em casa para recebê-la. Nós…

– Sente-se – disse a Sra. Balfour, interrompendo-a.

Não importava que aquela fosse a casa de lady Hurley e ela fosse apenas uma convidada. Havia se tornado a dona do cômodo assim que entrara. Eliza sentou-se num sofá à frente da mãe, com as mãos apertadas sobre o colo.

– Assim que recebi sua primeira carta – começou a Sra. Balfour, em um tom lento e ponderado – declarando sua intenção de estabelecer residência própria em Bath, senti um receio.

Ela sabia, é claro: os receios de sua mãe haviam sido longamente documentados.

– Mas eu me tranquilizei – prosseguiu a Sra. Balfour – por lembrar que você se comportou bem a vida inteira.

Eliza anteviu um longo sermão.

– Sempre fez a coisa certa, sempre se comportou com decoro, sabendo de suas obrigações e honrando sua família. Sempre pude contar com você. Nunca precisei me preocupar.

– Eu… – Eliza começou a falar, mas foi duramente interrompida.

– Mas receber um conhecido libertino em sua casa? Conduzir um fáeton por estradas públicas para que todos vissem?

– Mamãe… – Eliza tentou novamente se explicar. Mas a Sra. Balfour não deixou.

– Ir para Londres assim que entrou no meio luto e flertar com todos os cavalheiros que atravessassem seu caminho, tendo seu nome falado pela cidade como se fosse uma vadia qualquer, e não uma Balfour… e não uma *condessa?* Eu deveria ter me preocupado mais, Eliza – concluiu.

A Sra. Balfour não ergueu a voz. Ela nunca fazia isso, mas tinha um jeito de falar usando tons ríspidos e reprovadores que causavam ainda mais impacto do que se ela gritasse.

– Mamãe – começou Eliza novamente –, não pode dar ouvidos a mexericos. Fazem tudo parecer pior do que realmente é.

– Andou visitando casas de jogos, Eliza? – perguntou a Sra. Balfour. – Anda hospedada na casa de uma mulher que recende a comércio? Por onde andou esta noite, usando um vestido totalmente inapropriado para seu estado de meio luto?

Eliza não respondeu. Mentir, naquele momento, seria pior.

– Não importa – disse a Sra. Balfour. – Não importa mesmo o que eu acho, embora confesse que esteja decepcionada. O que importa é o que a sociedade acha, importa o que Somerset acha… e ambos acreditam que você se tornou terrivelmente atirada.

– Somerset? – repetiu Eliza, abalada. Somerset e sua mãe estavam se *correspondendo*? – O que ele tem a ver com isso?

– Tudo, Eliza – disse a Sra. Balfour, inclinando-se para a frente. – Sem dúvida vai encontrar à sua espera em Bath uma carta do Sr. Walcot.

Eliza olhou para a mãe sem entender nada.

– Devo dizer que esquecer de encaminhar sua correspondência durante viagens entra na conta de suas irresponsabilidades. Por sorte, o próprio Somerset achou por bem escrever para seu pai há uma semana, para nos avisar do que estava por vir – explicou a Sra. Balfour.

– O-o que foi que ele disse? – perguntou Eliza, com a voz fraca.

– Devido ao seu comportamento recente, ele não tem escolha a não ser suspender seu legado – disse a sra. Balfour. – Pretende tirar de você todas as propriedades herdadas assim que a papelada for preenchida. E isso não deve demorar mais do que alguns dias.

– Mas… mas ele não pode! – protestou Eliza.

– Garanto a você que pode – disse a sra. Balfour. Eliza se perguntou até que ponto a fúria de sua mãe era atenuada pela justificativa. – Como o testamento afirma claramente, cabe a ele interpretar seu comportamento e, assim como eu, ele o considerou deplorável.

– Mas ele disse que não faria isso! – disse Eliza. – Ele concordou em não fazer nada, em troca de…

Ela se calou, sentindo de repente que não haveria nenhum benefício para a Sra. Balfour saber do esquema dos Selwyns. Mas não fazia sentido – Somerset sabia o que Eliza poderia revelar sobre sua família, sabia a desgraça que ela poderia trazer à porta dele apenas dizendo algumas palavras. Quando se falaram pela última vez, ele parecia empenhado em evitar tal circunstância. O que haveria acontecido para que ele mudasse de ideia?

– Talvez o constante constrangimento envolvendo o nome da família o tenha feito reconsiderar.

Depois de desferir o golpe final, a Sra. Balfour recostou-se no sofá.

– Não se pode passar o tempo todo com um homem, como você tem feito com Melville, entretendo-o por horas na privacidade de sua casa, sem que sejam feitas acusações graves contra você.

– Irei até Harefield – disse Eliza, andando pela sala como se quisesse encontrar uma solução nas paredes. – Vou fazê-lo recobrar o bom senso.

– Não, não vai – disse a Sra. Balfour, rapidamente.

Eliza olhou incrédula para a mãe, que acrescentou, convicta:

– Tenho alguns quartos reservados no Pultney's. Você vai me acompanhar até lá agora e amanhã vai voltar comigo a Balfour. Margaret irá para a casa de Lavínia. Em seguida, você instruirá Perkins a desmontar sua casa em Bath.

– Não, não vou.

– Como assim, não vai? – A Sra. Balfour piscou, perplexa.

– Não posso fazer isso – disse Eliza.

A Sra. Balfour encarou a filha.

– Não pode? – repetiu ela.

Certamente não acreditava que houvesse a menor possibilidade de Eliza lhe desobedecer. Na verdade, aquilo também não havia passado pela cabeça de Eliza. Sempre suspeitara que, se um momento como aquele acontecesse, ela desistiria de lutar no mesmo instante.

– Eliza, achei que não fosse necessário explicar como seu comportamento coloca em risco a reputação de nossa família, mas talvez seja preciso – disse a Sra. Balfour.

Ela se inclinou para a frente mais uma vez, franzindo os olhos.

– Se a notícia de que Somerset está tirando sua fortuna e o motivo de ele fazer isso se espalharem, a vergonha recairá sobre todos nós. O melhor que temos a fazer é manter tudo em segredo e implorar a Somerset que aja da mesma forma.

– Não, mamãe. Isso não é o melhor que eu posso fazer – rebateu Eliza.

As narinas da Sra. Balfour se dilataram, e Eliza foi em frente antes que fosse interrompida mais uma vez.

– Amanhã... comparecerei à Exposição de Verão. Uma pintura minha foi selecionada. Um retrato de Melville.

Sua voz não continha nenhum indício de vergonha, apenas um orgulho silencioso.

Eliza colocou os dedos trêmulos sobre os lábios. Achava que toda a satisfação com a conquista havia desaparecido, tornada impossível pela traição de Melville, mas lá estava. Escondida até aquele momento, mas não perdida.

– Eliza... – disse a Sra. Balfour, ofegante. – O que foi que você *fez*? Você... você colocou seu nome nele?

– É anônimo.

– Por enquanto... – sussurrou a Sra. Balfour. – Mas boatos, sem dúvida, acabarão se espalhando e...

Ela pôs a mão na cabeça.

– Eu sei que isso está além da sua compreensão, mamãe – disse Eliza –, mas eu não poderia deixar essa oportunidade passar.

A Sra. Balfour olhou para a filha como se não a reconhecesse.

– Quando você começou a acreditar que seus prazeres estariam acima de seu dever para com sua família, Eliza? Arriscar a reputação de todos nós por um capricho está além da compreensão de qualquer um – disse ela, por fim.

Sua mãe estava inconformada.

– Você tem irmãos, sobrinhas, sobrinhos... É seu dever agir em nome do que é melhor para eles e para si mesma.

– E foi o que eu fiz! – gritou Eliza. – Por dez longos anos!

Agora a Sra. Balfour estava prestes a ter um ataque de nervos. Eliza continuou falando:

– Dei a você a maior parte da minha vida, mamãe! Fiz todos os sacrifícios que me pediu, desisti de tudo. Eu fiz isso por todos vocês, e sem reclamar. Mas agora acabou. Quero mais da minha vida do que apenas cumprir obrigações.

Ela estava respirando com dificuldade. As duas tinham se levantado do sofá, embora Eliza não soubesse muito bem quando isso havia acontecido.

– E por acaso você acha que *eu* também não queria mais da minha vida? – perguntou a Sra. Balfour. – Que sua avó não queria mais? Que alguma das senhoras desta rua não querem mais para si? Mas nós *não podemos*. E vamos em frente.

Eliza encarou a mãe. Nunca havia suspeitado que a Sra. Balfour quisesse outra coisa senão a vida que tinha, aquela pela qual ainda lutava todos os dias. Desejou, de repente, que elas tivessem tratado daquele assunto em outra conversa, com a mesma sinceridade, num momento mais leve. Gostaria de ter conhecido antes essa versão de sua mãe.

A Sra. Balfour fechou os olhos, fazendo um esforço visível para se acalmar.

– Tudo o que eu quero… tudo o que eu *sempre* quis… é o melhor para todos os meus filhos – disse ela, em voz baixa. – Você acredita nisso?

E, de repente, Eliza sentiu um nó na garganta.

– Sim, mamãe – respondeu Eliza, já sentindo as lágrimas embargarem sua voz.

Era verdade. Eliza sabia que, por mais dominadora, insistente e teimosa que a Sra. Balfour fosse, tudo o que ela fazia era para o bem de todos. Nem sempre era uma armadilha. Ninguém precisava se preocupar com a decisão correta a tomar, com o curso de ação a escolher, pois ela sempre dizia o que fazer. Eliza podia simplesmente se apoiar na Sra. Balfour e permitir que ela lhe desse apoio – e havia uma parte dela, mesmo naquele momento, que sonhava em fazer aquilo. Entregar-se ao círculo familiar que iria repreendê-la, moldá-la e empurrá-la, mas que também a protegeria. Seria uma vida menor, porém mais segura.

– Amanhã partiremos para Balfour – decretou a mãe, sem qualquer dúvida na voz. – E Margaret seguirá para Bedfordshire.

Eliza respirou fundo.

– Não, mamãe – retrucou Eliza. – Amanhã eu irei à exposição. É uma oportunidade que talvez a senhora nunca tenha tido, e sinto muito, mas vou aproveitá-la.

Uma vida segura não era o que Eliza desejava. E, se sua fortuna lhe fosse mesmo tirada dela, poderia muito bem sair de cena de forma mais gloriosa.

Ela engoliu em seco e acrescentou, com mais dificuldade ainda:

– Isso não significa que eu não aprecie os sacrifícios que a senhora fez por mim. O fato de fazer escolhas diferentes não implica que não respeite as suas.

– Se fizer isso, jamais a perdoarei – sussurrou a Sra. Balfour.

Eliza fechou os olhos com força, desejando manter sua posição.

– Preciso fazer isso, mamãe. Espero que, algum dia, a senhora entenda.

– Então não temos mais nada a dizer uma à outra – concluiu a Sra. Balfour.

E no momento seguinte, saiu do cômodo, deixando Eliza completamente sozinha.

Capítulo 31

Eliza acordou cedo na manhã seguinte, antes que os demais. Pardle ajudou-a a colocar um vestido simples de seda cinza-claro antes de saírem de casa, antes de o café da manhã ser servido. Decidira que iria sozinha à Exposição de Verão, pois não sabia como reagiria ao ver o retrato outra vez.

A última vez que vira o quadro foi quando ela o enviou para avaliação. Estava emocionada, cheia de orgulho e *amor*. Naquela manhã, contudo, seu estado de espírito estava bem abalado. A tristeza causada pela visita da Sra. Balfour e pela notícia da perda de sua fortuna na noite anterior lançou seu futuro em um turbilhão sombrio e incerto.

Na opinião de Eliza, o mais difícil nos atos de bravura era que eles não causavam uma sensação tão boa quanto se imaginava. Na verdade, depois de cometê-los, a pessoa podia se sentir tão culpada, nervosa ou devastada quanto depois de um ato de covardia – ou quase isso.

Bem lá no fundo, apesar do medo do que estava por vir e da preocupação de nunca ser perdoada pela família, Eliza encontrava um fiapo de satisfação: mesmo que aquele fosse o maior erro de sua vida, pelo menos seria algo que ela havia escolhido, e não que tinha sido escolhido em seu nome.

A carruagem de aluguel diminuiu a velocidade ao se aproximar da Casa Somerset. O fato de a Exposição de Verão ser realizada numa propriedade que, duzentos anos antes, pertencera à família de seu falecido marido era uma ironia que, estranhamente, só ocorrera a Eliza naquele exato momento.

Ela se perguntou o que aconteceria se ela tivesse enviado o retrato em seu nome – será que isso lhe teria garantido uma posição mais favorável? A organização das pinturas dentro da Casa Somerset ficava a critério do comitê de montagem. Sua disposição no espaço seguia o critério do *muito bom* (ao nível dos olhos, nas primeiras salas, geralmente reservadas aos membros da Academia), passando pelo *mediano* e culminando no *muito ruim* (no teto do escuro Salão Octogonal). Eliza não fazia ideia de onde encontraria o retrato pintado por ela.

O veículo parou no pátio, e Eliza endireitou os ombros. Já estava na hora. Quando visitara a exposição antes – na infância –, encontrou o lugar lotado, mas naquele dia ela provavelmente seria uma das primeiras visitantes. Logo na entrada, lhe ofereceram um exemplar do catálogo, mas, embora soubesse que se tratava de um guia indispensável para localizar as obras de arte em exibição, não o adquiriu. Sentia que o momento era importante demais para pegar atalhos.

Em vez disso, passou lentamente de sala em sala, seguida por uma silenciosa Pardle. Tinha os olhos tão arregalados e admirados quanto em sua primeira visita, muitos anos atrás, de mãos dadas com a mãe enquanto tentavam localizar as obras do avô.

As paredes e os tetos estavam tão cheios de obras que era difícil saber para onde olhar. Os olhos de Eliza viajaram por retratos e paisagens marinhas e pinturas históricas – tudo agrupado e misturado. Ela se permitiu vagar livremente pelo espaço, sem prestar muita atenção nos artistas relacionados a cada obra, mas demorando-se nos pontos em que se sentisse estimulada a isso. Contemplou miniaturas, gravuras e esculturas, maravilhada com a miríade de mãos habilidosas capazes de criar peças tão belas.

Atravessou a quinta sala – contemplando a vasta cena de batalha histórica na parede leste – e entrou na sexta, parando abruptamente na entrada. Pois ali, do lado oposto, pendurado bem na altura de seus olhos, estava sua pintura. E, embora Eliza tivesse ido até lá com a intenção de vê-lo, sentiu que perdia o fôlego. Estava ali. Estava realmente ali. Inteiro e sem danos.

Ela havia conseguido.

Enquanto Eliza o fitava e o retrato de Melville lhe devolvia um olhar um tanto intrigado – como se dissesse "Quem você esperava encontrar?" –, sentiu um sorriso se abrir. Apesar de tudo o que tinha acontecido, de toda a incerteza do futuro, naquele momento ela se sentia exultante. Uma pintura dela estava pendurada ali, entre alguns dos maiores artistas da Europa, em uma exposição que, quando criança, ela considerava quase tão inatingível quanto vislumbrar o paraíso. Era algo quase além da sua compreensão.

Ela não saberia dizer quanto tempo ficou ali, diante do quadro. Só percebeu, depois de algum tempo, que algumas pessoas começaram a entrar na sala e se posicionar ao seu redor. Pela forma como falavam, a maioria pareciam ser expositores. E, pela maneira como vários deles se demoraram na frente da mesma parede que Eliza, seu retrato já parecia ter começado a gerar discussão.

– Quem você acha que fez isso? – perguntou um cavalheiro a seu acompanhante.

As manchas de tinta nas mãos dele diziam a Eliza que ele, provavelmente, também tinha uma pintura pendurada na parede.

– Tem jeito de ser um Jackson. Acha que ele deixou anônimo como uma piada?

– Não, não – discordou o amigo. – As cores estão todas erradas para Jackson. Acho bem mais provável que seja um Etty. Observe o talento, meu caro.

Eles examinaram o retrato por mais alguns momentos, tentando adivinhar quem seria o artista – todos os nomes eram, é claro, de homens – antes de prosseguir. O retrato de Melville olhou de soslaio para Eliza, como se achasse graça da situação. Eliza retribuiu o sorriso com um pouco de tristeza.

– Lady Somerset?

Eliza se virou e encontrou o Sr. Berwick.

– Bom dia – ela o cumprimentou com um sorriso.

– Bom dia! – disse ele. – A senhora chegou cedo.

– Queria evitar as multidões – respondeu Eliza, sem rodeios.

– Vejo que já encontrou o mistério deste ano! – disse o Sr. Berwick, jocosamente, fazendo um aceno para o retrato.

– Encontrei – observou Eliza.

– A senhora teria algum palpite de quem é o artista? – perguntou o Sr. Berwick.

Eliza balançou a cabeça.

– É uma posição *muito boa* – comentou o Sr. Berwick, demonstrando inveja. – Embora, às vezes, eles tenham que dar posições como essa para os retratos mais simplistas. Essas obras desapareceriam perto de qualquer trabalho mais desafiador, a senhora entende.

– Entendo – disse Eliza. – E onde está sua pintura, meu senhor?

– Ah, este ano eles me deram um local de minha escolha – disse ele, alegremente. – Fica melhor quando visto de certo ângulo, como sabe. É *essencial* que fique em algum lugar alto.

– Claro – disse Eliza, sorrindo. – Foi bom encontrá-lo, Sr. Berwick. Gostei de ver um rosto conhecido de Bath.

– Concordo – saudou ele, com uma reverência. – Ninguém me avisou de sua chegada. Preciso repreender Somerset severamente...

– Somerset? – indagou Eliza, alarmada. – Achei que ele estivesse no campo.

– Não, não – disse o Sr. Berwick, sorrindo. – Eu o vi há apenas uma hora... Acho que ele gostaria de conversar mais, porém tinha um encontro urgente na praça Grosvenor... Lady Somerset?

Eliza, num gesto de grosseria imperdoável, deixou o Sr. Berwick falando sozinho. Pensou que Somerset estivesse em Harefield. Mal podia acreditar que durante todo esse tempo ele estava hospedado a menos de 1 quilômetro de distância de sua residência.

Ele devia saber que ela estava na cidade, devia saber onde encontrá-la. E, mesmo assim, enviara aquela mensagem pela Sra. Balfour.

A serenidade que Eliza havia encontrado naquela manhã desapareceu. Ela atravessou as salas de exposição da Casa Somerset, fazendo o caminho de volta, saiu no pátio e voltou para sua carruagem de aluguel com uma raiva enorme.

Como ele ousa!

Como ele *ousa*.

– Praça Grosvenor, por favor! – pediu ao condutor. – E depressa!

Capítulo 32

Eliza não tinha passado muito tempo na residência londrina de seu falecido marido – o velho conde, assim como o novo, preferia o isolamento do interior à animação da cidade –, mas, menos de meia hora depois, desembarcou na praça mais grandiosa de toda a Londres.

Diante daquela casa imponente, imensa e terrivelmente austera, Eliza se lembrou de como costumava se sentir inadequada ao entrar ali. Pela segunda vez naquele dia, ela endireitou os ombros e bateu à porta. A expressão do criado, ao reconhecer a antiga patroa, beirava o cômico.

– Minha senhora! – balbuciou ele.

– Somerset está em casa? – perguntou Eliza, ingressando no hall de entrada.

– Ele está recebendo algumas pessoas para o desjejum, m-minha senhora – gaguejou o homem. – E-ele tem convidados.

– Excelente! Poderia informar a ele que estou aqui e desejo ter um minuto de seu tempo?

O criado fez uma reverência e saiu, reaparecendo minutos depois com Barns, o mordomo de Somerset.

– Lady Somerset – disse ele. – É uma hora incomum para uma visita.

– E, no entanto, tenho certeza de que podemos lidar com isso – disse Eliza, por um momento com uma voz extraordinariamente parecida com a de sua mãe. – Por favor, informe a sua senhoria sobre minha presença.

Barns hesitou, saiu e voltou depois de alguns minutos.

– Lorde Somerset agradece a visita e implora à senhora que volte mais tarde, pois ele está recebendo convidados.

– Por favor, comunique a seu lorde que esta senhora não retornará mais tarde, pois tem negócios urgentes para discutir com ele. Na verdade, esta senhora terá grande prazer em ir ter com o lorde na mesa do café da manhã se ele não puder vir *agora mesmo* – reforçou Eliza, dando um sorriso aberto e falso.

Barns olhou para ela e, depois, brevemente para Pardle, que estava ao lado de Eliza. Sua esperança era encontrar uma aliada; Pardle, no entanto, lhe retribuiu com um olhar petrificado.

– Minha senhora, posso convidá-la a esperar na biblioteca enquanto entrego a mensagem? – perguntou Barns, desistindo.

– Pode – disse Eliza, graciosamente, deixando Pardle esperando no corredor.

Não desejava que aquela reunião fosse acompanhada por ninguém – nem mesmo por ela.

Alguns momentos após a partida de Barns, a porta da biblioteca voltou a se abrir e Somerset entrou. Eliza preparou-se para sentir certa agitação ao vê-lo. Embora seu coração de fato tenha batido mais depressa, era por causa da raiva que sentia, e não do sofrimento, e isso a deixou mais firme.

– Eliza! – exclamou Somerset. – Devo pedir que volte mais tarde... estou no meio de um café da manhã com convidados...

– Como você ousa? – Eliza o interrompeu. – Como ousa escrever para meu pai e informá-lo de seus planos antes de escrever para mim?

Somerset olhou para ela um pouco atordoado. Eliza disparou a falar.

– Como ousa não dar tais notícias pessoalmente quando estava em Londres, quando provavelmente sabia de minha presença na cidade? *Como ousa* tirar minha fortuna de mim? Garanto-lhe, meu senhor, que mereci cada centavo.

– Como...?

Irado, Somerset tentou interrompê-la, mas Eliza estava enfurecida demais.

– Quer me punir por rejeitar sua corte? Compreendo perfeitamente. Mas esse castigo vai lhe dar a satisfação que tanto procura?

– Não... não é um castigo – retrucou ele, perdendo a compostura. – Embora eu esteja no direito de sentir um pouco de raiva, não tem nada a ver com punição. Está enganada. Que ousadia de sua parte me acusar de tal coisa!

– Certa vez, você me castigou por não ter *alma*. Agora seu problema parece ser o excesso – disse Eliza. – Aparentemente, não consigo lhe agradar, não importa o que eu faça.

Somerset cerrou os dentes.

– Sua fortuna foi dada a você por minha família, sob condições que você desrespeitou extraordinariamente, a tal ponto que me espanta sua presença nesta casa!

– E como foi que eu desrespeitei isso? – perguntou ela.

– De todas as maneiras possíveis, Eliza – respondeu Somerset. – Flertando com todos os cavalheiros solteiros de Londres. Visitando os locais mais insalubres da cidade enquanto estava de meio luto. Dançando com Melville enquanto ainda estava vestindo preto.

Aquela informação surpreendeu Eliza.

– Quem lhe disse isso? – quis saber ela.

– Não pode negar, não é?

Somerset prosseguiu, com amargura na voz.

– Vocês foram vistos, Eliza… Não que você parecesse se importar com isso na época! Eu avisei a você que não poderia passar muito tempo com um cavalheiro sem dar munição a pessoas maledicentes. Todos os dias, sua reputação sofria abalos gravíssimos enquanto você estava ocupada com Melville!

– E eu avisei a você – disse Eliza – o que pretendia fazer se tentasse tirar minha fortuna de mim. Que tipo de maledicência vai circular por aí quando todos souberem o que os Selwyns planejaram fazer, meu senhor?

Somerset olhou para ela, subitamente imóvel.

– E quem vai acreditar em você? – perguntou ele, tranquilo. – Eliza, você pendurou a prova de seu caso com Melville na Casa Somerset, para que todo mundo visse.

Somerset estava disposto a deixá-la preocupada.

– Inscrever o retrato como anônimo não manterá o segredo por muito tempo, escute o que estou dizendo. Os boatos já começaram a circular e, assim que a verdade for revelada, ninguém vai pensar que qualquer calúnia lançada contra lady Selwyn seja algo além de rancor.

Eliza o encarou.

– Como você pode ser tão cruel? – sussurrou ela.

– Ao contrário do que possa pensar de mim, não fiz isso para puni-la por rejeitar minha corte – rebateu Somerset, num tom pesado. – Seu comportamento teve consequências muito sérias para minha família... e para *mim*.

– Que consequências?

Somerset fez uma pausa. Pelo olhar dele, parecia estar pensando na melhor forma de dizer algo, como se soubesse que a faria sofrer e ainda quisesse evitar...

Eliza adivinhou o que ele estava prestes a dizer.

– Fiz um pedido de casamento, minha senhora. E os pais da jovem estão relutantes em aceitar porque você desonrou o sobrenome Somerset. Preocupam-se com os rumos que você pode dar à minha família... e com razão.

– Você vai se casar? – perguntou ela, um pouco ofegante. – Faz apenas três semanas!

– Preciso me casar com alguém, Eliza – disse Somerset, erguendo os braços, impotente. – E, se não for com você, então...

Eliza estava tentando digerir as palavras dele.

– É uma jovem doce e gentil, e tenho por ela grande afeição – completou ele. – Os pais dela não permitirão a corte até que eu dê um jeito em seu comportamento.

– Quem é a jovem?

Ele voltou a hesitar. Eliza franziu a testa.

– Vou acabar descobrindo. Não pode esperar manter essa informação em segredo.

– Meu senhor?

Eliza se virou ao ouvir uma voz baixa e tímida.

A identidade dos convidados do café da manhã na residência de Somerset tornou-se clara. Terrivelmente clara.

– Srta. Winkworth! – exclamou Somerset.

– Desculpe, mas não pude deixar de ouvir – declarou a Srta. Winkworth, com delicadeza.

Estava espiando dentro do cômodo, com uma das mãos apoiada na soleira da porta.

– Estava passando pelo corredor e escutei os dois falando alto.

Ela olhou para Eliza.

– Bom dia, lady Somerset. Gosto muito de seu vestido!

– Obrigada – respondeu Eliza, sem pensar.

Nunca tinha ouvido a jovem dizer tantas palavras de uma só vez.

– Agora volte para a sala de jantar. Irei em breve – instruiu Somerset, como se ela fosse uma criança pequena.

A Srta. Winkworth hesitou. Seus olhos passaram de Eliza para Somerset.

– Volte logo – sussurrou ela. – Minha mãe está prestes a criticar minha postura, tenho certeza.

Ela deu um largo sorriso para ele, exibindo duas covinhas. Então, retirou-se, obediente. Somerset se derreteu visivelmente.

Eliza olhou para ele boquiaberta.

– Você vai se casar com a *Srta. Winkworth*? – perguntou, confusa demais para ficar chateada. – Como isso é possível?

– Você me apresentou os Winkworths em seu jantar – Somerset começou a explicar.

Ele parecia dolorosamente ciente de como suas palavras soavam desajeitadas.

– Então, minha irmã os convidou para o baile de Annie. Naquela semana, conversamos um pouco e dançamos no Almack's. E como você… desde que nós… Bem, nós nos conhecemos melhor.

Era uma corte tão tradicional quanto qualquer outra. Tão tradicional quanto a deles havia sido. Exceto pelo fato de que…

– Oliver, ela é *muito* jovem – suspirou Eliza.

Ele corou.

– A Srta. Winkworth é bastante madura para a idade – retorquiu ele. – Ela sabe o que quer e… já me é muito querida… Com o tempo, o amor florescerá.

A atração pela juventude e pela timidez parecia ser um ponto em comum entre os homens da família. Por um momento, ver Somerset parado ali usando seus trajes matinais completos, naquela casa… Sua semelhança com o tio era gritante.

Mas então a cabeça de Eliza, que havia feito uma breve pausa, começou a girar novamente.

– E a Sra. Winkworth disse que eles não o aceitariam, a menos que você desse um jeito no meu comportamento? – perguntou. – A verdade é que ela me odeia.

– Não. Eles estão apenas preocupados com a filha – argumentou Somerset.

– Posso lhe assegurar que não é essa a questão – enfatizou.

Eliza deu uma risada amarga.

– Você é o melhor partido da Inglaterra. É claro que a Sra. Winkworth não vai rejeitar seu pedido! Ela está apenas *manipulando* você para se vingar de mim por não ter escrito as cartas de apresentação que ela me pediu.

– Para se vingar? – bufou Somerset. – Fala dela como se fosse a vilã de um melodrama!

– Pois ela me pareceu bastante vil ao planejar uma união entre Winnie e lorde Arden – retorquiu Eliza.

– *Arden*? Decerto ela não pretendia…

– Ah, pretendia, sim – disse Eliza.

Somerset ficou de queixo caído.

– Ela pediu especificamente que eu fizesse a apresentação entre os dois, pois ele é parente da *sua* linhagem – explicou Eliza. – E, quando sugeri que tal casamento seria injusto com sua filha, ela ficou bastante indignada.

– Mas Arden… Sem dúvida, nem a Sra. Winkworth… – disse Somerset, com uma nota de reprovação na voz ao dizer o nome dela, deixando bem clara sua opinião.

– Ela é perfeitamente capaz disso – garantiu Eliza. – Não diria que anda perseguindo seu título com certa assiduidade?

Somerset não respondeu.

– E não diria que a Srta. Winkworth é totalmente atormentada pela mãe?

– Quanto mais cedo eu tirar Winnie de suas garras, melhor – murmurou Somerset, concordando.

Ele olhou para Eliza pensativo, baixando a guarda.

– Você não me contou sobre Arden – disse ele, finalmente.

– Também não me disse que tinha uma *queda* pela garota – respondeu Eliza, erguendo as sobrancelhas e tendo a satisfação de ver Somerset corar.

– Pois bem – começou a dizer. – Mas não é por você ter razão em relação à Sra. Winkworth que seu comportamento se torna mais honroso. Pretende continuar desfilando pela cidade?

– Ainda não decidi – respondeu Eliza, com honestidade.

Ela realmente não sabia o que faria no futuro. Somerset soltou uma gargalhada.

– Pelo menos você é sincera – brincou ele. – Se você... moderar seu comportamento, talvez eu possa encontrar uma maneira de interromper o processo. Mas...

Somerset olhou com firmeza para ela.

– Eliza, você deve concordar em cortar qualquer contato com Melville. Sou capaz de perdoar muita coisa, mas isso não posso tolerar. Estamos de acordo?

Eliza comprimiu os lábios. Aquela seria a oferta mais conciliatória que provavelmente receberia dele. E a noite anterior não havia provado que ela e Melville não teriam um futuro juntos? Mesmo assim... Ela realmente voltaria a permitir que algum homem lhe fizesse tais exigências? Permitiria que sua vida fosse eternamente guiada pelos julgamentos arbitrários ou humores caprichosos dos homens?

– Não, não estamos de acordo, meu senhor – disse Eliza, com delicadeza.

Era uma tolice. Era imprudente. Era necessário.

– Não posso permitir que alguém diga aquilo que eu devo desejar... ou a quem – prosseguiu ela. – E, se minha fortuna é o preço que tenho que pagar por tamanha liberdade, então farei isso.

Somerset ficou perplexo.

– Adeus, então – disse Eliza, segurando as saias.

Lançou um último olhar para ele – um longo olhar. Parte dela sempre o amaria, sabia disso. Os dois haviam feito parte das histórias da vida um do outro por tempo demais para que aquele amor desaparecesse. As raízes estariam sempre emaranhadas. Mas Eliza teria que desistir de coisas demais para ficar com ele. E não podia mais fazer isso.

Ela caminhou em direção à porta. Ao alcançá-la, fez uma pausa.

– Seja bondoso com ela, Oliver – disse Eliza, sem se virar. – Ela é muito jovem e sua essência... ainda pode mudar.

Capítulo 33

Eliza sentiu-se sem chão na viagem de volta à praça Russell. Os fios que a prendiam à normalidade haviam sido cortados de novo, dessa vez por ela mesma. E, embora o mundo ao redor parecesse o mesmo de minutos antes, tudo estava diferente.

Ela não era mais a rica lady Somerset. Estava decidido. Não havia como voltar atrás, nem era o que ela *queria,* mas como agiria a partir daquele momento? Ainda receberia 500 libras por ano – o acordo matrimonial não podia ser tirado dela, e isso já era alguma coisa. Era suficiente, pelo menos, para alugar uma casinha e cobrir suas despesas essenciais. Contudo, seria preciso deixar para trás a vida de gastos descuidados, vestidos novos e carruagens reluzentes que ela havia apreciado nos últimos tempos.

Poderia se estabelecer como retratista e ganhar a vida com a arte, como faziam alguns cavalheiros? Eliza mordeu o lábio. Não saberia nem por onde começar. *Acho que você é perfeitamente capaz de enfrentar esses desafios,* Melville havia lhe dito certa vez. E embora bastasse pensar nele para sentir uma onda de raiva crescendo dentro de si, Eliza ainda se pegava adotando uma postura mais confiante tendo aquelas palavras como apoio.

Ela era perfeitamente capaz de fazer de tudo. E *faria.*

Qualquer serenidade que Eliza pudesse ter alcançado no caminho se esvaiu ao encontrar lady Hurley assim que ela entrou na sala de café da manhã da residência na praça Russell.

– Ah, lady Somerset… graças a Deus está em casa! – gemeu a dama, dando um pulo da cadeira para apertar as mãos de Eliza.

– O que aconteceu? – perguntou a lady Hurley.

– A Srta. Balfour – disse sua anfitriã, baixando a voz quando uma criada entrou com uma bandeja. – Ela não voltou para casa ontem à noite.

Por um momento, Eliza pensou ter ouvido mal.

– Margaret não voltou do baile de máscaras? – perguntou Eliza, com a voz fraca. – Não é possível! Ela deveria tê-la acompanhado na volta.

Lady Hurley balançou a cabeça. Eliza sentiu o coração bater com força, de modo atordoante.

– Nós viemos embora antes. Ela me disse que seria escoltada por lady Caroline assim que a dança terminasse – respondeu lady Hurley, arrasada. – Mas sua cama não foi desfeita.

– Você a deixou com Caroline? – perguntou Eliza. – *Ela* sabe onde…?

– Não sei onde fica a casa de Melville – respondeu ela. – E não posso tentar descobrir sem dar margem a todo tipo de pergunta.

– Mande vir a carruagem – interrompeu Eliza, sem se importar se estava sendo rude.

Subiu correndo as escadas antes que lady Hurley pudesse responder.

Não havia motivo para se preocupar. Margaret estava com Caroline, que não deixaria nada acontecer a ela. Era apenas um mal-entendido. No futuro, aquilo seria motivo de riso, tinha certeza.

Eliza abriu a porta do quarto de Margaret, correu até a escrivaninha e começou a remexer os papéis. Ela descartou um bilhete da mãe de Margaret e um programa de teatro e – *lá estava*! A caligrafia de Caroline e, no topo do bilhete, o endereço. Praça Berkeley!

Ela desceu correndo as escadas e passou por lady Hurley, que estava parada no hall de entrada retorcendo as mãos.

– Não me demoro! – exclamou Eliza, virando-se para trás.

Entrou na carruagem e gritou "Praça Berkeley!" para o condutor, pedindo que ele fosse o mais rápido possível.

Eu não deveria tê-la deixado lá. Não estavam mais em Bath, onde todas as pessoas eram conhecidas, todos os lugares ficavam a poucos passos de distância de sua casa e todos os eventos eram seguros. Era Londres e, embora Margaret fosse ficar bem – com certeza, ela estava bem –, ainda assim nunca deveria tê-la deixado.

Eliza bateu na porta dos Melvilles e foi saudada pelo segundo mordomo perplexo da manhã.

– Receio que minha senhora esteja tomando o café da manhã e ainda não esteja recebendo visitas – disse o mordomo.

Mas, naquele momento, Eliza já se sentia bem à vontade com a ideia de invadir casas. Ouviu Caroline rindo nas proximidades.

– Ela vai me receber – declarou Eliza, passando por debaixo do braço do homem e abrindo a porta.

– Minha senhora! – gritou ele, correndo atrás de Eliza. – *Minha senhora!*

Mas Eliza já dera dois passos apressados para dentro da sala e...

– Ah, graças a Deus! – exclamou ela, com um suspiro de alívio.

Lá estava Margaret, sentada ao lado de lady Caroline à mesa do café da manhã, bebericando uma xícara de chá e folheando um jornal. Nenhuma delas estava completamente vestida. Usavam roupões muito elegantes. Se Eliza não estivesse tão feliz de vê-la ali, teria corado.

– Bom dia, Eliza! – disse Margaret. – Não sabia que estávamos esperando você esta manhã.

– Não estávamos – disse Caroline. – Que atitude moderna entrar sem ser anunciada.

Sua voz estava lânguida e divertida como de costume, mas havia algo diferente nela: a curva de seus lábios estava bem mais suave, os olhos brilhavam. E o sorriso de Margaret era tão grande que devia até estar doendo.

– Aula de francês ao raiar do dia? – perguntou Eliza, despencando numa cadeira sem pedir permissão e colocando a mão trêmula na testa.

Estava tudo bem. Ela estava bem.

– Sim... podemos dizer que foi uma espécie de aula – disse Margaret, animada.

– Não acha que um *bilhete* teria sido um sinal de consideração? – cobrou Eliza. – Já estava começando a achar que você tivesse sido assassinada!

– Tanto drama logo cedo... – murmurou Caroline, com os olhos fixos na xícara de chocolate.

– Eu não estava raciocinando – respondeu Margaret, sem pedir desculpas. – Uma estratégia que me tem sido bem útil ultimamente.

Caroline roçou os dedos suavemente no pulso de Margaret. Eliza se preparou para sair. Já havia se intrometido demais.

– Vou avisar a lady Hurley que ela não precisa se preocupar – disse Eliza.

– E vou explicar que já estava muito tarde para acordar os outros hóspedes... ou... ou outra coisa qualquer.

– Ah, mande um bilhete para ela e fique para tomar café conosco – implorou Margaret. – Tem comida demais para duas.

Era um convite tentador, pois já fazia muitas horas desde que Eliza havia se levantado e a refeição servida era um tanto atraente: havia pãezinhos macios e diversos pratos aromáticos com carne que ela não reconhecia.

Contudo, assim que o pânico cessou, que o coração se acalmou e suas mãos pararam de suar, Eliza deu-se conta de que Melville poderia aparecer a qualquer momento. Quando estava preocupada com a segurança de Margaret, tal encontro não lhe dava nenhum receio. Mas, agora que havia visto que a prima estava bem – aliás, que estava melhor do que nunca –, Eliza preferia evitá-lo. O dia já tinha sido bem cheio.

– Ele não está aqui – disse Caroline, lendo os pensamentos de Eliza com grande precisão.

– Ah, é? – respondeu Eliza, aliviada e, ao mesmo tempo, com uma pontinha de decepção.

E era exatamente por isso que ela precisava ir embora – só o fato de estar ali já a deixava confusa.

– Ele foi para a praça Russell minutos antes de você chegar aqui – disse Caroline.

– Para falar com você – acrescentou Margaret, como se isso já não estivesse suficientemente claro.

Eliza quase teve um piripaque, mas se conteve.

– Já conversamos bastante ontem à noite – disse ela, com firmeza. – Não há mais nada a discutir.

– Se é o que você diz – falou Margaret, com malícia. – Eu a vejo mais tarde na praça Russell.

Eliza passou pelo mordomo um pouco envergonhada. Ele estava montando guarda ao pé da escada, como se estivesse preocupado com a possibilidade de ela tentar roubar alguma coisa. Eliza saiu para a rua.

O condutor de lady Hurley havia descido da carruagem para conversar com um dos criados do outro lado da rua e, ao avistar Eliza, voltou correndo em sua direção. Bem nesse momento, dobrou a esquina ruidosamente um cabriolé puxado por um par de cavalos de pelagem cinza empinados. Estava sendo conduzido por Melville.

– Vamos embora agora! Depressa! – gritou Eliza para o condutor, estendendo-lhe o braço, esperando ajuda. Os degraus da carruagem eram altos demais para que ela subisse sozinha.

Melville parou o cabriolé abruptamente diante dela e saltou. Não usava chapéu e trazia na mão uma carta lacrada.

– Minha senhora – saudou ele, sem fôlego. – Acabei de chegar da praça Russell.

– Parabéns – disse Eliza. – Estou indo para lá.

– Posso *escoltá-la*?

– Eu já tenho uma carruagem.

Melville deu um passo apressado para a frente. Parecia abatido, cansado. Embora sua capa, suas botas de cano longo e suas roupas fossem muito boas, ele tinha um ar um tanto desarrumado, pois sua gravata fora afrouxada como se ele a tivesse puxado. No entanto, em vez de simpatia, isso inspirou em Eliza certa irritação. Quando ela não dormia bem, ficava pálida e arrasada. Não era justo que, mesmo exaurido, Melville continuasse tão atraente.

– Eliza... – disse ele, baixinho.

– Lady Somerset – corrigiu ela.

– Lady Somerset – concordou ele. – Desejo apenas lhe pedir desculpas.

– Suas desculpas não funcionaram muito bem ontem à noite – observou Eliza.

Melville estremeceu.

– Eu me comportei de maneira abominável – disse Melville. – Quero apenas falar com você, sem expectativa de receber um perdão. Venho com o chapéu na mão.

Os olhos de Eliza passaram à cabeça nua de Melville.

– Um chapéu metafórico – acrescentou ele, com um sorrisinho.

Eliza fechou a cara. Uma tagarelice espirituosa e uma aparência atraente não diminuiriam sua raiva. Não seria mais manipulada com tanta facilidade.

– Eu teria me recusado a vê-lo se estivesse em casa – disse ela.

– Eu já esperava por isso – respondeu Melville. – Foi por isso que escrevi uma carta.

Ele estendeu o envelope a Eliza, que não aceitou. Sabia muito bem que ele era um ótimo escritor. Nada de bom poderia advir da leitura de tal carta. Melville baixou o braço.

– Lady Somerset, por favor... eu poderia escoltá-la de volta à praça Russell?

Eliza suspirou, mexendo nos botões do casaco. Estava muito cansada, mas... Depois de todas as demonstrações de coragem daquela manhã, seria aquele o momento em que cederia? Ela fez um sinal positivo com a cabeça, sem erguer os olhos. Levou um momento para informar o condutor de lady Hurley sobre sua intenção, pedindo-lhe que dissesse à sua senhoria que estava tudo bem. Depois, aceitou ajuda para subir no cabriolé, sem mais palavras.

– Você gostaria de conduzir ou devo fazer isso? – perguntou Melville, com educação.

– Os cavalos são seus – disse Eliza.

– É verdade – concordou Melville.

Ele partiu num ritmo acelerado. Respirou fundo como se estivesse prestes a começar a falar, fez uma pausa... acalmou-se... e então começou de novo.

– Devo-lhe... muitas desculpas – disse Melville. – Ontem à noite, eu estava com tanto medo de que você pudesse fugir a qualquer momento que fui dominado pela pressa. *Claro*, você pode me fazer a pergunta que quiser.

Eliza olhou de soslaio para Melville. As palavras fluíam bem demais.

– Eu perdi sua confiança. Desejo recuperá-la – acrescentou, quando ela permaneceu em silêncio.

– Quem colocou tanto bom senso em sua cabeça? – perguntou Eliza.

– Ah... Caro – respondeu Melville. – Depois Margaret. Depois Caro de novo.

Eliza bufou.

– E você está apenas repetindo as falas que elas lhe ensinaram?

– Não, não! – disse Melville. – É assim que eu me sinto: quero que você me pergunte o que quiser.

Eliza pressionou o rosto com as mãos. Era bem mais difícil ficar com raiva de um Melville calmo e humilde. E, se ela não pudesse se agarrar à raiva, então teria que se sentir terrivelmente amedrontada. Não suportaria voltar a ser magoada. Já estava sofrendo o bastante.

– Não precisa ser agora – disse Melville, quando entraram na praça Russell, e ele diminuiu a velocidade dos cavalos.

– Ah, pode ser agora mesmo – disse Eliza, com o rosto ainda meio escondido entre as mãos.

Na opinião dela, aquilo era inútil – verdadeiramente inútil. Eliza achava inconcebível reparar uma amizade construída sobre alicerces tão podres, mas era óbvio que Melville não descansaria até que os dois tivessem dito tudo o que precisavam. Pelo menos, aquilo certamente os pouparia de voltar ao assunto mais tarde.

– Não era bem essa a vivacidade que eu estava procurando inspirar – murmurou Melville, incapaz de deixar de fazer graça, mesmo naquele momento.

Então desviou os cavalos, e os dois seguiram para Hyde Park.

– Tudo o que você me disse sobre meu talento, sobre sua admiração por mim... Você falava sério?

– Falava – respondeu Melville, recuperando a seriedade. – Eu realmente acredito nisso. Viu o que você conseguiu alcançar, mesmo no pouco tempo em que nos conhecemos? Acho glorioso... e não me refiro apenas ao retrato.

Eliza fez um pequeno sinal com a cabeça. Não era exatamente um aceno, nem propriamente uma negativa.

– E você... contou aos Selwyns sobre o retrato? – perguntou ela.

Não sabia bem por que aquele detalhe era tão importante: a ideia de que lady Selwyn pudesse estar ciente e rindo o tempo todo enquanto ela acreditava que vivia um segredo compartilhado somente por ela e Melville. Mas importava – e muito. Houve um momento de silêncio no cabriolé.

Eliza olhou para Melville. Se ele tentasse convencê-la com alguma mentira bonita, ela saberia.

– Eu ia contar – respondeu Melville, devagar. – Não posso fingir o contrário. Ia contar. Mas não contei. Parecia demais um ato de traição.

Teria sido.

Eliza soltou um longo suspiro. A imagem em sua mente – dos Selwyns e de Melville rindo juntos dela – desvaneceu um pouco, como acontece com tintas a óleo quando expostas à luz do sol.

– Você disse que me amava – sussurrou ela, tão baixinho que mal conseguia ouvir a si mesma por causa do barulho de rodas e cascos.

– Disse.

– Estava dizendo a verdade?

– Estava.

– Quando foi… Quando isso começou? – perguntou ela.

– Não sei se foi em algum momento específico – respondeu Melville, em voz baixa.

Ela o encarou, ansiando por aquele relato.

– Eu me senti atraído por você praticamente desde o momento em que nos conhecemos – continuou ele. – Isso nunca foi uma mentira. Você era muito introspectiva, e eu queria conhecê-la. Desejava descobrir o que você pensava, o que queria, sob todo aquele decoro e prudência.

Eliza não conseguiria desviar os olhos dos dele nem se tentasse. Não tentou.

– Demorei um pouco a entender. Era muito fácil botar a culpa no plano de Selwyn, mas comecei a perceber… que era seu olhar que eu queria capturar quando algo engraçado acontecia. Era sua opinião que eu queria ouvir, sempre.

Ele fez uma breve pausa para tomar fôlego.

– É com você que quero compartilhar todos os meus segredos, é com quem eu quero caminhar. É do seu lado que quero me sentar, é com você que eu quero dançar – prosseguiu Melville. – Sempre foi você, em todas as situações. As horas que passamos juntos naquele ateliê estão entre as mais felizes de minha vida.

Ele olhou de soslaio para Eliza.

– Respondi à sua pergunta?

Tinha respondido, mas… Eliza não tinha certeza se era o suficiente.

– Quero acreditar em você – sussurrou ela. – É só que… eu não sei como.

– E se eu disser de novo? Todas as vezes que precisar ouvir.

– Vai ser difícil fazer isso quando estiver em Paris – observou Eliza, passando a mão pelo rosto.

– Não vou para Paris – declarou Melville.

– Não vai?

– Como eu poderia, se você está aqui?

Eliza perdeu o fôlego. Ele estava dizendo tudo o que ela mais queria ouvir… e também tudo o que ela não sabia que precisava ouvir.

– Não tenho mais fortuna – disse Eliza.

Mesmo naquele instante, parte dela ainda se perguntava se era *por isso* que Melville estava interessado nela.

– Somerset a tirou de mim.

– Como assim, tirou? – indagou Melville. – *Por quê?*

– Os mexericos, os boatos... Alguém nos viu dançando juntos – contou Eliza. – E eu não me comportei bem nesta quinzena.

– Vou procurá-lo. Vou dizer a ele que é tudo minha culpa – prontificou-se Melville imediatamente.

– Já fiz isso – disse Eliza. – Ele disse que me devolveria a fortuna se eu prometesse renunciar a todos os laços com você. Respondi a ele que não faria isso.

Melville parou os cavalos abruptamente no meio do Hyde Park.

– Eliza... – disse ele, pensativo.

Melville não parecia consternado, inquieto ou alarmado. Ele olhava para Eliza como se ela tivesse acabado de lhe dar o presente mais precioso do mundo.

– Não foi por você – explicou ela. – Foi pela minha liberdade... por minha independência... Foi... *por mim mesma.*

– Você foi muito corajosa – afirmou ele. – Mas... não foi nem um pouquinho por mim?

Eliza olhou para ele. Estava imóvel, mal parecia respirar. Teve de novo aquela sensação de estar à beira de um precipício, de estar prestes a tomar uma decisão que afetaria tudo o que viria depois. Era uma decisão dela, inteiramente dela.

– Só um pouquinho – sussurrou.

Seu coração batia tão alto que quase abafava sua voz.

– Ufa! – disse ele. – Achei que, depois da noite passada, não havia mais nenhuma esperança.

– Eu também – admitiu ela.

Ele largou as rédeas.

– Você me acharia a pior das pessoas se eu lhe dissesse que estou feliz por ter perdido sua fortuna? – perguntou Melville, apertando as mãos dela com força.

– Não – murmurou ela, com um nó na garganta. – Mas com isso você talvez se torne o pior caçador de fortunas de todos os tempos.

Ela sorriu, trêmula, para mostrar que estava brincando.

– Impossível! – disse Melville. – Sou o melhor em tudo que faço.

A curva no canto de sua boca estava de volta. Eliza sentira falta dela.

– Talvez tenha sido bom eu não ter retratado seu ego – disse Eliza. – Jamais caberia na tela.

Melville riu mais alto do que a piada pedia.

– Case-se comigo, minha querida – pediu ele.

– Tenho em meu nome apenas 500 libras por ano – alertou Eliza.

– Eu não dou a mínima – disse Melville, procurando os olhos dela. – Case-se comigo.

– Vamos viver com um orçamento terrivelmente apertado – reforçou ela.

– Somos duas das pessoas mais extraordinariamente inteligentes, talentosas e bonitas que conheço – disse Melville. – Tenho certeza de que encontraremos uma saída. *Case-se comigo*.

– Está bem – disse Eliza.

– Está bem? – repetiu Melville, sorrindo.

Ele soltou as mãos dela para agarrar as rédeas novamente e colocou os cavalos em um ritmo alegre que fez Eliza segurar o chapéu.

– Para onde estamos indo? – perguntou ela, rindo.

– Tenho um lugar em mente, não se preocupe – disse ele. – Um lugar longe dos olhares dos curiosos.

– Você está me levando para seu local de encontro? – perguntou ela, indignada.

– É isso ou não posso beijá-la... Não tenho certeza do que você espera de mim – disse ele.

– Quantas mulheres você já levou para lá? – perguntou ela.

– Ah... eu prefiro não dizer – disse ele, parando entre duas árvores, em um pequeno bosque privado. – Embora eu possa assegurar a você que foi a única a quem propus casamento.

– Melville! – disse ela, meio rindo, meio repreendendo.

– Esse não é o meu nome – disse ele, pegando as mãos de Eliza e puxando-a com delicadeza na direção dele.

– Max – disse Eliza, tímida.

Ele segurou o rosto dela.

– Vou fazer o melhor que puder – declarou ele – para tornar você a mulher mais feliz do mundo.

– Isso soa um pouco irreal – rebateu Eliza.

– Não ouviu dizer que muitos me consideram brilhante? – disse ele, passando o polegar pelo lábio inferior dela com muita delicadeza.

– Ah, mas isso não passa de um mexerico perverso – disse Eliza. – Não deve acreditar em tudo o que ouve, meu senhor.

Eles ainda estavam rindo quando finalmente se beijaram. Eliza podia sentir a forma do sorriso dele contra o dela e sorriu ainda mais – estava feliz demais para se importar com o fato de que o gesto estava mais atrapalhando que ajudando. Mas então Melville pressionou a mão em seu queixo, inclinou sua cabeça para a esquerda e abriu seus lábios e…

Depois disso, muitas coisas pareceram mais importantes do que falar.

Capítulo 34

Eliza deixou Bath pela última vez numa terça-feira. Embora fosse pelo melhor dos motivos, a alegria cor-de-rosa de Eliza estava tingida por um pouquinho de tristeza azulada: naquele dia, enquanto se mudava para Londres com Perkins e o resto da criadagem, Margaret não estava com ela.

Mas a prima não voltaria para Bedfordshire.

– Avisei a mamãe e Lavínia que não irei – contara para Eliza, retorcendo os dedos com ansiedade. – Ficaram arrasadas. Disseram que nunca mais falarão comigo. Mas não posso mais me negar uma vida. Vou me encontrar com Caroline em Paris.

– Como você vai…? – perguntou Eliza, sem saber muito bem como formular a pergunta.

– Aqueles em quem confiamos saberão da verdade – respondeu Margaret. – Aqueles em que não confiamos apenas desconfiarão de que somos companheiras. Terei que deixar que Caroline me sustente… Ela vendeu os direitos de *Holland House* por uma quantia bem satisfatória. Quanto ao resto… Vamos descobrir.

Margaret respirou fundo e sorriu.

– Estou animada – admitiu ela. – Mesmo com todo o sigilo, é um futuro bem mais doce do que qualquer coisa que imaginei.

Por um momento, Eliza não tinha sido capaz de falar. Limitou-se a puxar Margaret para junto de si num abraço silencioso. Estava feliz por ela – absurdamente feliz –, mas ao mesmo tempo não conseguia imaginar como poderia sobreviver um único dia sem a prima.

– Quanto tempo você acha que vai ficar longe? – perguntou Eliza com o rosto no ombro de Margaret.

– Ah, nem tanto assim – respondeu Margaret. – Será o mais insignificante dos intervalos em *nossa* história, você sabe... E, quando eu voltar, começaremos nosso próximo e mais emocionante ato até agora.

– Vai ser uma peça muito longa – afirmou Eliza, com a voz trêmula.

– Ah, a mais longa de todas – disse Margaret. – Estamos longe de terminar.

Eliza se afastou, passando os dedos sob as pálpebras para pegar uma lágrima perdida.

– Você terá a mais maravilhosa das aventuras com Caroline. Tenho certeza. Será incrível!

– Assim como Londres – garantiu Margaret, apertando a mão dela. – Na verdade, prevejo que lady Melville se tornará uma queridinha da cidade.

Eliza sorriu. Ainda não era lady Melville, mas em breve se tornaria. Muito em breve.

Desde aquela hora mágica no Hyde Park, não se passava um dia sequer sem que Melville aparecesse na praça Russell. Na manhã seguinte, ele escoltara Eliza até a Casa Somerset para ver o retrato pela segunda vez. De novo bem cedo, para que não fossem muito observados, nem Melville fosse cercado por damas solicitando seu autógrafo.

– Parece muito bom – comentou Melville, olhando para a versão retratada. – Se não for muita vaidade minha dizer isso.

– Você é vaidoso? – ironizou Eliza. – Certamente que não.

– Você nunca me cobrou pela encomenda, sabia? – respondeu Melville, sorrindo. – Quanto custa?

Eliza fingiu pensar.

– Dez mil libras por ano? – perguntou ela.

– Um pouco mais caro do que eu esperava – disse Melville. – Posso perguntar... é habitual cobrar em parcelas anuais?

– Talvez seja melhor considerar como um aluguel, e não como uma compra – recomendou ela.

Ele riu.

– Terei de consultar minha esposa – respondeu Melville, ainda sorrindo. – Tenho informações confiáveis de que ela será uma retratista famosa e logo ficará rica o suficiente para manter minha pobre alma caçadora de fortunas de uma maneira a que ainda não estou acostumado... mas desejo estar.

– Sua esposa? – indagou Eliza, erguendo as sobrancelhas. – Não sabia que era casado, meu senhor.

– O assunto ainda está pendente – admitiu Melville.

– Pendente? – perguntou Eliza. – Precisa resolver essa pendência, então.

– Pretendo fazer isso o quanto antes – prometeu ele.

Eles se aproximaram mas então se lembraram de que estavam num lugar público e de que ainda não eram casados.

Melville pigarreou e se virou para encarar o retrato.

– Gostaria que você parasse de tentar me desviar do caminho da virtude – disse ele, com afetação. – Quero que saiba que não sou esse tipo de conde.

– Uma pena! – disse Eliza. – Eu esperava que você fosse *exatamente* esse tipo de conde.

Melville riu. Algumas pessoas começavam a entrar na sala, e muitas iam direto até o retrato dele. Nesse momento, ele recuou para não ser visto.

Mais uma vez, Eliza ficou prestando atenção nas teorias do público sobre a identidade do artista. Havia agora nomes de mulheres sendo cogitados. Ela sabia muito bem que isso não significava um progresso marcante no que dizia respeito à arte praticada pelo seu gênero. Os rumores se aproximavam cada vez mais dela, e seria apenas uma questão de tempo antes que associassem seu nome à obra. Eliza não se importava.

Talvez ela mesma se encarregasse de dar a notícia à alta sociedade, para iniciar uma nova carreira. Qualquer que fosse o escândalo, sem dúvida seria amenizado por seu casamento com Melville – ninguém poderia punir uma dama por ter um *affair* com o próprio marido, não é? E, mesmo que não fosse o caso, tinha tudo de que precisava para enfrentar qualquer tempestade. Não tinha mais medo de nada.

– Recebi várias ofertas de gravadores – disse Melville calmamente, voltando para o lado de Eliza enquanto o grupo se afastava – que desejam copiar e distribuir a imagem. E os editores de meus títulos já impressos provavelmente pagarão para reproduzi-lo, mesmo que Paulet desaprove. Deve constituir uma sólida fonte de capital.

Eliza assentiu.

– Vou penhorar meus diamantes – sussurrou ela, em resposta. – Vender o fáeton para alugar algumas salas e montar um ateliê…

– Podemos vender a casa na Berkeley Square... procurar residências menores – acrescentou Melville. – Voltar a alugar Alderley no verão...

A sociedade iria falar sobre os dois, espalhar mexericos, zombar de seus infortúnios, mas aquilo também não a assustava. Eliza se sentia atordoada e ansiosa como se estivessem discutindo onde passariam a lua de mel, e não frugalidades da vida futura.

– Vai dar certo – disse ela, com um sinal fervoroso.

– Vai dar *maravilhosamente* certo – corrigiu Melville.

Economia e prudência nunca tinham sido conceitos tão românticos. E agora só restava Eliza e Margaret esvaziarem Camden Place. Em comparação com a maneira tranquila com que deixaram Harefield, aquela parecia ser uma tarefa que exigiria muito mais tempo e consideração: nos três meses que viveram em Bath, todos os membros da casa pareciam ter adquirido um imenso número de posses. No final, precisaram contratar duas carruagens inteiras para fazer o transporte, pois Eliza ficou encarregada de cuidar das coisas de Margaret durante sua viagem a Paris – e foi preciso quase um dia inteiro para que os criados enchessem os baús.

Foi enquanto Eliza acompanhava a remoção do cavalete que Perkins disse a ela, baixinho, que tinham uma visita – uma visita que ele tomara a liberdade de levar para a sala de estar.

Eliza desceu as escadas, abriu a porta da sala e encontrou a Srta. Winkworth de pé lá dentro – uma visão em cambraia clara, passando os dedos sobre as teclas do piano, pensativa.

– Srta. Winkworth – disse Eliza, muito surpresa. – Pensei que ainda estivesse em Londres!

A Srta. Winkworth ergueu os olhos.

– Pedi a mamãe para fazermos uma parada em Bath durante nossa viagem – disse ela. – Amanhã, vamos para Harefield, para o...

– Casamento. – Eliza concluiu a frase por ela. As proclamas tinham aparecido nos jornais na semana anterior. – Sim. Lamento não poder comparecer.

A Srta. Winkworth sorriu com delicadeza, como se soubesse que aquilo era mentira.

– Sei que a senhora se recusou a ajudar minha mãe – sussurrou. – Ouvi o que disse a ela sobre Arden.

Ela abriu um sorriso com covinhas.

– Nunca tinha sentido tanta raiva dela – confessou, mas aquilo não parecia amedrontá-la tanto quanto antes.

– Eu gostaria de ter feito mais por você – disse Eliza, com sinceridade.

Ela olhou para a Srta. Winkworth. Teria sido indelicado fazer perguntas sobre sua relação com Somerset, mesmo que ela própria não tivesse mantido um vínculo romântico com o cavalheiro, mas...

– Espero que tenha sido capaz de criar um laço genuíno durante sua temporada em Londres...

O rubor da Srta. Winkworth demonstrou que ela havia compreendido o que Eliza queria dizer.

– Criei, sim – disse ela, com simplicidade.

Eliza assentiu. Ela percebeu de repente que os dois combinavam muito bem, a Srta. Winkworth e Somerset, Winnie e Oliver. Ele precisava de alguém para proteger; ela precisava de proteção. Ele encontrava valor em cuidar, e ela, em ser cuidada. Os dois seriam felizes juntos.

– Eu disse a Somerset que ele não deve contestar sua fortuna – sussurrou a Srta. Winkworth.

– Você fez o quê? – disse Eliza, sem saber se tinha ouvido direito. – Você *disse* a Somerset?

– Não gosto de discordar dele... nunca. Mas a senhora foi tão gentil comigo e me senti culpada demais para ficar calada – disse a jovem, com uma careta, como se ainda não pudesse acreditar no próprio descaramento.

– Culpada? – repetiu Eliza. – E por que deveria...?

– Porque fui *eu* quem contou a ele sobre sua dança com Melville – disse ela, de cabeça baixa. – Eu a vi naquela noite e não disse nada por semanas... Mas, depois de seu rompimento, quando começamos a corte...

Ela parou. Seu rosto foi ficando cada vez mais rosado.

– Eu o queria para mim, sabe? – disse ela. – Precisava que ele deixasse de amá-la ao menos um pouquinho.

Eliza olhou para a jovem um tanto horrorizada. Não sabia o que dizer. Nunca teria esperado algo parecido daquela ratinha.

– Você sem dúvida teve sucesso – disse Eliza, com a boca seca e a mente confusa.

Não que isso mudasse alguma coisa. Não que ela desejasse que alguma coisa, no final, tivesse se desenrolado de forma diferente, mas...

– Somerset concordou em deixar sua fortuna como está – disse a Srta. Winkworth. – Eu tive que parecer muito triste por um tempo... e minha mãe não ficou nada feliz com isso... mas ele concordou.

– Você é muito mais astuta do que eu pensava – respondeu Eliza, lentamente.

A Srta. Winkworth deu um sorriso travesso e adorável.

– Obrigada, eu acho... Sim, obrigada.

Fossem quais fossem os motivos da Srta. Winkworth, aquilo era realmente um presente. Eliza seria capaz de manter sua criadagem, Melville poderia publicar *Medeia*, eles poderiam manter Berkeley Square, ela não teria que vender suas posses e...

Quando, porém, Eliza começou a pensar nas inúmeras maneiras como sua vida se tornaria muito menos problemática do que ela havia imaginado, sua respiração ficou presa em um suspiro. Ela ficaria bem sem a fortuna. Sem dúvida. Mas receber um alívio tão inesperado...

– Obrigada – repetiu ela.

– Sabe – disse a Srta. Winkworth –, a formulação do texto do testamento me parece bastante específica. Eu me pergunto: se você não pertencesse mais à família Somerset, a cláusula não se tornaria... um tanto vazia?

Eliza teve certeza, por um momento, de que conseguia enxergar no rosto da jovem a sombra da mulher que Winifred Winkworth se tornaria. Ela se sairia muito bem como a nova condessa de Somerset. Melhor do que a própria Eliza. Encontraria a força que ela só conseguira cultivar mais recentemente.

– Há mais alguma coisa que eu possa fazer pela senhora? – perguntou a Srta. Winkworth.

– Eu não poderia pedir mais nada – disse Eliza, rindo. – Eu...

Eliza fez uma pausa.

– Na verdade... a paisagem pendurada na sala do primeiro andar de Harefield... Ela foi pintada pelo meu avô, e eu gostaria de comprá-la. Você pode dar seu preço.

Eliza certamente poderia pagar. A Srta. Winkworth assentiu, mostrando de novo as covinhas.

– Bom dia, lady Somerset.

Fez uma pequena reverência e saiu da sala, esvoaçante.

– Menos cordeiro, mais leão – comentou Margaret, quando Eliza contou a novidade a ela, Caroline e Melville mais tarde, naquele dia.

Os olhos dela estavam pousados no futuro marido, que sorriu.

– Posso levá-la a Alderley – disse ele, satisfeito, como se a notícia não mudasse nada mais em sua vida.

Eliza supôs que não mudaria mesmo, pois os dois poderiam ter seguido juntos sem a fortuna. E o dinheiro não eliminaria todas as dificuldades que ainda teriam pela frente. O marido escolhido por ela não seria recebido com aprovação inequívoca: no mínimo, uma vida inteira de olhares e sussurros os esperava. Além disso, Eliza suspeitava que seria muito ruidoso o descontentamento dos Balfours com os caminhos que ela e Margaret haviam escolhido, com as pessoas que estariam ao lado delas.

– Pelo menos estaremos bem-vestidos! – murmurou Melville, como se estivesse respondendo diretamente aos pensamentos de Eliza.

Ela sorriu, entrelaçando os dedos nos dele e apertando sua mão em resposta.

– Temos que ir – disse Caroline, com delicadeza.

As residências de Camden e de Laura Place estavam vazias. Duas carruagens se encontravam paradas do lado de fora, carregadas de caixas. Uma delas tinha Londres como destino. A outra seguiria para Dover.

– Vou sentir sua falta, Caro – disse Melville, segurando a mão dela com força.

– Espero que sim – disse Caroline, encostando a testa de leve no ombro do irmão.

O momento parecia muito íntimo. Eliza e Margaret se afastaram um pouco.

– Não vou me despedir de novo – disse Margaret, com firmeza. – Não quero que meus olhos fiquem inchados para a viagem. Você vai escrever para mim?

Eliza assentiu, o queixo trêmulo. Ela estendeu a mão para que Caroline a apertasse, quando se aproximou. Caroline bufou, afastou a mão e a puxou para um abraço apertado.

– Cuide dele por mim, está bem? – sussurrou no ouvido de Eliza.

– Só se você fizer o mesmo – respondeu Eliza.

E as duas se foram, deixando Eliza e Melville sozinhos, enfim. Ele se virou para ela, fazendo uma reverência extravagante e um floreio exagerado com a mão.

– Sua carruagem a aguarda – disse ele. – Preparei muitas coisas para dizer a você durante a viagem.

– Por que fiquei tão preocupada de repente? – indagou Eliza, sorrindo. – Espero que não sejam coisas impróprias.

– Como poderiam se seremos tão bem acompanhados durante todo o percurso? – disse Melville em voz alta para a rua em geral, piscando para Eliza de uma forma muito explícita.

Eles partiram menos de dez minutos depois. Eliza se inclinou para fora da janela da carruagem para olhar Camden Place ficando para trás. Havia sido o primeiro lugar onde tinha se sentido feliz. Verdadeiramente feliz. Completamente feliz. Mas, como acontecia com as melhores coisas da vida, não era possível desfrutar daquilo do mesmo jeito para sempre.

Eu voltarei, prometeu ela a Bath. *Em breve.*

Seria sempre a cidade mais esplêndida que ela já conhecera.

– Você prefere que nosso casamento seja em St. Paul ou em St. Mary? – perguntou Melville, enquanto Bath também começava a desaparecer na distância.

– Eu andei pensando… – disse Eliza, tirando os olhos da janela e encarando o noivo.

Alguém poderia pensar que, depois de todas as horas que ela já havia passado em contemplação, já estaria cansada da vista. Não estava.

– O que você andou pensando?

– Seria muito difícil obter uma licença especial? – perguntou Eliza. – Você parece o tipo de cavalheiro que saberia dessas coisas.

– As calúnias que você lança… – disse Melville. – Não gosto delas.

Ele a observou, com um brilho nos olhos e um sorriso nos lábios. Se Eliza fosse pintar a cena, ela usaria apenas suas cores mais quentes e vivas – mas não o faria. Alguns momentos só podiam ser vividos.

– Não quer uma grande ocasião, com toda a pompa e cerimônia que pudermos invocar? – perguntou Melville.

– Já tive um casamento assim – disse Eliza. – Prefiro resolver tudo mais depressa.

– Terei que considerar o assunto – ponderou Melville. – Agora que vou me tornar lorde Melville, casado, talvez decida me tornar terrivelmente bem-comportado e enfadonho.

– Você me desanima! – rebateu Eliza, mordendo o lábio para esconder o sorriso. – Porque agora que vou me tornar *lady* Melville, casada, tomei uma decisão bem diferente.

– Minha lady Melville vai ser uma criatura muito arrojada? – perguntou ele, educadamente.

– Ah, vai... *terrivelmente* rebelde – disse Eliza. – Você tem minha compaixão.

Melville riu, inclinando-se para beijar o sorriso no rosto dela.

– Estou ansioso para conhecê-la.

AGRADECIMENTOS

Escrever um segundo livro é muito diferente de escrever o primeiro. De repente, ter leitores da vida real, editores da vida real e um prazo muito real é algo bizarro, desafiador e maravilhoso – e minha maior alegria é ter tempo e espaço para aprofundar a pesquisa.

Se você estiver passando por Londres e quiser ver alguma arte georgiana, faça uma visita ao fantástico – e gratuito – Tate Britain, onde eu (sob a orientação especializada e muito apreciada de Sara Dibb) comecei minha jornada de pesquisa; se você estiver interessado em aprender sobre a história colonial da Grã-Bretanha e a experiência do povo indiano na Inglaterra dos anos da Regência, não posso deixar de recomendar com entusiasmo os livros brilhantes de Rozina Visram, Dr. Arup K. Chatterjee e William Dalrymple.

Adoro romances, mas as histórias de pessoas reais que viveram esse período são bem mais complexas e importantes do que qualquer ficção. Também me sinto extremamente privilegiada por ter conversado com Ann Witheridge, do London Fine Art Studios, e com o Dr. Arup K. Chatterjee, da O.P. Jindal Global University, que responderam às minhas perguntas com muita boa vontade e generosidade. Naturalmente, todos os erros são meus, e quaisquer desvios de seus conselhos tão bem fundamentados foram cometidos sob a influência de uma imaginação romântica.

Ter mais tempo e mais espaço para a escrita este ano também abriu espaço para mais inseguranças pessoais, e, por isso, faço os maiores agradecimentos às minhas editoras, Martha Ashby e Marie Michels, que me guiaram do primeiro ao último rascunho com um estoque infindável de paciência, bom humor e sensibilidade. Foi um prazer e uma honra contar com suas colaborações, e me sinto extremamente afortunada por dispor de uma equipe editorial tão talentosa e elegante, além de minha maravilhosa agente Maddy Milburn (e de todas as pessoas gloriosas da MM!) e das poderosas Pam Dorman e Lynne Drew. Muito obrigada também a Georgina Kamsika e Kati Nicholl, por sua perspicácia e seus olhos atentos, que foram imensamente apreciados.

Em seguida, gostaria de agradecer a toda a equipe da HarperFiction pelo trabalho astucioso, veloz e altamente qualificado envolvido na publicação de um livro: obrigada a Meg Le Huquet, Emilie Chambeyron, Roisin O'Shea, Sian Richefond, Sophie Waeland, Izzy Coburn, Harriet Walker, Fliss Porter, Alice Gomer, Holly Macdonald, Melissa Okusanya, Hannah Stamp, Dean Russell e todas as pessoas da cadeia de produção que moveram céus e terras para levar meu livro aonde quer que ele precisasse estar. Muito obrigada aos blogueiros literários que tanta alegria trazem com suas resenhas. É sempre um prazer estar em contato com vocês! E obrigada também aos livreiros, que continuam a construir espaços tão gloriosos em nossas ruas.

Devo muito a amigos bem tolerantes, a quem devo agradecer: pelos negronis, pelo macarrão, por responderem a perguntas aleatórias sobre literatura clássica, por lerem meus livros e também por fazerem suas mães lerem meus livros. Obrigada pelas margaritas, pelo vinho, por me deixarem nomear os personagens em sua homenagem para minha própria diversão, por me perdoarem quando cancelo nossos planos, por me acompanharem em todas as visitas aos museus e por me avisarem quando começo a "falar na linguagem da Regência" em uma conversa normal. Obrigada, amo vocês! Em breve vamos passar algum tempo juntos.

Meu maior agradecimento vai para minha família maravilhosa, minha fonte inesgotável de paz e conforto, mesmo quando – aliás, especialmente quando – eu estou nos meus momentos mais desagradáveis. A Myla e Joey, que destruíram meu primeiro *plot board* com o entusiasmo desnecessário: não agradeço, mas perdoo.

E, por último, um agradecimento especial aos meus leitores! Olá! Muito obrigada por escolherem meu livro – espero que tenha feito vocês sorrirem pelo menos uma vez. Eu adoro ouvir o que vocês têm a dizer. Não tenho palavras para dizer como estou feliz por vocês serem reais e não mais imaginários, então, apareçam e deem um alô nas redes sociais se tiverem um tempinho.

Sophie Irwin

CONHEÇA OS LIVROS DE SOPHIE IRWIN

Manual para damas em busca de um marido (rico)

Manual para damas (mal)comportadas

Para saber mais sobre os títulos e autores da Editora Arqueiro,
visite o nosso site e siga as nossas redes sociais.
Além de informações sobre os próximos lançamentos,
você terá acesso a conteúdos exclusivos
e poderá participar de promoções e sorteios.

editoraarqueiro.com.br